W0415626

CHLOË ASHBY

DAS LEBEN
IN NUANCEN

Zur Autorin
Chloë Ashby ist Autorin und Journalistin. Sie schreibt für Zeitungen und Magazine (u.a. *The Guardian*) und interviewte zahlreiche Persönlichkeiten der Kunstszene wie zum Beispiel Damien Hirst, Ottessa Moshfegh und Christian Louboutin. »Das Leben in Nuancen« ist ihr Debütroman.

»Exquisit erzählt ist diese Geschichte zart, kraftvoll und ehrlich zugleich. Dies ist ein unvergesslicher Roman, und ich werde alles lesen, was Chloë Ashby schreibt.«
Lucia Osborne-Crowley

»Eine absolut fesselnde Geschichte über Kunst, Freundschaft, Liebe und Verlust. Eigen, zart, dunkel, voller Leben.«
Lydia Ruffles

»Ich hatte das Gefühl, Eve wäre meine Gefährtin, und wollte unbedingt, dass sie es schafft!«
Sareeta Domingo

»Ein beeindruckendes Porträt der Intensität und Zerbrechlichkeit von Freundschaft und den Wegen zum Erwachsenwerden.«
Francesca Reece

CHLOË ASHBY

DAS LEBEN IN NUANCEN

Roman

Aus dem Englischen von
Kerstin Winter

DIANA

Sollte diese Publikation Links auf Webseiten Dritter enthalten,
so übernehmen wir für deren Inhalte keine Haftung,
da wir uns diese nicht zu eigen machen, sondern lediglich
auf deren Stand zum Zeitpunkt der Erstveröffentlichung verweisen.

MIX
Papier aus verantwortungsvollen Quellen
FSC® C014496

Penguin Random House Verlagsgruppe FSC® N001967

Copyright © 2022 by Chloë Ashby
Copyright © der deutschsprachigen Ausgabe 2022 by
Diana Verlag, München,
in der Penguin Random House Verlagsgruppe GmbH,
Neumarkter Straße 28, 81673 München
Redaktion: Michelle Stöger
Umschlaggestaltung: Geviert, Grafik & Typografie
Umschlagmotive: © Elle Moss/Trevillion Images
Satz: GGP Media GmbH, Pößneck
Druck und Bindung: GGP Media GmbH, Pößneck
Alle Rechte vorbehalten
Printed in Germany
ISBN 978-3-453-29261-1

www.diana-verlag.de

»Such in der Gestalt nach dem Hauptlicht
und dem Hauptschatten, der Rest kommt von allein;
oft braucht es nur sehr wenig.«

Édouard Manet

Danach

»Ich merke schon, das ist einer von den Tagen, an denen Sie kein Wort sagen und ich das Reden übernehmen muss. Aber das ist okay, wirklich. Im Übrigen – was würde es ändern, wenn es nicht okay wäre?

Trotzdem fällt es mir schwerer, wenn Sie still sind und ich die ganze Arbeit leiste. Erinnern Sie sich noch an das eine Mal, als wir uns beide eine Ewigkeit stumm gegenübersaßen? Das war furchtbar. Mir ist übrigens leicht übel. Es ist heiß hier drinnen, heißer als üblich. Kann ich vielleicht das Fenster aufmachen? Danke. Schon besser, das Lüftchen.

Ich habe über das nachgedacht, was Sie gesagt haben – das mit der Verlustangst. Zuerst fand ich es lustig. Ja, ich weiß, klassischer Abwehrmechanismus (langsam hab ich es drauf). Aber mir wollte einfach nicht in den Sinn, dass ich mich vor etwas fürchten soll, mit dem ich praktisch groß geworden bin. Ein bisschen wie als Einzelkind. Oder wenn man nur ein Bein hat.

Wenn ich ehrlich bin, dann war ich wohl tatsächlich ein bisschen – wie haben Sie es ausgedrückt? Zwanghaft. Ich weiß, es klingt, als hätte ich gestohlen, aber ich habe mir die Sachen nur geliehen. Der Sex (das geschah schon früher) hatte wahrscheinlich wirklich was von Eskapismus. Die Trinkerei … oh, verdammt nochmal, sorry, kann ich ein Taschentuch haben? Ich kann Dad nicht an allem Schuld geben, aber das mit der Trinkerei werfe ich ihm vor.

Wie auch immer, ich schweife mal wieder ab – zurück zur zeitlichen Abfolge. Das ist es doch, was Sie wollen, nicht wahr? Ich kann mich bloß nicht auf die Stunden, Tage oder Wochen davor konzentrieren. Irgendwie stürme ich immer direkt zu diesem einen Moment voraus. Es war Morgen. Wir mussten den Zug kriegen. Ich wollte – ach, Entschuldigung, ich zupfe schon wieder an Ihrem Sessel. Ich weiß, besser als an meiner Nagelhaut, aber ich will trotzdem nicht, dass die Armlehnen nachher aussehen wie diese armen Katzen – Sie wissen schon, die mit zu wenig Fell und zu viel Haut. Ist es in Ordnung, wenn ich aufstehe?

Als wir zum Bahnhof kamen, riss etwas in mir – hier, direkt unter den Rippen –, obwohl es sich in meinem Kopf eher anhörte wie das Knacken von Fingerknöcheln, diese Sache mit der Luft in den Gelenken, wissen Sie? Ich war müde und unruhig; die Vorstellung, dass ich sie wegen dem, was ich getan hatte, vielleicht nicht mehr sehen durfte, machte mir Angst. Ich weiß noch, dass ich überlegt habe, ob es wohl eine Parallelwelt gibt, in der sich alle treffen, die aus meinem Leben verschwunden sind – ich weiß, ich weiß, Verlustängste –, und ob sie dann letztlich auch dort landet.

Auf dem gegenüberliegenden Bahnsteig stiegen Leute aus einem Zug. Ich bin einen Schritt näher an die Gleise getreten und habe auf meine Füße gesehen. Da war die gelbe Linie. Dann das genoppte Stück. Ein paar Rillen. Und der verblasste weiße Streifen an der Kante. Am Abgrund. Gott, ein bisschen dramatisch, nicht wahr? Und irgendwie ziemlich klischeehaft. Wie das hier, die Taschentuchbox. Die preiswerte XXL-Packung … bestimmt hat früher mal ›mannsgroß‹ draufgestanden, bis die Frauen auf die Barrikaden gegangen sind, weil sie sich schließlich auch die Nase putzen. Okay, sorry, ich lenke ab, ich weiß. Vielleicht setze ich mich besser wieder.

Als ich wieder aufschaute, war der Zug weg. Ein anderer fuhr gerade ein, diesmal auf unserem Gleis. Über Lautsprecher wurde angekündigt, dass er nicht halten würde.

Ich weiß, was Sie denken – was habe ich überhaupt da gemacht? Ich habe Ihnen wahrscheinlich erzählt, dass ich seit der Uni nicht mehr dort gewesen bin. Aber ich muss gestehen, dass ich überhaupt keine bewussten Entscheidungen getroffen habe; es war vielmehr so, als hätte ich keine Wahl. Ich musste zurück, weil dort alles begonnen hat, also musste es dort auch enden. Ich habe allerdings nicht geplant, dass das Ende so aussehen sollte: ich an der Bahnsteigkante, mit den Zehen schon über den Gleisen.

Ehrlich, ich weiß nicht, warum ich grinse – es gibt wirklich nichts zu grinsen, rein gar nichts. Aber wenn mir jemand vor einem Jahr gesagt hätte, dass ich heute hier sitzen würde, hätte ich ihn ausgelacht.«

1

Mein Wecker schrillt mir ins Ohr, ein schrecklich greller Laut. Ich vergrabe mein Gesicht im Kissen, das muffig riecht. Keine Ahnung, wann ich zum letzten Mal die Bettwäsche gewechselt habe.

»Eve? Bist du da?«

Ich wandere mit den Fingern über meinen Nachttisch und ertaste verschiedene unbelebte Gegenstände – unter anderem eine offene Dose Vaseline –, bis ich den Wecker gefunden habe und ihn abstelle. »Ja? Und ja.«

»Was ist mit deiner Stimme?«

»Nichts.«

»Sie klingt so komisch.«

»Ich spreche ins Kissen.«

»Was?«

Ich gebe auf und werfe mich herum wie ein Spiegelei in einer Pfanne mit schäumender Butter. Anscheinend habe ich Hunger, denn ich hasse Eier. »Ich sagte, ich rede ins Kissen.« Und ehe er fragt, warum meine Stimme schon wieder anders klingt: »Jetzt nicht mehr.«

»Oh. Okay.«

»Was wolltest du sagen?«

»Musst du heute arbeiten? Es ist schon nach elf.«

Nein, Mum. (Mum hat mich verlassen, als ich vier war. Die erste tiefgreifende Erschütterung in meinem Leben.) »Heute nicht, Bill.«

Bill arbeitet viel, obwohl er eine Sehschwäche hat. Er ist bei einem hippen IT-Start-up angestellt, das seinen superschlauen Mitarbeitern erlaubt, von zu Hause aus zu arbeiten – ein Vertrauensbeweis, findet er. Ich dagegen denke, dass dadurch die Grenzen zwischen Freizeit und Arbeit verschwimmen und den Leuten ein falsches Gefühl der Freiheit suggeriert wird, während es in Wahrheit auf permanente Verfügbarkeit hinausläuft. Das ist nichts anderes als Gehirnwäsche. Bill meint, ich müsse lernen, anderen zu vertrauen.

Jedenfalls ist er deswegen noch zu Hause. Das Schlurfen klingt, als würde er seine Filzpantoffeln tragen – blau mit orangefarbenen Krabben.

Ich schließe die Augen, strecke alle viere von mir und taste mit Fingerspitzen und Zehen nach den Pfosten eines imaginären Himmelbetts. Meins ist ein schmales Einzelbett. Man stelle sich vor, mit Stricken an Hand- und Fußgelenken an das blank polierte Holz gefesselt zu sein. Daran zu zerren, zu rucken, zu reißen. Ich schließe die Augen und mache mich klein.

Karina und Bill sind nett zu jedem außer zueinander. Sie nehmen »Leute wie dich«, wie sie mir mit aufmunterndem Lächeln erzählt haben, unter ihre Fittiche. Seit ich eingezogen bin, haben wir es noch mit zwei weiteren, aber letztlich unhaltbaren vierten Mitbewohnern probiert. Zuerst Rick mit den engen T-Shirts, Dauergast in der Muckibude, der auf dem Bau arbeitete und sein Müsli mit der Gabel aß. Danach Sadie, die Philosophiestudentin, die nicht nur von

Kant und Hegel, sondern auch von Koks, Ecstasy und tonnenweise Gras berauscht war und sich selbst zu ernst, die Rechnungen aber nicht ernst genug nahm – nicht, dass ich laut tönen dürfte. Jedenfalls sind es jetzt nur noch wir drei. Die beiden und ich.

Ich stemme mich hoch, und mein Körper ploppt aus der Mulde, die er in meiner weichen Matratze hinterlassen hat, wie ein Eiswürfel aus der Silikonform. Duschen. Ich schnappe mir das angegraute Handtuch von der Stuhllehne – ein Stuhl für Klamotten, nicht zum Sitzen – und schlinge es schaudernd um mich. Der Winter kommt früh dieses Jahr. Hoffentlich lässt uns Karina bald die Heizung aufdrehen. Sie ist Norwegerin und für ihre spindeldürre Gestalt erstaunlich kälteresistent.

»Weitermachen, Bill.« Ich husche auf Zehenspitzen an seinem gekrümmten Rücken vorbei, während er eifrig die Tastatur bearbeitet.

»Eve, würdest du heute die Küche in Angriff nehmen?« Er fängt gerne Gespräche an, wenn ich im Handtuch auftauche. »Ich könnte ein bisschen Unterstützung gebrauchen.«

Ich unterdrücke ein Seufzen. Das gehört zur Abmachung: wenig Miete im Austausch für einen Putztag pro Woche – ihre Form der »guten Tat«. Auf jeden Fall besser als sexuelle Gefälligkeiten. Ich werfe ihm einen Blick zu – stark gegeltes Haar, das Schielauge im Einsatz. »Wie du meinst.«

Ich schließe die Badezimmertür, ohne den Haken umzulegen, und werfe mein Handtuch über den Wäschekorb, aus dem seine und Karinas Klamotten quellen. Eine gepunktete Socke will fliehen, doch zu langsam: Ich schnappe sie an der fadenscheinigen Ferse.

»Bin wahrscheinlich weg, wenn du rauskommst«, ruft Bill, als ich mich aufs Klo setze. »Muss gleich los und einen Kunden treffen.«

Ich nicke schweigend. Mensch, Gott sei Dank, dass du mir Bescheid gesagt hast. Ich wäre sonst vor Sorge umgekommen. Ich fange an zu pinkeln. »Viel Spaß.« *Plätscher, plätscher. Schlurf, schlurf.*

Ich betätigte die Spülung, drehe die Dusche auf und passe die Temperatur am Regler an – Karina dreht ihn immer herunter, ich dusche aber lieber dampfend heiß. Als ich mir die Zähne geputzt habe, ist das Wasser endlich warm genug, um mich unter den Strahl zu stellen. Ich drücke Shampoo aus der Tube, lasse das Häufchen kurz auf meiner Handfläche wackeln wie eine in sich zusammengefallene Crème brûlée (passiert dem neuen Pâtissier im Restaurant dauernd. Armer Kerl!) und massiere es in mein Haar. Karina steht auf Körperpflegeprodukte und probiert ständig neue Duftrichtungen aus. Vergangenen Monat war es Limette, diesen ist es Kokosnuss. Ich will gerade den Kopf zurücklegen, um mir die Haare auszuspülen, als die Haustür zufällt. Sofort halte ich inne und versuche, durch das Knistern des Schaums in meinen Ohren etwas zu hören.

Ich beschließe, die »reichhaltige und pflegende« Kokos-Spülung auszulassen, und hüpfe ins Trockene. Der Spiegel ist beschlagen, daher öffne ich das Fenster einen Spalt, wodurch Currygeruch hereinweht, der mir vorübergehend den Magen umdreht. Gänsehaut überzieht meinen ganzen Körper, als ich fröstelnd in mein Zimmer zurückkehre; mein Arm sieht aus wie ein frisch gerupfter Hühnerflügel. Als ich die Härchen glatt streiche, nehme ich flüchtig die winzigen weißen Narben wahr, die winzige Fingernägel verursacht haben. Ich war ein ängstliches Kind. Es hätte schlimmer kommen können.

Es ist jetzt vier Jahre her, dass ich nach Prince's Court gezogen bin – prinzlich ist hier jedoch nichts. Davor wohnte ich noch bei meinem Dad in Finsbury Park, wo ich auch aufgewachsen bin – in jener schäbigen Wohnung, in der mein Vater sich langsam, aber sicher zersetzt. Ich bin nicht mehr bei ihm gewesen, seit ich es im Sommer endgültig aufgegeben habe, mit ihm zu diskutieren. Ich sagte ihm, dass ich mich erst wieder blicken lasse, wenn er sich Hilfe holt, aber natürlich habe ich diese Drohung schon oft ausgesprochen – erfolglos. Wie das Pendel eines zweitklassigen Hypnotiseurs schwinge ich zwischen immer neuen Ultimaten und Resignation hin und her. Ich sehe ihn vor mir, wie er in seinem Sessel hängt und auf den Fernseher starrt, der viel zu laut läuft – wenn auch nicht laut genug, um seine traurigen Geschichten zu übertönen –, während er unaufhörlich aus seinem an drei, inzwischen vielleicht schon an vier Stellen gesprungenen Logo-Becher trinkt. Die Kollegen seiner Firma haben ihn ihm geschenkt, als er sich ins sogenannte Sabbatical verabschiedet hat. Ich weiß nicht, warum er nicht einfach ein Glas nimmt; schließlich wissen wir beide, was drin ist. Am Anfang des Monats Whisky, hochprozentiger Cider direkt aus der Dose, wenn das Geld zur Neige geht.

Die drei kleinen Worte, die ich in meiner Kindheit immer mit ihm verbunden habe, lauten: »Schenk mal nach.«

Die traurigen Geschichten beziehen sich hauptsächlich auf meine Mum. Sie verließ uns sechs Tage vor meinem fünften

Geburtstag. Ich kann mich nicht erinnern, dass sie sich an jenem Morgen verabschiedet oder mich extrafest in den Arm genommen hätte, als sie mich auf die Wange küsste und ihre Nase an meiner rieb – unser Eskimo-Gruß. Als ich am Abend auf dem kieselgrauen Teppich vor ihrer Bettseite saß, erklärte Dad mir mit merkwürdiger (zitternder, rauer, heiserer) Stimme, dass sie weg sei. Ich fand das nicht weiter beunruhigend und wunderte mich, warum er das offenbar tat. Ich zog meine Schuhe an und sagte ihm, dass wir sie schon wiederfinden würden, wenn wir nur ordentlich suchten.

Prince's Court ist ein kastenartiges Gebäude, ehemals sozialer Wohnungsbau, das von der Straße durch einen Gitterzaun abgetrennt ist, wodurch es wie ein Gefängnis aussieht. Unsere Wohnung ist die Nummer drei, und sie ist wirklich nicht schlecht. Ich sage »unsere«, aber sie gehört Karina und Bill. Sie haben sie zu einem guten Preis bekommen, weil sie mottenverseucht war – und zwar sowohl mit der Sorte, die teure Klamotten frisst, als auch mit der, die in Nahrungsmitteln brütet. Karina und Bill ließen den Teppich rausreißen und die ganze Wohnung bis in den kleinsten Winkel ausräuchern, aber ich entdecke trotzdem immer wieder neue Löcher in meinem einzigen Kaschmirpulli, meinem einzigen Kleidungsstück von Mum.

In der Wohnung herrscht ein gewisses Chaos, und das war schon so, als ich einzog und Mucki-Ricks schlammige Stiefel vom Bau in einer ebenso schlammigen Pfütze in der Spüle vorfand. Ich habe nichts getan, um etwas daran zu ändern. Es gibt fünf Räume – Schlafzimmer, Schlafzimmer, Bad, Küche und »Gemeinschaftsraum« (oder drittes Schlafzimmer) –, und ich bin nicht besonders anspruchsvoll.

Außerdem habe ich weder das nötige Geld noch den Anreiz: Die Wohnung gehört mir nicht, und Karina und Bill sind nicht der Typ Leute, die ständig Gäste haben.

Daher heute Morgen die getrockneten Spaghettireste in der mittelgroßen Kasserolle und das Pestoglas ohne Deckel auf dem Küchentisch. Der Kühlschrank ist immer so gut wie leer; dass Karina fast nie hier ist und, falls doch, nichts isst, macht es nicht besser. Der Bestand am heutigen Morgen: ein Viertelliter Milch. Eine einzelne Lauchstange, bräunlich welk an einem Ende, die weißen Härchen am anderen stark gekräuselt. Ein knubbeliges, mit Krümeln gespicktes Stück Butter. Drei überreife Tomaten, zwei mit krummen Stängeln und eine, aus der eine gelbrote Flüssigkeit tritt, als hätte sie mit einer Infektion zu kämpfen. Ein Stück Cheddar, auf dem sich die Furchen eines schartigen Messers abzeichnen. Eine halbe schrumpelige Limette. Und ein Glas Chutney mit verklebtem Rand.

Ich zwänge meine Finger in die Gummihandschuhe, die kraftlos über dem Wasserhahn hängen, und rümpfe die Nase. Am Mittwoch, wenn ich putze, lassen die beiden gerne ihre Cornflakesschüsseln stehen: In Bills Milchsee schwimmen matschige Weetabix-Fasern, während Karinas schmieriger Joghurtrest mit blutrotem Beerensaft durchzogen ist. Ich lasse heißes Wasser in die Spüle laufen und quetsche Spülmittel auf den verfilzten Schwamm (ich soll auch ein Auge auf den Putzmittelbestand unter der Spüle haben). In ruhigen Momenten schlage ich gerne einmal vor, dass sie in eine Spülmaschine investieren – das steigere schließlich den Wert der Wohnung –, wobei ich natürlich jedes Mal so tue, als sei mir der Gedanke gerade erst gekommen.

Als ich mit dem Geschirr fertig bin, ringelt sich eine Nudel im Abfluss, während sich Joghurt um den Rand abgesetzt hat. Ich drehe den Hahn wieder auf und sehe zu, wie der Wasserstrom die sich hartnäckig anklammernden Reste löst. Anschließend wische ich über die Arbeitsfläche – hebe sogar die Salz- und Pfefferstreuer an, um die Körner zu beseitigen – und verstaue alles Verderbliche im Kühlschrank. Zehn Minuten Schinderei. Handschuhe aus.

Karina und Bill haben die üble Angewohnheit, ihre Schlafzimmertür offen zu lassen. Als wollten sie mich hereinbitten – oder vielmehr in Versuchung führen. Wenn sie weg sind, meine ich. Wir sind keine solche WG.

Am Anfang habe ich nur geguckt; ich war neugierig auf ihre Sachen. Bills Selbstoptimierungsbücher mit primärfarbenen Einbänden, Karinas Lockenstab, dessen Kabel niemals nicht verknotet ist, ihre Morgenröcke, einer seidig, der andere, aus dessen Tasche meistens zerknüllte Kleenex lugen, aus Frottee. Nach einer Weile habe ich die Sachen auch angefasst. Ich stöberte durch das Schmuckkästchen – nichts Besonderes, bis auf einen Goldring, der ein Erbstück sein könnte. Blätterte durch die Papiere auf der Schubladenkommode (hauptsächlich Post von Thames Water, der Wassergesellschaft) und entdeckte ein paar im Schrank versteckte Pornos. Ich setzte mich in den Sessel am Fenster, um ihren Ausblick nach hinten mit meinem zu vergleichen. Auf dem Fensterbrett quillt ein Aschenbecher voller Kippen über – Karina steht auf *sigaretter*. Heute ist es ziemlich aufgeräumt, für ihre Verhältnisse jedenfalls. Die Bettdecke hängt vielleicht an einer Seite zu weit herunter, aber immerhin ist das Bett gemacht. Es liegt nur eine Unterhose – auf links – auf dem Boden; vermutlich hat Karina sie genau da ausgezogen. Der mannshohe Spiegel ist praktisch fleckenfrei. Ich trete davor und nehme die Kette ab, die über dem Rahmen hängt. Sie besteht aus dicken grünen Perlen, die mich an gekochte Erbsen erinnern. Ich setze mich ans Bettende, lasse den Blick ins Leere gehen und befingere die Perlen wie einen Rosenkranz. Was würde man als Katholikin sagen? Gegrüßet seist du, Maria, voll der Gnade. *Gnade.* Ich öffne den Verschluss, lege mir die Kette um den Hals, und meine Schultern sinken herab, als Erleichterung mich durchströmt. Seit Kurzem borge ich mir manchmal etwas aus ihrem Schlafzimmer aus.

Nachdem ich eine Tasse löslichen Kaffee – keine Milch, zwei Stücke Zucker – getrunken habe, ziehe ich die Eingangstür hinter mir zu. Mein freier Tag läuft immer so ab: Putzen, dann Galerie. Ich schlendere aus dem Zellenblock hinaus ins helle Tageslicht und biege nach links auf die South Lambeth Road ab, wo sich zwischen Vauxhall und Stockwell viele Portugiesen angesiedelt haben: Rot-grüne Cafés und Restaurants bieten gegrillte Sardinen, Stockfisch und mit Zimt bestreute Puddingtörtchen feil – sehr beliebt bei Familien.

Die Sonne scheint und sorgt für ein bisschen Wärme, aber die Luft ist frostig und beißt mir in Gesicht und Finger wie ein kleiner Hund. Ich stopfe meine Hände in die Taschen, vergrabe mein Kinn unter meinem Schal und marschiere stramm voran, während ich mich – wie immer, wenn ich um die Mittagszeit an einem Mittwoch zur Galerie gehe – frage, aus welchem Grund alle anderen gerade nicht in ihrem Büro (auf der Baustelle, im Hörsaal, in der Werkstatt) sind. Normalerweise ist vor der U-Bahn-Station jede Menge los, aber heute scheint sich nur ein Bruchteil der üblichen Passanten auf der Straße zu befinden, als sei mir entgangen, dass heute eigentlich ein Feiertag ist.

In meiner Kindheit ist das zweimal passiert. Dad setzte mich am Bus zur Schule ab, doch als ich am Tor ankam, war es verschlossen und verriegelt und weit und breit kein Mensch zu sehen. Ich hatte kein Handy, mit dem ich Dad hätte anrufen können, und das erste Mal nicht einmal genügend Geld, um mit dem Bus wieder zurückzufahren. Zum Glück hatte ich mir aber dessen verschlungene Strecke eingeprägt, und nach einem langen Marsch kam ich schließlich wieder zu Hause an. Ich klingelte, und als er öffnete, schlug mir der vertraute, dumpfige Geruch entgegen. Keiner von uns erwähnte die Tatsache, dass ich früher zu Hause war als üblich. Sowie nach einer Weile keiner von uns mehr erwähnte, dass Mum nicht zurückkommen würde.

»Der Affe ist nicht echt.«

Wie bitte?

Ich habe zu einem o-beinigen Mann und, wie ich annehme, seiner kleinen Tochter aufgeschlossen. Für jeden Schritt, den er macht, macht sie zwei oder drei, und wie mir klar wird, als ich näher komme, versucht er, ihr begreiflich zu machen, dass der goldene Affe auf ihrem Rucksack ihr nicht beim Tragen hilft.

»Siehst du?«, sagt er und pikt dem Affen in eines der Glupschaugen, »Du trägst das Ding ganz allein.«

»Aber ich kann fühlen, dass er mithilft«, sagt die Kleine unnachgiebig und hüpft anmutig von einem Fuß auf den anderen, um zu beweisen, wie leicht ihre Last ist.

Ihr Vater schlägt sich mit der Handfläche vor die Stirn, und ich mir vor meine. Keine Fantasie. Mein Vater hat mir nie geglaubt, wenn ich ihm erzählt habe, dass ich Mum auf der Straße gesehen habe.

Ich überhole das kleine Mädchen mit den kurzen Beinen, und als ich mich nach den beiden umdrehe, telefoniert Spielverderber-Papa gerade. Ich schenke der Kleinen ein aufmunterndes Lächeln: Tu du nur weiter, was du tust.

Sie mustert mich finster.

Nach der Waterloo Bridge folge ich der Straße nach rechts und gehe in Richtung Osten die Straße entlang, die früher mal direkt an der Themse entlangführte: The Strand. Als ich am Haupteingang vom Somerset House ankomme, überholt mich ein Pärchen und steuert auf die automatische Glastür der Galerie zu. Sie, knöchellanger grauer Mantel und klobige Arbeiterstiefel, lacht über etwas, das er gesagt hat. Er sieht aus wie ein Schriftsteller – kleine runde Brille, abgewetzte Mappe, ganz Klischee – und hat seinen Arm schwitzkastenähnlich um ihren Nacken geschlungen. Ich stelle mir vor, dass er ihr eine Sex-Szene aus dem Manuskript, das er gerade eingereicht hat, beschreibt und sich zu ihr beugt, um ihr intime Details ins Ohr zu flüstern, ehe er wieder ein wenig von ihr abrückt und ihr ernsthafte Fragen zu seinem Protagonisten stellt. Selbst wenn die Courtauld Gallery nicht im Zentrum meines wöchentlichen Rituals stünde, wäre ich versucht, ihnen zu folgen.

Sie haben ihre Eintrittskarten gekauft und steigen schon Hand in Hand die sich emporschwingende Treppe hinauf, bis ich die Knebelverschlüsse von meinem Dufflecoat gelöst habe. Ich nähere mich Marjorie – so nenne ich die Frau, die den Empfang bemannt –, die Frau, die den Empfang *befraut*. Wie immer sitzt sie kerzengerade da, ihre Beine sieht man nicht. Vielleicht trägt sie heute ja Lackschuhe und vollführt unterm Tisch ein Tänzchen, obwohl ich es bezweifle. Ihre Miene ist frostig wie immer und wird auch nicht freundlicher, als ich näher komme; in ihre Stirn hat sich ein permanentes Runzeln eingegraben. Da ich über ihr aufrage, habe ich einen guten Blick auf die weißen Wurzeln in ihrem rabenschwarzen Haar.

»Wie viel kostet der Eintritt?«, frage ich und beuge mich herab, um ihr in die Augen zu sehen. Grün passt wirklich gut zu schwarz.

»Sieben Pfund«, antwortet sie, die Stimme matt, den Blick nach unten gerichtet.

Wir haben eine unausgesprochene Übereinkunft, denke ich. Wir geben vor, uns noch nie gesehen zu haben, obwohl ich seit ungefähr vier Jahren jeden Mittwoch hier aufkreuze. Wahrscheinlich wäre es preiswerter gewesen, Mitglied zu werden, aber ich bin kein Typ dafür; ich mag mich nicht festlegen. Ich halte inne, um mir wie immer darüber klar zu werden, ob es das wert ist, bis ich nach ein paar Sekunden in meiner Tasche zu wühlen beginne. Heutiger Inhalt: Apfel ohne Aufkleber, zwei Dutzend Kaffee-Rührstäbchen, zerlesenes Taschenbuch. Endlich finde ich mein Portemonnaie und zähle das Geld ab.

Ohne mich anzusehen, hält Marjorie mir die Hand hin. Sie könnte ganz hübsch sein, denke ich, wenn sie ab und zu lächeln würde. Gott – ich schüttele energisch den Kopf. Jetzt höre ich mich schon an wie ein Bauarbeiter, der Frauen hinterherpfeift.

Ich weiß genau, wohin ich muss. Ich zische den beiden selbstgefälligen Steinzentauren zu, die mit angehobenem Huf und geschwellter Brust über das Foyer wachen, und lasse die Gemälde im ersten Stock aus. Ein paar Stufen weiter hinauf, und ich rausche durch den ersten, zweiten und dritten Raum. Heute verharre ich im vierten; am Durchgang lauert ein Mitarbeiter der Sammlung, und ich will nicht, dass er denkt, ich wüsste die Kunstwerke nicht zu schätzen. Tatsächlich sind mir Degas' anmutige Ballerinen in ihren leuchtenden Pastellfarben aber vollkommen egal. Nach ein paar Minuten vermeintlicher Betrachtung deute ich flüchtigen Beifall an und eile weiter. Direkt zu Raum sechs.

Ich höre das Lachen der Frau mit dem grauen Mantel, als ich über die Schwelle trete. Sind die beiden auch wegen ihr gekommen? Nein, sie stehen in einer Ecke vor einem trivialen Landschaftsbild, und er begutachtet mit zusammengekniffenen Augen die Pinselführung. Sie trägt den Mantel inzwischen über dem Arm und hat die Ärmel ihres schlichten weißen Hemds aufgekrempelt. Die Andeutung eines schwarzen BHs.

Als sie sich umdreht, trete ich nach rechts und stehe – wie zufällig – der großen Leinwand gegenüber. Meine alte Freundin, Manets Bardame. Stumm bilde ich mit den Lippen ein *Hallo*, doch versehentlich entwischt mir ein kleiner Laut. Als ich mich umschaue, sehe ich, dass die Frau mir einen komischen Blick zuwirft.

Ich rücke näher an das Bild heran, das größte in diesem Raum, bis ich direkt davorstehe, und stelle meine Tasche auf dem Boden ab. Ohne den Blick von ihm zu nehmen, wickele ich meinen Schal ab – muss aus reiner Wolle sein, auch er ist von Motten angenagt. Ich drehe den Verschluss von Karinas Kette nach hinten. Während ich die Leinwand betrachte, nestele ich wieder an den Perlen und stecke mir eine in den Mund. Gegrüßet seist du, Maria.

Unser Treffen verläuft immer gleich. Zuerst taxiere ich sie, als seien wir uns noch nie begegnet: die taillierte, dunkelblaue Jacke mit der Spitze an Stehkragen, eckigem Ausschnitt und Ärmelbündchen, die rot-grüne Blume an ihrem Busen, das Medaillon an einem schwarzen Samtband um ihren Hals, die kleinen Stecker in ihren Ohrläppchen. Weil ich aber weiß, dass es sich nicht gehört, jemanden so unverhohlen zu mustern, widme ich mich anschließend dem üppigen Stillleben auf der marmornen Theke, hinter der sie steht: Bierflaschen und Champagner mit Goldfolie um den Hals, glänzende Apfelsinen in einer Glasschale und zwei Rosen in einem zur Hälfte mit Wasser gefüllten Glas. Lange halte ich mich nicht damit auf. Schließlich gestehe ich mir zu, mich auf das zu konzentrieren, was mich niemals loslässt: Was mag sie denken? Ich blende die Nebensächlichkeiten aus und starre ihr ins Gesicht.

Erst als mein Handy in meiner Tasche vibriert, bemerke ich, wie viel Zeit verstrichen ist. Das passiert oft. Ich blinzele und frage mich, ob ich vorher überhaupt geblinzelt habe.

Ich wende mich zu dem Landschaftsbild in der Ecke um, aber das Paar ist nicht mehr zu sehen. Wahrscheinlich schlendern sie schon längst wieder Hand in Hand über den Strand. Wieder zurück zum Barmädchen, und diesmal betrachte ich das eher düstere Abbild des Mannes rechts oben im Spiegel hinter dem Mädchen. Er hat ein Ziegenbärtchen und einen vollen Schnurrbart, trägt einen Zylinder und hält einen Stock in der Hand. Ich kenne ihn gut. Wie er dort so halbseiden im Schatten steht, erinnert er mich an jemanden.

Wieder vibriert es in der Tasche. Ich ziehe mein Handy heraus. Karina: *Hast du meine neuen Handschuhe gesehen? Die mir Bill zum Geburtstag geschenkt hat?*

Ups. Ich antworte mit einem schnellen: *Nein, sorry.*

Als meine Finger zu jucken beginnen, nehme ich meine Tasche und gehe durch den angrenzenden Raum zurück. Gauguins fragile tahitianische Schönheit mit dem sorgenvollen Blick, Monets getupftes Paris im Herbst, halb Seine, halb Himmel. Ich winke van Gogh – grüner Mantel, blauer Hut – zum Gruß und zum Abschied zu; es hat keinen Sinn, ihn anzusprechen, der Mann hört offensichtlich nicht gut.

Als ich die Treppe hinuntergegangen und wieder auf dem Strand bin, hat sich die Sonne zurückgezogen und das letzte bisschen Wärme mitgenommen. Ich spüre kalte Luft zwischen dem Bund meiner Jeans und dem Saum meines Pullis, der hochgerutscht ist, als ich mir den Schal um den Hals geschlungen habe.

Es hat einen Schauer gegeben. Auf dem Straßenpflaster schimmern auf den Pfützen metallisch-bunte Schlieren aus Benzin. Fußgänger hasten mit gesenkten Köpfen dahin und bemühen sich redlich, ihnen auszuweichen. Es wird spät; Zeit, zu Familie und Wohnungsgenossen zurückzukehren. Ich werde langsamer.

Mir ist unbehaglich zumute – wie immer, wenn ich von ihr komme. Meine Gedanken halten an den melancholischen Augen und dem fransigen Pony fest. Sie steht hinter der Theke wie weggesperrt. Nicht gequält, nicht traurig, aber auch nicht glücklich. Einsam vielleicht. Ich blinzele und ziehe die Haut unterhalb meiner Schläfen mit Daumen und Mittelfinger zusammen. Ob sie wenigstens ein Eins-a-Privatleben hat? Ob sie davon träumt, etwas anderes zu tun? Ist sie vielleicht an einem Wendepunkt angelangt, aber nicht in der Lage zu wenden? Das Leben auf Pause, betäubter Verstand, Füße, die nicht weiterwollen? Ich muss an das kleine Rädchen denken, das sich beim Speichern auf meinem Laptop dreht.

2

Als ich zwei Tage später im Restaurant eintreffe, ist Martins, der mürrische Koch, nirgends zu sehen, also nutze ich die Gelegenheit, mal wieder etwas zu lesen. Aber wie immer, wenn es gerade spannend wird …

»Eve?«

Ich zucke zusammen. Mein Taschenbuch plumpst mit einem dumpfen Laut zu Boden und klappt zu wie eine Muschel. Aber ich weiß, dass ich über die Hälfte gelesen habe; heute Morgen habe ich die Ecke einer Seite umgeknickt, die praktisch exakt in der Mitte lag. Ich rutsche vom Hocker und will mein Buch aufheben, doch ehe ich mich bücken kann, hat Martins es sich schon geschnappt.

»Ich brauche dich vorne«, sagt er und zieht die buschigen Augenbrauen hoch.

Es fällt mir schwer, ihn ernst zu nehmen; ich muss immer zu den drahtigen Haaren blicken, die wie lose Spiralfedern aus den Brauen springen. Dennoch kann ich sein Anliegen nachvollziehen: Im Service wird es eng. Ich bin gerade nur nicht in Stimmung zum Bedienen, zumal draußen ein bestimmter Stammgast sitzt, der leider unser bester Kunde ist. Ich nenne ihn BK. Er sitzt an Tisch drei.

»Tut mir leid«, sage ich, verdränge den Gedanken an versehentlich verschütteten Rotwein auf weißen Oberhemden, richte mich auf und streiche mir meine ungebügelte Bluse glatt. »Sie wissen ja, wie er ist.«

»Wie wer ist? Ach, vergiss es.« Er legt eine Hand auf meinen unteren Rücken und schiebt mich durch die Tür. »Geh und nimm an Tisch drei die Bestellung auf.«

Ich ziehe den gebogenen Notizblock aus meiner hinteren Hosentasche und reiße schnell das erste Blatt ab, ehe er es sehen kann – ich muss mit der Kritzelei aufhören. Dann klaue ich mir eine kandierte Kirsche aus dem bunten Potpourri an Cocktail-Dekorationen auf der Bar und durchquere das gut besuchte Restaurant zur Symphonie klingender Gläser, kratzender Messer und belangloser Gespräche. Martins würde einen jämmerlichen Dirigenten abgeben.

»Was darf ich Ihnen bringen?«, frage ich, als ich, kandierte Kirsche vertilgt, abgekauten Stift gezückt, an dem runden Tisch in der Mitte des Lokals stehen bleibe.

Nichts. Wie üblich ist er zu versunken in sein Gespräch, um mich zu hören. Oder er wartet, was wahrscheinlicher ist, dass ich ein Lächeln aufsetze. Er ist mitten in seiner Geschichte – *der* Geschichte, die er jedem potenziellen Kunden auftischt, den er zum Lunch ausführt. Seine heutigen Opfer: drei Männer, einer alt, zwei jung. Ein Vater mit seinen heranwachsenden Söhnen. Zumindest besteht eine gewisse Ähnlichkeit zwischen den dreien: eckige Schultern, dicke Hälse, milchschokoladenbraunes Haar (das des Vaters mit Zuckergusssprenkeln durchzogen). Alle neigen sich begierig BK zu, während er eine Liste der Männer herunterrattert, die er schon groß gemacht hat. Mit den offenen Mündern, die sich jedes Wort einzuverleiben scheinen, wirken sie wie Fische, die nur darauf warten, den Köder zu schlucken. Ich möchte sie warnen, aber es ist zu spät: Das Netz senkt sich schon.

»Sir?«, frage ich lauter und ringe mir ein Lächeln ab.

»Ah, Eve, ich habe mich schon gefragt, wo Sie abgeblieben sind«, sagt er und bedenkt mich mit einem eher süffisanten als freundlichen Lächeln. »Meine Herren, richten Sie Ihre Aufmerksamkeit bitte auf die erste Frau auf Gottes Erde. Und was für eine Frau sie ist!«

Ich gehe nicht darauf ein – ich bin daran gewöhnt. Es gelingt mir sogar, das anzügliche Grinsen zu ignorieren, das sich auf dem zerfurchten Gesicht des älteren Mannes ihm gegenüber breitmacht, bis ich die Bestellungen aufgenommen habe. Ich kehre zurück und gebe die Gerichte in den Computer ein, während das unangenehm prickelnde Gefühl auf meiner Haut langsam nachlässt.

Das sind die Bestandteile dieses Jobs (einer in einer langen Reihe von Jobs, in die ich hineingestolpert bin, seit mein Leben sich zu verselbstständigen begonnen hat), die mich wahnsinnig machen. Das endlose »Geplänkel« vom Küchenpersonal. Mr. Laurence Martins, der bis zum Stumpfsinn in seiner Arbeit aufgeht. Und diese Männer, die ich Tag für Tag lieblich anzulächeln habe. Ich frage mich, ob das Duschen mit Aftershave eine Grundvoraussetzung für eine Karriere in ihrer Branche ist.

Aber der Lohn stimmt, und das Servicepersonal ist größtenteils in Ordnung – die meisten hier sind nach Feierabend locker und lustig. Manchmal erwischt man auch einen guten Gast. Da: Am Tisch neben dem Eingang zu den Klos (ungünstiger Platz) sitzt eine fragile Frau in aquatischen Blau- und Grüntönen. Sie isst mit ihrem Sohn – im Anzug – zu Mittag. Ich erkenne sein Babygesicht; er arbeitet wahrscheinlich in einer der umliegenden Banken oder Beratungsfirmen, wie sie alle. Aber so habe ich ihn noch nie erlebt. Er beugt sich vor, um auch ja jedes Wort von ihrer flüsterleisen Stimme zu hören, ehe es von einem Wedeln der Serviette oder einem vorbeirauschenden Kellner verweht wird. Ich kaue auf meinem Stift und frage mich, wo sein Vater ist. Scheidung? Nein, schließe ich, er ist gestorben. Und nun kommt sie ab und zu nach London, um sich mit ihrem Sohn, ihrem einzigen Kind, zu treffen.

»Eve!« Martins wieder, diesmal klatscht er in die Hände. »Du bist heute nicht bei der Sache – und sonst auch nicht, was das angeht.« Er hält inne, wartet auf eine Reaktion und murmelt schließlich verbittert etwas über Frauen und andere Spinner.

»Tut mir echt leid«, sage ich, schätze aber, dass meine Entschuldigung halbherzig klingt; seine Brauen wandern weiter nach oben, als ich es je gesehen habe.

Ding, ding.

Die Teller mit heißen Speisen, die sich in der Durchreiche stauen, retten mich.

»Ich mach das mal besser«, sage ich, schlüpfe an ihm vorbei und schnappe mir zwei Teller.

»Tisch fünf«, weist mich der Koch an, ein blasser, dürrer Mann, der nie die Küche verlässt.

»Wir sind noch nicht fertig, Eve«, sagt Martins.

»Ich weiß.« Ich marschiere mit einmal »Fish and Chips, neu interpretiert« (fucking London) und einem Blattsalat mit Rote-Bete-Carpaccio und zerkrümeltem Ziegenkäse davon.

Ich habe eine Weile gebraucht, um mir die Tischnummern zu merken, aber inzwischen könnte ich jeden mit geschlossenen Augen finden. Ich zwänge mich durch die Lücke zwischen eins und zwei und schlängele mich um die eingetopfte Birke an Tisch drei herum. Vielleicht sollte ich mir eine Stelle in diesem schrägen Restaurant besorgen, wo die Leute im Stockdunklen essen, obwohl mir jemand erzählt hat, dass das Personal dort blind ist und nicht nur Augenbinden trägt. Ich übe dennoch, indem ich meinen Blick auf den Boden gerichtet halte und erst wieder aufschaue, als ich ankomme. Ta-daaa!

»Eve?«

Was? Nein! Mir stockt der Atem. Kein Wort kommt aus meinem Mund, mein Verstand muss erst aufholen.

»Mensch, was für eine nette Überraschung.«

Ich mache den Mund auf, aber es kommt noch immer nichts.

»Wie geht's dir, meine Liebe?«

Ich atme ein, atme aus, dann sage ich mit einer Stimme, die ich selbst nicht erkenne: »Gut, danke.« Ich strenge mich an, ein Lächeln zustande zu bringen und normal zu wirken. »Und Ihnen?«

»Oh, bei uns ist auch alles gut«, antwortet sie mit einem Nicken. Sie sieht älter aus als in meiner Erinnerung, vielleicht auch dünner. Die Haut an ihren Armen sitzt etwas locker, wie Ärmel, die man aufkrempeln müsste. Sie sieht aus wie sie. Dieselben grünen Augen hinter der schlichten Brille, dasselbe kastanienbraune Haar, obwohl ihres stumpfer und mit Grau durchzogen ist und jetzt mit einer Schildpattspange zusammengehalten wird. Selbst ihr Gebaren. Wie sie den Kopf dreht und »Nicht wahr, William?« sagt.

»Ja, alles gut.« Sein Gesicht hat dieselbe Farbe wie seine Serviette, vollkommen blutleer. Bei der Beerdigung, als ich die beiden zum letzten Mal gesehen habe, war es genauso: sein kalkweißes Gesicht mondgleich vorne vor der Kirchengemeinde, als er von den ausgedruckten Seiten ablas und diese Worte – »unglückseliger Vorfall« – verwandte, und das nicht nur ein Mal. Verlegen ändert er die Sitzposition. »Du bist jetzt also Kellnerin?«

Sie wissen nicht, dass ich keinen Abschluss habe – dass ich es ohne Grace nicht tun konnte. Dass ich in einer modrig-muffigen Kabine der zu oft benutzten und zu wenig geputzten Toiletten hockte, bis das Schrammen metallischer Stuhlbeine auf den Holzbohlen verstummt war und die Stimme der Aufsicht beruhigend gedämpft klang. Dass ich auf meinen schlecht sitzenden Talar – ärmellos, oberschenkellang – herabblickte und mit einem meiner drei gespitzten Stifte meine Haut perforierte. Mir wird bewusst, dass ich immer noch ihr Mittagessen in den Händen halte, und stelle die Teller so hastig hin, dass seine Pommes frites hinunterpurzeln. »Oh, verzeihen Sie.«

Er lächelt und wedelt abwehrend mit der Hand, um mir zu signalisieren, dass es nichts ausmacht. Ich sehe ihn vor mir, wie er vom Rednerpult tritt, neben dem Sarg stehen bleibt und eine Hand auf den polierten Deckel legt. Die Stirn runzelt, um nicht zu weinen. Den Kopf senkt.

»Du weißt, dass bald Grace' Geburtstag ist?« In der Hoffnung auf eine Verbündete im Gedenken an ihre Tochter, schenkt sie mir ein Lächeln. Die Fältchen in ihren Augenwinkeln vervielfältigen sich. Wimpernextensions.

Eve, hör auf zu blinzeln.

Du weichst einen Schritt vor mir zurück; ich hocke auf dem Fußende deines Bettes.

Tut mir leid, sage ich und ziehe dich wieder zu mir, bis deine Knie an meine stoßen. Ich habe einfach Angst, dass du mir ins Auge stichst.

Ich habe dich ja gewarnt, dass ich das nicht gut kann, sagst du und wedelst mit der Wimperntusche vor meinem Gesicht herum. Aber wenn du rumzappelst, geht es gar nicht. Wahrscheinlich steche ich dir dann wirklich ins Auge.

Ich reiße die Augen weit auf. Siehst du von so nah meine Falten? Soll ich vielleicht über Botox nachdenken?

Du weißt, was ich zu Falten sage, Eve. Tu nicht so.

Ich stehe wie erstarrt da und drohe den Tränen in meinen Augen mit körperlicher Gewalt, falls sie zu laufen wagen.

»Ja.« Es klingt wie ein Krächzen.

»Sie würde jetzt sechsundzwanzig werden«, sagt ihre Mutter. Das Lächeln ist noch da, aber nur noch auf den Lippen. Sie war die ganze Beerdigung über gefasst, das Gesicht vollkommen reglos, obwohl das zerknüllte Taschentuch in ihrer Hand und die weiß hervortretenden Fingerknöchel sie verrieten. »Also. Wir wollen dich nicht von deiner Arbeit abhalten.«

»Nein, sicher.« Ich setze an, sie zu umarmen, entscheide mich dann aber dagegen und knete stattdessen meine Hände vor der Brust. »Bis dann.« Ich trete den Rückzug an, doch schon wallt die Panik in mir auf. Vage registriert mein schlechtes Gewissen, dass ich an meiner Nagelhaut zupfe. Ich muss mir diesen Tag, diese Begegnung mit Grace' Eltern schon tausendmal vorgestellt haben.

Ich steuere auf die Toiletten zu, aber Martins ruft mich und deutet auf die Durchreiche. Tisch drei ist an der Reihe. Ich hole tief Luft, balle die Fäuste und bohre die Nägel in meine Handflächen, um wenigstens ein bisschen von dem Druck, der sich in mir aufbaut, abzulassen.

Ich belade meine Arme.

»Okay«, sage ich, immer noch auf meine Atmung konzentriert. »Wer bekommt die Pâté?«

Wieder ist BK ins Gespräch vertieft, diesmal zu meiner Erleichterung. Nachdem ich ihnen also ihre Speisen gebracht habe – unter anderem sechs schlüpfrige Austern, die sich in ihren Schalen rekeln wie fleischige Körper in eingesunkenen Liegestühlen –, drehe ich mich um und will den Rückzug etwas gemächlicher antreten. Zu gemächlich. Noch ehe ich einen Fuß vor den anderen setzen kann, streicht er mir mit der Hand die Innenseiten meiner Oberschenkel auf und ab. Seine Hand fühlt sich rau an auf meiner bereits gereizten Haut, und ich stelle mir plötzlich vor, wie sie zu brennen beginnt, wie meine Strumpfhose kokelt, sich zusammenzieht, kräuselnder Rauch aufsteigt. Ich rieche verbranntes Nylon, meine Haut schlägt Blasen. Der Schmerz fährt reißend durch meinen Körper, meine Wirbelsäule aufwärts und bis hinein in meine Fingerspitzen.

»Du Schlampe!«

Sagt er, nicht ich – ich habe ihm nämlich eine gescheuert. Meine Handfläche brennt, und mir steigt das Blut in die

Wangen. Mir fällt etwas ein, und ich fahre herum. Grace' Eltern starren herüber, ihre Mutter mit geöffnetem Mund, die Hand mit der mit Salat vollgehäuften Gabel mitten in der Bewegung erstarrt.

»Sir, es tut mir furchtbar leid.« Martins, der offenbar alles beobachtet hat, ist im Handumdrehen an meiner Seite.

Kein Wort von BK. Der bläht nur die Nasenflügel zu alarmierend weiten Einfallstoren.

»Die Rechnung geht selbstverständlich aufs Haus.«

Ich mache den Mund auf, um zu protestieren, doch ehe ich noch ein Wort herausbekomme, packt Martins mich bereits am Arm und zieht mich mit sich durch den Laden nach hinten. Diesmal geht er nicht behutsam vor.

»Was zum Teufel hast du dir dabei gedacht?«, fährt er mich an, sobald wir außer Hörweite sind.

»Er hat mich begrapscht.« Eigentlich habe ich ihm das entgegenbrüllen wollen, doch es kommt als Flüstern heraus. »Und tun Sie nicht so, als hätten Sie es nicht gesehen«, füge ich fast unhörbar hinzu und befühle die Stelle mit den Fingern.

»Ich weiß nicht, was deiner Ansicht nach passiert sein soll, aber es gibt dir nicht das Recht, ihn tätlich anzugreifen. Wenn du doch weißt, was das für Kerle sind, musst du eben vorsichtiger sein. Komm schon, Eve, er ist ein zahlender Gast.«

»Ist es das, wofür er zahlt?«

Darauf fällt ihm nichts ein. Er blickt verlegen zur Seite.

Das war's, ich hab genug. Und das sage ich ihm auch. Ich ignoriere das Brennen in meinen Augen, greife nach hinten und mühe mich mit dem Doppelknoten der Schürze ab, ehe ich sie endlich aufbinden, theatralisch zusammenknüllen und ihm vor die Füße werfen kann. Ich schnappe mir mein Buch – inzwischen doppelt wütend, dass ich mir die Seitenzahl nicht habe merken können – und stopfe es in meine Tasche.

Martins sieht mir ungläubig zu; seine Augenbrauen steigen so hoch, dass ich sie vor meinem inneren Auge plötzlich über seinem Kopf sehe. Die Comicvariante.

Ich packe Mantel und Schal, stürme durch den Personaleingang hinaus auf die Straße und werfe meinen Notizblock im letzten Moment durch die zufallende Tür. Keine Ahnung, ob er es geschafft hat oder nun traurig vor dem Gebäude liegt – ich schaue nicht zurück. Damit kenne ich mich aus.

Ich habe immer gedacht, ich hätte ein Talent dafür, mich nicht an Dinge zu klammern, an die ich mich nicht klammern will, schon gar nicht an die hoffnungslosen Fälle. Ich dachte, ich könnte meine Erinnerungen begraben, wie wir Grace vor fünf Jahren begraben haben – an einem Mittwochmorgen im Juni, der wahrscheinlich trocken und sonnig war, vor meinem inneren Auge aber nass und grau erscheint. Gute wie schlechte Erinnerungen. Wie sie vor sich hin flüsterte, wenn sie ihre Arbeiten noch einmal durchlas. Ihre kleinen Zehen, die sie zur Seite abspreizen konnte, dass sie wie Blinker rechts und links anzeigten. Ihre einzigartige Fähigkeit, sich hinter ihrem Pony zu verstecken. Dass sie wie eine heißblütige Schauspielerin klang, wenn sie französisch sprach. Ihre Niesattacken, die immer nur im Dreierpack kamen. Ihre Liebe zu Büchern – sie wollte *alles* lesen. Ihr Lachen, so ansteckend wie eine Erkältung. Ihre ständige Sorge um die Arbeit. Ihre Anfälle von Traurigkeit, die ihr alles grau erscheinen ließen, ehe sie sich plötzlich auflösten, als hätte es sie nie gegeben. Ihr schwerer Kopf auf meinem Bauch; kein Wunder, dass mir alles auf den Magen schlägt. Ihre Telefonate mit ihrer Mutter, die sie immer möglichst kurz zu halten versuchte: »Na ja … wie auch immer … also … ich muss Schluss machen.« Der Ausdruck ihrer Augen, als sie mir erzählte, was er getan hatte. Ihre letzten Worte an mich.

Ich lege den Kopf zurück und warte darauf, dass der Tränenstrom versiegt, doch stattdessen landet ein Regentropfen auf meiner Nase. Ich flüchte mich in ein sardinenbüchsenartiges Café, aber ich kann nicht still sitzen. Ich muss die ganze Zeit an Grace' Eltern denken, an Martins' Augenbrauen. An die Hand an meinem Oberschenkel. Meine zerknüllte Schürze auf dem Boden. Ich schwelge einen Moment lang in der Vorstellung, Grace' Vater zu ohrfeigen, sodass seine bleiche Wange rot anläuft. Ich weiß noch, welche Wut ich am Tag ihrer Beerdigung auf ihn empfand, als er versuchte, die Kanten ihres Todes zu glätten und ihn für die Trauergäste besser verdaulich zu machen. Als ob das eine Rolle gespielt hätte. Ich lehne mich an die Wand und blicke durch die Scheibe, über die die Regentropfen rinnen. Grace ist (war) der einzige Mensch, den ich kenne, der gerne im Regen draußen ist (war).

Ich beschließe, zu Fuß nach Hause zu gehen, um einen klaren Kopf zu bekommen. Ich löse mich langsam, Glied für Glied, von der Wand. Die Tür klingelt fröhlich, als ich sie öffne und hinter mir wieder zuziehe. Die Fenster sind beschlagen, als ob die Leute drinnen heißen, verschwitzten Sex hätten. Auf der gegenüberliegenden Straßenseite sind die Sommerferien auf den Plakaten plötzlich durchweicht.

Wir haben alles zusammen gemacht: lernen, flirten, schlafen, trinken, tanzen, anziehen, ausziehen, lernen, lernen, lernen. Zumindest bis sie ihm begegnet ist. Es ist eine besondere Art von Folter, sich vorzustellen, was man alles hätte anders machen können, wenn man gewusst hätte, was auf uns zukommen würde.

Ich hole den Schirm aus meiner Tasche und mache mich auf den Weg zur Fleet Street.

Als ich die Royal Courts of Justice erreiche, regnet es in Strömen. Ich bleibe in Bewegung, husche über die Straße und suche unter dem ersten Dach, das sich mir bietet, Schutz. Was für ein Zufall: Somerset House. Ich gehe weiter, gehe zurück, gehe weiter. Ich kehre im Bogen zurück und bleibe an einer der Säulen stehen, die das Gewölbe tragen.

Ich sollte eigentlich nicht hier sein. Es ist nicht Mittwoch. Ich habe mit mir selbst eine Abmachung getroffen, dass ich nicht öfter als ein Mal die Woche herkomme. Zu teuer. Zu jämmerlich. Im Übrigen ist es doch das, was immer empfohlen wird, nicht wahr? Wöchentliche Sitzungen. Häufig genug, um Vertrauen aufbauen zu können, ohne eine ungesunde Abhängigkeit zu schaffen. Andererseits kann es eigentlich nicht schaden, ein einziges Mal außer der Reihe hinzugehen. Sozusagen als Notfalltermin. Oder ich gönne mir heute sogar einen echten Rundgang. Zum ersten Mal überlege ich, wie jemand überhaupt auf die Idee kommen kann, eine Bardame zu malen. Wie gewöhnlich.

Meine Geduld beginnt in Raum eins zu schwinden. Na klar – ein Gemälde von Adam und Eva. Ich schließe die Augen, als BKs weinseliges Lallen in meinen Ohren ertönt.

Die Gemälde-Eva hat einen glänzend roten Apfel von einem Baum gepflückt und reicht ihn Adam weiter, der sich verdutzt am Kopf kratzt. Ich mustere die Schlange über ihren Köpfen und folge mit meinem Blick dem mit Früchten beladenen Ast bis zu Evas Fingerspitzen, dann ihren schlanken Arm entlang über ihren nackten Körper bis hinab zu ihren Zehen. Ich bewege die meinen; erst jetzt bemerke ich, dass meine billige Strumpfhose (der rechte dicke Zeh lugt durch ein Loch) durchgeweicht ist, weil mir das Wasser in den Pumps steht. Um das Pärchen scharen sich Tiere: der gefräßige Löwe, das grasende Lamm. In einer Ecke trinkt ein Reh aus einer Pfütze, in der es sich spiegelt.

Ohne innezuhalten, gehe ich an weiteren religiösen Szenen vorbei. Ich kann immer nur wenige auf einmal ertragen. Zu viele blutige Kreuze, sich windende Körper, schwebende Heiligenscheine, fliegende Tauben. Weiter zu einer Reihe von Porträts – schon eher mein Ding. Mit tropfendem Regenschirm wandere ich von Werk zu Werk und neige vor dem Bild von *Mrs. Gainsborough* um Verzeihung bittend den Kopf.

In Raum sechs befinden sich zwei Frauen – gemessen an der Ähnlichkeit ihrer platten Profile, in denen sich kaum Nasen abzeichnen, sind es Schwestern. Sie betrachten fasziniert ein Möbelstück auf der anderen Raumseite. Ich breite meinen Mantel wie eine Picknickdecke auf dem Boden aus, lasse mich unelegant darauf plumpsen, verschränke die Beine und recke den Hals, um in das vertraute Gesicht meiner Bardame zu sehen. Unserer Bardame. Sie heißt Suzon.

Suzon? Aha. Bist du sicher?

Du schaust noch einmal hin, dann klickst du, gewissenhaft wie immer, einen anderen Link an, um dir die Information aus anderer Quelle bestätigen zu lassen. Tatsächlich. Hier steht es auch.

Suzon wie Macron? Ich fange selbst an zu googeln.

Du verdrehst die Augen, aber ich sehe deine Lippen zucken. Suzon wie Suzon.

Noch eine Suche. Macaron?

Du wirfst einen Blick auf meinen Bildschirm, der mit pastellfarbenem Gebäck gepflastert ist, gibst auf und bedenkst mich mit einer angedeuteten Verbeugung. Tja, schönen Dank auch.

Es war Grace' Lieblingsgemälde, und ihre Faszination dafür war ansteckend. An der Uni blickte uns Suzon von unseren schmierigen Laptop-Bildschirmen öfter entgegen, als ich zählen kann. Stundenlang starrten wir sie an und versuchten, ihre Gedanken zu lesen. Nun blicke ich ihr direkt in die Augen. Wie machst du das? Den ganzen Tag dastehen. Diese tadellose Haltung. Wirst du eigentlich nie wütend?

Eilige Schritte hinter mir.

Eigentlich hätten wir ihre Erscheinung, die äußeren Merkmale, die typisch für das Pariser Leben im neunzehnten Jahrhundert gewesen waren, besprechen sollen. Aber Grace fand ihren geisterhaften Gesichtsausdruck – oder vielmehr den Mangel an Ausdruck – ungeheuer faszinierend. Und ich bald auch. Als ich meine Sachen aus Dads Wohnung zu Karina und Bill schleppte, stieß ich auf ein paar alte Uniunterlagen, und da war sie wieder. Unsere

Suzon. Als ich sie vielleicht ein Jahr nach der Beerdigung das erste Mal in Wirklichkeit sah, fühlte ich mich irgendwie erleichtert. Seitdem habe ich sie hier jede Woche besucht. Ich ziehe meine Knie an meine Brust und schlinge die Arme darum.

Sie steht hinter der Bar, wie sie vielleicht an einem staubigen, kaugummiverklebten Bahnsteig stehen und mit halb geschlossenen Augen die formlose Masse an Gesichtern beobachten würde, die mit jeder vollgestopften Bahn, mit jedem Hochgeschwindigkeitszug an ihr vorbeirauscht. Alle um sie herum sind verwischt, nicht mehr als fleischfarbene Farbkleckse. Ich arbeite mich durch die Menge: dunkler Zylinder, gerüschte Bluse, orangefarbene Handschuhe – Seide, nehme ich an –, eine Pelzstola.

Es klopft an der Tür.

Eve? Grace? Kommt ihr?

Wir hocken zusammen auf dem Bett, den Laptop vor uns, und reichen uns gegenseitig die Dose Bier. Du ziehst den Kopf ein, grinst mir zu und drückst die Leertaste, um den Film anzuhalten. Hast du abgeschlossen?, flüsterst du.

Ich nicke und stopfe mir einen Zipfel der Bettdecke in den Mund, um mein Lachen zu ersticken.

Ein Schnauben, dann eine genervte Stimme. War ja klar. Die kommen doch nie.

Klackend entfernen sich die Absätze auf dem Holzboden. Ein, zwei Türen schlagen. Einen Moment später sind wir wieder allein.

Du kaust auf deiner Unterlippe, die von deinem nach Kirsche duftenden Lipbalm glänzt. Ich liebe das, was jetzt kommt, sagst du und beugst dich vor, um den Film weiterlaufen zu lassen.

Ich auch. Ich lege meinen Kopf an deine Schulter und schließe die Augen.

Nur du und ich.

»Entschuldigung? Miss?«

Ich erstarre. Ihre Stimme ist brummiger, als ich erwartet hätte. Ich schaue auf und mustere Suzons Gesicht. Doch nichts scheint sich verändert zu haben. Nein, wie immer blickt sie mich nur ausdruckslos an, als könne sie mich nicht hören.

»Miss?«, sagt die Stimme wieder, diesmal etwas lauter. »Nur damit Sie Bescheid wissen. Wir schließen in fünf Minuten.«

Oh, jetzt erkenne ich die Stimme – sie gehört zu dem Mitarbeiter mit dem Dachsgesicht (schwarz-weiße Haare, spitze Nase), der auch am Mittwochnachmittag Dienst hat. Ich werfe ihm einen flüchtigen Blick zu. Er hat die Hände hinter dem Rücken verschränkt und beugt sich leicht vor, um mir die Nachricht zu überbringen. Um uns herum ist es still. Einen Moment lang bin ich an diese nickenden Hundefiguren erinnert, deren Schnauzen fast den Boden berühren, wenn man auf den Stummelschwanz drückt. Früher habe ich mir immer vorgestellt, auf meinem Schreibtisch an meinem Arbeitsplatz in meinem Großraumbüro in meiner Firma auch so einen stehen zu haben – damals, als ich noch davon ausgegangen bin, irgendwann mal einer Arbeit nachzugehen, die all das nach sich ziehen würde.

»Tut mir leid«, flüstere ich dem Barmädchen durch zu einem Trichter gewölbte Hände zu.

Der Dachs räuspert sich.

Ich versuche, ohne Hilfe meiner Hände aufzustehen, scheitere, gebe schließlich nach und stemme mich hoch. »Ich wollte sowieso gerade gehen«, sage ich.

Er ist nicht mein Freund. Ich lasse ihn in dem Glauben, irgendwohin zu müssen.

Am Ausgang hat sich ein Stau gebildet, daher bleibe ich stehen und studiere das Schwarze Brett – nicht die typische Korkversion mit roten, gelben und blauen Heftzwecken, sondern ein gläserner Schaukasten.

Kunstgeschichte: Kompaktkurse, Vorlesungen, Exkursionen
Sommerschule
Künstlerresidenz in historischem Haus an Brightons Strandpromenade
Aktmodelle gesucht

Grace und ich hatten immer vor, uns als Aktmodell zu versuchen, natürlich zu zweit. An der Uni gingen wir jede Woche zu einer Abendsitzung, bei der das Modell praktisch immer dasselbe war – eine angemessen schwabbelige Frau namens Sandra. Mit den Rollen an ihrem Bauch, den hängenden Brüsten, ihren stämmigen Beinen, den bläulichen Adern, die sich die Wade aufwärts schlängelten, dem furchigen Gesicht und dem krausen Haar war sie großartig zu zeichnen. Doch nachdem wir sie fast zwei Jahre lang Woche um Woche vor uns gehabt hatten, ließ unsere Begeisterung dann doch etwas nach. Offenbar traute sich niemand sonst, sich vor Studierenden auszuziehen.

Ich wühle in meiner Tasche nach meinem Telefon und fotografiere den Aushang ab. Wie schwer kann es schon sein? Für ein, zwei Stunden nackt – sorry, *entblößt* – vor ein paar Leuten zu stehen oder zu sitzen, klingt nach schnell verdientem Geld, und man muss vermutlich kein Vorstellungsgespräch hinter sich bringen, es sei denn, man will sich vergewissern, dass ich den geeigneten Körper habe. Vielleicht habe ich den ja nicht. Wahrscheinlich ist man an so sehnige, anämisch wirkende Glieder – wie Pastinaken – gar nicht gewöhnt. Wer weiß: Vielleicht schaut man mich kurz prüfend an und schickt mich wieder weg.

Als ich wieder draußen bin, sehe ich sie plötzlich überall. Höre ihr Lachen. Kann sie riechen. Spüre sie in meinem Haar, auf meiner Haut. Grace. Genauso war es nach ihrem Tod, monatelang. Die Erinnerungen sind nie vollkommen verblasst, aber es gelang mir nach einer Weile, sie stumm zu schalten – zumindest meistens. Doch nun sind sie plötzlich lauter, bedrohlicher als je zuvor.

Für die Busfahrt nach Hause besorge ich mir ein paar Dosen Gin Tonic. Das hat bisher eigentlich ganz gut funktioniert. Im Übrigen würden wir im Restaurant nach Ladenschluss auch etwas trinken, wahrscheinlich sogar mehr, also ist es okay. Und die Dosen waren im Angebot: drei für zwei.

Als ich die Wohnungstür öffne, schlägt mir der Geruch von Fertig-Chili entgegen. Bill, der eine graue Jogginghose und ein in den Bund gestopftes T-Shirt trägt, steht vornübergebeugt vor der Mikrowelle, die in einem künstlichen Gelb leuchtet. Während er wartet, klopft er mit den Fingern auf die Arbeitsfläche.

»Wo ist Karina?« Er isst nur Fertigmahlzeiten, wenn sie nicht da ist.

»Oh, Eve. Ich habe dich gar nicht bemerkt.« Er wirft mir über die Schulter einen flüchtigen Blick zu, ehe er sich wieder seinem Abendessen widmet.

Ich ertappe mich dabei, mich zu fragen, ob er zugewandter wäre, wenn ich nur mein Handtuch tragen würde, und begreife, dass ich betrunken bin. »Arbeitet sie heute länger?«

»Hm. Ja. Eine Eröffnung.«

Sie arbeitet in einer PR-Agentur, Schwerpunkt Food and Beverage, und wird ständig zu Bar- und Restaurantneueröffnungen eingeladen.

Plötzlich gerät er in Bewegung. »Willst du Wein? Ich habe roten.«

»Ich sollte eher nicht.«

Er beäugt mich misstrauisch, als ich auf die Mikrowelle zusteuere wie ein Kuckuck, der ein vorübergehend verlassenes Nest zu entern versucht. Ehe er mir mit Bedauern mitteilen kann, dass seine Mahlzeit nur für eine Person reicht, versichere ich ihm schon, dass ich keinen Hunger habe.

»Also Wein«, sagt er und hält mir ein Glas hin. Ich nehme es.

Eine halbe Stunde später habe ich einen Kicheranfall nach dem anderen und kann nicht aufhören. Die kleinsten Belanglosigkeiten lösen Gelächter aus. Bills orangerot gefärbte Mundwinkel. Wie er ab und zu die Lippen zusammenpresst und einen Rülpser unterdrückt. Die Überlegung, wie es sich wohl anfühlen mag, eine Fertigmahlzeit zu sein und den ganzen Tag in flachen Plastikwannen herumzuschwappen.

Er lacht mit mir. »Und? Wie war dein Tag, Eve?«

»Ah …« Melodramatisch lege ich mir die Hand über die Augen. »Vielleicht nicht ganz so gut.«

»Was soll das heißen?« Er lächelt, runzelt aber gleichzeitig die Stirn.

»Sieht aus, als hätte ich meinen Job verloren«, sage ich schnell und klappe meinen Mund wieder zu.

»Eve. Was ist denn passiert?«

»Schon okay, alles ist gut«, sage ich und halte meine Hände hoch. »Ich habe schon einen Plan.«

»Und der wäre?«

Ich will mir Wein nachschenken, aber er nimmt mir die Flasche ab.

»Bill!«

»Ich mach noch eine auf.«

»Oh.« Wieder Lachen. »Um ehrlich zu sein, bin ich mir nicht sicher, ob du ihn gut findest.«

Er hält inne, nimmt einen Korkenzieher, legt ihn wieder weg. Schraubverschluss. »Du meinst doch nicht …« Er gestikuliert mit den Fingern.

»Urgh – nein!«

Er wird rot, als er unsere Gläser auffüllt. »Sorry. Wollte nur sichergehen.« Ich erwarte, dass er weiterfragt, doch stattdessen widmet er sich den letzten beiden Gabeln voll Chili und fährt anschließend mit dem Finger am Rand der Plastikschale entlang, um die Reste aufzuwischen.

»Willst du's wissen?«

Er leckt sich den Finger ab. »Willst du es mir sagen?«

»Ja.«

»Also?«

Ich trinke einen großen Schluck. »Ich werde Aktmodell.«

Ein paar Sekunden lang sagt er nichts, dann runzelt er die Stirn. »Modell?«

»He. Tu mal nicht so überrascht.« Ich pikse ihm in die Rippen und falle dabei fast vom Stuhl.

»Oh, nein, nein, so war das nicht gemeint. Ich dachte nur … ich weiß nicht. Modell – wirklich?«

Ich lache, und er wird wieder rot. Ehe er noch etwas sagen kann, frage ich ihn, ob er weiß, was ein Aktmodell ist.

»Natürlich.« Er steht auf und lässt den Plastikbehälter in die Spüle fallen.

»Aha? Was ist es denn?«

»Hm?«

»Ein Modell.«

»Oh, das.« Er kehrt zum Tisch zurück. »Na ja, hat mit Fotoshootings und so zu tun.«

»Es schmeichelt mir ja, dass du meinst, ich könnte *Model* sein, aber ein Aktmodell ist etwas anderes.«

Er füllt unsere Gläser erneut auf, obwohl beide noch ziemlich voll sind.

»Nun, zum einen sind Aktmodelle nackt.«

Er reißt die Augen wie in einem Comic auf. »Nackt?«

»Nackt.«

Er stößt einen Pfiff aus.

»Ich will für Kunststudenten Modell stehen«, sage ich und setze mich auf dem Stuhl zurecht. »Ich posiere, und sie zeichnen mich.« Ich schlage die Beine übereinander und hebe, sobald ich mich halbwegs ausbalanciert fühle, die Arme über den Kopf. »Ungefähr so«, sage ich, verschränke die Arme, verliere das Gleichgewicht und kippe vorwärts vom Stuhl.

Bill prustet los und streckt die Hände aus, um mich festzuhalten. Erneut blubbert hysterisches Gelächter aus mir heraus, und er zieht mich an der Taille hoch und kitzelt mich.

»Nicht, sonst mach ich mir in die Hose«, sage ich um Atem ringend.

»Gott, bitte nicht.«

Im nächsten Moment pressen sich unsere Münder aufeinander, und wir fummeln aneinander herum. Ich fange erneut an zu lachen, weil die Situation so albern ist. Eve und Bill? Bill und Eve? Lächerlich. Seine Hände ziehen an meinem Haar, meine wühlen in seinem. Als er an den Knöpfen meiner Bluse zupft, zerre ich sein T-Shirt hoch und über seinen Kopf. Jetzt fahren seine Hände über meine nackte Haut, tasten, grapschen, packen zu. Sein Mund schmeckt nach Chili.

Eine Sekunde später pingt sein Telefon. Wir fahren auseinander, und in seinen Augen entdecke ich dasselbe Entsetzen, das auch ich verspüre. Wortlos, ernüchtert, sehen wir einander an. Dann greife ich nach meiner Bluse und gehe wie narkotisiert in mein Zimmer.

3

Als ich erwache, glaube ich für einen Sekundenbruchteil, dass ich etwas vorhabe – die Erinnerung kann ziemlich gemein sein –, und schwelge einen winzigen Augenblick länger in der Vorstellung. Okay, aufstehen, duschen, abtrocknen, anziehen, und dann los. Ich mache ein Auge nach dem anderen auf, als die Einschläge auch schon kommen: Grace' Eltern. Das Restaurant. Und der tödliche Hieb: Bill.

Keine Ahnung, was ich mir dabei gedacht habe, wenn ich überhaupt gedacht habe, was ganz offensichtlich nicht der Fall war. Und er auch nicht. Er und Karina sind für mich das, was einer Familie am nächsten kommt, und sie sind immer nett zu mir gewesen. Ich setze mich auf. Ich muss mit ihm reden und ihm klarmachen, dass er nichts sagen darf. Es war ein Fehler, und der muss bereinigt werden.

Wenn sich mein Magen nur nicht wie roher Kuchenteig anfühlen würde. Um mir Linderung zu verschaffen, wälze ich mich auf den Bauch, wie ich es tue, wenn meine Gebärmutter einmal im Monat krampft. Ein Kater, genau wie ein schlechtes Gewissen, ist allerdings weitaus schwieriger in den Griff zu bekommen.

Ich habe schon immer gefürchtet, dass ich in schwierigen

Zeiten zur Flasche greifen könnte; man weiß ja, dass so was in der Familie liegen kann. Doch obwohl ich, was das Trinken angeht, nicht gerade zurückhaltend bin, bin ich doch keine Alkoholikerin. Das hat sie mir jedenfalls gesagt, die College-Krankenschwester mit den schräg stehenden Augen und der Nase wie eine Skipiste. Ich sei »nur deprimiert«, ich würde die Phase schon überwinden.

Dennoch kann ich mit Alkohol nicht besonders gut umgehen. Als ich sechzehn war, gab es mal eine verkorkste Party an einem Freitagabend nach der Schule. Ich hatte mein Paillettentop und eine ausgefranste Jeans an, und der Punsch schmeckte so fruchtig und lecker, dass ich den Rum darin vergaß. Die Party endete für mich damit, dass ich mich im edlen Bad der Eltern meiner Freundin – flauschige weiße Handtücher, samtige cremefarbene Badeteppiche – im Schwall erbrach. Bis heute kann ich die Geißblatthandcreme riechen, die ich mir auf Hände und Arme geschmiert hatte, ehe Sekunden später mein Mageninhalt hervorsprudelte.

Als ich mich an der Uni einschrieb, war ich davon überzeugt, dass sich das Problem ausgewachsen hatte. Es hatte seit jener Teenie-Party noch ein paar weniger grandiose Kneipenabende gegeben, aber wirklich krank war ich zum Glück nicht mehr gewesen. Doch am ersten Abend mit den Leuten vom College stürzte ich wieder ab. Wir tranken alle mehr, als wir sollten, zum einen, um unsere Nerven zu beruhigen, aber hauptsächlich, um uns zu beweisen, dass wir es konnten. Tja, ich konnte offensichtlich nicht. Wieder musste ich kotzen, diesmal mitten aufs Kopfsteinpflaster und vor den Augen meiner neuen »Freunde« von der Uni.

Grace, die klugerweise nach ihrem dritten Wodka Lemon aufgehört hatte, war diejenige, die sich meiner erbarmte.

Wow, das ist nicht dein natürliches Habitat, oder?

Mit kühlen Fingern schiebst du mir das Haar aus meinem schweißnassen Gesicht.

Der nächste Schwall. Ich verharre in meiner gekrümmten Haltung, als ich spüre, wie du mir sanft den Rücken reibst.

Du meinst mit Sebastian und Orphelia und Arabella? Nein, ist es nicht. Und nicht nur, weil mein Name nur eine Silbe hat.

Ach, mit der Zeit wird es einfacher, sagst du und streichelst mir übers Haar. Und in der Zwischenzeit hast du noch mich. Ich habe auch ein Silbendefizit.

Denkst du, wir sollten Nahrungsergänzungsmittel einnehmen?, frage ich und wische mir die Mundwinkel mit den Fingern ab, ehe ich mich wieder aufrichte.

Du lachst. Im Abendlicht wirkt dein Teint taufrisch.

Ich ziehe mir meine Decke über den Kopf. Als Kind habe ich, wenn etwas Schlimmes passiert war, ganz schnell und lange geblinzelt, um das Böse rückgängig zu machen. Wenn ich es schaffe, nur lange genug unter der Decke zu bleiben …

Der Lärm des Fernsehers holt mich aus meinem ganz privaten Jammertal. Langsam steige ich aus dem Bett, ziehe mir Mums Pulli über und öffne die Tür.

»Eve.«

Karina. Ich erstarre.

»Wir müssen reden.«

Ich kann ihr nicht in die Augen sehen. Stattdessen blicke ich auf ihren Mund mit den perlweißen, schnurgeraden Zähnen und den rosigen Lippen. Sie sitzt auf dem Sofa neben Bill, der Cornflakes mümmelt, und sieht eine Doku mit einem Investigativreporter an, der sich in einem amerikanischen Kaff bei irgendeiner Sex-Sekte einschleicht.

Als ich mich zu ihnen setze, schaltet sie den Fernseher auf stumm und sagt – wie Mum es vielleicht getan hätte, wie sie es hätte tun sollen –, dass sie enttäuscht von mir ist. »Bill hat's mir erzählt.«

Ich werfe ihm einen Blick zu. Hat ihr was genau erzählt?

»Eve, die Sache mit dem Restaurant. Was jetzt?«

Meine Lippen zucken.

»Warum grinst du? Du kannst doch nicht einfach nur abhängen. Du musst was tun.«

Immer noch lächelnd, schüttele ich den Kopf. »Ich weiß, tut mir leid.« Ich denke an die Anzeige für das Aktmodell. Grace hätte gelacht. »Ich habe schon eine Idee.«

»Und welche?«

»Noch ist nichts fest. Ich muss erst telefonieren.«

»Okay. Halt uns auf dem Laufenden.«

»Mach ich.« Und das werde ich. Das Letzte, was ich will, ist, dass Karina mich auf ihre To-do-Liste setzt:

- Mama anrufen
- Termin beim Zahnarzt
- Einkaufen (fettarmer Joghurt, Beeren, Reinigungstücher, Batterien)
- Fitnessstudio
- Zur Post (Bill)
- EVE

Wenn es bei mir mit der Arbeit läuft, ist Karina zufrieden, und Bill und ich können wieder unserer Morgenroutine nachgehen: Er klappert eifrig auf seiner Tastatur, während ich den üblichen Spießrutenlauf durchs Wohnzimmer unternehme. Sobald ich bereit bin, unsere Freundschaft wieder normal fortzuführen, versteht sich.

»Bill, noch was von deiner Seite?« Sie versetzt ihm mit dem Handrücken einen Klaps.

»Du machst das schon, Eve. Öfter mal was Neues wagen«, sagt er gepresst.

Ich presse die Lippen zusammen und erwidere nichts. Besser für uns alle.

So, offensichtlich müssen angehende Aktmodelle doch ein Bewerbungsgespräch absolvieren. Nachdem ich die Nummer vom Schwarzen Brett gewählt hatte, meldete sich nach nur zwei Klingeltönen ein Mann mit sanfter Stimme – *Hallo, Paul am Apparat* – und fragte, ob ich heute Nachmittag »mal rasch reinspringen« könnte. Okay, offensichtlich suchen sie dringend, aber ich widerstand der Versuchung, mich dazu zu äußern. Jetzt habe ich um halb vier einen Termin in South Kensington, vermutlich im Atelier.

Ich fragte Paul, ob ich mich bei dem Gespräch ausziehen müsse, woraufhin er ein kurzes Lachen ausstieß und mir versicherte, dass das nicht nötig sei. Zum Glück. Da Karina zu Hause ist, kann ich mir nicht einfach ihre Bodylotion ausleihen. Meine Beine sind trocken und schuppig, und von meinen Unterarmen lösen sich weiße Hautfetzen, wenn ich fest rubbele. Ich muss mir auch ihren Bikini-Line-Trimmer borgen – oder doch nicht? Ich weiß nicht, was Künstler bevorzugen, Haare oder keine. Es könnte clever sein, sich abzusichern. Vielleicht ist das ein Thema für abschließende Fragen.

Ich versuche, das aufkommende Ziehen in meiner Magengrube zu ignorieren, und nach einer Tasse Kaffee dusche ich und ziehe mich an. Roter Cordrock, weiße Bluse, beiger Pulli. Zum ersten Mal seit Monaten nehme ich mir die Zeit, mein Haar zu föhnen, dann drehe ich es um meinen Zeigefinger und stecke es hinten im Nacken fest. Die Haut an meinen Nägeln ist rot und wund, nachdem ich die ganze Nacht daran gezupft habe, aber das lässt sich jetzt nicht ändern.

Es ist ein sonniger Tag. Der Himmel ist blau, und nach den Bäumen zu urteilen, die sich nicht bewegen, ist es windstill. Nach einem letzten Blick in den Spiegel mache ich mich auf den Weg. Bis ich die Vauxhall Bridge erreicht habe, hat sich das Kribbeln in meinem Bauch in sämtliche Eingeweide ausgebreitet.

Mein Handy vibriert in meiner Tasche.

Max: *Kaffee?*

Augenblicklich beruhigt sich mein Inneres. Ich blicke auf die Uhr und antworte: *south ken? kann in zwanzig minuten da sein.*

Drei Pünktchen, während er schreibt. *South Ken? Da ist aber jemand aufgestiegen.*

schön wär's. der laden direkt an der haltestelle?

Bin unterwegs.

Max ist Assistant Manager einer Bar in der City. Und außerdem mein ältester Freund in London (also der Freund in London, den ich am längsten kenne). Als Kinder wohnten wir nur zwei Straßen auseinander, nicht weit vom Bahnhof Finsbury Park. Sein und mein Vater trafen sich früher immer im Pub, um Fußball zu gucken und Bier zu trinken, bis mein Vater beschloss, lieber zu Hause zu bleiben und Whisky zu saufen und von seinem Lieblingssessel aus auf den leeren Bildschirm zu starren. In der Oberstufe hatten wir sogar mal was miteinander; Auslöser war eine betrunkene Silvesternacht. Unter anderem. Max war gut zu Dad und half ihm ins Bett, wenn seine Beine durch den Whisky zu wacklig waren, redete mit ihm, während er auf die Glotze starrte, und wurde nie ungeduldig, wenn er als Reaktion nicht viel mehr als ein Blinzeln erhielt. Max brachte mich von der Schule nach Hause, küsste mich zum Abschied und sagte mir per SMS Gute Nacht. Dann ging ich nach Oxford, und er blieb in London. Irgendwann hörte ich auf, auf seine Nachrichten zu antworten, und wie die meisten Fernfreundschaften verlief auch diese langsam im Sande. Max ist lieb und charismatisch und lustig und immer von einem Pulk Leuten umgeben, und als ich wieder zurückkehrte, ging ich davon aus, dass ich meinen Platz in seinem Leben verloren hatte. Doch er schaffte neuen.

Ich bestelle zwei Kaffee, schwarz, und zwei Blaubeermuffins bei dem Kerl hinter der Theke, der an seinen bereits abgekauten Fingernägeln nagt, dann belege ich einen Platz am Fenster neben einem Mädchen im Teenie-Alter. Einer Schülerin, wie ich annehme; sie macht sich eifrig Notizen auf einem DIN-A4-Block und greift hin und wieder nach einem der knallbunten Stifte aus ihrem Mäppchen, und ich muss lächeln, weil auch ich früher dachte, Unterstreichen sei gleichbedeutend mit Lernen. Ihr langes dunkles Haar fällt ihr vor die alabasterweißen Ohren, als sie sich über ihren Block beugt. Vielleicht wartet sie auf ihre Eltern, weswegen sie tatsächlich büffelt und nicht auf dem Smartphone alte *Friends*-Folgen guckt. Oder vielleicht hat sie einfach ein bisschen Ruhe gebraucht, eine Auszeit von zu Hause. Bücher trinken nicht, verlangen nicht durchs ganze Haus brüllend nach einer neuen Rolle Klopapier und ziehen sich nicht eines Morgens an und verschwinden auf Nimmerwiedersehen. Sie wirft das Haar zurück, bemerkt, dass ich sie beobachte, und widmet sich wieder ihren Stiften.

Eve?

Du sitzt vorgebeugt an deinem Schreibtisch und blickst stirnrunzelnd in ein Lehrbuch, das vor lauter Post-it-Streifen ganz fransig aussieht. Du folgst dem Satz beim Lesen mit dem Finger.

Ich wälze mich auf deinem Bett von der Bauchlage auf die Seite und stelle unsere Spotify-Playlist auf Pause.

Du weißt, ich hab dich lieb, aber hör bitte auf, mich ständig abzulenken.

Du meinst die Musik?

Die Musik und das Geschnatter. Ich habe nur noch ungefähr vier Stunden, um mir diesen ganzen Kram hier einzuprägen.

Ich klappe den Laptop zu und tue so, als würde ich mir den Mund mit einem Reißverschluss zumachen.

Du pustest mir ein Küsschen zu.

Ich fange es und drücke es mir auf die Lippen.

Ich habe meinen Kaffee ganz und Max' Becher zur Hälfte geleert, als er mit Helm in der Hand eintrifft. Er fährt Fahrrad in London, was mich immer wieder aufs Neue beeindruckt. Ich würde die notwendige Konzentration nicht aufbringen.

»Eve!«

»Max!« Ich springe auf – wobei ich darauf achte, meine Tasche nicht umzustoßen, die randvoll mit schlanken Zuckertütchen ist – und werfe ihm meine Arme um den Hals. Wir haben uns seit Wochen nicht gesehen.

»Du hast offenbar schon etwas gegessen«, sagt er. Seine ohnehin schon hohen Wangenknochen heben sich, als er mir lächelnd Muffinkrümel vom Pulli fegt.

»Ähm, ja, sorry. Das war eigentlich für uns beide gedacht.«

»Macht nichts. Ich hol mir rasch was.« Er fährt sich mit der Hand durch sein dichtes rotbraunes Haar, das vollkommen frei von klebrigen Stylingprodukten ist. »Noch Kaffee?«

»Ich habe schon meinen *und* deinen getrunken, das sollte reichen.«

Er lacht, und ich lege die Hände in einer entschuldigenden Geste zusammen.

Ich sehe zu, wie er etwas aus dem Kühlschrank holt und sich in die Schlange stellt. Während er wartet, zieht er sich die Jacke aus. Seine sommersprossige Haut, Erbe seiner irischen Mutter, ist kupfergold gebräunt. Ich erhasche einen Blick auf die wulstige Narbe an seinem Ellenbogen, die er davongetragen hat, als er als Kind die Treppe heruntergefallen ist. Neben seiner rotbraunen Haut wirkt meine weiß wie Salz.

Ich rutsche mit meinem Hocker näher an den Tisch heran, als er sich mir gegenüber niederlässt. »Schönen Urlaub gehabt?«

»Ich bin mir nicht sicher, ob ich das Urlaub nennen würde«, sagt er. In seinen Augenwinkeln kräuselt es sich. Seine Iris ist so braun wie Kaffeebohnen. »Aber, ja, es war toll.«

»Sagst du mir noch mal, wo du warst?«

Er nimmt den Deckel von seinem schaumigen Cappuccino. »Wir sind in Barcelona gestartet und bis Rom gefahren. Nicht gerade entspannt mit dem Rad, aber die Landschaft war großartig.« Er wickelt sein Bacon-Sandwich aus, das noch dampft. »Super Essen.«

»Jedenfalls siehst du gesund und zufrieden aus.«

»Danke.« Er lächelt. »Aber wie geht's dir? Was macht die Arbeit, die WG und so weiter?«

Nur glückliche Menschen stellen solche Fragen.

Er beginnt zu essen und blickt zwischen seinem Sandwich und mir hin und her. Seine Neugier – sein echtes Interesse an anderen Menschen – ist eigentlich etwas, was ich an ihm besonders liebe. Heute bereitet es mir Unbehagen.

(Die einzige Frage übrigens, die wir uns nie stellen, lautet: Bist du mit jemandem zusammen?)

»Alles gut, danke«, antworte ich, vielleicht etwas zu enthusiastisch. »In der WG läuft alles bestens. Karina hat neulich noch nach dir gefragt. Du musst mal vorbeikommen. Zum Essen oder so.« Das klingt merkwürdig, ich höre es selbst. Er weiß, was für eine schlechte Köchin ich bin – ich habe schon mehrmals vergeblich versucht, ihm einen Geburtstagskuchen zu backen –, und was ich mit »oder so« gemeint habe, weiß ich auch nicht.

»Freut mich. Und, klar, das machen wir. Ist bestimmt auch schön, mal wieder mit Bill zu plaudern.«

Ernsthaft? Der Gedanke an die beiden in angeregter Unterhaltung ist mir nicht geheuer.

»Und im Restaurant?« Wieder ein herzhafter Biss ins Brot, Ketchup quillt heraus. Ein lautloser Platsch.

»Was?« Ich habe ihn verstanden.

Er hält einen Finger hoch. »Moment.« Eine Furche zeigt sich in seiner linken Wange, während er kaut, wie immer höflich. Ein Schlucken später: »Ich wollte wissen, wie es im Restaurant steht.«

Ich schnippe die übrig gebliebenen Muffinkrümel weg. Einer ertrinkt jetzt in roter Soße. So kann's gehen. »Da steht es nicht so gut.«

Er nimmt einen Schluck von seinem Cappuccino und sieht mich über den Becherrand hinweg an. Ich würde ihm gerne den Milchschaum von der Oberlippe wischen, halte mich aber zurück. Er fährt sich mit dem Handrücken über den Mund (ich muss hingestarrt haben) und fragt mit sehr erwachsener Stimme, ob der Laden in finanziellen Schwierigkeiten steckt.

»O nein, in der Hinsicht ist alles in Ordnung – glaube ich zumindest. Es liegt an mir, ich war letztlich wohl nicht die Richtige für den Job. Du weißt ja, wie das ist.« Was er mit Sicherheit nicht tut.

Er trinkt noch einen Schluck, sieht mich unverwandt an und wartet mit leicht schief gelegtem Kopf ab. Wie ein Therapeut, ein ziemlich sexy Therapeut. Er denkt nicht daran, für mich die Leerstellen zu füllen.

Aber stur bin ich auch, wenn ich will. Ich presse meine Lippen zusammen, schlage die Beine unterm Tisch übereinander und stoße dabei versehentlich gegen seine.

»Versuch gar nicht erst, mich abzulenken, Eve.«

Ich werde rot, ich kann es spüren.

Er sieht mich noch immer abwartend an.

»Ich habe gestern gekündigt.« Ich verstumme wieder und warte auf seine Reaktion. Doch noch immer kommt keine. »Man hätte mich ohnehin rausgeworfen.«

Überraschung, Empörung, Mitleid. Ich sehe Anzeichen von allem – aber hauptsächlich von Letzterem. Das entwickelt sich langsam zu einem Muster.

»Eve, das tut mir leid.«

Er sagt es so, als sei jemand gestorben. Ich kann mich noch gut daran erinnern – an dieses »es tut mir leid« und wie ich dachte, wie merkwürdig dieser Spruch ist. Ich musste mich jedes Mal zurückhalten, um nicht »ist ja nicht deine Schuld« zu antworten. Ich wusste schließlich, wer dafür verantwortlich zu machen war.

»Was ist passiert?«

Eigentlich sollte ich Expertin in der Beantwortung solcher Fragen sein. »Ach, du weißt schon, das Übliche. Ich komme einfach mit diesen Leuten nicht klar. Ich kann's nicht, also tu ich es nicht. Nicht mehr jedenfalls.«

»Ach, Eve.« Er legt seine Hand auf meine. Jetzt geht das wieder los. Das sanfte Tätscheln, der aufrichtige Ausdruck seiner Augen, das leicht gönnerhafte Nicken.

»Schon gut«, sage ich, tätschele wiederum seine Hand und kralle meine anschließend unterm Tisch in meine Oberschenkel. Ich erwäge, ihm von dem anstehenden Bewerbungsgespräch zu erzählen, entscheide mich aber dagegen. Es könnte sich ja auch als Flop erweisen.

»Alles in Ordnung?«

Er kennt mich zu gut und kann spüren, dass ich auf einem schmalen Grat balanciere. »Ja, ganz sicher«, sage ich und arrangiere meine Züge genauso zu einem Lächeln, wie Karina ihre Sachen neu faltet, nachdem ich sie gebügelt habe. »Komm, erzähl mir ein bisschen von deiner Radtour.«

Er erwidert das Lächeln und scheint den Themenwechsel zu akzeptieren. »In einem der Dörfer in Frankreich, durch die wir gekommen sind, gastierte ein Zirkus«, erzählt er. »Mit Akrobaten, Messerwerfern, Seiltänzern und einem Direktor, der einen armlangen Schnurrbart hatte.«

»Und? Hast du überlegt, dich anwerben zu lassen?« Das war unser Plan, als wir Kinder waren – weglaufen und Feuerspucker werden. Max kam auf die Idee, nachdem ich einen besonders üblen Abend mit meinem Vater verbracht hatte; ich hatte vergeblich versucht, ihn mit albernen Spielen wie »Alle Vögel fliegen hoch« vom Trinken abzuhalten.

»Sie wollten nur Paare einstellen.«

»Die Dummköpfe. Sie wissen nicht, was ihnen entgeht.«

»Tja. Na ja.« Er lehnt sich auf seinem Stuhl zurück. »Ohne dich ging's halt nicht.«

Als ich an der Adresse ankomme, die ich in mein Handy eingegeben habe, ist es zwanzig nach drei. Ich bin zu früh – Karina wäre stolz auf mich. Das passiert mir allerdings wirklich selten, und ich stehe unschlüssig vor der Tür und weiß nichts mit mir anzufangen. Noch eine Runde um den Block gehen? Ein paar Minuten draußen warten? Doch die Kälte wird immer spürbarer, also drücke ich schließlich doch auf den Klingelknopf.

Es handelt sich um ein hübsches Reihenhaus, das vermutlich früher ein normales Eigenheim gewesen ist. Es besteht aus rotem Backstein, doch Fenster und Türen sind mit cremefarbenem Stein abgesetzt, der auch eine Art Fries unter der Dachrinne bildet – wie man es manchmal bei antiken griechischen Tempeln sieht. Eine Steintreppe führt zu einer hellgrünen Tür, die hinter einem Torbogen aus demselben cremefarbenen Stein ein Stück zurückgesetzt liegt. Direkt darüber befindet sich ein großes Bogenfenster. Jede Menge natürliches Licht. Muss das Atelier sein.

Nach ein paar Sekunden ertönt ein Summen, und die Tür springt auf. Ich trete ein, als gleichzeitig eine Gruppe von Leuten die Treppe herunterkommt. Einige halten Zeichenblöcke in der Hand, andere haben sich Papierrollen unter den Arm geklemmt. Der Kurs ist vorbei.

Ich frage mich gerade, wer das Modell gewesen ist (wahrscheinlich der ältere Mann mit der Plauze), als mich eine Matrone in einer Wolke blumigen Parfüms auffordert, doch bitte die Tür frei zu machen.

Ich trete zur Seite und muss unwillkürlich husten.

Nachdem die Leute ihre Mäntel und Schals von einer Hakenreihe genommen haben, die mich an meine Grundschule erinnert, verschwinden sie durch die Tür. Ich stelle meine Tasche auf dem Boden ab und knöpfe meinen Mantel auf.

»Sind Sie zu einem Bewerbungsgespräch hier?«

Ich wende mich um und sehe eine Frau auf mich zukommen. Sie trägt schwarze Loafer, die auf der Treppe elegant klappern. Sie hat honigblondes Haar, das etwas über schulterlang ist, und entweder ist ihr warm, oder sie hat Rouge aufgelegt.

»Woher wissen Sie das?«, frage ich und stopfe meinen Mantel in eine Garderobennische, während sie etwas Lauchfarbenes von einem Haken nimmt.

»Ach, ganz einfach«, sagt sie und lächelt zwinkernd. »Der nervöse Blick, der Biss auf die Unterlippe.«

Ich muss lachen. »Und Sie?«

Sie sieht nicht aus wie der künstlerische Typ, und nun, da sie ihren Veloursmantel und den passenden eierschalenfarbenen Schal trägt, noch weniger.

»Drittklassige Zeichnerin«, sagt sie und streckt mir die Hand hin. Die goldenen Armreifen klimpern. »Ich bin Annie.«

»Eve.« Ich reiche ihr meine eisige Hand, und sie schüttelt sie erstaunlich fest.

»Viel Glück, Eve.« Ein letzter aufmunternder Händedruck, ein Lächeln, und sie strebt auf den Ausgang zu. »Die Treppe hoch und dann rechts.«

»Danke«, sage ich und sehe ihr nach, bis sie außer Sicht ist.

Die Stufen ächzen, als ich hinaufsteige, immer drei auf einmal, weil sie so klein sind. Als ich auf dem Absatz oben ankomme, taucht ein Mann auf. Er ist groß und dünn – allerdings auf muskulöse Art – und trägt eine Lederjacke mit verstärkten Schultern und wattierten Ellenbogen. Darunter ein weißes T-Shirt, das er in die schwarzen Jeans mit Gürtel gesteckt hat. Schwarze Stiefel runden das Bild ab. Nicht das, was ich erwartet habe.

»Du musst Eve sein.«

»Bin ich. Paul?«

»Ja. Danke, dass du gekommen bist.«

»Danke, dass ich kommen durfte.« Irgendwie klingt das in meinen Ohren alles ein bisschen anzüglich.

Vielleicht denkt er das auch, denn er lächelt, und um Mund und Augen bilden sich Fältchen. Er ist attraktiv und sieht mit seinem welligen dunkelbraunen, mit Grau durchzogenen Haar und den abstehenden Ohren ein bisschen wie ein koboldhafter Schuljunge aus. Er trägt eine Brille mit farblosem Rahmen, die er – zweimal in einem Zeitraum von zehn Sekunden – mit dem Zeigefinger die Nase hinaufschiebt. Ob das ein Tic ist oder die Brille unfassbar schlecht sitzt, lässt sich nicht sagen.

Er deutet auf den Raum, aus dem er gerade gekommen ist, und fragt mich, ob ich ein Glas Wasser möchte. »Oder vielleicht lieber Kaffee oder Tee?«

»Kaffee wäre toll, danke.«

Der Raum ist für einen Kurs eingerichtet. Gut ein Dutzend Klappstühle mit jeweils einer Staffelei davor sind zu einem breiten bühnenartigen Podest vor dem kolossalen Fenster ausgerichtet – fast theatergleich in einem Rund angeordnet. Auf dem Podest steht ein Stuhl, daneben ein Sichtschutz, eine Art Raumteiler, über dem ein geblümter Stoff hängt. Zur Linken steht eine blättrige Pflanze, die zu groß für ihren Terrakottatopf geworden ist. Ich blicke zur Decke und erspähe ein Oberlicht, ein blaues Quadrat. Der Geruch nach Terpentin hängt in der Luft.

Den hinteren Teil des Raumes nimmt eine kleine Küchenzeile mit Kühlschrank und Spüle ein. Paul bückt sich und holt einen Becher aus einem Schrank; der gelbe neben dem Kessel muss seiner sein. Es rauscht, als das Wasser zu kochen beginnt, dann der Trommelwirbel, das Pfeifen.

»Also, Eve – was machst du so?« Er zieht den gurgelnden Wasserkocher vom Sockel.

»Ich bin Kellnerin.« Ich war Kellnerin.

»Wunderbar. Du bist es also gewohnt, auf den Füßen zu sein.«

»Bin ich.« War ich.

»Und hast du schon mal Modell gestanden?«, fragt er und reicht mir einen Kaffee mit Schlieren auf der Oberfläche.

Ich habe nicht um Milch gebeten. »Nein. Aber ich habe Zeichenkurse besucht.« Ich bücke mich und stelle den Becher auf dem Holzboden ab.

»Oh, wie schön, du hast also einen künstlerischen Hintergrund?« Er springt auf, geht mit raschen Schritten zur Küchenzeile und kehrt mit einem Untersetzer zurück, den er unter meinen Becher schiebt.

»Nicht wirklich. Ich habe Kunstgeschichte studiert.«

»Oh, prima. Und wo?«

»Oxford.«

»Wow. Beeindruckend.«

»Wie man's nimmt.«

Es entsteht eine kurze Pause, während er einen Schluck von seinem mit Milch versetzten Kaffee trinkt und mich mit seinen graublauen Augen über den Becherrand hinweg ansieht. Mit einem Mal möchte ich mehr über ihn wissen – was er tut (außer Zeichenkurse zu leiten), ob er Familie, eine Freundin oder einen Freund, Ehefrau oder -mann und Kinder hat. Ich kann keinen Ring sehen, und seine Lederjacke schreit nach Midlife-Crisis.

»Also, Eve. Nur ein paar Routinefragen, um sicherzustellen, dass du weißt, worauf du dich einlässt.«

Er hat etwas Entwaffnendes. Vielleicht liegt es an seinem spröden Lächeln, das ein wenig schief ist – so wie seine Schneidezähne. Ich ertappe mich dabei, wie ich mich ihm zuneige, wenn er spricht, und er hält meinem Blick stand, ohne zu blinzeln. Ich frage mich, ob er das wohl auch noch täte, wenn ich nackt vor ihm sitzen würde. »Schieß los.«

Er nimmt seine Brille ab, legt sie auf sein Knie, reibt sich die Augen und setzt die Brille wieder auf. »Glaubst du, du könntest damit umgehen, wenn du nackt vor einer Gruppe vollständig bekleideter Menschen stehst?«

Ich stelle mir vor, wie alle mich eingehend mustern, um meinen Körper mit Kohle auf Papier zu bringen. Ich spüre, wie mir das Blut in die Wangen steigt.

»Die meisten unserer Modelle kommen aus der darstellenden Kunst – vom Theater oder Tanz –, sind also daran gewöhnt, sich vor einem Publikum zu bewegen, und fühlen sich in der Regel wohl in ihrer Haut.«

»Das tue ich auch«, sage ich und rekele mich zum Beweis ein bisschen auf dem Stuhl, obwohl es nicht gerade der gemütlichste Stuhl zum Rekeln ist. Ich denke kalte Gedanken, um mich etwas abzukühlen. Wird es dieses Jahr schneien? Hat Bill das Erdbeereis aufgegessen? In meiner Kindheit ist einmal die Heizung ausgefallen, und Dad hat es zwei eisige Wochen nicht geschafft, das Ding wieder in Gang zu setzen.

»Sehr gut. Und es wäre für dich auch in Ordnung, wenn die Studenten dich inspizieren? In manchen Sitzungen geht es nicht um die menschliche Gestalt an sich, sondern wir besprechen Makel, Unregelmäßigkeiten, Schönheitsfehler.«

»Macht mir nichts.«

»Bist du einigermaßen fit?«

Ich muss ein Lachen unterdrücken.

»Man muss zäh – und natürlich geduldig – sein, um eine gewisse Pose zu halten. Das kann körperlich sehr anstrengend werden.«

»Das schaffe ich.«

»Schön. Okay.« Er beugt sich vor, stützt die Ellenbogen auf die Knie, verschränkt die Hände. Seine Augen sind noch immer auf mich gerichtet. »Dann kommen wir jetzt zu den Details.«

Er erklärt mir, dass die zwei Stunden dauernden Kurse immer grob nach demselben Schema ablaufen. In der ersten Stunde werde ich mich durch eine Reihe kurzer, prägnanter, dynamischer Posen arbeiten – manche nur dreißig Sekunden, andere bis zu zehn Minuten lang –, der zweite Teil gehört dann einer einzelnen Stellung, die ich eine Dreiviertelstunde zu halten habe. Er weist mich außerdem darauf hin, wie wichtig es ist, zu Hause ein wenig zu üben, damit ich meine eigenen Grenzen kennenlerne. Bei der Abfolge der kurzen Posen soll ich mich etwas trauen – Spaß haben, ein bisschen auf Drama machen. Für die längeren Stellungen empfiehlt er neutralere Posen … aber nicht so neutral, dass seine Schüler einschlafen.

»Hättest du was dagegen, gelegentlich mit einem zweiten Modell zu arbeiten?«

»Ich glaube nicht.«

»Auch eins vom anderen Geschlecht?«

»Ich habe schon mal einen Mann nackt gesehen.«

Er lacht. War das ein Blinzeln oder ein Zwinkern?

Ähm, das sieht aber nicht nach Sandra aus, sagst du und deutest mit dem Kopf auf den alten Mann mit einer Haut wie Knetmasse, der in einem wild geblümten Morgenrock auf das Podest zuschlurft.

Wer hätte das gedacht?, antworte ich. Ein lebendiger Mann.

Als er sich zur Wand dreht und seinen Mantel auszieht, sodass man den Hängehintern sieht, duckst du dich hinter deine Staffelei.

Komm schon, Grace, das willst du doch nicht verpassen.

Deine Schultern beginnen zu beben.

Eins …

Du schlägst die kohlegeschwärzten Hände vor dein Gesicht.

Zwei …

Okay, sagst du, ich schaff das. Ich bin kein Kind mehr.

Ich ziehe eine Braue hoch. Drei.

Gerade als er sich umdreht, tauchst du wieder auf und begegnest seinem Blick. Du unterdrückst ein Kichern und duckst dich rasch wieder.

»Also, Eve.« Er steht auf und greift nach seinem Notizbuch – noch mehr schwarzes Leder. »Wie wär's, wenn wir mit zwei Sitzungen pro Woche beginnen?«

Das war's schon?

»Oder möchtest du lieber erst eine Sitzung probieren und dann weitersehen?«

»O nein – zwei pro Woche sind ganz wunderbar – danke. Und ich kann auch noch eine mehr übernehmen, falls ihr es braucht.«

»Gut zu wissen«, sagt er und trägt meinen Namen hier und da ein, während er die Seiten umblättert.

Ich stelle mich auf die Fußballen, um besser erkennen zu können, was oder wer sonst noch seine Tage füllt. Seine Schrift ist sehr klein, als gebe er sich extra Mühe, sauber zu schreiben. Nichts Ausgestrichenes, wahrscheinlich, weil er mit Bleistift schreibt.

»Du kannst dir übrigens dein eigenes Kissen und einen Bademantel mitbringen. Wenn du herkommst, ziehst du dich hinter dem Paravent aus, aber die meisten Modelle haben lieber etwas zum Überziehen, bis die Stunde anfängt.«

»Okay. Und die Bezahlung?«

»Oh, natürlich. Wir zahlen dreißig Pfund pro Sitzung, bar auf die Hand. Passt das für dich?«

Fünfzehn Pfund für eine Stunde still sitzen oder stehen? »Absolut.«

Nachdem ich draußen kurz stehen geblieben bin, um mir die Zeiten zu notieren – von sechs bis acht am Dienstag, von zehn bis zwölf am Sonntag –, kehre ich leichten Schrittes zur Haltestelle zurück. Als Karina meinte, ich müsse mir einen neuen Job suchen, hat sie bestimmt nicht geglaubt, dass ich so schnell wieder einen bekommen würde. Ich kratze die Miete in Nullkommanichts zusammen. Und Bill und ich vergessen einfach, was gestern Abend passiert ist.

Auf dem breiten Boulevard der Exhibition Road wimmelt es nur so von Touristen, die das Natural History Museum, das V&A und das Science Museum abhaken. Nicht schlecht gemacht, klopfe ich mir gedanklich auf die Schulter: Nur einen Steinwurf von diesen erstklassigen Kulturstätten ziehe ich mich im Namen der Kunst aus.

Als ich um die Ecke biege, atme ich den Duft der Sträuße ein, die der Blumenhändler an seinem Stand in schwarzen Eimern feilbietet, ein tröstender Hauch Landleben für die Pendler, die aus der U-Bahn-Station strömen.

Es vibriert mal wieder in meiner Tasche, diesmal ein langes, anhaltendes Summen.

Wieder Max. Genauer gesagt »Mein Max« (wozu er seinen Namen in meinen Kontakten geändert hat, als ihm aufgefallen ist, dass sich zwei darin befanden).

Ich drücke auf Annehmen. »Oh, hey.«

»Ich habe eine Idee.«

»Schön. Und was für eine?«

»In der Bar wird jemand gebraucht.«

Ah. »Max, das ist großartig – und vielen Dank –, aber ich sollte da vielleicht nichts überstürzen.« Ausgerechnet eine Bar in der Innenstadt!

»Sei nicht albern, das ist perfekt für dich«, beteuert er mir. »Die Bezahlung ist gut, und die Leute, die da arbeiten, sind großartig. Und wir würden uns öfter sehen. Im Übrigen brauchst du doch einen Job, oder?«

Hm. Kann ich mich wirklich mit nur zwei Aktmodell-Sitzungen pro Woche über Wasser halten?

»Lass mich dich wenigstens dem Management vorstellen, ja? Wie wär's mit Montag?«

Ich wende mich dem Eingang der U-Bahn-Station zu und folge den Leuten, die gegen den Strom hineinwollen – Lachse, die flussaufwärts schwimmen. Tja, vielleicht ist die Idee wirklich nicht die schlechteste. Ich stelle mir vor, wie wir zusammenarbeiten, zwischen zwei Kunden eine Handvoll Nüsse stibitzen und nach Ladenschluss noch zum letzten Drink bleiben. Mit dem restlichen Personal oder nur wir zwei? Das Licht gedämpft, die Musik im Hintergrund. Die Sicht leicht verschwommen.

»Komm schon, Eve. Was hast du zu verlieren?«

»Okay«, antworte ich. »Ich komme vorbei. Aber, Max – versprechen kann ich nichts.«

»Das kann ich auch nicht«, sagt er und lacht. »Nina kann ein echtes Biest sein, wenn sie will.«

4

Suzon. Sobald ich die Bar betrete, die noch hell erleuchtet ist, ehe sie für die ersten After-Work-Gäste öffnet, kommt sie mir in den Sinn. Wie auf dem Gemälde gibt es eine Theke mit glänzender Marmoroberfläche, einer Schüssel mit Orangen (was haben die nur immer mit Obst auf der Bar?) und Champagnerflaschen mit Goldfolie. Ich kneife die Augen zusammen, als ich versuche, ihr Gesicht zu visualisieren, dann wechsele ich die Strategie und stelle sie mir nackt vor.

»Eve?«

Mist.

»Ich möchte dich gerne Nina vorstellen«, sagt Max. »Nina, das ist Eve.«

Ich strenge mich bewusst an, meine gedankenverloren zusammengezogenen Augenbrauen zu entspannen, scheine sie dabei aber versehentlich wie überrascht hochzuziehen.

»Hast du jemand anderen erwartet?«

Nina ist genau der Typ Frau, mit dem ich gerne zu tun hätte, mit dem zu tun zu haben ich aber gleichzeitig fürchte. Jeder Zentimeter ihrer zierlichen Gestalt strahlt Selbstbewusstsein aus. Ihre haselnussbraunen Augen umgeben dichte, dick getuschte Wimpern, und auf ihren Lippen liegt ein frischer Pfirsichton, der ihren elfenbeinfarbenen Teint unterstreicht. Sie öffnet den Mund, um noch etwas zu sagen (glänzt da ein silberner Stecker in ihrer Zunge?), doch ich komme ihr zuvor.

»Nina. Natürlich«, sage ich und strecke ihr meine klamme Hand entgegen. »Freut mich sehr.«

»Woher willst du das wissen? Du hast mich doch noch gar nicht kennengelernt.«

Das ist mal etwas Neues. Paul war da entschieden einfacher zu handhaben. Ich betrachte verstohlen ihr silbernes Haar (muss gefärbt sein) und frage mich, wie alt sie sein mag. Sie trägt es in einem strengen Bob, aus dem Elfenohren hervorlugen, die gut zu ihrer spitzen Nase passen. Eine kaum zu sehende winzige Acht hängt an einer feinen Kette, knapp unter dem Ausschnitt.

»Also, Eve? Was kann ich für dich tun?«

Ich werfe Max einen Blick zu. Ich weiß, dass er am Wochenende mit ihr gesprochen, nicht aber, wie viel er ihr von mir erzählt hat. Weiß sie, dass ich im Grunde gefeuert worden bin? Und wenn nicht, sollte ich es ihr sagen? Wenn sie das Restaurant anruft, um Erkundigungen einzuholen, wird sie es ohnehin erfahren. Vor meinem geistigen Auge sehe ich Martins vor Entzücken strahlen, während er ihr meine Verfehlungen aufzählt.

»Okay, lass uns dieses Gespräch oder was auch immer es ist in meinem Büro fortsetzen«, sagt sie, nicht wirklich ungeduldig, aber doch einen Hauch ungehalten. »Max, die Ware ist heute früher gekommen, kannst du schon mal anfangen, sie auszupacken?«

»Mach ich«, sagt er und steuert auf die Bar zu, ohne mir einen Blick zuzuwerfen.

Ich verenge die Augen über seine Fahnenflucht, bemühe mich dann aber – wieder zu sehr – um eine glatte Stirn, als ich Ninas Blick begegne. Ihre Iris wirkt im Moment fast gelb wie die einer schwarzen Katze, und ich ertappe mich dabei, genauer hinzusehen, um herauszufinden, ob sie farbige Kontaktlinsen trägt.

»Hier entlang.«

Ihr Büro ist wie eine leere Leinwand; an den weißen Wänden hängt nichts außer einem Jahresplaner, in dem von Montag bis Samstag mit rotem Stift Namen in Großbuchstaben eingetragen sind. Es gibt keine Fotos von Familie oder Freunden und mit Ausnahme des schwarzen Samtmantels, der über der Rückenlehne eines Drehstuhls hängt, wenig Verweise auf Nina selbst. Ein deckenhohes Bücherregal nimmt die ganze Wand hinter dem Schreibtisch ein, doch auch das ist bis auf vereinzelte bunte Buchrücken monochrom. Als ich die Schwelle überschreite, stelle ich mir vor, wie meine neuen apfelgrünen Socken (aus Karinas Kommode) wie bei der ersten Wäsche ausbluten.

»Bitte«, sagt sie, setzt sich und deutet auf einen Alu-Klappstuhl ihr gegenüber.

Neidisch mustere ich ihren ergonomisch geformten Stuhl. »Danke.« Ich habe das dumpfe Gefühl, dass sie mir keinen Kaffee machen wird, mit oder ohne Milch.

»So. Ich frage dich jetzt, da dein Freund nicht mehr zuhört, noch einmal: Was kann ich für dich tun?«

»O nein, Max ist nicht *mein* Freund«, antworte ich und stolpere über das Wort. Wie es sich wohl anfühlen würde, wenn ich das behaupten könnte? »Wir sind nur Freunde – Kumpel. Ich hatte ihn sogar Wochen schon nicht mehr gesehen, bis wir …«

»Nicht wichtig«, sagt sie. Ihr Blick huscht zu ihrem Laptop, und sie tippt etwas. Schnell, fast lautlos.

Das läuft nicht so, wie es soll.

»Warum bist du hier?«, fragt sie, während sie weitertippt.

»Max hat erwähnt, dass es bei euch eine freie Stelle gibt.«

»Du willst einen Job?«

Nun ist sie diejenige, die ihre – weit besser gezupften – Augenbrauen hebt. Ein Karikaturist würde Nina vermutlich winzig zeichnen, noch graziler und noch perfekter, mit riesigen Disney-Augen, langen gebogenen Wimpern, einem pfirsichfarbenen Schmollmündchen und ebenjenen Elfenohren, nur spitzer und größer.

»Hast du Erfahrung?« Sie tippt noch immer. Ich muss mich beherrschen, nicht den Hals zu recken, damit ich den Bildschirm sehen kann.

»Hab ich«, antworte ich eifrig und setze mich gerade auf. »Bis vor ein paar Tagen habe ich in einem schicken Restaurant zehn Minuten von hier gearbeitet. Ich kellnere mit Unterbrechungen jetzt seit gut fünf Jahren.« Die Bar in Oxford muss ich ja nicht erwähnen.

Hm. Ich dachte, ihr dürftet im Semester keine Jobs annehmen. Niall, der Manager, spricht mit uns beiden, sieht aber ständig dich an. Wir sitzen an einem eckigen Tisch, wir auf der einen Seite, er auf der anderen. Mir fällt auf, dass sich deine Wangen röten, und als er zu lächeln beginnt, gehe ich davon aus, dass es auch ihm aufgefallen ist.

Du begegnest seinem Blick, schaust dann auf den Tisch herab, und dein Pony fällt dir ins Gesicht und über die Augen. Die Sache ist die …, beginnst du und spielst mit einem Bierdeckel, während du mich unterm Tisch mit der Schuhspitze anstößt.

Die Sache ist die, fahre ich fort, dass nicht jedem Studenten in Oxford ein gut gefülltes Konto zur Verfügung steht.

Das bringt dich umso mehr zum Erröten, denn tatsächlich steht dir ein gut gefülltes Konto zur Verfügung. Ich hake meinen Fuß um deinen Knöchel, um dir stumm zu danken, dass du das hier mit mir machst.

Niall nickt und lacht ein bisschen, ein raues Lachen, das mir sagt, dass er raucht. Zusammen mit seinen Bartstoppeln verleiht es seinem attraktiven, jungenhaften Aussehen etwas Kantiges. Er blickt flüchtig auf unsere Lebensläufe, dann wieder zu dir.

Du gibst ebenfalls ein kleines Lachen von dir, das wie ein Miauen klingt. An solche Situationen bist du nicht gewöhnt.

Außerdem ginge es ja nur ums Wochenende, füge ich hinzu.

Als keiner von euch darauf etwas sagt, frage ich mich unwillkürlich, ob ich tatsächlich laut gesprochen habe.

Also schön, sagt er. Kommt morgen zum Probearbeiten. Um fünf.

Wir sehen ihm hinterher, als er davongeht und wieder seinen Platz hinter der Bar einnimmt.

Sobald er außer Hörweite ist, flüstere ich: Ich glaube, der steht auf dich.

Tut er nicht. Aber du lächelst.

Ich lächele ebenfalls und wende mich ab, aber als ich dir einen Moment später einen Blick zuwerfe, beobachtest du ihn noch immer.

Mein Herz hämmert in meiner Brust. Ich blase die Backen auf und wische mir unauffällig die Hände an meinen Jeans ab. Zum Glück achtet Nina nicht auf mich; sie starrt mit zusammengekniffenen Augen auf den Bildschirm. Als sich mein Herzschlag wieder normalisiert hat, fahre ich fort. »Ich kann Kasse machen, die Kaffeemaschine bedienen, Drinks mixen, Bier zapfen – was immer gefordert ist.« Bier zapfen? Hoffentlich stellt sie mich nicht auf die Probe; darin war ich noch nie besonders gut.

»Und warum bist du gegangen?«

»Ähm, bitte?«

»Du hast deinen bisherigen Job aufgegeben – den im ›schicken‹ Restaurant.« Die hörbaren Anführungszeichen triefen vor Verachtung.

Meine Körpertemperatur steigt, als säße ich in einer Sauna; ich kann den Dampf förmlich spüren.

»Eve?«

»Ich habe gekündigt«, gestehe ich. »Ehe man mich rauswerfen konnte.« Ich halte inne, um die Wirkung meiner Worte einzuschätzen, aber ihre Miene ist reglos, als habe sie innerlich auf Pause gestellt. »Ein Kunde hat sich unangemessen verhalten«, erkläre ich.

»Und?«, fragt sie, drückt eine letzte Taste mit Gefühl und lehnt sich dann auf ihrem Stuhl zurück. Ein schelmisches Lächeln zupft an ihren Mundwinkeln.

Ich ziehe die Brauen zusammen, sehe Martins' ungerührte Miene vor mir und empfinde die frustrierende Hilflosigkeit erneut. Das brauche ich nicht. »Und ich fand das so entwürdigend, dass ich ihm eine geknallt habe.« Und damit stehe ich auf, um zu gehen.

»Großartig.«

Ich drehe mich zu ihr um. Sie fährt sich mit einem silbernen Fingernagel über die Unterlippe.

»Wann kannst du anfangen?«

Als ich schließlich auf den Ausgang zugehe, stapeln sich in der Bar blaue Kunststoffkisten und Pappkartons – eine Mehrwegfestung. Ich schaue mich um, kann Max aber nirgendwo entdecken. Wahrscheinlich packt er noch aus. Schade. Es wäre schön gewesen, mit ihm meinen neuen Job zu feiern. Dennoch werden wir uns bald wiedersehen. Ich soll am Freitag anfangen.

Draußen bemühe ich mich bewusst, langsam zu gehen und meine Umgebung wahrzunehmen: Heute ist ein guter Tag. Ich passiere ein Mädchen (oder eine Frau?) – ah, ungefähr mein Alter (also Mädchen) – in einem zottigen grauen Mantel. Er steht offen und gewährt einen Blick auf das Baby mit Pudelmütze, das sie in einem Tuch vor der Brust trägt. Einen Moment lang kann ich das Gewicht an meinem eigenen Körper spüren, als würde ich eine Wärmflasche tragen, die zappelt und schreit. Vielleicht ist Mum deshalb gegangen – weil ich zu viel Lärm gemacht habe. Vielleicht wäre auch Grace noch da, wenn ich gelernt hätte, still zu sein. Ich bohre meine Fingernägel in meine Handinnenflächen: ein guter Tag. Ich blicke über die Schulter und sehe Leggings und Sneaker unter dem Mantel hervorlugen. Ob sie zu einem Mutter-Kind-Yogakurs unterwegs ist? Ich nehme mir vor, heute Abend zu Youla, meiner Yogalehrerin, zu gehen; irgendwie hat sie noch nicht registriert, dass ich mich immer wieder für das sechswöchige Probeangebot anmelde. Ich stelle mir vor, wie ich mit meinem Baby nach Hause gehe, wo niemand mir hilft oder zeigt, was ich tun soll, und plötzlich wird mir die Kehle eng. Ich weiß zumindest, wie man als Mutter nicht sein sollte. Vielleicht reicht das ja.

Vor der nächsten Stichstraße bearbeiten drei Männer in Warnwesten und tief hängenden Jeans mit Presslufthämmern den Asphalt. Dahinter schütteln sich ein paar glatt rasierte Männer im Anzug vor dem Eingang eines gläsernen Bürohauses die Hände; ihre Rucksäcke mit dem Firmenlogo verleihen ihnen das Aussehen von überdimensionierten Schuljungen.

»Sieh an – Eve. Ich hätte dich fast nicht erkannt.«

Dreck. Tja, *ich* erkenne die Stimme leider auf Anhieb. Ich fahre herum, und da steht BK, viel zu nah und wie immer umgeben von einer Wolke Aftershave. Allerdings sieht man auf seinen zu einem spöttischen Grinsen verzogenen Lippen keinen Hinweis auf Rotwein, und sein gestärktes Hemd ist auch noch fleckenfrei. Er war noch nicht mittagessen.

»Gefällt dir einer?«, fragt er und deutet auf das Trüppchen Anzugträger, die zu plappern aufgehört haben und nun langsam wieder ins Gebäude zurückkehren.

Immer zu zweit.

»Nicht mein Beuteschema – das wissen Sie doch.« Ich wende mich zum Gehen, aber er packt meinen Unterarm. Ich reiße mich los und verschränke die Arme vor meiner Brust.

»Traurige Geschichte mit deinem Job«, sagt er und mustert mich anzüglich von Kopf bis Fuß. »Wenn du nur nicht immer so verklemmt wärst.«

»Tatsächlich habe ich bereits zwei neue Jobs – bessere Bezahlung, bessere Arbeitszeiten –, Sie haben mir also einen Gefallen getan.« Das war unbesonnen. Ich will auf gar keinen Fall, dass er ahnt, wo ich demnächst arbeite. Im Übrigen habe ich gelogen. Die Bezahlung ist schlechter.

»Ach, ist das so? Welcher Laden ist denn verzweifelt genug, um dich einzustellen?«

»Das geht Sie gar nichts an.« Ich wende mich erneut zum Gehen, nur um Max aus der Bar kommen und auf mich zusteuern zu sehen. »Max!« Selten war ich froher über seine Anwesenheit. Er hebt die Hand zum Gruß, und ich winke ihn energisch zu mir. Während er näher kommt, bete ich stumm, dass er nichts verrät.

»Eve, Glückwunsch. Du hast den Job!« Er drückt mich an sich, und ich kneife ihn, um ihm wortlos klarzumachen, dass wir verschwinden sollten.

»Entschuldigung, aber wir haben uns gerade unterhalten.«

Max' Blick zuckt zu BK, und seine Augen weiten sich leicht. »Oh, tut mir leid«, sagt er aufrichtig und streckt die Hand aus. »Max.«

»Mein Freund«, füge ich hinzu, ohne mit der Wimper zu zucken.

Max erstarrt einen Sekundenbruchteil, doch dann kapiert er, schlüpft mühelos in die ihm zugedachte Rolle und legt, schauspielerisch begabt, sogar noch eine Schippe drauf, indem er mich küsst. Ein guter Kuss, ein echter Kuss – seine Hand umfasst meinen Hinterkopf. Ein Kuss, der mich in gewisser Hinsicht aus der Bahn wirft. Ich muss mich an seine Unterarme klammern, um nicht zu wanken, und ich spüre, wie sich seine Muskeln unter seinem T-Shirt anspannen. Ich kann mich nicht erinnern, wann mich jemand zum letzten Mal am helllichten Tag geküsst hat.

Zum Glück erhole ich mich gerade noch rechtzeitig, um BK zu verkünden, dass wir jetzt wegmüssen. Während er noch versucht, seine entgleisten Gesichtszüge zu ordnen, wende ich mich Max zu. »Können wir?«

»Wir können.« Er legt seinen Arm um mich, und gemeinsam setzen wir uns in Bewegung.

Nach einem Augenblick werfe ich Max einen verstohlenen Blick zu. Er sieht mich ebenfalls an, und ein Lächeln huscht über seine Lippen. »Wer war denn das?«, fragt er.

»Einer der Gründe, warum ich nicht mehr im Restaurant arbeite«, sage ich und ziehe ein Gesicht.

Max nickt. »Und war er immer schon ein Teil des Plans?« Er lächelt noch immer.

»Des Plans?«

Wir biegen um eine Ecke, und er bleibt stehen und wendet sich mir zu. »Ich meine ja nur, dass es keiner derart ausgefeilten List bedurft hätte. Ich hätte immer Ja gesagt.«

Ich lache, und er stimmt ein, dann klatsche ich in die Hände. »Auf jeden Fall gut zu wissen – und danke, dass du so galant mitgespielt hast.«

»Dazu bin ich schließlich da«, antwortet er. »Wird das regelmäßig vorkommen, jetzt, da wir zusammenarbeiten?«

»Hm. Das werden wir wohl noch früh genug herausfinden.«

Er dreht sein Gesicht zum Himmel, schließt die Augen, beißt sich auf die Unterlippe. Eine angedeutete Siegerfaust. »Yes!«

Ich muss wieder lachen.

Wir verabschieden uns (nur mit Umarmung), und ich gehe nach Hause. Erst als ich in einem Schaufenster zufällig mein Spiegelbild sehe, bemerke ich das breite Grinsen auf meinem Gesicht.

Ich gehe über die Blackfriars Bridge (nicht halb so schön zu überqueren wie die Waterloo) auf die Uferstraße und lasse mich auf einer gusseisernen schwarz lackierten Bank nieder. Ich greife in die Tasche und hole eine Orange heraus – wenn man angestellt ist, kann man es nicht stehlen nennen.

Meine Knöchel brennen, als der Saft über meine Finger sickert; meine üblicherweise gerötete Haut ist kalkweiß gebleicht. Meine Hände sind von der Kälte – und Reinigungsmitteln – trocken und aufgesprungen, und das Kratzen macht es sicher nicht besser. Karina ist der Ansicht, dass ich besser auf mich achten müsse, und drückt mir immer wieder ihre zahlreichen Cremes in die Hände. Ich lege die Orange auf meinen Schoß und spreize die Finger – runzelige, lose Haut –, dann balle ich sie zur Faust und stelle mir vor, wie das Blut heraussickert, wenn die gespannte Haut aufplatzt. Was ich wirklich gerne ausprobiere, ist das hippe Aesop-Zeug, doch bedauerlicherweise sind die Tester vor den Geschäften immer bombensicher befestigt.

Ich versuche, stillzusitzen, in mich hineinzuhören und mir die erste Sitzung als Aktmodell morgen vorzustellen. Ich blende meine Gedanken aus und lausche den Hintergrundgeräuschen: Automotoren, Gespräche, vereinzelte Möwenschreie. Eine Sirene schwillt an, während sie näher kommt, und übertönt schließlich alles. *Grace*. Ich presse mir die Hände auf die Ohren, konzentriere mich auf die Leute um mich herum und ordne sie ein.

Ein vogelartiges Gesicht, das unter der riesigen, mit Pelz – keine Ahnung, ob echt oder künstlich – verbrämten Kapuze winzig erscheint. Dünne Strumpfhosen, die um die Knöchel Falten schlagen. Links ein Tattoo: »I love Jack. Who do I love?«

Wuscheliges taubengraues Haar, durch das ich am liebsten mit den Fingern fahren würde. Ungezupfte Augenbrauen derselben Farbe, faltige Stirn (die mich sofort an diese Hunderasse denken lässt – wie heißt die noch? Shar Pei?), lange römische Nase, smaragdgrüne Augen.

Grace.

Ein Pferdeschwanz, der wie das Pendel in einer alten Standuhr hin- und herschwingt. Ein Bleistiftrock mit hohem Bund und eine taillierte Jacke, die die kurvige Figur betont. Rote Nägel. Ich höre auf, an meinen zu kauen. Sie schmecken nach Orange.

Deine Zehen sind lang und schlank wie Finger, die Nägel klatschmohnrot lackiert.

Eine gute Stunde sitze ich da und beobachte die Sonne auf dem unruhigen Wasser; es funkelt wie tausend Blitzlichter. In der Mitte wirkt der Fluss sauber und klar, doch bis die sanften Wellen ans Ufer schlagen, ist das Wasser modrig braun und transportiert Abfall.

Mein Handy vibriert, aber ich ignoriere es. Ich habe allerdings Mühe, die Rückseite meiner Oberschenkel zu ignorieren, auf die sich die Leisten der Bank einzudrücken beginnen. Ich versuche es mit einer anderen Sitzposition.

Kreisch.

Möwe.

Ich werfe ihr ein Stück Schale an den Kopf.

Mein Handy vibriert weiter, ein Dauersurren, das mich an die fette Fliege erinnert, die seit ein paar Nächten über meinem Bett kreist. Ich gebe nach und wühle in meiner Tasche zwischen Zuckertütchen und drei weiteren Orangen, von denen eine mit Stiel und gewachsten grünen Blättern versehen ist.

Max. Ich stelle mir ein körniges Überwachungsvideo vor, auf dem mein Orangendiebstahl dokumentiert ist. »Hallo?«

»Eve, hey.«

»Max. Was gibt's?« Ich sammle die verräterischen Beweise in meinem Schoß und mache mich bereit, sie in die Themse zu werfen.

»Hast du Lust auf einen schnellen Drink heute Abend?«

»Na ja, eigentlich …«

»Keine Sorge, Eve. Das ist kein Date.«

Ich muss grinsen. »Nein, darum geht es nicht. Ich wollte zum Yoga.«

»Wie wär's dann mit Dienstag? Vor deiner ersten Schicht?«

»Okay, aber der geht auf mich, Max. Ich bin dir was schuldig.«

»Nichts dagegen.«

»In einer der Bars am Fluss vielleicht?«

»Wunderbar. Ich schreibe dir. Namaste.«

Die Wohnung ist leer, als ich nach Hause komme. Karina und Bill sind über Nacht weg. Einerseits bin ich erleichtert –

ich habe das schlechte Gewissen bei dem Gedanken an Bills Hände und unsere Lippen noch nicht gänzlich abgeschüttelt –, aber gute Nachrichten fühlen sich nicht lange gut an, wenn niemand da ist, mit dem man sie teilen kann.

Sie reisen nicht oft aufs Festland, sondern zanken sich lieber in diversen kalten, feuchten Orten im Vereinigten Königreich. (Karina fühlte sich nicht gut, als sie gestern losfahren wollten – beim Abschied drückte sie sich etwas, das nach Eukalyptus roch, in die Nase –, daher gehe ich davon aus, dass dieser Ausflug für Bill recht anstrengend werden wird.) Einige Highlights früherer Kurztrips: Bath, wo das Wetter so griesegrau war, dass sie fast die ganze Zeit in einem winzigen Kino verbracht haben, in dem nur alte Filme gezeigt wurden. Cambridge, wo Bill in den Fluss fiel, während er versuchte, sie im Boot an den Colleges vorbeizustaken (er kam noch nass wieder in London an). Und Norwich, das von Amts wegen ein Küstenort hätte sein sollen, aber gar keiner war, wie sich herausstellte. Außerdem sind sie oft zu Hochzeiten unterwegs. Es scheint, als ob alle ihre Freunde befördert würden oder heirateten oder schwanger wären, Schwups hinauf auf die nächste Stufe ihrer sorgfältig durchdachten Lebensplanung. Ich bin mir nicht sicher, wie Karina mit dem Plus an Gewicht in der Schwangerschaft umgehen würde.

Ich lasse meinen Mantel fallen und kippe die Tütchen mit braunem und weißem Zucker nacheinander in den beinahe leeren Zuckertopf neben dem Wasserkocher und rühre die Körnchen um, bis sie ungefähr eine Farbe haben. Ich bin die Einzige, die Zucker nimmt, wen kümmert's also? Vor ein, zwei Monaten hat Karina mich gefragt, ob ich meinte, dass ihnen Oxford gefallen könnte. Ich sagte, ich wisse es nicht. Sie fand jedoch, dass ich eine Meinung haben müsste, da ich schließlich dort studiert hätte. Ich sei seitdem nicht mehr dort gewesen, teilte ich ihr mit, während ich einen Anfall von Panik niederkämpfte.

Ich will nicht mehr dorthin.

Ich schäle die nächste Orange.

5

Als ich am Morgen nach der lang ersehnten Yogastunde erwache, tut mir alles weh. Youla hat mich nicht geschont. Offenbar sinkt die Teilnehmerzahl im Winter drastisch, daher war im gestrigen Kurs außer mir nur noch eine weitere Frau (sehr eifrig, sehr biegsam und von Kopf bis Fuß in Lululemon gekleidet). In der Theorie klingt das sicher ganz großartig – praktisch eine Privatstunde für einen Bruchteil der üblichen Kosten –, aber in Wirklichkeit bedeutet es nur, dass man sich nicht verstecken kann.

»Eve, komm doch ein bisschen weiter nach vorne«, sagte Youla, als ich gerade anfing, mich bäuchlings auf meiner Gummimatte wohlzufühlen; ich hatte mich in dem dämmrig beleuchteten Studio ganz hinten niedergelassen, wo der Weihrauch mich nicht gar so sehr zum Niesen reizte.

Widerstrebend rollte ich mich auf den Rücken und erhob mich, nicht »Wirbel für Wirbel«, sondern wie ein Schachtelteufel mit Koordinationsproblemen. Betont angestrengt schleppte ich meine Matte nach vorne und warf einen Blick zu Lulu, die inzwischen obenrum nichts mehr trug außer ein flamingopinkes Sportbustier. Als ich endlich im Schneidersitz auf meiner Matte saß und nach vorne sah, waren

Youlas Augen geschlossen und ihre Rastalocken zu einem lockeren Knoten aufgesteckt.

»Okay. Fangen wir mit drei Oms an«, sagte sie in ihrer rauchigen (einschläfernden) Stimme.

Ich hasse Oms.

Wir begannen zu singen, obwohl ich neben Lulu kaum zu hören war; ihre aus den Tiefen ihres definierten Sixpacks ausgestoßenen Silben brachten den ganzen Gebäudekomplex zum Schwingen. Als Nächstes kam die ganze Bandbreite von Atemübungen, bei denen ich anfangs immer zuversichtlich bin, dass ich sie hinkriege (atmen kann ich), die sich aber jedes Mal als unglaublich verzwickt erweisen. Um alles nur noch schlimmer zu machen, schien ich mir eine Erkältung eingefangen zu haben, daher war das kurze rasche Ausstoßen von Luft durch ein Nasenloch, während das andere zugehalten wurde, riskant für jeden um mich herum. Was Lulu dazu bewog, mitsamt ihrer Matte verstohlen von mir abzurücken.

Jedenfalls wurde es noch ziemlich anstrengend; etwas weniger »Flow« und dafür mehr Shavasana (Nickerchen) am Schluss wäre eher nach meinem Geschmack gewesen. Die eine oder andere Taube wird wohl für den bösen Muskelkater in meinen Oberschenkeln verantwortlich sein. Außerdem habe ich ein merkwürdiges krampfartiges Muskelzucken im unteren Rücken; wahrscheinlich Ergebnis meines Versuchs, mich aus der Rückenlage mit aufgestemmten Händen und Füßen von einer windschiefen menschlichen Brücke in ein wackeliges Rad zu verwandeln. Ich kann nur hoffen, dass ich mich beim Modellstehen nicht viel bewegen muss. Heute ist der große Tag.

Ich bin bereit, zumindest körperlich. Und ich hoffe, dass die kommende Ablenkung die Überreste der unbestimmten Furcht vertreibt, die sich in mir festgesetzt hat. Ein Gefühl wie Ameisen, die durch meine Glieder krabbeln. Die Art von Furcht, die einen packt, wenn einem plötzlich einfällt, dass man, wenn auch nur einen kurzen Augenblick lang, etwas vergessen hat. Ein kleines Kind in einer zu tiefen Wanne zum Beispiel.

Nach der Yogastunde verbrachte ich den Großteil des Abends damit, mich zu pflegen. Ich hatte ja gewusst, dass Karina auf Pflegeprodukte steht, aber mir war nicht klar gewesen, mit was sie alles ihren hyperschlanken Körper beglückt: Peelings jeglicher Konsistenz und Farbe, ein Potpourri an Feuchtigkeitscremes und -lotionen, zahlreiche Gesichtsmasken, vier Rasierer und zwei Packungen Kaltwachsstreifen. Letztere legte ich postwendend zurück in den Weidenkorb unter Karinas Nachttisch, ehe ich den Rest meiner Beute ins Bad schleppte; der Abend vor meiner ersten Sitzung als Aktmodell ist nicht der geeignete Moment, sich zum ersten Mal mit Wachs zu enthaaren.

Ich duschte, peelte mich und rasierte mir die lang vernachlässigten Beine, die Unterarme und die Bikinizone (wobei ich einen Streifen Anstand stehen ließ). Dann wusch ich mir mein Haar – Shampoo und Conditioner – und kämmte es vor dem Ausspülen durch, wie Karina es immer macht.

Ich trug zu viel Bodylotion auf und musste ungefähr zehn Minuten lang nackt durch die Wohnung wandern, ehe die überschüssige Creme in meine rosige Haut eingezogen war. Gute Übung. Ich probierte sogar zwei Posen auf dem Küchenstuhl aus, ehe die Verlegenheit mich übermannte:

Einmal streckte ich Arme und Beine aus, das andere Mal zog ich die Füße auf die Sitzfläche und beugte mich vor, sodass die Knie wie Berggipfel hervorragten. Anschließend brachte ich Karinas Sachen zurück und tauschte sie gegen ihren seidenen Morgenmantel, dann borgte ich mir noch eins der weichen Kissen vom Sofa. Hoffentlich merken sie nichts.

Ich komme um Viertel vor sechs an, wie Paul es empfohlen hat. Ich brauche nicht zu klingeln: Annie, die Frau, der ich vor dem Bewerbungsgespräch begegnet bin, tritt gerade durch die Tür ein, und ich laufe ihr nach, ohne mich um das Schild »Bitte erst anmelden« zu kümmern. Ich will ihr Hallo sagen, doch eine andere Frau kommt mir mit einem trivialen Kommentar zum Wetter zuvor. Annie zieht ihren Mantel aus. Darunter trägt sie eine lange Strickjacke über einer Rüschenbluse, die bis oben hin zugeknöpft und mit drei Reihen silberner Perlen geschmückt ist. Klassische Jeans und wieder die schwarzen Loafer. Als ich hinter ihr die Treppe hinaufgehe, erwäge ich, ihr auf die Schulter zu tippen, was mir aber dann doch zu vertraulich vorkommt, weswegen ich mich stattdessen am Geländer festhalte.

»Hallo, Liebes.« Paul steht mit seinem Notizbuch in der Hand oben an der Treppe. »Gut siehst du aus – wie immer.«

Er hat nicht unrecht. Ihr seidiges Haar ist offen und rahmt ihr Gesicht in weichen Wellen ein. Ihr Teint ist glatt und makellos.

»Oh, Paul. Alter Charmeur.« Sie lächelt und tätschelt kameradschaftlich die Hand, die er ihr auf den Oberarm gelegt hat.

»Eve, schön, dass du da bist. Ich hab dich gar nicht gesehen.«

Macht nichts.

Annie dreht sich zu mir um und strahlt mich an. »Du hast den Job bekommen. Herzlichen Glückwunsch.«

»Danke«, sage ich. Das Blut steigt mir in die Wangen. »Ich bin nur ein bisschen in Panik«, füge ich hinzu, als Paul sich jemand anderem zuwendet.

»Ach, das wird gut«, sagt sie, nimmt meine Hand und drückt sie wie beim letzten Mal. »Tu einfach so, als ob wir die Nackten wären.«

Paul dreht sich wieder zu uns um. »Eve, wie wär's, wenn du schon reingehst und dich umziehst?«

Ich nicke und schiebe mich an ihnen vorbei. Wieso sagt er nicht gleich »ausziehen«? Im Davongehen höre ich, wie er jemandem zuflüstert, es sei mein erstes Mal.

Zwei Leute sitzen bereits an ihren Staffeleien. Ich lächele dem Mann mittleren Alters mit dem sauber gestutzten Bart zu, als ich seinem Blick begegne, aber er schaut rasch weg; vielleicht darf man sich mit dem Zeichenmotiv nicht verbrüdern. Ich hüpfe auf das Podest – wirkt selbstbewusst – und ducke mich hinter den Paravent, wo ich in die Hocke gehe und ein paarmal tief einatme, um mein rasendes Herz zu beruhigen. Zu meinen Füßen befinden sich ein paar Requisiten – eine Kiste, ein Stab, ein Strick (bin ich am richtigen Ort?) –, vermutlich, um mein arg eingeschränktes Repertoire an Posen zu erweitern.

Ich richte mich auf und erkenne, dass der Sichtschutz nur bis zur Schulterhöhe reicht. Ich krümme den Rücken und gehe leicht in die Knie wie jemand, der sich unter einem

Laken aus seinen Klamotten müht, ehe er zum ersten Mal mit jemand anderem ins Bett geht. Ich kann das. Ich löse die Knebel meines Mantels, den ich besser schon unten ausgezogen hätte, und streife meine Converse ab, ohne sie aufzubinden. Dann schiebe ich meine enge Jeans herab, erblicke die Abdrücke der Nähte auf meiner Haut und nehme mir vor, beim nächsten Mal etwas Weicheres anzuziehen. Gänsehaut zieht sich über meine Arme und Beine, obwohl das Heizgerät neben mir auf volle Leistung eingestellt ist. Ich strecke meine Finger nach dem riesigen Fenster hinter mir aus: Einfachverglasung. Mein Nacken beginnt zu schmerzen, daher ziehe ich meine Hose ganz aus und richte mich auf. Von der anderen Seite sieht es jetzt wahrscheinlich so aus, als schwebte mein Kopf über dem Paravent.

Ich hülle meinen enthüllten Körper in Karinas Morgenmantel und stelle fest, dass mein Herzschlag sich sofort beruhigt wie früher, als ich noch ein Kind war und in Mums Bademantel kroch, nachdem ich einmal mehr aus dem Albtraum aufgeschreckt war, in dem mich ein böser Mann mit gekochten Eiern zwangsernährte. Ich vergrub mein Gesicht in den Sachen, die sie zurückgelassen hatte, und inhalierte den holzigen Duft, der sich in den weichen Stoffen festgesetzt hatte. Bills Bademantel wäre wahrscheinlich gemütlicher gewesen – aus Frottee und mit Kapuze wie die, in die gute Eltern ihre bibbernden Kinder hüllen, nachdem sie im Meer gespielt haben –, aber Karinas tut es auch. Was nun?

»Wie weit bist du, Eve?«

Ich drehe mich um und entdecke Paul auf dem Podest. Ein Fremder, der mich anstarrt, und nur der Sichtschutz zwischen uns. Meine Brüste verhärten sich wie zu einer Rüstung. Ich ziehe die Beckenbodenmuskeln in mich hinein. »Ich glaube, ich bin so weit.« Ich befehle meinen Füßen, sich vorwärtszubewegen, komme hinter dem Paravent hervor und stelle fest, dass sich der Raum gefüllt hat, seit ich dahinter verschwunden bin. Ein ganzer Saal voller Leute, denen ich jeden Tag auf der Straße begegnen könnte. An der Wand zu meiner Linken hängt eine Uhr mit weißem Zifferblatt. Ein kurzer schwarzer Zeiger zählt die Stunden, ein langer roter die Minuten. Eine Minute vor sechs.

»So, Eve. Wir beginnen mit einer Reihe von Dreißig-Sekunden-Posen, die wir ›Gesten‹ nennen.« Er drückt mit dem Zeigefinger gegen seine Brille; ich weiß noch immer nicht, ob sie zu locker sitzt oder es sich um einen Tic von ihm handelt. »In späteren Sitzungen werde ich dich bitten, die Sekunden im Kopf zu zählen, aber heute helfe ich dir dabei.«

Ich spüre, wie meine Augenbrauen sich immer weiter nach oben bewegen, und beordere sie nach unten zurück.

»Jedes Mal, wenn ich ›wechseln‹ sage, nimmst du eine neue Pose ein.«

Und was ist mein Safe Word? »Okay.«

Er verlässt das Podest und schlurft in die Ecke an der Tür, die fast im Dunkeln liegt, dann nickt er mir zu. Und nachdem ich meine zitternden Finger so weit zur Ordnung gerufen habe, dass sie mir gehorchen, knote ich ungeschickt den Gürtel meines Morgenmantels auf. Das rote Band wird durchtrennt. Die große Enthüllung. Karinas Morgenrock rutscht mir viel zu leicht von den Schultern und bildet ein Häufchen Stoff um meine Füße. Mein ganzer Körper verspannt sich.

Niemand schnappt nach Luft, niemand kichert. Niemand fährt zurück, stürmt hinaus, verlangt eine Erstattung der Kursgebühren. Es gibt allerdings auch keinen Applaus. Nur Paul, der den Kopf zur Seite neigt, als ob er Zuckungen hätte. Oder Wasser im Ohr. Ich schiebe den Morgenmantel mit meinem Zeh von mir. Mein ganzer Körper fühlt sich an wie unter Strom gesetzt, zu real, wie in HD. Ich kann spüren, wie die Härchen auf meiner Haut in Habachtstellung gehen – mein einziger Schutz.

»Okay, Eve, du übernimmst in fünf Sekunden.«

Ich stelle mir vor, wie diese kleine Show live ausgestrahlt wird, und schaudere, als ich zum Stuhl trete, ohne zu wissen, was ich mit meinem Körper anstellen soll. Ich blicke zur Uhr und setze mich, die Knöchel gekreuzt, Beine zusammen, die Hände instinktiv auf den Knien verschränkt. Ich spüre es zwischen meinen Schenkeln pochen – ich bin nicht direkt angeturnt, aber irgendetwas definitiv. Verdammt, ich habe das Kissen hinter dem Paravent gelassen. Ich versuche, nicht daran zu denken, wie viele nackte Hintern schon auf diesem Stuhl gesessen haben: alt und runzlig, jung und knackig, hoffentlich nicht behaart.

Ehe ich michs versehe, wird der Raum vom sanften Schaben der Zeichenkohle beherrscht. Am liebsten würde ich mich tief im Gehörgang kratzen. Kein Kopf bewegt sich, doch Blicke huschen zwischen meinem nackten Körper und dem jeweiligen Blatt Papier auf und ab, wie Bills Blick zwischen Bildschirm und Tastatur. Es müssen gut zwanzig Leute vor mir sitzen, mehr Frauen als Männer, und einige …

»Wechseln.«

Mein rechtes Bein schießt vor, als hätte ich einen Krampf, Zehen angezogen, Ferse zum Boden. Ich lehne mich auf dem Stuhl zurück und halte mich an der Sitzfläche fest. Mein Herz hämmert wild; eigentlich müsste man das Pochen sehen können. Ich atme ein, mein Brustkorb dehnt sich. Ich blicke an mir herab und bemerke dünne violette Äderchen dicht unter der papierdünnen Haut meiner Brüste. Unwillkürlich stelle ich mir vor, wie Stifte diese sich schlängelnden, windenden Linien nachmalen.

»Wechseln.«

Ich setze an, mein linkes Bein wie das rechte im 45°-Winkel auszustrecken, besinne mich aber sehr schnell wieder – wir haben uns gerade erst kennengelernt, und soweit ich weiß, ist niemand aus dem Kurs approbierte/r Gynäkolog/in. Also schlage ich die Beine übereinander und strecke stattdessen meine Arme über dem Kopf aus, die Handrücken aneinander, Finger verschränkt. Meine knubbeligen Nippel und meine geringe Oberweite zur Schau zu stellen, macht mir weit weniger aus. Nach dreißig Sekunden spüre ich, wie mein Blut damit kämpft, über den Bizeps hinauszugelangen.

Noch fünf oder sechs dieser rasanten Posen, dann bittet Paul mich, eine einzunehmen, die ich zwei Minuten halten kann. Mein Magen knurrt laut genug, dass alle es hören können, aber man ist ausgesprochen höflich – wieder lacht niemand. Ich stehe auf, doch meine Füße sind im Boden verwurzelt, daher wende ich mich den Kursteilnehmern frontal zu, während meine Hände unbeholfen an meinen Seiten herabbaumeln. Merkwürdig, wie gezwungen sich eine so natürliche Haltung anfühlen kann. Ich balle meine

Hände zu Fäusten, strecke die Finger wieder. Ein Seufzen von der massigen Frau auf zwei Uhr. Ich versuche, meinen Geist von allen Gedanken zu befreien, denke aber nur Vagina, Vagina, Vagina. Nach einer gefühlten Ewigkeit sind die zwei Minuten verstrichen. Ich stelle mich etwas breiter hin, hebe erneut meine Arme über den Kopf, gehe leicht in die Knie und verlagere mein Gewicht gerade so weit auf die Fußballen, dass ich nicht nach vorne falle. Ich nenne die Pose »Der Kopfsprung«.

Als ich zu den fünf- und zehnminütigen Posen übergehe, habe ich die Muße, mir die Gestalten vor mir genauer anzusehen. Wie seltsam, dass jeder Einzelne hier zwei ganze Stunden von seinem Dienstagabend abgezweigt hat, um mich zu zeichnen. Mich! Zu meiner Rechten sitzen dicht nebeneinander zwei Mädchen, die Anfang zwanzig sein müssen, vielleicht sind sie noch an der Uni. Die eine, deren orangefarbenes Haar wie Flammen an ihren sommersprossigen Wangen leckt, betrachtet mich mit zusammengekniffenen Augen durch einen Rahmen, den sie mit beiden Daumen und Zeigefingern bildet. Die andere hält ein Stück Schnur hoch und überträgt das Maß schließlich auf ihr Blatt. Zu ihrer Linken sitzt eine ältere Frau, die das Ganze offenbar eher intuitiv angeht. Ihr Unterarm rotiert im Ellenbogengelenk, während sie ihren Kohlestift in schwungvollen Kurven (wusste gar nicht, dass ich welche habe) über das Blatt führt. Sie streicht sich mit den rußigen Fingern eine Locke aus dem Gesicht und hinterlässt einen Schmutzstreifen an ihrer fast nicht vorhandenen Augenbraue.

»Okay, Leute, machen wir zehn Minuten Pause.«

Puh. Ich erwarte sofort einsetzendes Geplapper, aber es

ist nicht wie in der Schule – niemand lässt den Stift fallen und stürmt zur Tür, sobald es klingelt. Die meisten bleiben erst noch eine Weile auf ihrem Hinterteil sitzen und betrachten ihre schnell dahingezeichneten Werke mit kritisch zur Seite geneigtem Kopf. Ich greife nach Karinas Morgenmantel und verhülle mich. Als ich wieder aufblicke, bin ich allein.

Ich könnte einen Kaffee gebrauchen – obwohl es hier wahrscheinlich eher Tee und Kekse gibt –, aber ich bin mir nicht sicher, ob ich mit Leuten, die mit der Farbe und Länge meines Schamhaars vertraut sind, Small Talk machen kann. Also steige ich zögernd und noch ein bisschen zittrig vom Podest und schlängele mich durch die Staffeleien zum Waschbecken an der hinteren Wand. Ich nehme mir einen der Plastikbecher, die aufgestapelt danebenstehen, drehe den Hahn auf und spüre das kalte Wasser über meine feuchtklamme Handfläche laufen.

Die meisten Teilnehmer haben ihre Sachen an der Tür gelassen, aber ein paar Handtaschen lehnen weit offen an den Staffeleien, sodass jeder den Inhalt sehen kann. Messing- und silberfarbene Hausschlüssel liegen auf den Staffeleiablagen neben Zeichenkohle, Bleistiften und Radiergummis. Ich stibitze mir einen Streifen Kaugummi aus einem Päckchen (und nehme mir dann noch einen zweiten für später) und richte meine Aufmerksamkeit auf die Zeichnungen.

»Was denkst du?«

Ich fahre zusammen und trete vor Schreck beinahe auf ein paar Skizzen; die meisten Teilnehmer haben ihre »Gesten« auf dem Boden zusammengeschoben. Paul nähert sich mir mit einem Becher, in dem sich etwas befindet, das wie sehr schwacher Tee aussieht.

»Danke«, sage ich, als er mir den Becher reicht. Er ist nur halb voll, als ob er befürchtete, dass ich kleckern könnte. Aber vielleicht will er mir auch nicht zu viel Flüssigkeit zumuten, damit ich nicht aufgeschwemmt aussehe oder, schlimmer noch, irgendwann pinkeln gehen muss. »Ich hab's mir noch nicht angesehen.«

»Genieß es«, sagt er, seltsam ernst. »In ein paar Minuten geht's weiter.«

Ich warte, bis er den Raum wieder verlassen hat, und kippe den traurigen Tee in den Ausguss. Zurück zu den Zeichnungen. Auf den meisten Staffeleien ist noch die letzte Pose zu sehen, die ich eingenommen hatte, und besonders schmeichelhaft ist sie nicht. Vom langen Stehen tat mir der Rücken weh, daher hatte ich mich wieder mit leicht gespreizten Beinen auf den Stuhl gesetzt, mich vorgebeugt, die Ellenbogen auf die Knie gestützt und den Kopf auf meinen Fäusten ruhen lassen. Dadurch haben sich offenbar Röllchen an meinem Bauch gebildet, und meine Titten, so klein sie sind, hängen wie bei einer alten Frau.

Ich blättere durch den Stapel Bilder neben mir. In einigen Skizzen kann ich mich erkennen – flusiges Haar, knochige Ellenbogen, knubbeliges Rückgrat, merkwürdig stark ausgeprägte Hüften und das, was Dad immer meine Pianistenfinger nannte. Keine zeigt mein Gesicht. Ein Kursteilnehmer hält meine Oberschenkel für schmaler als meine Waden. Auf dem Bild wirke ich alt, als bestünde ich nur aus Haut und Knochen, alles hängt. Außerdem hat mir die Person einen Kopf von der Größe einer Wassermelone verpasst.

Ich bin mir nicht sicher, ob ich bei dem hier die Proportionen richtig hingekriegt habe, sagst du und blickst stirnrunzelnd auf deine Zeichnung eines Jungen, der mit einer Ente, einer Gans oder einem Schwan mit aufgerissenem Schnabel ringt.

Ich beuge mich zu dir, um besser sehen zu können. Wie vermutet. Da stimmt alles, Grace, sage ich.

Du gehst gerne durch die Sammlung von Gipsrepliken griechischer und römischer Skulpturen im Ashmolean Museum, um zu zeichnen, was immer dich gerade anspricht. Manche Figuren stehen aufrecht mit vorgereckten Hüften, während andere sich drehen und winden, wie Schwertkämpfer vorspringen, die Muskeln spielen lassen oder den Rücken durchbiegen.

Meins ist auch nicht schlecht, sage ich. Oder was denkst du?

Du blinzelst, als du angestrengt versuchst, etwas in meinem Gekritzel zu erkennen.

Halt abstrakt, sage ich todernst.

Ein Lächeln breitet sich langsam auf deinem Gesicht aus, und deine Augen leuchten grüner denn je. Oh. Ja. Das sieht großartig aus.

Die Tür geht auf. Diesmal Annie. »Gut gemacht. Du bist ein Naturtalent.«

Sie hat Mitleid mit dem Motiv und will Konversation machen.

»Na ja, ich weiß nicht. Aber danke.«

»Nein, wirklich«, sagt sie, und ihr Pony tanzt, während sie auf die Zeichnungen jener Posen deutet, die ihrer Meinung nach am besten funktionieren. »Wie auch immer. Ich wollte dich nur rasch was fragen, ehe es weitergeht. Paul hat erwähnt, dass du vielleicht noch zusätzliche Arbeit suchst?«

Hat er?

»Ich weiß, dass es vielleicht ein bisschen komisch klingt, weil wir uns ja gerade erst kennengelernt haben, aber mein Mann ist im Moment ziemlich oft unterwegs, und ich könnte Hilfe mit meiner Tochter gebrauchen.«

Offenbar starre ich sie begriffsstutzig an, denn nach einem Moment fügt sie hinzu: »Babysitten, Eve.«

Babysitten? Als ich acht war, habe ich mal einen Brief an Mary Poppins geschrieben und sie gebeten, doch zu kommen und auf mich aufzupassen, wie sie es bei Jane und Michael gemacht hat. Ich zerriss den Zettel ordnungsgemäß in kleine Fetzen und warf ihn in den Mülleimer im Badezimmer, weil wir keinen Kamin hatten. Anscheinend ist die Bitte aber bei der Übermittlung verloren gegangen. Jedenfalls tauchte, anders als in der Geschichte, keine märchenhafte Gestalt an unserer Türschwelle auf.

»Hör mal, ich will dich nicht drängen, du brauchst mir jetzt keine Antwort zu geben. Ich dachte nur, ich frag einfach mal.«

»Ich habe gar keine Erfahrung mit Kindern.«

Sie legt den Kopf zurück, lacht und klopft mir auf den Rücken. »Hatte ich auch nicht. Sie ist ein pflegeleichtes Kind, du hättest keine Probleme.«

Hätte ich nicht? Wie kann sie sich da so sicher sein?

Wieder öffnet sich die Tür, und die Kursteilnehmer kehren zurück.

»Denk einfach drüber nach«, sagt sie und wiederholt, dass sie mich nicht drängen will.

Ich kehre verwundert auf das Podest zurück; meine Fußsohlen sind schwarz vom Kohlestaub, der sich auf dem Studioboden abgesetzt hat.

Jemand fehlt.

»Sie ist rasch zum Klo«, ertönt eine heisere Stimme, als Paul nachfragt.

Da! Jetzt fühlt er sich bestätigt, dass es problematisch ist, den Leuten Tee zuzugestehen – besonders denen mit schwacher Blase.

»Okay, wir legen wieder los, sie kann dann dazukommen. Eve, die nächste Pose muss eine Dreiviertelstunde gehalten werden, also schlage ich vor, du machst etwas Simples. Vielleicht legst du dich so hin, dass du dich der Gruppe zuwendest?«

Ich betrachte den Holzboden.

»Du kannst dir eine Decke nehmen«, sagt er und deutet auf den Paravent.

Sie legen dich flach auf den Boden. Nein, stopp, sie müssen eine Decke ausgebreitet haben, oder es ist eine Trage. Ja, eine Trage.

Warten Sie. Kann ich mitgehen? Sie braucht jemanden. Sie braucht mich.

Gehören Sie zur Familie?

Nein, aber …

Sorry, Miss.

Sie schnallen dich an, obwohl du dich nicht bewegst.

Bitte.

Die Räder rattern.

Bitte.

»Eve? Alles in Ordnung?«

»Ja. Entschuldigung.« Ich ziehe den Morgenrock wieder aus, hänge ihn diesmal über den Paravent und nehme mir die geblümte Decke, die ich zur besseren Polsterung doppelt gefaltet auf dem Boden ausbreite. Ich lege mich auf die rechte Seite und stütze den Kopf mit der Hand ab. Mein linker Arm schlenkert ein paar Sekunden lang herum wie ein Schmetterling, der nicht weiß, wo er landen soll, bloß weniger elegant – vielleicht eher wie eine Motte. Schließlich lege ich ihn auf meinem Oberschenkel ab und ziehe die Knie etwas an.

»Ganz wunderbar, Eve«, sagt Paul und lässt seinen Blick von meinem Gesicht zu meinen Füßen schweifen, dann wieder zurück. »Okay, Leute. Wenn ihr so weit seid.«

Wieder wird die Stille durch Schaben ersetzt, nur klingt es diesmal schärfer, kratziger, weil die meisten sich für den Bleistift statt der Kohle entschieden haben.

Verengte Augen, zusammengezogene Brauen, Zähne, die in Unterlippen fahren wie Gabeln in fettes Fleisch. Ich bin ihnen für die nächsten fünfundvierzig Minuten ausgeliefert. Sie reißen mir die Glieder aus und denken sich die Anordnung von Knochen und Muskeln neu, und ich sehe ihnen dabei zu.

Annie sitzt ziemlich weit hinten; sie hat sich ihr honigblondes Haar aus dem Gesicht gestrichen. Unsere Blicke begegnen sich, und sie lächelt freundlich, beinahe entschuldigend. Tut mir leid, dass ich dich so anglotze, obwohl du nichts anhast. Ich erwidere ihr Lächeln. Macht nichts, guck so viel du willst.

»Zehn Minuten sind um, Leute.«

Oh, gut. Nur noch weitere fünfunddreißig. Mein rechter Arm beginnt bereits, taub zu werden, und es kitzelt in meinem rechten Nasenloch.

Ich versuche, mich abzulenken, indem ich mich erneut umsehe. Paul steht immer noch ganz hinten in der Ecke und beobachtet, überwacht mich.

Er trägt einen magentafarbenen Pulli zur ausgebleichten Jeans und diese Stiefel mit den klobigen Sohlen. Ein Arm liegt über seiner Brust, der andere abgeknickt aufrecht an seiner Seite, die Hand über dem Mund. Als mein Blick aufwärts wandert, sehe ich, dass er mich anstarrt. Prompt wackle ich.

»Such dir einen Punkt an der Wand gegenüber aus und konzentrier dich darauf, Eve. Nur darauf.«

Ich tue, was er sagt, und feile an meiner Achtsamkeit. Als die Stunde schließlich vorbei ist, hat sich die Küchenzeile des Ateliers auf ewig in mein Bewusstsein eingebrannt.

6

Gestern Abend hatte ich mein Nicht-Date mit Max. Vorher war ich merkwürdig nervös – dieser Kuss hatte mich aus der Bahn geworfen und meine Fantasie befeuert, und ich stellte mir immer wieder vor, wie wir Dinge taten, die wir nicht tun sollten. Ich putzte mir die Zähne, ehe ich die Wohnung verließ. Wühlte in Karinas Make-up-Täschchen nach Lipgloss. Lipgloss! War viel schneller unterwegs als üblich. Doch sobald ich ihn sah, entspannte ich mich wieder, oder zumindest so weit, wie ich mich in seiner Gegenwart entspannen kann. Ein unterschwelliges Prickeln ist bei uns immer dabei.

Wir saßen in einer der zwangloseren Bars am Fluss, tranken – er Bier, ich Gin Tonic (mit Extra-Limette, immer) – und plauderten über unsere jeweilige Woche. Weiter hinten auf schwarzen Ledercouchen umringte ein halbes Dutzend Gäste eine gestylte Frau in rotem Kleid, die offenbar ihren Geburtstag feierte: Sie riss gerade gestreiftes Geschenkpapier auf und hatte verschiedene ungeöffnete Geschenke neben sich liegen.

»Weißt du noch, was ich dir zum Sechzehnten geschenkt habe?«, fragte Max mit einem kleinen Grinsen.

»Oh, der ist ja entzückend, danke«, gurrte das Geburtstagskind und schlang sich ihren neuen Schal um den Hals, ehe sie sich vorbeugte und den Mann ihr gegenüber auf die Wange küsste.

»Wie könnte ich das je vergessen«, sagte ich, nippte an meinem Drink und erwiderte sein Grinsen. »Aber hast du damals wirklich geglaubt, dass ich mich um ein lebendiges Tier kümmern könnte?«

»Hey, der Typ im Zoogeschäft hat mir versichert, dass Hamster total pflegeleicht sind«, sagte er und hob defensiv die Hände. »Eltern würden sie schon für ihre Kleinsten kaufen. Wie Tamagotchis.«

»Tja, ich wäre dafür, Hamster nur noch mit Warnetikett zu liefern: Vorsicht, Schlaganfall möglich. Drei Tage torkeln mit anschließendem Ableben nicht ausgeschlossen.«

»Ruhe in Frieden, Nugget.«

Wir stießen an.

»Und? Wilde Nacht gehabt?« Ich fischte einen Limettenschnitz aus meinem Glas und drückte den Saft in den Gin.

Er neigte fragend den Kopf.

»Der Hauch von Rot in deinen Augen.«

»Du kennst mich zu gut«, sagte er zwinkernd. »Ein Freund hat seinen Geburtstag beim Thailänder gefeiert.« Wahrscheinlich bei einem, bei dem man den Alkohol selbst mitbringen kann.

»Das erklärt einiges.« Ich leckte mir den Limettensaft von den Fingern.

»Ertappt«, sagte er, legte seine Handgelenke aneinander und hielt sie mir für die Handschellen hin. »Wie auch immer – was ist mit dir?«

»Ob ich eine wilde Nacht gehabt habe?«

Er lachte. »Das auch, aber wichtiger noch: Wie läuft es im Moment? Hast du dich schon entschieden, was du neben dem Barjob machen willst?«

Ich machte den Mund auf, um ihm von meinem Job als Aktmodell zu erzählen, klappte ihn aber wieder zu und blickte zu den Leuten auf den Sofas hinüber, die scherzten und johlten. Ich konnte nicht einschätzen, ob er überrascht lachen und den Kopf schütteln oder aber angewidert den Blick abwenden würde.

»Tut mir leid, ich wollte dir keinen Druck machen«, sagte er schließlich und stieß meinen Ellenbogen mit seinem Arm an. »Du findest was.«

»Klar. Ich mache mir keine Sorgen.« Ich nahm den Strohhalm aus dem Glas und trank einen großen Schluck von meinem Drink. »Aber lieb, dass du fragst.«

Wir sahen einander in die Augen, und es kam mir diesmal einen Moment länger vor als üblich.

Irgendwann hob er seine Flasche Bier an die Lippen.

»Also. Muss ich irgendwas wissen, bevor ich anfange?«

Bei einem weiteren Drink klärte er mich über das Personal auf – die meisten Teilzeitjobber wie ich.

»Nina ist scharf«, gab ich zu.

»Ja, ist sie wohl.«

Die Frau in Rot packte immer noch Geschenke aus. Ich versuchte, mich zu erinnern, wann ich das letzte Mal Geburtstag gefeiert hatte, aber es wollte mir nicht einfallen.

Gegen zehn Uhr musste Max gegen ein Gähnen ankämpfen.

»Wir sollten nach Hause gehen.«

»Ja, sollten wir.« Er streckte die Arme über den Kopf und dehnte sie abwechselnd. Als es zwischen seinen Schulterblättern knackte, schnitten wir beide eine Grimasse. »Ich bringe dich.«

»Brauchst du nicht. Ich kenne den Weg.«

Er lachte, obwohl ich gar keinen Scherz gemacht hatte.

Draußen setzte ich mich in Bewegung, während er sein Fahrrad, den Helm am Lenker, neben mir herschob und mir etwas über einen gemeinsamen Schulfreund erzählte, zu dem ich keinen Kontakt mehr hatte. Mit den Leuten aus Oxford habe ich nichts mehr zu tun. Einige sind dortgeblieben, um weiterzustudieren, andere bekamen praktisch mit ihrem Abschluss Expertenposten in der Kunstwelt, und alle besaßen massenweise wahnsinnig wichtige Kontakte. Dass ich alles bereitwillig hingeworfen hatte, konnte niemand verstehen. Trotz vieler Versprechungen sind mir keine Verbindungen geblieben.

Doch von unserer ehemaligen Schultruppe in London existieren noch ein paar versprengte Überbleibsel. Es sind nicht allzu viele, und Max ist der Einzige, mit dem ich enger befreundet bin. Tatsächlich habe ich Rishi seit einigen Monaten nicht mehr gesehen, hauptsächlich weil er nachts in der Notaufnahme arbeitet. Ähnlich ist es mit Em. Mit dreiundzwanzig hat sie einen Freund ihres älteren Bruders geheiratet; ein Kerl von der Privatschule, der gerne jagen und angeln geht (stinkreiche Eltern, die auf dem Land leben). Giulia ist weiß Gott wo: Wien, Budapest oder vielleicht auch in Berlin, was man so hört. Sie reist durch Europa, heute hier, morgen da – jobben und feiern.

»Hoffen wir, dass sie diesmal am Flughafen nicht gleich

wieder vom Sicherheitspersonal festgenommen wird«, sagte Max lachend.

Als wir schließlich die Wohnung erreicht hatten, wünschte ich mir, wir wären langsamer gegangen. Aus heiterem Himmel und ohne, dass ich mich zurückhalten konnte, begann ich, ihn mit Fragen zum Radfahren zu bombardieren. Er ließ sich darauf ein und antwortete mir geduldig und detailliert. Als mir erkennbar das Material ausging, lächelte er. »Also dann, Eve – gute Nacht.«

Während ich noch überlegte, was ich als Nächstes tun sollte, küsste er mich auf die Wange. Als er sich wieder aufrichtete, musste ich mich zurückhalten – ich musste mich buchstäblich an den Türrahmen klammern –, um ihn nicht noch einmal zu küssen, inniger diesmal, und mit mir hineinzuziehen. Er ist nicht wie die anderen. Es handelt sich um Max! Und, mal ehrlich – was, wenn ich es versaue? Ich muss diese Impulse sofort zerquetschen wie lästige Insekten. Als ich die Tür hinter mir schloss, bemerkte ich jedoch, dass sich schon wieder dieses Grinsen auf meinem Gesicht ausgebreitet hatte, und ich musste mich bewusst zusammenreißen, ehe ich mich Karina stellte.

Sie war noch auf und wollte hören, wie es mir ergangen war. Ich berichtete, dass ich einen neuen Job hätte – das mit dem Modellstehen verschwieg ich ihr –, und sie beteuerte mir, wie stolz sie auf mich sei, dass ich nach jenem »unglückseligen Vorfall« im Restaurant so schnell wieder Fuß gefasst hatte. Dreißig Sekunden später fragte sie mich, was ich sonst noch in puncto Jobsuche unternommen hätte, da drei Abende in einer Bar schließlich nicht ausreichen würden. (Sie und Bill sind zwar nett, aber keine Wohltätigkeitsorganisation, und ich habe keine Lust auf zusätzliche Putzeinheiten – oder auf andere Dienstleistungen, was das angeht.) Ich weiß, sagte ich, ich bin dran, und wechselte schnell das Thema: Jetzt erzähl mir doch mal, wie es in Margate war. Nett sei es gewesen, antwortete sie, wenn es bloß nicht nonstop geregnet und *Bill* – mit Nachdruck ausgesprochen – nicht vergessen hätte, ihre Regenjacken einzupacken.

Das Gute an einem Job in einer Bar ist, dass man den Tag größtenteils für sich hat. Obwohl Max sagt, er müsse manchmal früher reinkommen, um sich um Lieferungen zu kümmern, beginnt meine Schicht regulär erst um vier Uhr nachmittags.

Ich ziehe in Erwägung, noch etwas liegen zu bleiben, lasse es dann aber. Ich habe endlich mein einziges Bettwäscheset gewaschen, aber noch nicht wieder aufgezogen (Bettenmachen ist nichts für Einzelkämpferinnen). Meine nackte Decke ist kratzig und die vom Alter klumpige Füllung meines Kissens deutlich zu spüren, also steige ich aus dem Bett, streife mir einen ausgeleierten Pulli und Wollsocken über und ziehe meine hautfarbenen Vorhänge auf, deren überschüssige Stoffmengen dicke Falten werfen. Ein vertikaler Schwabbelbauch. Ein Jenny-Saville-Gemälde, mächtig, fleischig, unförmig. Ich lächle der scheckigen Nachbarskatze zu, die sich in einem Sonnenfleckchen auf dem Straßenpflaster rekelt, und tappe in die Küche, um Kaffee zu machen. Ob Max schon wach ist?

Der Aschenbecher auf der Theke enthält drei Zigarettenstummel, selbst gedrehte. Karina ist schon lange weg. Keine

Spur von Bill. Ich fülle den Wasserkocher bis zum Rand: Auf diese Art bekommt man weniger von den Kalkablagerungen ab, die so aussehen wie die getrockneten Kokosflocken, die Karina sich manchmal antut.

Die Schlafzimmertür der beiden ist heute Morgen zu. Karina ist diejenige, die sie schließt (vielleicht ahnt sie ja etwas?), also wird Bill ungewöhnlich früh rausgemusst haben. Nachdem ich den Schalter vom Kocher umgelegt habe, gehe ich auf Zehenspitzen durchs Wohnzimmer zur Tür und drehe behutsam den Griff. Ein Stöhnen. Ich springe zurück, als hätte ich einen elektrischen Schlag bekommen. Jetzt neu: Überraschungsfalle für Schnüffler – Türknauf mit elektrischer Spannung! Noch ein Stöhnen. Sind die beiden an einem Freitagvormittag wirklich noch zu Hause und schlafen miteinander? Respekt. Es wird lauter und lauter, bis – nichts. Schweres Atmen. Bettfedern. Warum stehe ich noch hier? Der Türgriff. O Gott. Ich springe zurück und gebe vor, den großen eingetopften Gummibaum zu inspizieren, als sich auch schon die Tür öffnet.

»Oh – Morgen, Eve.« Bill schiebt sich, in ein Handtuch gewickelt, an mir vorbei und steuert auf das Bad zu. Taschentücher in den Händen.

Noch mit einem Blatt beschäftigt, winke ich ihm enthusiastisch über meine Schulter hinweg zu.

Tja, nun wissen wir wohl, wessen Porno das war.

Der Morgen ist nur so vorbeigeflogen – so was passiert, wenn man sich in ein Buch über ein halbwüchsiges Mädchen und einen Renaissancemaler vergräbt, um zu vergessen, dass sich der Mitbewohner nebenan einen runtergeholt hat –, und nun laufe ich Gefahr, zu spät zu kommen. Eigentlich hatte ich mir Karinas Föhn und den Lockenstab leihen wollen, sofern ich denn begriffen hätte, wie man mit Letzterem umgehen muss, aber ich bin noch nicht gewillt, zum Tatort zurückzukehren. Meine Haare müssen also unterwegs trocknen und bis auf die wenigen ortsansässigen Kringel wie immer leblos herabhängen.

Ich beschließe, den Bus zu nehmen.

»Hast du 'n bisschen Kleingeld?«

Fred, der Obdachlose, der tagsüber zwischen den Zugängen der Vauxhall-Haltestelle hin- und herschlurft, sitzt heute zusammengesunken an der niedrigen Backsteinmauer, die die Rolltreppe zur U-Bahn umgibt. Von der Brust abwärts steckt sein ausgemergelter Körper in einem abgewetzten Schlafsack. Das erinnert mich daran, wie ich mich früher immer mit beiden Füßen in ein Strumpfhosenbein gezwängt habe und wie ein Känguru im Wohnzimmer herumgehüpft bin, weil ich hoffte, dass Dad es bemerken würde.

»Ich bring dir nachher was vorbei«, rufe ich ihm zu und gehe weiter Richtung Albert Embankment. »Oder morgen, wenn es zu spät wird.«

»Gott segne dich.«

Er kann sich zwar meinen Namen nicht merken, weiß aber durchaus, dass ich ihm ab und an einen Kaffee oder eine Packung Kekse ausgebe.

Ich springe am filmkulissenartigen MI6-Gebäude – ich glaube, ich würde eine gute Spionin abgeben – in den 344 zur Fenchurch Street, eile mit der Hand am Geländer, falls der Bus plötzlich schwankt, die Treppe hinauf und sehe entzückt, dass drei der vier Plätze ganz vorne frei sind. Dort sitze ich am liebsten, fahre den Bus, habe alles unter Kontrolle. Außerdem ist es irgendwie aufregend, wenn es um die Kurven geht. Man der Katastrophe entgegenschlingert.

Ich stelle meine Füße auf den gewölbten Sims vorne und überlege, was wohl geschähe, wenn ich die Zehen anziehen und mit den Fersen gegen das Glas treten würde. Es ist doch bestimmt stabil genug, um einem kurzen Stoß standzuhalten. Ich werfe meinem Nebenmann einen Blick zu, zwischen dessen Mund und einem krümeligen Croissant sich gummiartige Käsefäden spannen, dann wende ich mich um und entdecke fünf – drei männliche und zwei weibliche – Gesichter hinter mir. Drei blicken auf Smartphones oder Bücher herab, eins schaut aus dem Fenster, und eins starrt mich an. Langsam stelle ich die Füße auf den Boden, der mit Bonbonpapieren und auslaufenden Saftkartons übersät ist. Man muss ja nichts herausfordern.

Als ich etwas später die Bar betrete, poliert Max gerade wohlgeformte Weingläser und hält jedes einzelne gegen das Licht, um sich zu vergewissern, dass es frei von Lippenstiftresten oder fettigen Fingerabdrücken ist.

»Eve. Willkommen«, sagt Nina, die aus dem Nichts erscheint.

Sie trägt Schwarz bis auf die Leoprint-Loafer mit Plateausohlen und das silberne iPad in ihrer Hand. Ich blicke an meinem Outfit herab – weiße Bluse, schwarze Jeans, billige Pumps – und komme mir unzulänglich vor. Sie liebkost das Display mit ihrem Zeigefinger, und ihre Pupillen weiten und verengen sich, während sie liest, wischt, liest, wischt. Drei silberne Ohrringe zieren das eine Elfenohr, zwei das andere. Ups. Ich habe immer noch nichts gesagt.

»Nina, hi, danke, ich freu mich.« Ich habe keine Ahnung, warum ich so ernst klinge. »Wie geht's dir? War die Woche gut?«

Sie blickt zu mir auf, ohne den Kopf zu bewegen, dann wieder auf ihr Display. Der Lidstrich sitzt perfekt über den dichten schwarzen Wimpern und deutet in den äußeren Augenwinkeln leicht aufwärts, was ihr ein katzenhaftes Aussehen verleiht.

Ich will mich gerade zur Toilette entschuldigen, als sie erneut das Wort ergreift. »Also, Eve, heute stehst du mit Max hinter der Bar.«

Ich frage mich, ob das als zweites Nicht-Date durchgeht.

»Stimmt etwas nicht?«

Hat sich mein Gesichtsausdruck geändert? Vielleicht würde ich doch keine besonders gute Spionin abgeben. »Nein, nein, alles gut. Ganz wunderbar.«

Eine Pause, in der mir nichts einfällt. Ich blicke zu Max, der sich kaum beherrschen kann.

»Nun ja. Du weißt, wo die Bar ist«, sagt sie. Eine Feststellung, keine Frage.

»Ja. Wunderbar.«

Ich bin erst fünf Minuten hier, und schon hält sie mich für bekloppt.

»Drei Wodka Tonic – einen mit Zitrone, einen mit Limette, einen mit Lime Cordial, alle light – und eine Weinschorle, bitte. Oh, und habt ihr vielleicht geröstete Pistazien?«

Der Hauptunterschied zwischen dem Laden hier und dem Restaurant: die Frauen. Die Mittagszeit im Restaurant wird dominiert von Anzugträgern, sich einschleimenden

Klienten, überteuerten schicken Drei-Gänge-Menüs und prolligem Angeber-Champagner. Allerdings kann ich nicht mit Sicherheit sagen, dass Kostümträgerinnen mit seidigen Locken, falschen Nägeln und akkuratem Make-up wirklich besser wären. Ich bin noch nie besonders mädchenhaft gewesen. Ich habe auch noch nie ein Händchen für schwierige Kunden gehabt. Sichtlich nervöse Zuckungen von einer etwas zu braun gebrannten Blondine auf zwölf Uhr.

»Ja. Warte. Ich schau nach.«

Seufzen. Haarewerfen. Kirschrote Krallen trommeln auf Abendtäschchen.

»Max?«, rufe ich.

Er steht am anderen Ende der Bar und bedient zwei lässige Bankertypen, hört mich aber sogar über der jazzigen Musik und der quasselnden Menge. Es ist, als befänden wir beide uns in einer etwas anderen Dimension. Wir hören einander, selbst wenn wir die Gäste nicht hören. Vielleicht handelt es sich um ein Paralleluniversum.

»Die Pistazien liegen neben den Oliven.«

Was hab ich gesagt? Eben. Ich teste meine Theorie, indem ich meine Stimme zu einem Flüstern senke. »Und die Oliven?«

»Bei den Rumsorten.«

Ha!

»Max, mein Lieber. Ich habe dich da drüben gar nicht gesehen.«

Plötzlich ist die ungeduldige Blondine ein ganzes Stück lebhafter. Sie streckt Max ihren Arm entgegen und sieht ihn schmachtend an.

In meinem Inneren passiert etwas Merkwürdiges; es zieht sich zusammen wie eine Schraubzwinge.

»Rachel«, sagt er und nickt ihr verlegen zu.

Ich ziehe die Augenbrauen – halb überrascht, halb amüsiert – hoch, als sein Blick zu mir huscht, ehe er sich wieder seinen Bestellungen widmet.

»Entschuldigung?«

Mir wird leicht schummerig. »Ja?«

»Du stehst da einfach rum. Pistazien. Plus einen Wodka Tonic mit …«

»Ich weiß.« Ich nehme das große Glas vom Regal und gebe eine Portion Pistazien in ein kleines Keramikschälchen. Als Nächstes: Drei Wodka Tonic. Ich zögere, als ich mich zu erinnern versuche, wie genau sie die Drinks wollte. Hoffentlich finden Barkeeper mich nicht auch so anstrengend, wenn ich meinen Gin mit Extra-Limette verlange. Ich weiß noch, dass sie »light« gesagt hat, also fangen wir damit an. Ich messe die Wodkamenge ab, gebe eine Tonne Eis hinein und fülle die hohen Gläser mit jeweils einem Fläschchen Tonic auf.

»Sag's bitte noch mal: einen mit Zitrone …«

»Oh, Herrgott noch mal. Einmal Zitrone, einmal Limette und einmal Lime Cordial. Und vergiss die Schorle nicht. Du weißt doch, wie man so was macht, oder?«

Da haben wir es. Genauso herablassend wie Männer.

Ich blicke mich gespielt ängstlich um, dann sehe ich ihr in die Augen. »Okay, ich versuch's einfach.«

Max war heute Abend wirklich lieb zu mir. Ehe wir zu arbeiten begannen, gestand ich ihm, wie unfähig ich beim Bierzapfen bin, und er versprach mir, sich darum zu kümmern – und das hat er. Er erklärte mir außerdem die Unterschiede verschiedener Spirituosen und zeigte mir, welche Sorte ich jeweils aussuchen soll, wenn ein Gast keine besondere verlangt (weder die teuerste noch die billigste). Ich hörte gut zu und nickte verstehend, obwohl ich das meiste von dem, was er sagte, schon wusste. Cocktails gemixt habe ich heute noch nicht – zumal Max das besonders gut kann, und wenn er den Shaker über seine breiten Schultern hebt, hat er regelmäßig ein weibliches Publikum, das sich untereinander entzückt anstupst. Alles zu seiner Zeit. Im Augenblick bin ich vor allem froh, dass ich den ersten Abend hinter der Bar überstanden habe.

»In welche Richtung gehst du, Eve?« Er hat das Licht gedimmt und macht sich hinter mir gerade seinen Parka zu.

Es ist spät, ich sollte wahrscheinlich den Bus nehmen. Aber dann denke ich an die Brücke, die im Mondlicht immer besonders schön aussieht. »Ich glaube, ich gehe zu Fuß zur Waterloo.«

»Was dagegen, wenn ich ein Stück mitkomme?«

Max wohnt in Kilburn und hat sein Fahrrad dabei, es ist also eigentlich unsinnig. Dennoch. »Natürlich nicht. Können wir?«

Wie vorhergesehen ist die Brücke eine nächtliche Schönheit, ein steinerner Weg, der sich über dem trägen Fluss erhebt. Es ist still. Es herrscht kein Verkehr, nur hin und wieder passiert uns ein roter Bus oder ein schwarzes Taxi, mühelos und leise wie Boote auf dem Wasser. Ein Pärchen steht in der Mitte und blickt Richtung Vauxhall und darüber hinaus, zum House of Parliament auf der einen Seite, zum glitzernden Southbank auf der anderen. Von dort, wo wir uns befinden, habe ich einen guten Blick auf das Somerset

House. Wie mag es wohl jetzt, zu dieser Zeit, im Museum sein – allein und im Dunkeln? Ich denke an Suzon, die in den leeren Raum blickt. Nur Schatten und Stille. Ob es ihr etwas ausmacht?

Während wir durch den Park wandern, uns eine Fanta teilen und massige Rugbyspieler in winzigen Shorts ignorieren, frage ich dich, wann du planst, zu Ostern nach Hause zu fahren. Ich versuche, meiner Stimme nichts anmerken zu lassen; sie klingt tonlos. Ich trinke einen Schluck und gebe die leicht klebrige Flasche an dich weiter.

Wann wir nach Hause fahren, meinst du? Du nippst bedeutend vornehmer an der Flasche und gibst sie mir prompt zurück. Mum und Dad erwarten uns dieses Wochenende.

Ich schlinge die Arme um deine Taille und verschränke die Finger.

Du lachst.

Ich halte dich fest, und wir gehen weiter, obwohl wir zusammen schwanken wie ein Kamel.

Aber du weißt, sage ich und versuche, nicht loszulassen, dass du mich nicht immer einladen musst.

Das ist gut, denn ich lade dich gar nicht ein. Eine Einladung würde implizieren, dass du die Wahl hast.

Ich drücke dich ein bisschen fester um die Mitte.

Er warnt mich nicht lange vor. Wir bewundern die Skyline, die bunten Lichter, die in der Dunkelheit funkeln, und sein Arm berührt meinen, während wir nebeneinanderstehen. Er sagt meinen Namen, ich sehe zu ihm auf, und er küsst mich – sehr selbstbewusst, aber nicht wie ein ungeduldiger

Vorstoß, sondern irgendwie sanfter. Seine Lippen bewegen sich, und Beklemmung durchfährt mich, weil das hier doch ein Fehler ist und ich mich unbedingt losmachen sollte. Max und ich sind Freunde. Doch ich ignoriere das Gefühl. Sein Kuss dauert lang genug, um mir klarzumachen, dass es keine impulsive Entscheidung war. Er meint es ernst.

Dennoch war ich darauf nicht vorbereitet. Zum Glück gelingt es mir, nicht alles zu verderben, indem ich ihn beiße oder gegen seine Zähne stoße oder über das Geländer in die Themse stürze. Dass Max seine Arme wie einen Rettungsring um mich geschlungen hat, macht es mir leichter.

7

Mein Mittwoch kommt gewöhnlich wie ein Bummelzug an, der im Schneckentempo in die Woche zuckelt und an zu vielen Stationen viel zu lange haltmacht. Diesmal jedoch nicht. Mit einem Mal ist es ein Express, der durch die englische Landschaft rast und für nichts und niemanden anhält. Die Passagiere drücken den Alarmknopf, Kaninchen mit zuckenden Nasen und wildem Blick bringen sich mit einem beherzten Sprung im nächsten Graben in Sicherheit. Der Fahrer ist machtlos: Der Zug ist außer Kontrolle. Ich setze mich im Bett auf und spiele mit einem Feuerzeug, das ich mir aus der Bar ausgeliehen habe. Ich halte den kleinen Finger über die leckende Flamme, bis er schwarz von Ruß ist. Heute ist Grace' Geburtstag.

Ich erinnere mich an das erste Mal, dass ich sie sah. Sie hatte die Tür zu ihrem Zimmer offen gelassen, während sie auspackte – ihre Mutter hatte es ihr geraten, um Leute kennenzulernen. Ihre Mutter hatte ihr auch geraten, ein paar Leckereien zu besorgen und sie anzubieten. Als ich London verlassen hatte, hatte mein Vater mir einen Kanister von seinem Lieblingscider mitgegeben – billig in der Anschaffung, effektiv, wenn man sich besaufen will.

Willst du ein paar Blaubeeren?, fragst du, als ich dir unbeholfen (weil Ellenbogen an die Taille gepresst) auf dem Weg zu unserem gemeinsamen Bad zuwinke.

Du kniest mit deinen schlanken Beinen auf dem Stuhl und ordnest ein paar Bücher alphabetisch auf dem schmalen Regal über deinem Schreibtisch ein. Als du nach oben greifst, erhasche ich einen Blick auf ein Stück pergamentweißer Haut über dem Bund deiner Jeans. Dein Haar ist lang, die Spitzen reichen bis zur Taille. Du trägst es offen und hinter die Ohren gestrichen.

Oh, lieber nicht, sage ich. Ich habe eine Allergie.

Ernsthaft? Du rutschst vom Stuhl und bleibst etwas unschlüssig auf dem blau-grünen Läufer stehen, den du von zu Hause mitgebracht hast.

Nein, eigentlich nicht.

Du lachst und ziehst die Nase kraus. Komischer Scherz.

Ja, entschuldige bitte. Ich schüttele den Kopf. Ich bin Eve.

Freut mich, Eve. Du lachst wieder und bietest mir die Schüssel mit Blaubeeren an. Ich bin Grace.

Sie wuchs in einem großen Haus mit großem Garten auf dem Land auf. Das Dorf bestand aus nur sechzehn Häusern, einem Pub, der ganz anständige Tapas servierte, und einer Poststelle, in der es auch Lebensmittel zu kaufen gab. Die Internetverbindung war ein Witz. Morgens wurde sie von den grummelnden Traktoren auf dem angrenzenden Feld und von Hufgeklapper auf der Straße geweckt. Ich dachte an unsere Wohnung an einer verkehrsreichen Straße in Finsbury Park und fand es idyllisch.

Seit Mum uns verlassen hatte, war unsere Wohnung immer mehr verkommen, aber mir war nicht bewusst gewesen, wie schlimm es stand, bis ich nach dem ersten Semester nach Hause kam: abgewetzte Teppiche, verrottete Blumen, an den Wänden abblätternde Farbe, schlaffe Vorhänge, die an den Kanten vergilbten, und feuchte Flecken, die sich an der Badezimmerdecke dunkel und bedrohlich ausbreiteten. Ich schlug vor, dass wir die Dinge in Angriff nehmen, alles neu machen sollten, doch Dad weigerte sich. Mit belegter Stimme murmelte er, dass Mum damals alles eingerichtet habe.

Grace' Eltern waren seit vierundzwanzig Jahren verheiratet, als sie sich an der Uni einschrieb. William war Konrektor der Privatschule, auf die Grace und ihr Bruder gegangen waren, Lucy Koordinatorin für sonderpädagogischen Förderbedarf. Neulich im Restaurant haben sie älter ausgesehen, aber auch irgendwie milder, als hätten die harten Kanten sich abgenutzt. Vielleicht ist das eine Auswirkung der Trauer.

Grace erzählte mir, dass ihre Eltern sich öfter stritten, hauptsächlich wegen ihr oder ihrem Bruder – er war ein paar Jahre älter, arbeitete auf einer Farm in der Nähe und hatte ein Mädchen aus dem Dorf geheiratet. Grace und er standen sich nicht besonders nah; sie hatten einfach nicht viel gemein. In Oxford vermisste sie vor allem ein Familienmitglied – Mackerel, ihren Hund.

Wir hatten auch nichts gemein, zumindest nicht auf dem Papier, aber Grace war von Anfang an meine beste Freundin. Sie konnte sieben Stunden lang durchgehend lernen, aber sie liebte es auch, zu tanzen, kitschige Songs mitzusingen (auch wenn sie den Text nicht konnte und erst überredet werden musste) und auf dem Boden meines Zimmers Cola-Rum aus Plastikbechern zu trinken. Gemeinsam machten wir auf dem nächtlichen Nachhauseweg nach einem Barhopping-Abend Jagd auf Pommes frites mit Ketchup, sahen uns am nächsten Morgen in meinem Bett verkatert Dokus mit David Attenborough an, dessen großväterliche Stimme unseren pochenden Schädeln guttat, und staubten Gutscheine für überteuerte Sportkurse ab (aber immerhin *siehst du aus* wie eine Ballerina, sagte ein Trainer, als sie hilflos mit den Armen herumfuchtelte). Sie munterte mich nach einem deprimierenden Besuch bei meinem Vater wieder auf oder bewahrte mich davor, ihn überhaupt besuchen zu müssen, und sie brachte mich zum Lachen, wenn ich beim Happy End eines Films zu heulen begann.

In unserem letzten Jahr änderte sich alles. Ich klicke das Feuerzeug an, einmal, zweimal.

Ich schließe die Augen, puste die kleine Flamme aus und wünsche mir etwas. Dasselbe, was ich mir jedes Jahr an diesem Tag wünsche. Ich werde sie nie vergessen. Wie könnte ich? Ich sehe ihr Gesicht überall, höre ihre Stimme in meinem Ohr. Sie ist ein Teil von mir. Wir sind noch nicht fertig miteinander. *Herzlichen Glückwunsch, Grace.*

»Eve. Ich konnte dir noch gar nicht zu deinem neuen Job gratulieren – deinen neuen Jobs!«, ruft Bill, springt vom Küchentisch auf und marschiert mit ausgestreckten Armen auf mich zu.

Ja, ich trage einmal mehr nur mein Handtuch, so alt und steif, dass es sich eher wie ein Teppich anfühlt, und bin auf dem Weg vom Bad in den sicheren Hafen meines Zimmers.

»Danke, Bill«, sage ich und halte das Handtuch eisern fest, als er mich linkisch umarmt. Ich bin froh, dass wir beide in stillschweigendem Einvernehmen so tun, als hätte unser volltrunkener Kuss nie stattgefunden, aber ich bin noch nicht ganz bereit, unsere ehemalige Kameraderie wieder aufzunehmen.

»Ganz schön mutig von dir, dich einfach so ohne alles vor all die Leute hinzustellen.«

»Ach, ich denke, mutig sind die anderen«, antworte ich. »Ich jedenfalls möchte mich nicht nackt zeichnen.«

Er nickt und lächelt geistesabwesend, sagt aber nichts, sondern packt seinen linken Ellenbogen mit der rechten Hand, als befürchte er, dass er impulsiv nach meinem Handtuch greifen und daran ziehen könnte.

Nein, das ist gemein. Er ist in Ordnung. Und nicht mehr verantwortlich für das, was geschehen ist, als ich. »Und du arbeitest heute von zu Hause aus?«, frage ich ihn.

Er blickt auf die Uhr. »Nein, ich muss jetzt auch los. Ich darf die Leute nicht warten lassen.« Er eilt zurück zu seinem Arbeitsplatz, schiebt die Papiere zusammen, klopft sie – erst hoch, dann quer – mit der Kante auf den Tisch und steckt die Blätter mit seinem Laptop in den Rucksack. Er lächelt noch einmal und neigt den Kopf zur Seite, als wolle er etwas von seinem Scheitel rutschen lassen. »Okay, bis später dann.«

Kurz wallt Panik in mir auf, als die Tür hinter ihm zufällt. Es wäre nett gewesen, den heutigen Tag in Gesellschaft zu verbringen, egal mit wem.

Zum ersten Mal seit dieser morgendlichen Episode betrete ich ihr Schlafzimmer, und zum Glück ist alles wie immer. Karinas Daunenkissen steht aufrecht gegen das Kopfende gedrückt, Resultat ihrer Angewohnheit, sich im Schlaf abwärts davon wegzubewegen. Bills doppeltes Polyesterkissen (antiallergisch) liegt an seinem Platz, dazwischen Taschentücher, die, wie ich hoffe, nur vollgerotzt sind. Ich schüttele alle drei auf und streiche die Decke glatt, ehe ich die Vorhänge öffne. Wie meine sind sie ein gutes Stück zu lang, sodass sich der überschüssige Stoff am Boden bauscht. Ein Lächeln zupft an meinen Mundwinkeln, als ich an die Zeit denke, in der Grace ihren Pony herauswachsen ließ.

Ich habe Karina von meinem Job als Aktmodell erzählt. Es ging nicht anders: Nach der zweiten Sitzung am Sonntag kam ich mit dem Sofakissen unter dem Arm nach Hause und war zu müde, um mir eine Ausrede einfallen zu lassen. (Das mit dem Morgenmantel, der zwischen Zeichenkohle und Bleistiften anderer Leute zusammengeknüllt in meiner Tasche steckte, gestand ich ihr allerdings nicht.)

»Wow«, erwiderte sie, und ihr Mund öffnete und schloss sich, während sie nach den richtigen Worten suchte. In solchen Momenten blickt sie gerne etwas zur Seite und in die Ferne, als visualisiere sie, was ich beschreibe (in diesem Fall mich nackt), um es verarbeiten zu können. Ungefähr eine Minute verstrich, dann fragte sie: »Und wie war's?«

Es war anstrengend, körperlich wie geistig, und beim zweiten Mal nicht leichter als beim ersten. Tatsächlich ist es ziemlich ermüdend, zwei Stunden lang still zu stehen oder zu sitzen und nur ab und zu die Position zu wechseln. Ich habe bereits festgestellt, dass es besser ist, symmetrische Posen einzunehmen, weil es dann wenigstens auf beiden Seiten gleich wehtut. Und ich weiß inzwischen, dass man besser kein Bein schief stellt, sofern es nicht verlangt wird (weder schmeichelhaft noch bequem), und bei längeren Posen die Arme nicht über den Kopf heben sollte. Es stimmt dagegen, dass man das Gleichgewicht besser halten kann, wenn man auf einen bestimmten Punkt starrt. Aber wenn so viele Leute vor einem sitzen, ist die Versuchung zu groß, sie zu beobachten. Sie starren mich an, ich starre sie an. Dummerweise konnte ich ihren Gesichtsausdrücken entnehmen, dass die Posen, die sie bevorzugen, die gekrümmten, verdrehten, entstellten sind. Es gibt ihnen einen Kick, wenn ich meinen Körper auf unnatürliche Art verbiege und meine Gliedmaßen schmerzhaft dehne. Tiere.

Kurz vor der Sonntagssitzung bekam ich meine Tage, was das Posieren besonders interessant machte. Ich konnte nur hoffen, dass niemand etwas bemerkte, und erwog sogar, Annie zu fragen, ob sie je ein Aktmodell mit einem Fädchen zwischen den Beinen gesehen habe, aber dann traute ich mich doch nicht. Hinter dem Paravent stopfte ich das Bändchen in mich und betete, dass ich es nachher wiederfinden würde. Als ich hinter dem Schirm hervorkam, sah mich niemand anders als sonst an, auch wenn ich mir selbst aufgebläht vorkam. Doch keiner deutete auf mich oder rümpfte die Nase. Ich wertete das als Erfolg.

Von diesen Unannehmlichkeiten abgesehen, gefällt es mir. Es ist berauschend. Ich spüre die Erregung, mich entblößt den Blicken preiszugeben, von meinen tappenden Zehen (darf ich nicht tun, bringt strafende Blicke) bis zur Gänsehaut in meinem Nacken. Ich vergesse, dass ich vor Leuten posiere, die ich nicht kenne. Stattdessen befinde ich mich in einer Art meditativem Zustand. So sollte Yoga sein, denke ich. In einer Pose still verharren, während der Körper, aufgeladen wie eine Batterie, bis in die aufgestellten Härchen vor Energie knistert.

Am Ende beider Sitzungen reichte mir Paul jeweils einen mit seiner Spucke zugeklebten Umschlag mit Geld und sagte mir, ich hätte meinen Job wirklich gut gemacht. Beim zweiten Mal, am Sonntag, legte er mir eine Hand auf die Schulter. Ich weiß nicht, ob ich es mir nur eingebildet habe, aber es fühlte sich an, als würde er den seidigen Stoff befingern.

Ich nehme Karinas BH von der Heizung und befreie den Sessel von dem Haufen Klamotten. Ich stopfe alles in den Wäschekorb und schleppe ihn zur Waschmaschine. In der Mitte des Haufens entdecke ich ein noch gefaltetes kariertes Hemd und ziehe es am Ärmel heraus. Ein kurzes Schnuppern bestätigt mir, dass es frisch ist. Bill macht es bestimmt nichts, denke ich mir, als ich es überziehe. Darin werde ich aussehen wie diese Mädels, die die Pullis ihrer Freunde tragen (und nicht nur die ihrer verschwundenen Mutter). Hey, seht her: Jemand liebt mich.

Ich bin schon auf der anderen Seite der Waterloo Bridge, ehe mir klar wird, dass es keine gute Idee ist, ins Museum zu gehen, auch wenn heute Mittwoch ist. Eigentlich entscheiden meine Füße das für mich, denn sie biegen eigenständig links ab statt rechts. Es ist zu viel heute. Zu still. Ich muss irgendwohin, wo es laut ist, aber auch dunkel, voller Leute, ohne dass ich sie ansehen oder mich unterhalten muss. Ich stelle mir Suzon vor, die mich ansieht und darauf wartet, dass ich sie anspreche. Sie macht nie den ersten Schritt. Nein, ich gehe heute nicht in die Galerie. Heute gehe ich ins Kino.

London hat sich über Nacht in ein Weihnachtsdorf verwandelt. Grace fand es immer furchtbar, dass ihr Geburtstag so nah an Weihnachten lag: Alle Freunde fuhren nach Hause, Geschenke gab es immer »für Geburtstag und Weihnachten zusammen«. Über den Straßen funkeln kleine Lichter und peppen den trüben Tag auf. Ich gehe schneller, um der festlichen Stimmung zu entkommen.

Nach der nächsten Ecke nehmen meine Füße sogar noch an Tempo auf – nur weg von dem riesigen Weihnachtsbaum auf dem Trafalgar Square. Komisch, Karina und Bill haben um diese Zeit normalerweise schon einen Baum zu Hause. Bill zuzusehen, wie er das Ding in seinem weißen Netz nach Hause schleppt, ist Karinas Lieblingsweihnachtsritual. Das und das Auspacken des Baumschmucks, der sorgfältig in Küchenpapier eingewickelt in Schuhkartons lagert. Als Kind fragte ich meinen Vater jedes Jahr, ob wir nicht auch einen Baum holen könnten. Jedes Jahr antwortete er, dass Bäume aus gutem Grund draußen wuchsen.

Der einzige Film, der schon am Mittag läuft, ist eine Komödie mit Bill Nighy, vermutlich eine rührselige Story. Er fängt erst in zwanzig Minuten an, also schlendere ich zum Süßigkeitenstand. Allein beim Anblick der Cherry-Cola-Fläschchen läuft mir das Wasser im Mund zusammen. Skeptisch betrachte ich die Schaumzuckerbananen, die wie aufgeblasene essbare Schnecken aussehen, und die Baisergarnelen könnten als Geschlechtsorgane durchgehen. Ich probiere jede Sorte, ehe ich mich entscheide und die besten in eine Papiertüte schaufele.

Als ich an die Kasse trete, prickelt meine Zunge so sehr, dass ich Schwierigkeiten habe, dem übereifrigen Jungen zu antworten, der eine Bemerkung zur Weihnachtsbeleuchtung macht. Ich kriege nicht richtig mit, was ich für Ticket und Süßigkeiten zahlen muss, daher reiche ich ihm einen knisternden Zwanzigpfundschein, den Paul noch heiß und frisch aus dem Automaten gezogen haben muss.

Während der Junge mir von Lichtern wie Schneeflocken vorschwärmt, gibt er mir ein einzelnes Pfund heraus, und als ich lache, lacht er aus unerfindlichen Gründen mit mir.

»Und der Rest?«, frage ich.

»Ähm, das macht neunzehn Pfund.«

»Bitte? Das ist ja Wucher.«

Er lacht erneut.

Ich sehe ihn nur an.

Ich habe das Kino praktisch für mich allein, daher ignoriere ich meine Platznummer und lasse mich auf einem Ledersessel mit viel Beinfreiheit nieder. Ich beiße gerade einer Weingummischlange den Kopf ab, als zwei ältere bis ältliche Frauen den Gang herunterkommen. Wie bezeichnet man die Leute dazwischen? Älter als die Eltern, aber jünger als die Großeltern? Na, egal.

Die Werbung läuft, aber die Lichter sind bisher nur gedimmt, also schaue ich verstohlen hinüber. Eine hat zwei To-go-Becher in der Hand (es riecht nach heißer Schokolade), während die andere durch eine monströse Brille mit runden, dicken Gläsern auf die ausgedruckten Tickets starrt. Beide schleppen eine beachtliche Anzahl an Einkaufstüten mit sich. Obwohl alle Reihen frei sind, schlurfen sie in meine Richtung und kommen direkt neben mir zum Halten. Ehe sie sich setzen, schnippen beide synchron Popcornreste weg, die die vorherigen Besucher zurückgelassen haben.

»Also, wo war ich gerade?«

Die Glotzäugige hat ihr Handy herausgeholt und liest nun ärgerlich laut eine ätzende Kritik vor, wahrscheinlich aus dem *Guardian*.

»Wie alkoholfreier Eierlikör.«

»Autsch. Nicht gut.«

»Ein unterdurchschnittlicher Richard Curtis, der uns schon bessere Schmonzetten beschert hat.«

»Herrje. Warum hast du das nicht gelesen, ehe wir uns die Tickets gekauft haben?«

Ich schließe die Augen und widerstehe dem Drang, sie strafend anzusehen. Erwäge, mich anderswo hinzusetzen, tue es aber doch nicht.

»Jede Szene endet glucksend wie ein nicht durchgegarter Plumpudding.«

Es reicht. »Verzeihung – geht's noch?«

Glotzauge hält inne. Beide lehnen sich in ihren Sitzen zurück, beide Sitze ächzen. Ausnahmsweise scheine ich einschüchternd zu wirken.

»'tschuldigung. Wir wollten nicht stören«, sagt sie und schiebt behutsam ihr Telefon in ihre Tasche.

»Schon okay«, antworte ich und spüre, wie ich rot werde. »Ich bin einfach leicht abzulenken.«

»Keine Sorge. Von uns hören Sie keinen Piep mehr.«

Ich lächele abgestraft und wende mich wieder der Leinwand zu. In ihrem Alter schneidet man doch bestimmt keine Grimassen mehr, oder?

Als die Vorschau zu Ende ist und das Licht ausgeht, sehe ich aus dem rechten Augenwinkel das Leuchten eines Telefons und hole tief (und offenbar hörbar) Luft.

»Tut mir leid, ich mach's nur gerade aus.«

Raschel, raschel.

»Ein Pfefferminz vielleicht?«

Wer immer diese Kritik verfasst hat, hat recht gehabt, selbst wenn er ein alter Griesgram gewesen ist. Der Film war furchtbar. Alberne Dialoge, das Setting grellbunt und blinkend. Nun läuft der Abspann, und meine Augen tränen dennoch, als würde ich gegen eine steife Brise anlaufen.

»Alles in Ordnung, Liebes?«

Ich fahre zusammen; die beiden hatte ich ganz vergessen. Ich wende mich ihnen langsam zu und stelle fest, dass sie mich beobachten. »Ja, klar«, sage ich, aber wohl nicht besonders überzeugend, denn als ich aufstehe und mich seitlich auf den Mittelgang zuschiebe, schieben sie sich hinterher.

»Ganz sicher? So ein hübsches Mädchen ganz allein hier?«

»Mir geht's gut, wirklich.« Und ehrlich gesagt weiß ich gar nicht, warum ich nicht einfach gehe.

Sie sehen einander verlegen an, ehe sie anscheinend stillschweigend zu einer Einigung gelangen. Synchron nickend, als handele es sich um eine abgemachte Sache, laden sie mich ein, mit ihnen noch etwas trinken zu gehen. »Kommen Sie, wir akzeptieren kein Nein. Es ist fast Weihnachten.« Und damit haken sie sich links und rechts bei mir ein und schleppen mich zu einer Bar um die Ecke vom Leicester Square.

Über eine Stunde lang höre ich ihrem Geplauder zu und trinke fruchtige Cocktails, die sie aussuchen. Ich weiß inzwischen alles über Catherines Ingenieur-Mann mit dem launischen Herzen und über Jans Hallux Valgus. Doch schließlich lenken sie das Gespräch behutsam auf mich. »Und was machst du so, Liebes?«

Alles, was ich herausbekomme, ist: »Heute ist der Geburtstag meiner besten Freundin.«

»Oh, wie schön. Und wie feiert ihr?«

Diesmal kann ich die Tränen nicht zurückhalten. Die beiden versuchen, mich zu trösten, und als das nicht funktioniert, bestellen sie mir noch einen Drink. Jan fängt an, auf ihrer Unterlippe zu kauen. Catherine fragt, ob sie jemanden anrufen soll.

»Hast du jemanden, zu dem du gehen möchtest?«

»Es ist zu spät«, sage ich. »Ich kann jetzt nicht mehr zu ihr.«

Stille, bis auf das Schlürfgeräusch, mit dem sie ihre verwässerten Cocktailreste durch die Strohhalme ziehen. Jan sieht auf die Uhr.

»Sollen wir noch einen trinken?«, frage ich, setze mich auf, ringe mir ein Lächeln ab.

Ihre Blicke springen pingpongartig zwischen sich und mir hin und her.

»Tut mir leid, Liebes, aber wir müssen unseren Zug erwischen«, sagt Jan. »Sicher, dass wir nicht doch irgendetwas tun können?«

Ich schüttele den Kopf und versuche, das Lächeln beizubehalten.

Sie zahlen, entschuldigen sich noch einmal und bedenken mich mit einem letzten sorgenvollen Blick, ehe sie durch die Tür verschwinden.

Ich kehre über den Strand zurück und versuche, mir einzureden, dass es noch nicht zu spät ist, aber als ich am Museum ankomme, bewegen sich die automatischen Glastüren natürlich nicht mehr. Ich mache kehrt, aber auf der Waterloo Bridge halte ich es nicht mehr aus. Ich halte es nicht mehr aus, allein zu sein. Ich wische durch meine Kontakte, wobei ich immer wieder die Vorstellung verdrängen muss, dass ein schlingernder Lastwagen die steinerne Abtrennung durchbricht und mich niedermäht. Max. Ich rufe ihn an, und er nimmt nach dem fünften Klingeln ab, als ich gerade wieder auflegen will.

»Hey, du. Was gibt's?«

Ich höre wummernde Musik im Hintergrund, und er klingt außer Atem, als sei er gerannt. Vielleicht ist er im Fitnessstudio.

»Hi«, sage ich, stütze meine Ellenbogen auf die Steinmauer und blicke in den Fluss hinab. Das Wasser muss eiskalt sein. Ich stelle mir vor, wie ich hineintauche und sich alle Härchen aufrichten, um mich warm zu halten. Bläschen steigen an die Oberfläche, während ich sinke und die letzten Reste Sauerstoff durch meine Nasenlöcher entweichen. Ich presse mich fester an den Stein.

»Eve, ist alles okay?«

»Eigentlich schon.«

»Was ist los?«

»Heute ist Grace' Geburtstag.« Ein großes weißes Boot kommt unter der Brücke hervor. Das Innere ist hell erleuchtet und bevölkert mit gestylten Frauen und Männern, die an gut einem Dutzend runder Tische sitzen. In einer Ecke sehe ich eine Band – Schlagzeug, Verstärker, zwei Gitarren –, die

Fläche davor ist frei. Zum Tanzen, nehme ich an. »Bist du noch da?«, frage ich und umklammere die Mauer mit meiner freien Hand. Er weiß, was Grace mir damals bedeutet hat, was sie mir heute bedeutet. Es verkompliziert alles.

»Ich bin noch da. Wo bist du?«

»Auf der Waterloo Bridge.«

»Okay. Was machst du?«

»Zu dir kommen?«

Stille. Nur die Musik im Hintergrund.

»Max?«

»Sorry, ich habe nur schnell nach der Strecke gesehen.«

Mein Griff lockert sich.

»Treffen wir uns an der einen Stelle am Fluss?«

»Ich bin in zehn Minuten da.« Ich richte mich auf und setze mich wieder in Bewegung. Als ich mich zu dem Boot umdrehe, ist es nur noch ein weißer Fleck, der immer kleiner wird.

Wir sitzen für wer-weiß-wie-lange am Wasser und sehen zu, wie in den Wohnhäusern die Lichter an- und ausgehen. Ohne sie und die Laternen und die Scheinwerfer und die blassen gelben Sterne wäre es inzwischen stockfinster. Es ist kalt, und meine Fingerspitzen werden taub. Als Max sieht, wie weiß sie geworden sind, gibt er mir seine viel zu großen Handschuhe. Er blickt zur Seite, und ich schnuppere daran. Max in Essenz.

Als er mich fragt, wie es mir geht, sage ich ihm die Wahrheit. Es geht mir gut, obwohl meine Version von »gut« vielleicht nicht immer dieselbe ist wie die anderer Leute. Vor allem heute nicht.

»Hast du jemanden?«, fragt er.

»Ziemlich direkt«, sage ich grinsend und sehe zu, wie die Möwen über dem dunklen Wasser nach ihrem Abendessen Ausschau halten. Wie so oft frage ich mich, was sie hier, so weit vom Meer entfernt, eigentlich zu suchen haben.

»Du weißt genau, was ich meine. Hast du jemanden zum Reden?«

Das habe ich. »Ja«, antworte ich und sehe sie vor mir, wie sie hinter der Bar steht und mich anblickt. Und mir zuhört. Immer. »Schon länger. Ich gehe einmal die Woche hin.«

»Und hilft es dir?« Ich kann beinahe hören, wie seine Gedanken durch seinen Verstand sausen und er überlegt, wie und ob ich eines Tages die Kurve kriege.

»Ja, schon«, sage ich und male mit dem behandschuhten Finger eine unsichtbare Landschaft auf die Bank. Und das tut es ja wirklich – helfen, meine ich. »Nur ist der Tag heute nie einfach.« Sonne, Sand, das Meer. »Und ich bin letzten Monat ihren Eltern begegnet.«

»Oje. Das war sicher nicht leicht.«

»Sie haben meine Abschiedsvorstellung im Restaurant mitbekommen.«

Er lächelt, und ich spanne eine Hängematte zwischen zwei Palmen. Noch ein paar Kokosnüsse dazu.

»Du hast mir noch immer nicht erzählt, was eigentlich passiert ist.«

»Es war vielleicht ein bisschen theatralisch. Ich habe jemandem eine geklebt.«

Max bleibt der Mund offen stehen, und ich füge ein Strichmännchen auf einem Surfbrett hinzu.

»Weißt du«, sagt er, ernster jetzt, »es wird besser. Zumindest einfacher.«

Ich streue ein paar Rückenflossen ins Meer, dann nimmt er meine Hand. Ich schaue auf, und er neigt sich langsam zu mir, um mich zu küssen.

8

Karina und Bill fahren über Weihnachten weg – das ist der Grund, warum wir noch keinen Baum haben. Sie behauptet, sie habe es mir schon vor Wochen gesagt, aber ich kann mich nicht erinnern. Sie besuchen ihre Mutter und ihren Stiefvater im verschneiten Norwegen. Und was soll ich jetzt machen?, fragte ich, während mir schon das Blut in die Wangen stieg. Wir haben ja nicht abgemacht, dass wir zusammen feiern. Sie schlugen vor, ich solle den Tag mit meinem Vater verbringen, schließlich sei genug Zeit vergangen, man müsse sich aufeinander zubewegen. Nein, antwortete ich. Das geht nicht. Ich kann nicht noch ein Weihnachten damit verbringen, die Wohnung aufzuräumen. Sein dünner werdendes Haar zu streicheln, während er über dem Klo hängt, oder seinen verschwitzten Rücken zu tätscheln. Ihm zu sagen, dass alles wieder gut wird. Das habe ich schon einmal zu oft getan.

Ich hole tief und bebend Luft. Er weiß, dass er mich immer anrufen kann, wenn er zum Entzug bereit ist.

Mein Telefon auf dem Küchentisch surrt, und beinahe stoße ich meinen Kaffeebecher um. Es liegt auf dem Display, daher sehe ich nicht, um wen oder was es sich handelt, aber mein Vater würde mir keine Nachricht schreiben. Ich trinke einen Schluck und schiebe einen Löffel Bran Flakes hinterher. Die Zellophantüte im Karton war fast leer, deswegen handelt es sich nur noch um ein paar Krümel und viel Pulver.

Karina meint, ich hätte abgenommen. Ich versichere ihr, dass sie nur von sich auf andere schließt. Mit Mädchen wie ihr ist das immer dasselbe. Sie bezeichnet sich selbst wahrscheinlich als Frau – sie ist vierunddreißig –, aber dennoch. Einmal hat sie mich zu einer Restauranteröffnung mitgenommen, ein hipper, schicker Laden – Asian Fusion war es, glaube ich – in einer stillen Straße in West London. Man brachte uns einen handgefertigten Teller nach dem anderen zum Probieren. Karina nahm von jedem einen Happen, kaute jeweils vierunddreißigmal und legte dann Messer und Gabel sorgfältig ab und ihre Hände in den Schoß. So wird es eben gemacht, Eve, erklärte sie mir, als ich sie fragte, ob es ihr nicht unangenehm sei, solche Mengen zurückgehen zu lassen. Sie verglich sich mit einer Weinkennerin, die selten schluckt, was sie probiert, versicherte mir aber, dass ich mir keine Gedanken machen müsse – ich sei hier, um Spaß zu haben, und könne essen, so viel ich wolle. Das tat ich auch, wenn auch hauptsächlich, um die besorgte Kellnerin zu beruhigen, die um uns herumhuschte. Ich aß, was in mich hineinging, und vernichtete neben meinem Wein auch noch Karinas. Als wir nach Hause kamen, schloss ich mich im Bad ein und erbrach mich heftig.

Wieder surrt mein Handy. Dieses Mal drehe ich es um. Max. Wir haben in dieser Woche, Grace' Geburtstagswoche, bisher jeden Tag miteinander gesprochen. Ich entsperre den Bildschirm. *Klopf Klopf.*

Ein Scherz. Es sei denn – Moment! Ist er draußen? Wohl eher nicht. Ich höre zu kauen auf und lausche auf seine Fahrradklingel. Wahrscheinlich versucht er bloß, mich zum Lachen zu bringen. Oder will flirten. Ich lächele und schaufele mir einen weiteren Löffel Pulver in den Mund. Die Körnchen setzen sich zwischen meinen Zähnen fest, während ich eine Antwort eingebe. *wer ist da*?

Keine Reaktion. Ich warte ein paar Minuten, dann noch ein paar, bis ich mein Frühstück aufgegessen habe. Nichts. Vielleicht probiert er ja gerade irgendeine Taktik aus einer Ratgeberkolumne aus, um sich meine Aufmerksamkeit zu sichern. Ich drehe mein Handy um und schaue noch einmal nach, ob ich überhaupt eine Verbindung habe.

Ja, habe ich wohl.

Ich komme fünf Minuten zu früh im Atelier an. Bis ich mich aus meinen Klamotten geschält habe, ist der Raum zu drei Vierteln gefüllt.

»Eve?«

Ich mache einen Satz, als Paul seinen Kopf um den Wandschirm steckt. Für ihn ist es inzwischen normal, mich nackt auf der Bühne zu sehen (ich habe mir angewöhnt, »Bühne« zu sagen, als sei ich eine Schauspielerin in einer Broadwayshow), aber dass er mich beim Ausziehen ertappt, noch ehe es losgeht, ist mir irgendwie unangenehm. »Ja?« Ohne nach den Ärmeln zu suchen, wickele ich mir Karinas Morgenmantel um wie ein Handtuch und beuge mich vor, um erst die eine Socke, dann die andere auszuziehen. War ja klar, dass ich die wieder bis zuletzt anlassen musste. Wie in einer schlechten Sexszene.

»Ich wollte dir nur sagen, dass wir heute Tag der offenen Tür haben. Das heißt, jeder Interessierte – und hoffentlich potenzielle neue Teilnehmer – ist eingeladen, sich anzusehen, was wir hier so machen.«

Oh, toll. Also kann jeder Perverse so tun, als interessiere er sich für Kunst, um vorbeizukommen und mich im Evakostüm anzuglotzen.

»Ist das okay für dich?«, fragt er und kommt ein, zwei Schritte auf mich zu, sodass auch er jetzt fast hinter dem Paravent verborgen ist.

Zwei schwebende Köpfe im Gespräch. Talking Heads. Dad spielte die CD gerne an Schultagen bis spät in die Nacht. *Don't you want to make him stay up late.*

»Hör mal, falls es irgendetwas geben sollte, das dir nicht recht ist, dann sag mir das bitte, okay?«

Mir ist nicht klar, ob er es ernst meint, aber seine Nähe und seine gesenkte Stimme verursachen mir Gänsehaut – und ich weiß nicht, ob auf positive oder negative Art. Ich stehe wie angewurzelt da, weil ich meinem Gleichgewicht nicht traue, und versuche, mir darüber klar zu werden, ob er mich anmacht oder verunsichert oder vielleicht gleich beides auf einmal.

»Mir ist alles recht«, sage ich und begegne seinem Blick.

Er schiebt seine Brille den Nasenrücken hinauf. »Okay. Gut zu wissen.« Die Augen auf mich gerichtet. Die ganze Zeit.

Was nicht gut ist, ist die Anzahl der Leute, die durch die Tür hinten ein und aus gehen, während ich versuche, die zwei Minuten langen dynamischen Posen zu halten. Immer wenn ich mir gerade einen Punkt an der gegenüberliegenden Wand suchen will, taucht ein neuer Eindringling auf, und die meisten sind wohl wirklich nur für die Peepshow gekommen. Paul steht an der Tür, um mögliche Fragen beantworten zu können und allzu offenkundige Gaffer auszusieben. Ein Trio rotgesichtiger, pausbäckiger Schuljungen in schicken Privatschuluniformen taucht auf der Schwelle auf und hat allergrößte Mühe, nicht loszuprusten. Paul schickt sie postwendend wieder die Treppe hinunter.

Da Paul mich in dieser Sitzung nicht an die Zeit erinnert, muss ich selbst darauf achten, was bedeutet, dass ich die Uhr nicht aus dem Blickfeld verlieren darf, welche Position auch immer ich einnehme. Sechs, fünf, vier, drei, zwei, eins. Ich stelle mich kerzengerade hin, dann ziehe ich mein rechtes Knie an die Brust, als ob ich mich vor dem Joggen dehnen wollte. Mit beiden Händen umklammere ich mein Knie, während ich versuche, das Gleichgewicht zu halten (und nicht daran zu denken, was genau ich den Blicken preisgebe). Mein linker Fuß arbeitet, rollt von vorne nach hinten, von links nach rechts, und meine Zehen krallen sich auf der Suche nach Halt, der nicht existiert, aufs Holz. Ich blicke zur Uhr. Noch eine Minute fünfzehn. Ich schwöre, der rote Zeiger hat es auf mich abgesehen. Als ich die Augen bewege, will mein Körper mit, und ich hüpfe nach links. *Tsk.* Ein Schnalzen von der Frau, die mir am nächsten sitzt. Offener Mund, schlaffe Lippen. Entweder eine echte Künstlerin oder zu eifrig darum bemüht: Ihr drahtiges Haar ist mit einem Bleistift zurückgesteckt.

Weißt du, sagst du, ich glaube, das hier ist mein absoluter Lieblingsbuchladen.

Ich weiß, sage ich lächelnd. Meiner auch.

Oben auf der Treppe übertrumpfen zwei stirnrunzelnde Mädchen mit kurzen Bobs sich gegenseitig mit der Nennung von Büchern, die man jetzt so trägt. Ulysses. Unendlicher Spaß. Das andere Geschlecht.

Wir bleiben vor einem Tisch mit neuen Hardcovern stehen und warten darauf, dass eine von beiden Hannah Arendt erwähnt.

Als es wie aufs Stichwort geschieht, fragt die andere, Hannah wer?

Ähm, machst du Witze? Die ist absolut Kult.

Ach so. Klar.

Wir müssen beide lachen, und sie bedenken uns mit giftigen Blicken.

Endlich. Drei, zwei, eins. Ich wende mich zum Fenster und greife hinter meinem Rücken – einen gebeugten Arm von oben, den anderen von unten – nach meinen Fingern. Eine Flucht oder wenigstens eine Abwechslung, für die Teilnehmer in Gestalt meines Hinterns. Ich blicke hinaus auf die Dachschindeln, die rauchenden Schornsteine, die runden Satellitenschüsseln und die stacheligen Antennen. Der Himmel sieht über South Kensingtons Backsteinhäusern besonders blau aus, und nirgendwo ist ein Wölkchen zu sehen – eine Momentaufnahme des Sommers mitten im Winter, sofern man sich gemütlich drinnen befindet. Zum Glück sind wir so hoch, dass die Zurschaustellung meiner Nacktheit von der Außenwelt unbemerkt bleibt, wenn man von einem lüsternen Spatz auf dem Fenstersims absieht.

Wie eine smarte Kameralinse justieren meine Augen sich

neu, zoomen zurück und fokussieren die Fensterscheibe, die nur einen Meter von meiner Nasenspitze entfernt ist. Sie scheint regelmäßig geputzt zu werden – keine Schmierstreifen zu sehen –, doch davor hängt ein Spinnennetz. Ich betrachte die feine Spitze, die zum Teil mit Wassertröpfchen verziert ist, und versuche, die Schöpferin zu entdecken. Vergeblich, obwohl ich mir sicher bin, dass sie zur Essenszeit zurück sein wird. Denn an einem seidigen Faden klebt eine aufgedunsene Fliege.

»Okay, Leute, wir machen eine Pause.«

Was?

»Eve, alles okay?«

Ich fahre herum und blicke zur Uhr. Viertel vor elf. Wir hätten frühestens in einer Viertelstunde eine Pause gemacht. Ich habe keine Ahnung, wie lange ich aus dem Fenster gestarrt habe. Ich bin mir nicht einmal mehr sicher, bei welcher Posenlänge wir gerade gewesen sind – dreißig Sekunden, zwei Minuten oder gleich zehn. »Ja, alles bestens«, sage ich, reibe meine Hände aneinander und versuche, mich zu sammeln. »Sorry.«

Paul entschuldigt sich ebenfalls, allerdings bei den Teilnehmern und mit einem aufgesetzt jovialen Grinsen. Genauso gut hätte er achselzuckend die Hände heben können: Was soll ich machen? Sie ist neu! Ich bin ziemlich sicher, dass er ihnen unausgesprochen eine Extra-Viertelstunde für die Frontalansicht verspricht. Ihr bekommt schon, wofür ihr bezahlt habt, Leute. Was bedeutet, dass ich eine ganze Stunde lang stillhalten muss.

Damals in der Schule ist das oft passiert. Ein Geschichtslehrer setzte mich einmal vom Fenster weg, weil ich die

Paare, die sich beim Einparken draußen auf der Straße in die Haare gerieten, spannender fand als die Schwarz-Weiß-Videos, die er an das Whiteboard beamte. Ich weiß noch sehr gut, wie er mich mit scharfem Blick durch seine dicken, verschmierten Brillengläser musterte.

»Eve?«

»Ja?« Ich stehe noch immer nackt auf der Bühne, Paul davor, sodass wir dieselbe Größe haben, und wieder macht sich meine Beckenbodenmuskulatur bemerkbar. Ich verschränke die Arme vor meinen Brustwarzen, die sich plötzlich verhärten und auf ihn deuten, und erwäge, nach der Decke zu greifen.

»Ich habe gefragt, ob du Tee möchtest.« Er lächelt und legt den Kopf leicht schief.

»Ich mag keine Milch.«

»Okay, dann Tee ohne Milch«, sagt er, wendet sich um und strebt auf die Tür zu.

»Lieber Kaffee.«

»Dann einen Kaffee«, sagt er und hält inne. »Oh, das war's heute übrigens mit dem ›Offenen Atelier‹. Du kannst dich wieder entspannen.«

»Ich bin entspannt«, sage ich, drücke die Knie zusammen und halte mir die Hände vor meine Scham.

Er lacht, nickt und verlässt den Raum.

Ich bin hier oben wirklich entspannt, meistens wenigstens. Ich fühle mich lebendig, wie elektrisiert, und das auf angenehme Weise. Dass Paul mich während der Sitzung beobachtet, macht mir nichts, so eindringlich und schwer deutbar sein Blick auch sein mag. Dennoch werfe ich mir Karinas Morgenrock über, ehe ich von der Bühne springe. Sie hat mich neulich gefragt, ob ich ihn irgendwo gesehen habe, hat ihn aber entweder wieder vergessen oder aufgegeben.

Auf der Staffelei direkt vor mir steht eine Kohlezeichnung meiner letzten Pose, bei der ich die Hände hinter meinem Rücken schräg zusammengeführt habe. Ich weiß nicht, wie lange ich so gestanden habe, aber gemessen an dem Detailreichtum, der Konturierung und den Schattierungen müssen es mindestens zehn Minuten gewesen sein. Leicht gedrehter Kopf, mein Profil gerade sichtbar, das Kinn trotzig erhoben. Einzelne Haarsträhnen, die wie salzige Rinnsale Schweiß meinen oberen Rücken hinabtröpfeln. Angespannte Schultermuskeln, Schulterblätter in schiefem Winkel. Ein dunkler Kanal an meinem Rückgrat entlang bis hinab zum Ansatz meiner Kehrseite, die nicht besonders gerundet ist. Arme, die unnatürlich verrenkt sind, weiß hervortretende Knöchel, Finger, die sich am äußersten Ende aneinanderklammern.

»Oh, Eve, es tut mir leid, Rücken kann ich nicht gut.«

»Was?«

Annie.

»Es muss komisch sein, sich selbst auf dem Papier zu sehen.«

»Ja, irgendwie schon.«

Sie lächelt höflich.

»Ich denke, du kannst Rücken«, füge ich hinzu und stelle mich neben sie, sodass wir ihre Zeichnung gemeinsam betrachten. »Ich meine, ich sehe meinen nicht oft, daher kann ich nicht beurteilen, ob du ihn richtig dargestellt hast, aber das mit den hellen und dunklen Stellen hast du definitiv gut eingefangen.«

Sie lacht und beginnt, geistesabwesend ihren Ehering an ihrem kohleverschmierten Finger zu drehen. »Hey, wie wär's. Ich hole im Anschluss Molly vom Ballett ab, nur ein Stück die Straße runter. Willst du sie vielleicht mal kennenlernen?«

Warum genau?

»Vorausgesetzt, du ziehst die Sache mit dem Babysitten in Erwägung.«

Die Sache mit dem Babysitten. Die hatte ich vergessen. Ich weiß ehrlich gesagt nicht, ob ich das zusätzlich zum Modellstehen und dem Job in der Bar noch machen will.

Sie schaut mich hoffnungsvoll an. Sie lächelt noch immer, nagt aber an ihrer Unterlippe.

»Okay. Ja, gerne.«

»Oh, schön. Dann treffen wir uns nach dem Kurs draußen.«

Die Tür fliegt auf, und Pauls Lederstiefel poltern über den Holzboden. Die Spitzen sind ein wenig zu blank poliert. »Eve. Ich hätte beinahe deinen Tee vergessen.«

Ich weiß, dass ich Kaffee gesagt hatte.

»Hier, bitte.« Er lächelt und klopft sich mental selbst auf die Schulter, als er hinzufügt: »Ohne Milch.«

»Danke.« Ich nehme den Porzellanbecher und drehe ihn rasch in meiner Hand, sodass ich ihn am Henkel halten kann.

»Annie. Wie geht's dir?«, fragt er und legt ihr cinc Hand an die Schulter.

Vielleicht ist er zu jedem so. Keine Ahnung, ob es das besser oder schlimmer macht.

»Danke, gut. Ich habe mich gerade nur bei Eve für mein

mangelndes Zeichentalent entschuldigt. Mit Rücken habe ich es nicht so.«

»Ach was, das sieht gut aus«, sagt er mit Blick zu mir.

Nach der zweiten Hälfte der Sitzung und einer Bonusrunde, um die verlorene Zeit wieder auszugleichen, in der ihre Zeichnungen und mein Körper seziert werden, werden wir entlassen. Annie wartet draußen, als ich die Treppe herunterkomme, und beobachtet ein verliebtes Pärchen, das auf der anderen Straßenseite zwischen heißen Küssen ein Taxi anhält. Sie wendet sich zu mir um, als sie die Tür hört. »Ein rasches Glas Wein, ehe wir Molly holen?«

Ich zögere. Sie wirkt so gefasst und so makellos, dass ich mich unwillkürlich frage, wie sie mich wohl wahrnehmen mag.

»Natürlich nur, wenn du nichts anderes vorhast«, sagt sie. »Entschuldige, ich hätte dich vorher fragen müssen. Bestimmt hast du was vor.«

»Nein, gar nicht. Gerne.«

»Wunderbar.« Sie kenne ein nettes Weinlokal hier in der Nähe, sagt sie und marschiert prompt los.

Ich will sie gerade fragen, ob sie in der Gegend wohnt – jedenfalls scheint sie sich hier gut auszukennen –, als sie einen Anruf bekommt. Sie nimmt ab und beginnt, in einem ungeheuren Tempo zu sprechen. Das Telefon klemmt zwischen Ohr und Schulter, während sie in der einen Hand ihre Tasche und den Skizzenblock in der anderen hält.

»Es soll vierzehn runde Tische geben, jeder mit zehn Plätzen, plus den Tisch vorne mit Platz für neun – die Großmutter des Bräutigams hat letzte Woche den Löffel abgegeben. Acht Vegetarier, zwei Veganer, eine Nussallergie

(Erdnüsse, Cashews und Pistazien sind tödlich, der Rest geht), einmal glutenfrei. Alles klar?«

Alles klar.

»Schnell, Jade, such dir einen Stift.«

Oje, Jade hat eindeutig ein Defizit.

Ich folge ihr, als sie von der Hauptstraße abbiegt. Es wird etwas grüner. Zwar sind die Bäume entweder völlig kahl oder mit rotbraunen, welken Blättern bestückt, aber jeder zweite Block hat seinen eigenen gepflegten und mit einem schwarzen Zaun eingefriedeten Gemeinschaftsgarten. In einem führen ein Mann und eine Frau zwei schnaufende Französische Bulldoggen aus, die ohne Leine vor ihnen herwackeln. Sie trägt von oben bis unten Beige und erinnert mich an einen teuren wandelnden Keks. Als wir vorbeigehen, bückt sie sich und gibt dem glotzäugigen Bully ein Leckerchen.

»Da sind wir schon«, sagt Annie, als wir erneut abbiegen.

Ich habe gar keine Abschiedsworte gehört; ob sie die Verbindung zu der armen Jade einfach abgebrochen hat? Stumm bete ich für den Nuss-Allergiker.

Vor uns liegt eine kleine Bar, die auch in Paris hätte sein können. Obwohl wir Dezember haben und uns in London befinden, stehen unter einer burgunderroten Markise mit goldener Schrift Holztischchen und Stühle. Als wir hindurchgehen, spüre ich die Wärme zweier Heizstrahler. Palmenartige Topfpflanzen flankieren den Eingang.

»Das ist meine Lieblingsbar«, sagt sie und hält mir eine Seite der quietschenden Schwingtür auf. »Nach dir.«

Die Wände sind holzgetäfelt, der förmlichere Essbereich wird dominiert von dick gepolsterten roten Lederbänken, großen scheckigen Spiegeln und goldgerahmten Ölgemälden. Wir bleiben in der Bar und setzen uns an einen Tisch für zwei, direkt am Fenster mit Blick auf die Straßenecke. Tische für zwei. Ich sehe Max vor mir, der mit mir anstößt.

»Was möchtest du, Eve?«

Ich hatte gar nicht bemerkt, dass der Barkeeper zu uns gekommen ist, und nun sehen er und Annie mich erwartungsvoll an. Trotz meiner bisherigen »beruflichen Laufbahn« weiß ich wenig über Wein, außer wie man ihn einschenkt. Ich mag den, der trinkbar ist. »Ich nehme dasselbe wie du«, antworte ich und setze ein Lächeln auf. Mein Blick fällt auf ihre manikürten Nägel – French –, und ich ich nehme meine trockenen Hände vom Tisch, um sie in den Schoß zu legen. Sie trägt dieselbe Kette wie neulich – drei Reihen silberner Perlen – über dem Kragen einer blauen Bluse. Darüber sitzt ein lockerer schiefergrauer Pullover, den man wahrscheinlich mit der Hand waschen muss.

»Zwei kleine Gläser Cabernet Sauvignon, bitte.«

Ich nicke, während sie bestellt. *Verdammte Scheiße*, Eve. *Sag etwas.* »Was machst du eigentlich, Annie?«

»Oh, ich habe mit Events zu tun«, sagt sie und schüttelt lächelnd den Kopf. »Hochzeiten, Partys … so was.«

»Klingt aufregend«, antworte ich und frage mich, warum sie deswegen so verlegen ist.

»Wenn man eingeladen ist und nicht organisieren muss, schon.« Sie lächelt. Wieder dreht sie an ihrem Ehering.

»Und du bist verheiratet«, sage ich. *Ganz toll, Eve.* »Dein Ring …«

Sie öffnet den Mund, sagt aber nichts, blickt dann auf ihren Finger und nickt, als hätte sie vergessen, dass der Ring da ist. »O ja, bin ich. Und du?«

»Nein. Ich bin allein.« Ich zucke die Achseln.

»Tja, sei froh.«

Sie scheint es ernst zu meinen.

»Und du, Eve? Was machst du so?«

»Du meinst, neben Modellstehen?«

»Ja.«

»Ich arbeite hinter der Bar.« Schlicht und direkt ist am besten.

»Oh, wie reizend.« Sie öffnet den Mund, wie um zu fragen: Und was noch? Denn natürlich kann es das nicht sein – Drinks ausschenken und nackt Modell stehen. Sie will meine Pläne, Ziele, Träume wissen.

»Zwei Gläser Cabernet Sauvignon«, verkündet der Barkeeper.

»Danke«, sagt Annie und hält ihr Glas hoch, um mir zuzuprosten. »Also. Erzähl mir von dir, deiner Familie.« Ich muss automatisch ein Gesicht gezogen haben, denn sie fügt hinzu: »Keine Sorge, ich hab da keine Vorurteile.«

»Tja.« Ich trinke einen großen Schluck Wein. »Meine Mutter kenne ich nicht.«

Sie blickt mich fragend an. »Ist sie tot?«

»Nein. Abgehauen.«

Ein Youla-haftes Ausatmen. »Das tut mir sehr leid.«

Ich zucke die Achseln.

»Wie alt warst du?«

»Noch nicht ganz fünf.«

»Wow, das muss schlimm gewesen sein.« Sie hält inne, doch als ich ebenfalls schweige, fragt sie vorsichtig: »Weißt du, was passiert ist?«

»Nicht wirklich.« Sofort läuft die altbekannte Argumentationsschleife wie ein Heimvideo in meinem Kopf ab. Vielleicht hat sie unter einer postnatalen Depression oder Psychose gelitten. Vielleicht hat sie jemanden kennengelernt und wollte sich ganz und gar der neuen Beziehung, der gemeinsamen Zukunft widmen. Doch was immer es war, eine gewisse Feigheit muss eine Rolle gespielt haben. Und selbst wenn sie jetzt nach außen hin glücklich wirkt, wird sie insgeheim bestimmt trauern und sich mit schlimmen Schuldgefühlen plagen, weil sie ihr Kind verlassen hat. »Ich habe ein paarmal versucht, mit meinem Vater darüber zu sprechen, aber es ist immer zu viel Alkohol im Spiel.« Ich zögere. »Seine Methode, damit umzugehen.«

Wieder eine Grimasse.

»Schon okay, wirklich. So schlimm ist er nicht«, lüge ich. Ich muss daran denken, wie lustig ich es als Kind fand, dass mein Vater ab und zu morgens früh Traubensaft aus einem Weinglas trank. »Und ich habe viele Freunde.«

Sie schenkt mir ein wissendes Lächeln.

Bevor sie mir noch mehr Mitleid entgegenbringt, richte ich den Fokus auf sie. »Und wie ist es bei dir?«

Nun ist sie an der Reihe, einen tiefen Zug aus dem Glas zu nehmen. »Mein Mann und ich sind jetzt sechs Jahre verheiratet.« Sie zupft an dem Ring, während zwei kleine steile Falten zwischen ihren Brauen erscheinen. »Wir haben uns auf eine Trennung auf Zeit geeinigt.«

»Oje. Das tut mir leid.«

Sie schüttelt den Kopf, als wolle sie ein Bild loswerden. Die Stirnfalten glätten sich, als sie mir von ihrer Tochter Molly erzählt. »Sie ist sechs.«

»Darf ich fragen, wie alt du bist?«

Sie lacht, trinkt noch einen Schluck. »Zweiunddreißig.«

Nicht viel länger auf dieser Erde als ich – und was sie schon alles erreicht hat! Job, Mann (noch zumindest), Kind. Schöne Klamotten, teurer Schmuck, ihre ganze Erscheinung. Und was habe ich mit meinen sechsundzwanzig Jahren vorzuweisen? Diese Frau verkörpert alles, was ich nie sein werde.

»Meine Mutter hat wieder geheiratet«, erzählt sie, damit ich weiß, dass auch ihre Eltern nicht perfekt gewesen sind. »Mein Vater lebt in Palma. Seine Partnerin ist Anfang des Jahres gestorben.«

Sie lässt offen, woran oder wodurch, weswegen ich auch nicht nachfrage.

»Ich kannte sie kaum, daher …« Ihre Stimme verklingt, und die Stille klingt brüchig und abwartend. »Wie auch immer. Er schafft das schon. Er tut mir nicht allzu leid.«

Als jeweils ein zweites kleines Glas vor uns beiden steht, erzählt sie, dass sie nicht sagen könne, wann oder wieso aus ihrer eigenen glücklichen Ehe eine unglückliche wurde. »Am Anfang waren wir so verliebt«, sagt sie und lacht unfroh über die traurige Erkenntnis, dass ihr gemeinsames Leben aus heutiger Sicht nichts weiter als ein kurzlebiges häusliches Arrangement gewesen zu sein scheint.

»Wahrscheinlich sind alle Paare anfangs total verliebt«, sage ich. »Welchen Sinn sollte das alles sonst haben?«

Vielleicht war es bei meinen Eltern dasselbe, ehe ich gekommen bin. Cocktailpartys, romantische Abendessen in neu eröffneten Restaurants, wo man nicht reservieren musste, satirische Stücke in Theatern, Wochenendtrips mit wenig Sightseeing, dafür umso mehr Zeit im Bett. Vielleicht gemeinsame Museumsbesuche. Aus Dads Geschichten und Mums Kleidungsstil schließe ich, dass sie kreativ war. Künstlerisch begabt vielleicht.

Annie erzählt mir, dass es anfangs sogar Spaß gemacht habe, ein Nest zu bauen. »Aber wir haben Molly zu jung bekommen.« Sie schwenkt ihren Rotwein im Glas. »Ich war etwa so alt wie du jetzt.« Sie hebt das Glas an die Lippen, die schon dunkel gefärbt sind, und leert es mit einem Zug. »Ich habe hauptsächlich deshalb in die Ehe eingewilligt, weil ich nicht alleinerziehend sein wollte«, fügt sie hinzu und blickt mir ein paar Sekunden lang direkt in die Augen, ehe sie sich abwendet. »Ich weiß, das klingt furchtbar.«

»Tut mir leid, Annie.« Ich weiß nicht, was ich sonst sagen soll. Damit habe ich keine Erfahrung. Ich kann mir nicht einmal vorstellen, verheiratet zu sein, geschweige denn, wie es sich anfühlt, wenn eine Ehe zu Ende geht.

»Schon okay«, bemerkt sie, winkt dem Barkeeper, deutet eine Unterschrift an und greift in ihre Tasche. »Komm, holen wir Molly ab.«

Eine Gruppe Frauen steht zusammen vor der Ballettschule. Zwei oder drei sind schwanger und berühren beim Reden immer wieder gedankenverloren ihren Bauch, die meisten aber haben ein zweites Kind dabei, das entweder um sie herumtobt oder im Buggy angeschnallt ist. Wie Molly es wohl empfindet, Einzelkind zu sein? Ob sie sich vorstellt, eine Zwillingsschwester zu haben, von der man sie bei der Geburt getrennt hat? Als ich Grace von dieser Kindheitsfantasie erzählte, lachte sie, umarmte mich fest und sagte: du hattest recht, hier bin ich.

Eine Frau in einem langen schwarzen Rock mit dazu passenden Ballettschuhen öffnet die Tür, nimmt die wartenden Mütter in Augenschein und ruft die Kinder einzeln heraus. Als sie Annies Blick begegnet, halte ich den Atem an. Wann hatte ich zum letzten Mal mit einem Kind zu tun? Ich habe das jüngste Baby meiner Freundin Sal kurz nach der Geburt auf dem Arm gehabt, aber das war leicht gewesen. Ich musste nichts sagen, nur den winzigen Kopf stützen. Wie redet man mit einer Sechsjährigen? Vielleicht mag sie mich gar nicht. Vielleicht mache ich etwas falsch. Annie bückt sich und fängt an zu plaudern. Mir fällt auf, dass ich noch immer nicht atme, und ich schnappe hastig nach Luft.

»Also, Molly, das ist Eve, die Freundin, von der ich dir erzählt habe.«

Wir sind Freundinnen? Der Gedanke bringt mich zum Lächeln, und lächelnd schaue ich auf das magere blonde Mädchen mit dem herzförmigen Gesicht und den zwei geflochtenen Zöpfen herab. Es reibt sich die winzige Nase und blickt anschließend weder fröhlich noch finster zu seiner Mutter auf. Seine Augen sind genauso blau wie Annies.

»Hallo, Molly.«

»Hallo.«

»War die Ballettstunde gut?«

»Ja.«

»Was habt ihr denn gemacht?« Ich gehe in die Hocke, damit wir uns von der Größe annähern. Unter dem nicht zugeknöpften Mantel trägt sie ein Sweatshirt mit aufgedruckten Gänseblümchen.

»Wir haben für die Weihnachtsaufführung geübt.«

»Oh, das klingt gut. Welche Rolle hast du?«

Sie schenkt mir ein breites Lächeln. »Ich bin ein Engel.«

Ein Engel. Als Grace gestorben war, zog ich vorübergehend in Erwägung, dass sie von nun an über mich wachen würde. Allerdings nicht auf die wattewolkige Heiligenschein-Methode.

»Willst du Saft, Moll?« Annie reicht ihr einen kleinen Tetra Pak.

Molly befreit den Strohhalm aus der Plastikhülle, hat aber Schwierigkeiten, ihn durch den silbrigen Verschluss zu piksen.

»Warte«, sage ich. »Ich helfe dir.«

»Danke.«

Mein Herz hämmert.

»Okay, Moll«, sagt Annie. »Sollen wir Eve auf dem Heimweg an der Bahnhaltestelle absetzen?«

Als das Mädchen nickt, hüpfen die Zöpfe.

Auf dem Weg plappert Molly von ihrer Ballettstunde. Sie habe sich alle Abfolgen gemerkt, andere aber nicht. Ich nicke lächelnd und bemerke, dass sich das gut anhört. Und dann auch wieder nicht. Mit einer Sechsjährigen zu sprechen, ist einfacher, als ich dachte.

Als wir uns der Haltestelle nähern, gibt Annie ihr fünfzig Pence, damit sie sich am Kiosk etwas Süßes kaufen kann. Molly hüpft zum Fenster und ringt die Finger vor der Brust, während sie sich zu entscheiden versucht.

»Also. Was denkst du?«

»Sie ist total lieb, Annie.«

»Ich wusste, dass du gut mit ihr umgehen kannst.«

»Wirklich?«

»Ja.«

»Du weißt aber, dass ich so was noch nie gemacht habe?«

»Eve, ich vertraue dir.«

Natürlich vertraue ich dir.

Es fühlt sich an, als hätte sie mich geohrfeigt.

»Du machst es also? Auf sie aufpassen?«

Molly kehrt mit einem breiten Grinsen und Schokolinsen zurück. »Willst du auch welche, Eve?«

Ich hole tief Luft. »Ja, gerne.« Nachdem ich eine bekommen habe, blicke ich zu Annie auf. »Okay. Ich mach's.«

»Oh, Eve, vielen Dank. Hier, gib deine Nummer in mein Adressbuch ein, und ich schreibe dir.«

Sie reicht mir ihr edles iPhone, das neuste Modell, und ich tippe die Zahlen ein.

»Noch mal vielen, vielen Dank. Du bist meine Rettung.«

Grace, wach auf. Bitte, bitte wach auf, Grace.

9

»Und wer ist diese Frau?«, fragt Karina. Sie gießt im Zickzack einen dünnen Strahl Olivenöl in die Pfanne.

»Wie ich schon sagte. Ich habe sie bei der Arbeit kennengelernt.«

»Und sie ist einfach so an dich herangetreten und hat dich gefragt, ob du auf ihr Kind aufpasst?«

»Ja. Warum ist das so schwer zu glauben?«

Sie schließt die Augen und schnieft.

Was habe ich gesagt?

Ach so. Die frisch gehackte Zwiebel.

Sie wirft eine Handvoll Würfelchen hinein. »Es kommt mir einfach nur ein bisschen seltsam vor, ein Aktmodell zu bitten, auf das eigene Kind aufzupassen.«

Tja nun, und ich finde es seltsam, dass du vom Thai-Garnelen-Curry bloß zwei Löffel isst, aber ich behalte meine Ansichten für mich.

Sie drückt die rote Paste aus dem Tütchen in die Pfanne, und der Duft nach Koriander, Chili und Limette steigt auf. »Und wie sieht dein Plan aus?«

»Mein Plan?«

»Na ja, was wirst du mit der Tochter machen?« Sie reißt

eine Plastikverpackung mit Babymaiskölbchen und Kaiserschoten auf, überlegt, die Kölbchen durchzuschneiden, lässt es aber dann doch.

»Keine Ahnung. Ich fange erst Samstag an.«

»Aber du solltest vorbereitet sein.« Zum Schluss die rohen Garnelen, blaugraue, von Adern durchzogene Maden.

»Was würdest du denn mit ihr machen?«, frage ich.

Sie stupst die Gambas in die Soße. »Malen. Vorlesen. Vielleicht Rollen- und Fantasiespiele.«

Ich starre in die Pfanne, während die gräuliche Haut zu einem blassen Rosa wird. »Fantasiespiele klingt gut.«

Sie nickt lächelnd. »Ja, das macht wahrscheinlich am meisten Spaß.« Sie hat Nichte und Neffe, daher kennt sie sich aus. »Ist aber auch anstrengend.«

»Das macht nichts«, sage ich. In meinem Kopf entsteht ein Szenario, in dem wir in ein Kunstbuch gefallen sind und nun eine Reihe von Aufgaben erfüllen müssen, um wieder in die reale Welt zurückzukehren. *Im Bann der Bilder.*

»Du machst das bestimmt gut, Eve.«

Das Lächeln, das ich ihr schenke, ist strahlend.

Als ich bei der Arbeit ankomme, ist Max bereits hinter der Bar und poliert die Theke mit einem Lappen. »Hey«, sagt er, als ich meinen Mantel ausschüttele.

Ich grüße zurück. Bei seinem Anblick stockt mir leicht der Atem. Er trägt ein weißes T-Shirt, das seine starken Arme betont. Ich nehme mir eine Handvoll gesalzener Erdnüsse und schiebe mich auf einen Barhocker.

»Nett von dir, dass du dich zu uns gesellst«, sagt er, wischt ein paar herausgefallene Nüsse von der Theke und wirft sie in den offenen Mülleimer zu seinen Füßen. Er schleudert den Lappen in eine der Spülen und geht in die Hocke, außer Sicht, um einen Moment später mit einer Kiste Biergläser aufzutauchen, die noch von der Spülmaschine dampfen.

»Ich bin doch nicht zu spät, oder?« Ich kippe mir noch eine Handvoll in den Mund, reibe meine Hände aneinander und hole mein Telefon aus der Tasche, um nachzusehen. Mist, zwanzig Minuten. Ich hoffe, dass Nina nicht so genau aufpasst, wann ihr Personal kommt. Im Kopf formuliere ich eine Entschuldigung vor: Der Kerl für den Durchlauferhitzer ist schuld. Es ist nicht abwegig, dass der Techniker bei uns auftaucht, da unser Boiler spinnt, und Max findet es vielleicht sogar gut, dass ich, was die Wohnung angeht, Engagement zeige. Jedenfalls stimmt etwas mit der Zeitvorwahl nicht, und obwohl Bill immer sagt, dass er es sich mal ansehen müsste, hat er es bisher noch nicht getan. Oder ich kann behaupten, dass ich bei meinem Vater gewesen bin. Max betont ständig, wie wichtig Familie ist und dass sein Vater sich oft fragt, wie es meinem wohl geht. »Also, das Blöde war …«

»Eve, in mein Büro, bitte.« Nina, mit verengten Augen.

Ich werfe Max einen flehenden Blick zu. Er zuckt die Achseln, bückt sich wieder und beginnt, Bierflaschen in den Untertisch-Kühlschrank zu legen. Ich lecke mir meine salzigen Lippen und fahre mir mit der Zunge über die Zähne; hoffentlich stecken keine Nussreste dazwischen.

»Also«, sagt sie, noch bevor ich ganz in ihrem Büro bin, das heute seltsamerweise nach Vanille riecht. »Warum bist du zu spät?«

Ich stehe da, die fettigen Hände linkisch an die Seiten gepresst, und verfluche mich, dass ich den Mantel ausgezogen habe – ich brauche Taschen. Sie deutet auf den Stuhl gegenüber. Sie ist natürlich wieder ganz in Schwarz bis auf zwei hellgrüne Haarspangen in Form von Sternschnuppen – so etwas hätte ich vielleicht mit zehn getragen, sofern Dad mir je Haarschmuck gekauft oder, besser noch, Taschengeld gegeben hätte. Die Spangen halten ihr Haar auf beiden Seiten zurück, sodass ihre Züge noch feiner und spitzer wirken. Auf positive Art.

»Eve?«

»Ja. Sorry.« Ich blicke an mir herab und wische mir ein paar Krümel von der Bluse.

»Also?«

Auf ihrem Tisch steht eine brennende cremefarbene Kerze, vermutlich die Quelle des Vanilledufts, der aus der Nähe sirupsüß riecht. Komisch, ich hätte Nina nicht als Duftkerzenmensch eingestuft. Vielleicht ist sie insgeheim auch Fan von blumigen Seifen und Badebomben oder jemand, der Pflegeprodukte in jeder Duft- und Farbvariation hortet wie Karina. »Ich habe die Zeit vergessen.«

»Und letzte Woche?«

»Ich war letzte Woche zu spät?«

»Eine halbe Stunde.«

»Oh.«

»Ja. Nicht toll.«

Ich blicke auf den Einsatzplan an der Wand und sehe, dass er mit dem Dezember endet. Ich bin mir nicht sicher, ob ich damit umgehen könnte, jeden Tag in der Woche Modell zu stehen.

»Keine Sorge«, sagt sie, ohne den Blick von mir zu nehmen. »Dein Name wird auch im Januar auf dem Kalender stehen. Aber nur, wenn du es auf die Kette kriegst.«

»Das werde ich. Das tue ich«, sage ich hastig. Ich hole tief Luft, erwische dabei aber zu viel von dem süßlichen Geruch und füge erstickt hinzu: »Ich arbeite daran.«

»Dann arbeite schneller. Härter.«

»Ja. Mach ich. Bestimmt.«

Ich lehne mich zurück, während sie anfängt, auf ihrem nagelneuen MacBook zu tippen. Ihre Finger tanzen über die Tastatur wie Bienen, die von Blüte zu Blüte huschen und instinktiv genau wissen, wo sie landen müssen. Wahrscheinlich dokumentiert sie gerade unser Gespräch. Und mailt der Frau, die alles auf die Kette kriegt und bereit war, meinen Platz einzunehmen, dass leider doch keine Stelle frei geworden ist.

Entschuldige, Grace, es muss wirklich nervig sein, mir ständig etwas leihen zu müssen.

Ich liege bäuchlings auf deinem Teppich, während du deinen Schrank durchsuchst. Ich brauche etwas Schickes für den Ball nächste Woche.

Du hast ja keine Vorstellung, stöhnst du übertrieben und verziehst das Gesicht über ein rosa Rüschenteil, das deine Mutter dir gekauft haben muss.

Vermutlich ist es nur noch eine Frage der Zeit, bis du mir den Laufpass gibst, was?

Tja, das ist wohl unvermeidlich, sagst du und nimmst etwas Glänzendes vom Bügel. Aber mach dir keine Gedanken, ich habe eine ganze Liste von Nachfolgerinnen für dich, einsam werde ich nicht sein.

Nein!, schreie ich und schlinge meine Arme um deine Knöchel. Ich lass dich einfach nicht gehen.

Du lachst und versuchst, dich zu befreien. Okay, okay, du hast gewonnen.

Und die Nachfolgerinnen?

Denen sage ich, dass ich sie nicht mehr brauche. Und jetzt weg mit dir.

Ich seufze zufrieden und lockere meinen Griff.

»Eve?« Nina tippt noch immer. Ihr Blick ist fest auf den Bildschirm gerichtet.

»Ja?«

»Geh arbeiten.«

»Ja. Klar.«

Diese Weihnachtsfeiern werden langsam unerträglich. Ich betrachte die feuchtfröhliche Szenerie des Abends und zähle die heutige Ausbeute an Glitzerkleidern: zwölf. Was hat Weihnachten nur an sich, dass sich erwachsene Frauen wie wandelnde Discokugeln ausstaffieren? Das grüne Teil dahinten sieht eher aus wie die schimmernde Haut von einem Fisch oder einer Eidechse. Hoffentlich schuppt sie sich nicht. Und immer ist auch eine in Stechpalmenrot dabei – ah, da ist sie ja, und ihr Lächeln ist zu breit, als dass es echt sein könnte. Sie trägt Glitter auf den Lidern, und an ihren Ohren baumeln Filztannenbäume, auf denen winzige Bommel kleben.

Die Männer mit ihren schrillen Weihnachtspullis, -shirts und -krawatten sind nicht besser. Ein dickliches Rentier hier, ein Trupp Schneemänner mit Schals und Möhrennasen da. Und besonders zutraulich sind sie in der Weihnachtszeit offenbar auch, die Männer.

»Einen für mich und einen für dich«, verkündet der Kerl, vielleicht Mitte zwanzig, vor mir, als ich ihm zwei Gläser sehr teuren Champagner und eine Schüssel mit prallen grünen Oliven reiche.

»Oh, das ist lieb, aber ich darf nicht«, sage ich und nehme seine Karte entgegen.

Er hat langes braunes Haar, das auf der rechten Seite gescheitelt ist, ein schiefes Grinsen und freundliche mandelförmige Augen, die nun nach unten blicken.

»Du findest bestimmt einen Abnehmer«, füge ich mit einem Lächeln hinzu. Ich erwäge, ihm zu raten, die Weihnachtsmannkrawatte wegzuschmeißen, aber als ich dicht hinter mir plötzlich Max spüre, der nach einer Flasche greift, verliere ich den Faden.

Er mixt unablässig farbenfrohe Cocktails und hat dabei selbst einige Fans abzuwimmeln. Zwei Frauen – die eine trägt ein weißes Hemd mit Volants, die andere ein Kleid wie eine Wurstpelle – versuchen, mit ihm ins Gespräch zu kommen, als er zwei Pornstar Martinis macht.

»A-ha«, »Ach« und »Ja« sind die einzigen Worte, die von ihm kommen, während er sich auf die Abmessung der Zutaten konzentriert. Wodka, noch etwas Klares, Vanillesirup (Ninas neuer Liebling), pürierte Passionsfrucht (könnte als Babynahrung durchgehen), Prosecco.

»Das macht dann achtzehn Pfund«, verkündet er, gibt jeweils eine halbe Passionsfrucht in die Gläser und reicht die beiden leuchtenden Cocktails über die Theke.

Wurstpelle holt einen Stift aus ihrer Handtasche und kritzelt etwas auf eine Serviette. Sie faltet sie einmal, zweimal, ehe sie sich verführerisch vorbeugt und sie Max über die Theke schiebt, als enthalte sie Topsecret-Informationen zu seiner nächsten Mission. Ein Zwanziger folgt. »Stimmt so, Süßer.«

Ich muss lachen, als Max verlegen Serviette und Geldschein an sich nimmt und stumm nickt, während sein Blick zu mir huscht.

»Okay«, sage ich und wende mich wieder meinen eigenen durstigen Gästen zu. »Wer ist der Nächste?«

Der Mann vorne – unwahrscheinlicher Überbiss – hebt die Hand und stößt dabei sein leeres Weinglas um. Ein Riss bildet sich zwischen Stiel und Rand. Gemurmelte Entschuldigung mit Tabakatem.

Weihnachten bringt das Schlimmste in uns zum Vorschein.

Nach zwei Feierabenddrinks mit dem restlichen Personal begleiten mich Max und sein Fahrrad zur Waterloo Station. Diesmal muss er es nicht erst anbieten. Unsere Blicke haben sich den ganzen Abend immer wieder getroffen. Wir schlendern über die Brücke und beschließen, uns etwas zu essen zu besorgen, als wir an der Haltestelle ankommen, die hell erleuchtet und noch ziemlich gut besucht ist. Er stellt sein Fahrrad ab, während ich zu McDonald's reinspringe und einen Burger für ihn und eine Tüte Pommes frites für mich kaufe.

Schweigend sitzen wir, das Ketchuptöpfchen zwischen uns, auf der Steintreppe und essen. Eine flackernde Straßenlaterne erinnert mich an die defekte Glühbirne im Badezimmer bei uns, die ich heute Morgen mit Karinas Luffaschwamm traktiert habe. Ich wende mich Max zu, um ihn zu fragen, ob er auch einen Luffa besitzt, als ich feststelle, dass er längst fertig gegessen hat und mich stattdessen lächelnd anblickt.

»Was gibt's da zu grinsen?«

»Nichts. Du bist süß, das ist alles.«

Keine gute Idee.

Ich beobachte interessiert, wie meine Hand nach seiner greift und der Daumen sein Bein berührt. »Wie wär's, wenn du mit zu mir kommst?«

Er sagt nichts dazu. Stattdessen küsst er mich, und meine Vernunft geht gänzlich den Bach hinunter.

10

Vielleicht hätten wir es nicht tun sollen, aber – Gott, das war's wert. Zuerst war ich in Sorge, dass ich wie gelähmt sein würde, sobald wir in meinem Zimmer ankämen, und ich mich nicht vor ihm würde ausziehen können, obwohl ich doch in letzter Zeit Routine dabei entwickelt haben müsste. Aber als er mich erneut zu küssen begann und sich ein-, zweimal von mir löste, um sich zu vergewissern, dass ich es wirklich wollte, fielen alle Hemmungen von mir ab. Das war Max. Das hier waren Max und ich.

Nachher lagen wir nebeneinander – ich auf dem Bauch, Max auf der Seite. Seine Finger strichen zart über meinen Rücken, und mein Herz hämmerte. Ein Weilchen darauf flüsterte er, dass er mich vermisst habe, und ich musste mir auf die Lippe beißen, um nicht zu weinen – vor Freude. Ich hatte ihn auch vermisst. Schließlich schlief ich neben seinem warmen Körper ein. Und das Beste: Als ich aufwachte, war er noch immer da.

Wortlos sah er mich an und hob seinen Arm, und ich rutschte darunter, legte meinen Kopf an seine Brust, lauschte seinem Herzschlag und genoss das Gefühl der Geborgenheit. Eine gehässige Stimme in meinem Kopf behauptete, dass es nicht noch einmal geschehen durfte. Weil es nur mit Tränen enden würde. Ich ignorierte sie.

Zwei Tage später. Ich will ins Museum. Ich habe die Eingangstür zweimal zufallen hören, während ich gelesen habe – ein nachdenklich stimmendes Buch über eine Frau, die aus einem geheimnisvollen Grund im Krankenhaus liegt und Besuch von ihrer vermeintlich verschwundenen Mutter bekommt (das Glück müsste ich mal haben) –, also habe ich die Wohnung für mich allein. Ich ziehe den Schlabberpulli meiner *ganz sicher* verschwundenen Mutter über und schlendere in die Küche. Eine Klebenotiz von Karina am Kühlschrank.

> *Eve, kannst du heute bitte das Bad putzen? Ich habe meinen Morgenmantel übrigens noch immer nicht gefunden. Sicher, dass du ihn nicht irgendwo gesehen hast?*
> *K*

Ich will mir gerade Kaffee machen, als ich es mir anders überlege. Seit Max vorgestern Morgen gegangen ist, bin ich regelrecht rastlos, weil ich die ganze Zeit erwarte, dass er mir schreibt oder mich anruft, um vorzuschlagen, dass wir etwas zusammen machen. Dabei ist es keine Frage von »Wieso hat er bloß noch nicht angerufen?«. Aber das Gemecker in meinem Kopf wird immer lauter, und der Gedanke daran, dass wir uns vielleicht nicht mehr sehen, pikst mich wie ein Insektenstich. Ich schüttele das Gefühl ab und wühle im Schrank unter der Spüle; wir haben nicht mehr besonders viele Putzmittel.

Die Temperatur fällt, sobald ich das Bad betrete – jemand, Bill wahrscheinlich, hat das Fenster nach dem Duschen offen gelassen. Ich ziehe es zu und zwänge meine Finger in die Gummihandschuhe. Eine Ablenkung, genau das brauche ich, auch wenn sie keimbelastet ist. Ehe ich Waschbecken und Badewanne in Angriff nehme, gebe ich Chlorreiniger rundherum in die Kloschüssel und färbe alles azurblau ein. Ich trete an den Spiegel und reibe die schmierigen Fingerabdrücke weg, die sich an einer Seite versammeln; hinter dem Spiegel befindet sich ein kleiner Schrank, und hier lässt er sich öffnen. Oh, Karina hat anscheinend einen neuen Lippenstift gekauft: Schlank und aufrecht steht er da in seinem tiefschwarzen Gehäuse, das noch mit einem goldenen Band versiegelt ist. Ich schnappe ihn mir wie den davor, und ein Adrenalinschub vertreibt meine innere Unruhe. Lippenstifte gehen ständig verloren.

»Oh, hi, Eve.«

Bill? Ich drehe den Kopf und sehe ihn in seinem Morgenmantel und den Krabben-Pantoffeln hinter mir. Das Bad wirkt plötzlich viel kleiner. Ich schließe die Finger um meine Beute und quetsche mich an ihm vorbei. »Wie kommt's, dass du nicht bei der Arbeit bist?«

»Fühl mich heut nicht so gut«, sagt er und folgt mir schniefend in die Küche.

»Oh, das tut mir leid.«

Er hält sich an der Stuhllehne fest und verzieht das Gesicht.

»Alles okay?«

»Nicht wirklich.«

»Was ist denn?«

»Ich finde, wir sollten es ihr sagen.«

Mir wird schwindelig. »Was? Wieso?«

»Weil ich sie nicht anlügen will.«

»Kannst du nicht einfach vergessen, was gewesen ist?«

»So funktioniert das Leben nicht, Eve.«

»Doch, Bill, manchmal schon.«

Er setzt sich und reibt sich die Schläfen, als ob das Geheimnis ihm auf den Schädel drückte.

Ich setze mich ihm gegenüber. »Bill, du sagst es ihr nicht. Versprich mir das.«

Eve, ich muss dir was sagen, aber du darfst es niemandem weitererzählen. Das bleibt unter uns.

Natürlich, Grace. Du kannst mir vertrauen.

Man sollte mich nie in die Nähe von Geheimnissen lassen.

Mein Handy vibriert, als ich die Treppe im Museum hinaufgehe.

Eine Nachricht von Max. Mein Herz beginnt zu hämmern, als ich sie lese. *Vorgestern war schön. Sag mir Bescheid, ob du Samstag Zeit hast.*

Noch ein Vibrieren.

Annie. *Bleibt es bei Samstag? Zwölf Pfund die Stunde, okay?*

Vielleicht ist nicht nur die nörgelnde Stimme gegen uns.

Ich tippe zwei Antworten.

An Annie: *ja, super, sag mir, wann und wo*

An Max: *sorry, dummerweise babysitten. sehen uns in der bar*

Ich höre Stimmengemurmel, als ich mich nähere, und entdecke in Raum eins eine Gruppe von sieben oder acht Schulkindern, die in einem lockeren Halbkreis im Schneidersitz vor dem Gemälde von Adam und Eva auf dem Boden sitzen. Automatisch suche ich die Gruppe nach Molly ab und bin überraschenderweise enttäuscht, dass sie nicht darunter ist. Na schön. Aber vielleicht ist es eine ganz gute Übung, den Kindern ein Weilchen zuzuhören.

Eine Lehrerin in pfefferminzgrünem Kleid und roter Brille steht neben dem Rahmen. Manchmal frage ich mich, ob die hölzerne Rückseite immer schon gebogen war oder sich mit dem Alter wie ein menschlicher Rücken krümmt.

»Ja, Josie?«

»Ich finde Evas schnörkelige Haare schön.«

Ich betrachte das Gemälde und nicke. Ich habe bisher nie groß auf die langen goldenen Korkenzieherlocken geachtet, die wie Strahlen von ihrem Kopf abgehen. Wahrscheinlich hat das irgendeine religiöse Symbolkraft oder soll eine Art Heiligenschein sein. Es erinnert mich an das WLAN-Symbol auf meinem Laptop, das ständig nach unserem launischen Signal sucht.

»Sehr gut, Josie. Ja, Amber?«

Während die Lehrerin spricht, zuckt ihre Nase wie bei einem scheuen Kaninchen, und unwillkürlich verenge ich die Augen, um ihre Schneidezähne zu inspizieren.

»Ich mag die Tiere und besonders das silberne Pferd, das da aus dem Gebüsch guckt.«

Ich selbst stehe ja eher auf das Warzenschwein.

»Das ist bestimmt sogar ein Einhorn.«

Ach, Amber, jetzt mach mal halblang.

Ich wandere durch die nächsten Räume: Drei und vier sind leer bis auf vereinzelte Kunstfreunde, doch in Raum fünf befinden sich noch mehr Kinder. Ich muss zugeben, dass ich ziemlich beeindruckt bin – und das von jemandem, der nicht wirklich auf Kinder steht (Molly natürlich ausgenommen!). Zugegeben, ein Junge bohrt konzentriert in seiner Nase (wehe, er findet was und schnippt es durch die Gegend), und zwei Mädchen tuscheln miteinander und stehen kurz vor einem Lachanfall. Aber insgesamt sind diese kleinen Leute, die alle eine durchsichtige Plastikmappe mit Zeichenpapier und Stiften bei sich haben, unglaublich konzentriert bei der Sache.

»Miss? Ich muss noch mal aufs Klo.«

Okay, vielleicht nicht *unglaublich* konzentriert.

Ob Molly wohl Kunst mag? Und wen zeichnet sie, wenn sie ein Familienbild malen soll? Meine Mutter tauchte damals auf all meinen Bildern auf – nur meistens winzig klein in irgendeiner Ecke, als ob sie weit weg stünde. Lehrer sind übrigens furchtbar neugierig. Ich weiß noch, wie ich das eine Mal mein Zuhause malen sollte und mein sorgfältig nachempfundener riesiger schwarzer Fleck Badezimmerschimmel für einige Verwirrung sorgte. Vielleicht gehe ich nachher noch rasch in den Museumsshop, um Molly ein Malbuch mitzubringen.

Endlich betrete ich Raum sechs und muss ein Seufzen unterdrücken. Vor Suzon hat sich eine noch etwas größere Gruppe Kinder versammelt. Ich will gerade fragen, ob es nötig ist, dass sie mit ihren klebrigen Fingern so nah vor ihr, vor meinem Barmädchen, sitzen, als sich ein Junge mit einem Topfhaarschnitt meldet.

»Ist das ein Zirkus?«

»Wie kommst du darauf, Ren?« Diese Lehrerin ist dünn und groß und überragt ihre Klasse in einem karottenfarbenen Pullover und einer blau-grünen Hose, die ihr kaum bis zu den Knöcheln reicht. Grelle Farben scheinen bei Grundschullehrerinnen im Trend zu liegen – ist vielleicht eine pädagogische Vorgabe zur Stimulation der Kinder. Ich platziere mich auf der Bank hinter ihnen. Von den gewagten Farbkombinationen wird mir ganz schummrig.

»Na, wegen dem Mensch da auf der Schaukel«, antwortet Ren, kniet sich hin und deutet in die obere linke Ecke des Gemäldes.

Vom oberen Bildrand baumeln zwei helle Beine herab, deren Füße in grünen Schuhen stecken – die dazugehörige Person auf dem Trapez ist nicht zu sehen.

»Sehr schön beobachtet, Ren«, sagt die Lehrerin, klatscht in die Hände und hält sie gefaltet, während sie ihren Schülern erklärt, dass das Folies Bergère kein Zirkus war, sondern Lokal und Konzerthalle, ein Ort der Unterhaltung.

»Gibt es deswegen da auch Scheinwerfer?«, piepst ein mickriges Mädchen mit einem schlaffen Pferdeschwanz.

»Ganz genau, Jo, gut gemacht.«

Wow. Sie klingt so aufgeregt, dass ich beinahe erwarte, sie die Siegerfaust machen zu sehen.

»Die, von denen du sprichst, sind elektrisch«, fügt sie hinzu und deutet wie eine Wetterfrau im Fernsehen auf zwei weiße Kreise, die an eckigen Säulen befestigt sind. »Das Licht ist weiß und sehr hell im Gegensatz zu dem gedämpfteren gelblichen der Kronleuchter – hier, hier und hier.«

Oder vielleicht eine Stewardess? Ich taste unter der Bank nach der Rettungsweste. Getrocknetes Kaugummi.

»Manet war der erste Maler, der diese moderne Beleuchtung darstellte«, fährt sie fort und wirft mir einen beunruhigten Blick zu. »Er hat sogar …«

Ich beame mich raus, worin ich langsam zum Profi zu werden scheine; ich bin wie die eine Person bei einer Silent Disco, die den falschen Kopfhörer hat und sich zu einem anderen Beat bewegt. Mein Blick sucht die gemalte Menschenmenge nach weiteren Anzeichen von Varieté ab und weicht hastig aus, als er die düstere Darstellung des Mannes im Spiegel streift. Ihm versuche ich immer, aus dem Weg zu gehen – das Gesicht wirkt bedrohlich. Ich schaue weiter nach links, sehe aber nichts als verwischte Eindrücke von Zuschauern. Oder Moment: Hinter dem Barmädchen sitzt eine Dame mit langen Handschuhen, die sich ein Fernglas (Operngla s?) vor die Augen hält.

Ich begegne dem Blick der Barfrau: Ein guter Tag?

Wie immer ist sie nicht gerade in Plauderlaune.

Ein weiterer besorgter Blick der Kreuzung aus Wetterfrau und Stewardess.

Wieder stelle ich mir vor, wie sie wohl nackt aussieht – Suzon, meine ich. Ob sie Muttermale hat. Ob sie glattes oder lockiges Schamhaar hat. Wie breit ihre Taille wirklich ist, wenn sie von dem fest geschnürten Korsett befreit ist; zwischen Brustkorb und Hüfte sieht sie unnatürlich schmal aus, was die Sanduhrfigur erzeugt, die Männer anscheinend unwiderstehlich finden. Ob man auch bei ihr die Adern in den Brüsten sehen kann? Ihr Bauchnabel – steht er heraus, oder ist er nach innen gewölbt? Ich habe angefangen, sie auszuziehen.

»Entschuldigung, kann ich kurz mit Ihnen reden?«

Urplötzlich steht die Lehrerin neben mir.

»Oh, hallo«, antworte ich und rutsche ungeschickt auf der Bank ein Stück nach links. »Wenn Sie sich setzen wollen.«

Sie verschränkt ihre Arme wie eine Ablage vor ihrer Brust. »Das hier ist leider keine öffentliche Führung.«

»Oh, das macht nichts.«

»Das tut es sehr wohl.« Sie deutet Richtung Tür. »Wenn Sie so freundlich wären.«

»Nein, bin ich nicht«, entgegne ich, lehne mich zurück und mache es mir gemütlich. »Auch ich habe Eintritt bezahlt – sieben Pfund. Die Kinder haben bestimmt einen Rabatt bekommen.« O Gott. Ich kann selbst hören, wie spießig sich das anhört.

Ihr Gesicht rötet sich, und sie beugt sich vor, um mir ins Ohr zu flüstern. »Ich versuche hier, eine Klasse zu unterrichten, und Sie sitzen hinter uns und murmeln vor sich hin.«

»Was?« Ich schüttele den Kopf. »Das tue ich nicht.«

Sie richtet sich wieder auf, als der Halbkreis der Knirpse eine Salve von zustimmenden Lauten abfeuert. Verräter-Knirpse. »Das reicht jetzt, Kinder, kommt. Nehmt euch eure Blätter und sucht euch etwas auf dem Gemälde aus, das ihr abmalen wollt.« Die Kinder gehorchen, und sie wendet sich mit geschürzten Lippen wieder mir zu.

Verdammt. Drehe ich jetzt durch? Durchgeknallt, immer schon – das hat Dad über Mum gesagt, als ich endlich den Mut gefasst hatte, ihn zu fragen, warum sie gegangen ist. Er starrte unbeirrt auf den Fernseher – ich weiß nicht mehr, was lief, aber ich sehe noch immer die Lichtreflexe auf seinem schon sehr roten Gesicht – und fügte hinzu, sie habe ihn blamiert. Aber Väter hauen doch ständig ab, dachte ich.

Nachdem ich mich vergewissert habe, dass hinter mir kein Kind ist, das zerquetscht werden könnte, erhebe ich mich und trete neben die Bank, sodass die Lehrerin einen Schritt zur Seite treten muss. »Sorgen Sie bloß dafür, dass sie sie nicht anfassen.«

11

Als ich am Samstagnachmittag nach einem Abstecher zum Supermarkt in die Wohnung zurückkehre, höre ich aus Karinas und Bills Schlafzimmer erhobene Stimmen. Lauter und lauter.

»Ich mach doch hier alles!«

»Alles außer die Mülleimer.«

Und das Geschirr, die Wäsche, Staub saugen, Bügeln.

Dengelnd knallt der Lockenstab gegen die Heizung. »Du weißt doch, dass mir von dem Müllgeruch übel wird.«

»Du hättest mich fast getroffen!«

»Recht so.«

Ich erstarre. Er hat es ihr gesagt. Warum? Ich lasse die Tüte mit den Nahrungsmitteln fallen und fange an, meine Umgebung nach dem Notwendigsten abzusuchen.

Die Stimmen klingen nun gedämpfter.

Ich plane bereits meine Exitstrategie, als ich die Bettfedern quietschen höre.

Entweder ist alles vergeben, oder sie haben sich wirklich nur über die Hausarbeit gestritten.

Ich stecke die Ohrhörer ein und mache Kaffee. Ich habe ihn nötig: Ich bin erst gegen zwei Uhr morgens von der Bar nach Hause gekommen. Nach Ladenschluss saßen wir noch mit dem restlichen Personal zusammen, erzählten uns alberne Witze und tranken Ninas teuren Wodka, und als Max mich zwischendurch plötzlich küsste, jubelten alle. Bis ich zu Hause war, tat mir mein Gesicht vor lauter Grinsen weh.

Ich habe die Musik so laut aufgedreht, dass ich Karina erst bemerke, als sie direkt vor mir steht. Sie trägt Bills Morgenmantel, ihr Haar ist zerzaust. Ein Hauch Zigarettenqualm.

»Was?«

»Herrgott, Eve, nimm endlich die Stöpsel aus den Ohren. Ich habe gefragt, wo du hingehst.«

»Oh – Kinderbetreuung«, antworte ich und trinke den Rest Kaffee aus meinem Becher. Sie hat eine neue Sorte gekauft, die irgendwie nach Brühwürfeln schmeckt. Ich verdränge den Gedanken aus meinem Kopf und ziehe mir die Schuhe an. Ich habe beschlossen, dass Kinderbetreuung als Beruf einfach besser klingt als Babysitten.

»Wow. Gestern noch in der Bar gearbeitet, heute Kinderbetreuung. Du bist gut beschäftigt.«

»Jap.«

Bill taucht hinter ihr in seiner grauen Jogginghose auf. »Ist doch 'ne gute Übung, falls man mal selbst welche haben will, oder?« Er nickt mir aufmunternd zu, als dürfte ich mich jetzt offiziell für die Mutterschaft begeistern.

»Hm. Ich bin mir nicht sicher, dass ich als Mutter geeignet wäre. Mangelnde elterliche Befähigung ist wahrscheinlich erblich.«

Er lächelt noch immer, aber gedämpfter jetzt, die Lippen zusammengepresst.

»Du wärst bestimmt eine großartige Mum«, sagt Karina sanft. Ich glaube, sie meint es ernst.

Meine Eingeweide ziehen sich zusammen, als ich ein Lächeln zustande bringe und mich zum Gehen wende. Kein Kommentar.

Ich stehe vor dem großen weißen Haus in South Kensington, hole mein Handy heraus und überprüfe erneut die Adresse. Doch, ich bin richtig. Ich blicke mich auf dem Platz um, der an drei Seiten von identischen Reihenhäusern in viktorianischem Stil gesäumt ist. In der Mitte befindet sich ein Garten, dessen immergrüne Büsche und hohe Bäume kaum Einblick gewähren.

Ich trete an die schwarze Tür zwischen zwei Säulen und gut gewässerten Topfpflanzen und drücke auf die Klingel.

Ein *Ding*.

Ein *Wuff*.

Annies gedämpfte Stimme, als sie innen mit klackenden Absätzen auf die Tür zugeht.

»Eve, hi.« Sie beugt sich vor und gibt mir auf jede Wange ein Küsschen.

Muss ich mir fürs nächste Mal merken. Links, rechts. »Das ist aber ein schönes Haus.«

Und das ist es wirklich. Groß und hell und voll mit teuer aussehendem Zeug. Gerahmte Gemälde und Drucke an weißen Wänden. Terrakottafliesen im Flur. Direkt vor mir eine geschlossene Treppe mit einem beigen Läufer – sie würde die Farbe wie die meisten Leute hier vermutlich als »neutral« bezeichnen – und einem glatten schwarzen Geländer. Links neben mir ein Spiegel, gegenüber eine Garderobe voller Mäntel. Ich ziehe meinen aus und wickele den Schal ab.

»Hallo, Henry.«

Wer ist Henry?

»Ja, du bist ein guter Junge.«

Ich fahre herum und entdecke hinter mir einen langbeinigen Dalmatiner mit Knickohr und treudoofem Gesicht. Er drückt seine Schnauze gegen ihre Schulter, als sie sich bückt, um ihn zu begrüßen.

»Magst du Hunde?«, fragt sie und dreht sich zu mir um. »Es sind tolle Gefährten.«

Nein. »Klar. Hallo, Henry.«

»Du wirst ihn gar nicht bemerken.« Und an Henry gewandt: »Eigentlich interessierst du dich nur für deinen Schönheitsschlaf, nicht wahr?«

Ich habe noch nie Menschen verstanden, die mit Tieren reden.

»So, was noch? Komm, ich zeig dir schnell alles hier unten.«

Sie ist eindeutig noch nicht fertig – sie trägt Leggings und einen weichen Pullover, vermutlich Kaschmir, plus ihre Loafer –, daher ist die Führung wirklich kurz. Ein Blick ins Esszimmer zur Rechten, der Tisch geschmückt mit einem üppigen Blumenarrangement, zur Linken das Wohnzimmer. In der Mitte der Wand gegenüber befindet sich ein Kamin, der von zwei Sesseln flankiert und mit einer Reihe von Kerzen gekrönt wird; die kleinste ist nicht viel mehr als ein Stummel, um den sich geschmolzenes Wachs verfestigt hat. Das Feuer ist beinahe aus – ein einsames, rot glimmendes Scheit liegt auf der Asche –, aber ich spüre die Wärme noch, als ich näher trete und die Finger danach ausstrecke. Annie hat die

Deckenbeleuchtung ausgeschaltet und stattdessen eine Lampe auf dem Kaminsims und eine andere auf einem niedrigen Tischchen an der Tür angeknipst. Sie zeigt mir, wie man das TV-Gerät bedient, als hätte ich noch nie ferngesehen.

Das Klo unter der Treppe – auch hier Terrakottafliesen; das Bild der Paradiesvögel ist nicht so mein Fall –, daneben eine Tür, die wahrscheinlich in den Garten führt. Zum Schluss am Ende des Flurs die Küche. Eine echte Familienküche. Hier unten im Parterre ist nirgendwo ein Foto zu sehen, die Gemälde sind hauptsächlich abstrakt. Aber das hier ist Mollys Galerie. Der Kühlschrank – »Nimm dir bitte, was immer du magst« – ist gepflastert mit ihren bunten Werken, die mit Buchstabenmagneten befestigt sind. Eine Reihe von Strichmännchen zwischen stacheligen Grasbüscheln, darüber ein einzelner Streifen mundwasserblauer Himmel mit einer Sonne darin. Ein Haus aus Rechteck plus Dreieck als Dach ist umgeben von Bäumen mit dicken braunen Stämmen und flockigem grünen Laub. Ein Diplodocus mit einem gewellten Rückgrat und winzigen Äuglein. Der Abdruck einer Apfelhälfte, die rot angepinselt und wie ein Stempel auf ein Stück Papier gedrückt worden ist.

Henry liegt zusammengerollt auf seiner Matte vor dem cremefarbenen AGA-Herd, dem ersten von diesen wahnsinnig teuren, wahnsinnig edlen gusseisernen Retro-Geräten, den ich in dieser Stadt je gesehen habe. Darüber Pfannen und Töpfe auf drei Metallstangen, an denen diverse Küchenutensilien an Haken hängen.

Annie zeigt mir, wo ich Tee und Kaffee finde, und nimmt einen Becher vom mittleren Regalbrett der Anrichte. »Okay. Bleibt nur noch Molly. Ich hol sie mal eben.«

Ich höre, wie Annie die Treppe zur Hälfte hinaufsteigt und nach ihrer Tochter ruft. Kurz darauf poltern hastige Schritte herab. Ich beiße mir auf die Lippe. Kinder können launisch sein. Was, wenn sie mich heute nicht leiden kann?

Annie kommt mit Molly an der Hand zurück in die Küche. »Moll, an Eve kannst du dich erinnern, oder?«

Molly nickt. Auch heute ist ihr Haar zu zwei Zöpfen geflochten, und sie trägt ein weißes Oberteil, auf dessen Brust sich eine Reihe winziger Gestalten unterhaken.

»Nun, das freut mich, denn Eve passt heute Abend auf dich auf.«

»Wo gehst du denn hin, Mummy?«

»Aus, mein Liebling. Sagst du bitte Hallo?«

»Hallo.«

»Hallo, Molly.«

Stille.

»Vielleicht magst du mir ja eins von deinen Lieblingsbüchern oder -spielzeugen zeigen.« Verlegen verlagere ich mein Gewicht auf die Zehen.

»Ich hab zum Geburtstag ein neues Buch gekriegt.«

»Echt? Das ist ja toll. Wie wär's, wenn Mummy sich fertig macht, und wir schauen uns das an?«

»Okay.« Sie lässt Annies Hand los und geht zur Treppe, wobei sie mir verstohlene Blicke zuwirft, als sie hinaufsteigt.

Annie kneift mich in den Arm. »Ich wusste, dass du das gut machst.«

Zwei Etagen höher, und ich befinde mich auf Kindergebiet. So sollte ein Kinderzimmer aussehen. An der Tür ihr Name in bunten Holzbuchstaben, das Y am Ende schief. Ein Bücherbrett mit Kinderklassikern: *Der Wind in den Weiden,*

Wilbur und Charlotte, Peter Pan, Der Zauberer von Oz. Ein Puppenhaus – offenbar selbst gebaut – mit aufgemalten Blumen am Fuß der Fassade und auf dem steilen Dach schief aufgeklebten Holzspänen, die vermutlich die Schindeln darstellen sollen. Als Läufer Teppichmuster aus einem hippen Dekoladen. Gekaufte Puppenmöbel kombiniert mit Streichholzschachtelbetten.

Molly plappert unablässig von ihren Geburtstagsgeschenken. »Das Kleid da. Playmobil. Und das Malbuch hier.«

Ach, Mist. Ich habe vorgestern den Museumsshop vergessen. Aber es sieht nicht so aus, als bräuchte sie noch mehr Spielsachen.

»Eve?« Annies Stimme dringt von unten herauf.

»Warte kurz, Molly, ja? Bin sofort wieder da.«

Sie lässt sich auf den Boden plumpsen und beschäftigt sich mit Plastikfigürchen.

»Komme.« Ich brauche fast eine volle Minute, um wieder unten anzukommen.

Annie steht vor dem Spiegel an der Tür und fährt sich mit einer faltbaren Bürste durchs Haar. Als ich unten ankomme, klappt sie sie zu. Sie fasst das Haar mit Spangen zusammen und trägt korallenroten Lippenstift auf. Sie hat nicht erwähnt, wohin sie will. Ist es unhöflich, wenn ich frage? Könnte ein Date sein. Sie riecht nach würzigem Parfüm.

»Könntest du mir die Knöpfe zumachen?«

Du stehst am Fenster, dein Kleid klafft im Rücken so weit auf, dass sogar dein weißes Höschen zu sehen ist. Kein BH, nur ein undeutlicher weißer Streifen von dem Bikinioberteil, das du im Griechenlandurlaub getragen hast. Ich kann noch im-

mer kaum glauben, dass deine Eltern mir die Reise bezahlt haben.

Eve?

Du blickst über deine Schulter zu mir.

Ja, sorry, komme schon.

Ich stehe zu hastig auf und durchquere den Raum zum Ausgleich besonders langsam.

Danke. Das kann man unmöglich allein machen. Furchtbare Fummelei.

Du zwirbelst dein Haar zwischen deinen Fingern. Ein nervöser Tic.

Kein Problem. Und? Freust du dich auf das Date mit Niall?

Ich fange beim untersten Knopf an und arbeite mich behutsam aufwärts; Stückchen für Stückchen schmiegt sich dein Kleid in perfektem Sitz an deine Figur. Deine Haut ist weich und glatt.

Schon, sagst du und zwirbelst schneller. Meinst du wirklich, dass er auf mich steht?

Ich lasse mir Zeit mit dem letzten Knopf, betrachte das flaumige Haar in deinem Nacken und überlege, wie ich es dir bloß sagen soll. Denn ich meine zwar wirklich, dass er auf dich steht, nicht aber, dass er gut für dich ist.

»Eve?«

»Entschuldige. Moment.«

»Ich werde nicht später als elf zurück sein«, sagt sie, als ich anfange, das Kleid zuzuknöpfen. »Molly hat schon zu Abend gegessen, aber wenn sie später noch Hunger hat, steht geschnittene Mango im Kühlschrank.«

Wie kultiviert. »Hast du was Besonderes vor?«

Sie sieht danach aus. Sie trägt eine gestreifte graue Tunika und eine gerade schwarze Hose, unter deren Saum korallenrote Kitten Heels hervorlugen, die zu ihrem Lippenstift passen. Ihr BH scheint aus Seide zu sein, wie ich beim Zuknöpfen sehen kann. Sie steht in einem Karree aus Licht im Durchgang zum Wohnzimmer und überprüft den Inhalt ihrer Tasche; entweder hat sie mich nicht gehört, oder sie will auf meine Frage nicht antworten.

»So, fertig – du kannst«, sage ich und schließe den letzten Knopf.

»Danke, Eve«, sagt sie mit einem Lächeln. »Bis nachher. Um acht geht's ins Bett.«

»Kein Problem.«

»Tschüs, Moll.«

»Tschüs, Mummy.«

Als sie durch die Tür schlüpft, sehe ich draußen einen wartenden Wagen.

Ich hätte gedacht, dass es schwierig wird, Molly ins Bett zu bringen, aber sie ist so wohlerzogen wie Henry, der brav am Fuß der Treppe sitzt. In ihrem Flanellschlafanzug – weiß mit bunten Punkten – putzt sie sich die Zähne mit einer elektrischen Zahnbürste, die nach zwei Minuten rot blinkt, als die Zahncreme wie ein missglücktes Chemieexperiment auf ihrer Oberlippe zu schäumen beginnt, um ihr zu signalisieren, dass sie fertig ist. Ich lese ihr und ihrem Lieblingsteddy Percy, dem ein Stück Fell am Ohr fehlt, ein Kapitel aus ihrem neuen Buch vor. Dann mache ich das Licht aus, sodass das Nachtlicht in Häschengestalt das Zimmer blasslila erleuchtet, lasse die Tür einen Spalt auf und gehe die Treppe hinunter.

Im ersten Stock bleibe ich stehen und lasse meinen Blick über die drei Türen zur Linken schweifen: Arbeitszimmer, Bad, Schlafzimmer. Die Schlafzimmertür steht offen, daher schleiche ich auf Zehenspitzen hinein.

Es ist das Schlafzimmer einer Erwachsenen – keinerlei auf links gezogene Höschen auf dem Boden. Das Gemälde eines Landhauses hängt über dem ordentlich gemachten Bett (natürlich mit Zierkissen). Gegenüber steht ein Frisiertisch mit einem herangeschobenen Stuhl und sparsamer Dekoration: zwei Hochglanzmagazine, eine Grußkarte, ein gerahmtes Foto von Molly, eine weitere Bürste und ein Glasflakon mit dem würzigen Parfüm, von dem ich mir etwas aufs Handgelenk sprühe. Ich ziehe die Schubladen links vom Spiegel auf und entdecke eine Reihe von Samtkästchen. Ich öffne eins nach dem anderen und probiere den Inhalt an: Diamantohrringe, ein goldenes Armband, eine Perle an einer zarten Kette. Ein Milchzahn, knubbelig und schon gelblich an den Kanten, löst ein Schaudern bei mir aus. In der vorletzten Box liegt Annies Ehering – schlicht, gold, schnörkellos. Ich schiebe ihn auf meinen Finger. Seit wann trägt sie ihn nicht mehr?

Ein Blick in die Kommode, in der obersten Schublade ein Durcheinander aus Seide und Spitze. Ich taste auf der Suche nach etwas Verstecktem herum, aber alles, was in Annies Unterwäscheschublade zu finden ist, sind BHs und Höschen.

Als ich die Schranktür öffne, entdecke ich Männeranzüge neben Frauenkleidung. So ganz ist ihr Mann also offensichtlich noch nicht ausgezogen. Ich frage mich, was Molly denkt – und ob Annie ihr erklärt hat, was los ist. Ich gehe durch alle

Kleidungsstücke, als ob ich in einer edlen Boutique wäre und vor dem Anprobieren prüfen wollte, wie sich das Material anfühlt. Als ich eine Seidenbluse entdecke, die mir gefällt, ziehe ich mein Top aus und streife sie über. Ich mag es, wie das statisch aufgeladene Material an meiner Haut klebt.

»Mummy?«

Mist. Ich fahre herum und entdecke Molly, die sich die Augen reibt.

»Ich kann nicht schlafen.«

Keine Zeit, die Bluse auszuziehen. Hoffentlich bemerkt sie es nicht. Als ich durch das Zimmer auf sie zugehe, streckt sie mir die Arme entgegen und zappelt mit den Fingern, und ich hebe sie hoch. »Macht nichts, Molly. Ich bin ja da. Ich lese dir noch ein Kapitel vor.«

Sie schmiegt ihr Gesicht an meinen Hals. »Warum bist du in Mummys und Daddys Zimmer? Ich bin nach unten gegangen, aber du warst nicht da.«

Mein Herz macht etwas Seltsames in meiner Brust. »Ich musste nur etwas wegräumen«, sage ich, trage sie die Treppe hinauf und lasse sie vorsichtig auf ihr Bett herab.

Anscheinend zufrieden, kuschelt sie sich ein, hält aber meinen Arm fest, als ich zu lesen beginne. Als ich mit dem Kapitel fertig bin, hat sie Mühe, ihre Augen offen zu halten. Ganz vorsichtig löse ich ihre Finger und hoffe, dass bis morgen alles vergessen sein wird.

Ich haste zurück in Annies Zimmer und ziehe die Bluse aus, auf deren Kragen jetzt ein Rotzfleck prangt; ich reibe mit einem feuchten Lappen daran und hänge die Bluse in den Schrank zurück. Schließlich wende ich mich zum Gehen, doch die Nachttischchen locken mich.

Es ist leicht zu erkennen, welcher Annies ist. Die Schublade birgt ein Durcheinander an Rezepten, Ersatzknöpfen in winzigen Plastiktütchen und Nagellack in jeder Farbe. Ich mopse mir einen in dunklem Bordeaux, nur um auszuprobieren, wie es sein mag, Nägel wie sie zu haben; vielleicht macht es einen Unterschied. Als ich zurück nach unten schleiche, fällt mir ein, dass ich noch den Ring trage. Also husche ich auf Zehenspitzen wieder hinauf, um ja nicht Molly zu wecken, und lege ihn nach einem kurzen Aufwallen von Panik, als er zunächst nicht von meinem Finger will, wieder in das Samtkästchen zurück.

Ich bin selbst fast eingedämmert, als ich den Schlüssel in der Haustür höre und Henry auf seinem anderen Platz neben dem erloschenen Feuer halbherzig grollt, ohne auch nur ein Ohr aufzustellen. Ich schalte den Fernseher aus und reibe mir die inneren Augenwinkel.

Ein Schuh plumpst gegen die Wand, der zweite folgt, ein Mantel wird über den Kleiderhaken gehängt. Annie marschiert ins Wohnzimmer, die Zehen in den transparenten Füßlingen sichtbar zusammengedrückt, und lässt sich in den Sessel gegenüber fallen. Ich bin es nicht gewöhnt, so viel von ihrer sahnigen Haut zu sehen. Sie legt die Füße auf den Couchtisch, unter dessen Glasplatte sich ein kunstvolles Arrangement diverser Bildbände befindet.

»Alles gut?«, fragt sie.

»Alles gut«, antworte ich und betrachte ihre rosigen Wangen. Von der Kälte oder vom Alkohol? Ich stehe auf und strebe auf die Tür zu in der Annahme, dass das mein Stichwort zum Abmarsch ist.

»Eine Tasse Tee, bevor du gehst – oder ein Glas Wein?«

Überrascht zögere ich.

»Ich nehme einen Roten. Du?«

»Für mich auch, bitte.«

Ich folge ihr in die Küche und fasse unbeholfen meine Hände vor dem Körper, während sie aus dem Eichenschrank zwei Kristallgläser nimmt; ich entdecke unterschiedliche für Wasser, Weiß- und Rotwein, Sekt und Whisky.

Sie nimmt eine halb leere Flasche, die neben einer Reihe Kochbücher steht, zieht den Korken mit einem Ploppen heraus und schenkt ein. Dann reicht sie mir das Glas. »Oh, schöne Nägel«, sagt sie und deutet auf meine Fingerspitzen, die dunkelrot lackiert sind. »Ich habe eine ähnliche Farbe.«

Ich lächle. Meine Haut prickelt. »Danke, ich liebe dieses Rot.«

Sie lehnt sich an den gusseisernen Herd und wärmt sich die Rückseite ihrer Beine.

»War der Abend schön?«, frage ich.

»Ja, danke.«

»Hattest du etwas Besonderes vor?«

»Du gibst nicht auf, was?« Sie lächelt.

»Entschuldige.«

»Nein, schon gut.« Sie trinkt einen großen Schluck.

Unwillkürlich bewundere ich ihren grazilen Hals und stelle mir vor, wie der Wein ihre Kehle hinabläuft.

»Mein erstes Date seit Jahren.« Ich muss cin Gesicht gemacht haben, denn sie fügt hinzu: »Ein alter Freund, der weiß, dass es mit unserer Ehe schon seit einer Weile bergab geht.« Sie will noch etwas sagen, überlegt es sich aber anders und löst stattdessen die Haarspangen.

»Wow.« Jetzt bin ich an der Reihe, einen großen Schluck zu trinken. Zu groß. Ich verschlucke mich und pruste einiges in meine Hand. Als sie nicht hinsieht, trockne ich mich an einem Geschirrtuch ab. »Dein Mann ist also ausgezogen.«

»Ja, er ist weg – er wohnt im Moment bei einem Freund.« Noch ein großer Schluck. »Noch ist nichts definitiv – im Schrank hängen noch seine Klamotten, Herrgott –, aber es ist vorbei.« Tränen treten in ihre Augen. Mir kommt es vor, als sei sie insgeheim davon ausgegangen, dass diese Krise nur von begrenzter Dauer sein würde – nichts als ein kleines Schlagloch in der ansonsten ebenen Straße ihrer Ehe. Plötzlich schüttelt sie den Kopf, und ihre Miene verhärtet sich. »Aber ich bin entschlossen, mich nicht unterkriegen zu lassen.«

Keine Straße für Weicheier, so viel steht fest. »Wie geht es Molly damit?«

»Molly geht's gut. Sie verkraftet das. Kinder sind widerstandsfähig.«

Tatsächlich? Ich mag mich in Bezug auf meine Mutter nicht mehr an viel erinnern, ich weiß aber sehr wohl noch, wie ich mich gefühlt habe, als eine Woche verstrichen und sie immer noch nicht wieder nach Hause gekommen war. Und wie sehr sie mir in meiner Kindheit und Jugend gefehlt hat. In mir war immer eine Art von Leere – ein Hohlraum –, und manchmal empfinde ich es noch immer so. Als ob man ständig Hunger hätte. Oder meinte, etwas vergessen zu haben, ohne dahinterzukommen, was genau. Sodass man sich immer wieder auf die Taschen klopft, um sich zu vergewissern, dass Handy, Schlüssel, Portemonnaie noch da sind.

»Eve? Alles in Ordnung?«

»Ich glaube, ich gehe jetzt besser.«

»Ich rufe dir ein Taxi«, sagt sie, stellt ihr Glas ab und greift nach dem Festnetztelefon. »Normalerweise würde einer von uns dich fahren, aber David ist offensichtlich nicht da, und ich habe zu viel getrunken.«

Ganz abgesehen davon, dass du Molly nicht allein lassen solltest, denke ich und bin selbst überrascht, dass ich mir plötzlich ein Urteil anmaße. Annie ist nur nett zu mir gewesen, und es gibt keinerlei Anzeichen, dass sie keine gute Mutter ist. »Es macht mir nichts aus, den Bus zu nehmen, wirklich nicht.«

Sie hält den Zeigefinger hoch und spricht in den Hörer. »Hallo, ja, ich hätte gerne ein Taxi, so schnell es geht. Annie … ja, genau da. Danke.«

Sie scheint Stammkundin zu sein.

»In fünf Minuten ist eins hier.«

»Danke.«

»Nein, ich danke dir. Du hast mir sehr geholfen heute Abend. Hattet du und Molly Spaß?«

»Ja. Sie ist wirklich lieb.«

12

Karina war noch wach, als ich von Annie nach Hause kam; sie lag auf dem Sofa, das unter der schwarz-weiß karierten Decke ein Sammelsurium von Flecken verbarg – einige teeähnlich, andere dubioser. Ihre langen, blassen Beine waren nackt; sie trug nichts als ein übergroßes T-Shirt, auf dem eine Hand im Peace-Zeichen prangte. Oh, und eine von diesen abgefahrenen Tuchmasken.

»Wie ist es gelaufen?«, fragte sie. Ihre Lippen drückten sich durch eine der vier Aussparungen im Tuch.

»Gut, glaube ich. Es hat mir richtig Spaß gemacht.«

Sie legte den Kopf schief und lächelte zufrieden. »Und die Kleine?«

»Die ist toll.«

Die Tuchmaske fältelte sich, als ihr Lächeln noch breiter wurde.

Ich setzte mich neben sie, und sie reichte mir eine Reiswaffel, die so trocken und geschmacksfrei war, wie sie aussah.

Im Fernsehen lief eine Comedyshow, in der einmal mehr der Videoclip der tanzenden Regierungschefin gezeigt wurde, der sich wie rasend im Netz verbreitet hatte. Ein paar

Minuten später wurde wegen Werbung unterbrochen. Als in einem Autospot ein junges Elternpaar die kleine Tochter anschnallte und sie auf die Stirn küsste, füllten sich meine Augen überraschenderweise mit Tränen. Karina schien es bemerkt zu haben, denn sie bot mir kurzerhand ebenfalls eine Tuchmaske an – anscheinend glaubt sie an eine therapeutische Wirkung der Schönheitspflege. Ich lächelte, behauptete, ich sei bloß müde, und ging ins Bett.

Um Weihnachten schleicht es sich immer an – das Gefühl der Einsamkeit. Es ist nicht so, dass ich mir sonst nicht eingestehen kann, wie sehr mir eine Familie fehlt, aber um diese Zeit ist es immer am schlimmsten. Dass Karina und Bill heute Morgen in aller Frühe nach Norwegen entschwunden sind und erst kurz vor Silvester zurückkommen, macht es nicht besser. Keine benutzten Cornflakesschüsseln auf der Arbeitsplatte, aber Bill hat mir freundlicherweise eine halb volle Kaffeepresse neben dem Kochfeld stehen lassen, damit ich ihn auch nicht vergesse.

Ein Trost: Offenbar kann ich gut mit Kindern umgehen. Wer hätte das gedacht? Molly ist genau die Tochter, die ich gerne hätte – wenn ich denn je eine haben würde, was nicht geschehen wird. Mir gefällt der Gedanke nicht, ein anderes menschliches Wesen in mir zu tragen. Ich habe nicht den Wunsch, nicht das Bedürfnis, nicht die Sehnsucht. Der Therapeut, bei dem ich nie war, hätte mir vermutlich gesagt, dass es nur an meiner Mutter liege, falls sie überhaupt noch meine Mutter ist. Vielleicht hat die Mutterschaft ein Verfallsdatum, sodass sich als Elternteil disqualifiziert, wer sich so lange fernhält. Mutterrechtsentzug durch Abwesenheit. Ich werde mal Google danach fragen. Jedenfalls möchte ich lieber keine Kinder haben, als welche zu kriegen und nachher keine Lust mehr auf sie zu haben.

Molly sprudelt über vor Energie wie eine geschüttelte Coladose und ist dabei trotzdem höflich und geduldig – na ja, bis zu einem gewissen Maß jedenfalls. Sie will immer alles ganz genau wissen. Manchmal ist sie beängstigend pragmatisch und scharfsinnig. Einmal wollte sie wissen, ob mein Name etwas mit Heiligabend – *Christmas Eve* – zu tun habe, und ich erklärte ihr (weil es nicht als Lüge bezeichnet werden kann, wenn es Kindern Freude macht), dass ich zu den Gehilfen des Weihnachtsmanns gehörte. Woraufhin sie mir eine ganze Reihe sehr spezifischer Fragen stellte:

– Wie viele Leute genau arbeiten für den Weihnachtsmann – mit den Elfen, aber ohne die Rentiere?

– Was isst er zum Abendessen, und mag er auch Eis am Stiel, obwohl es am Nordpol so kalt und verschneit ist?

– Wie entscheidet der Weihnachtsmann, wer welche Socken füllt? Und war er es, der dich zu uns geschickt hat, um auf mich aufzupassen?

– Muss der Weihnachtsmann sich auch morgens und abends zwei Minuten lang die Zähne putzen? (Das hat sie mich mit dem Mund voller Zahncreme gefragt, ehe sie meine Antwort mit einem kräftigen Nicken zur Kenntnis nahm, anschließend spülte und ausspuckte.)

Mehr als alles andere aber gibt sie mir das Gefühl dazuzugehören – und das tut Annie auch.

Als ich zum Atelier gehe, trage ich Karinas schwarze Stiefel, deren Schaftränder mir in die Waden schneiden und mich wahrscheinlich mit zwei roten Streifen brandmarken; unwillkürlich muss ich an Bauernhoftiere denken, die auf der Flanke eine Markierung tragen.

Ich ziehe Karinas zweitwärmsten Mantel enger um mich; den wärmsten hat sie mitgenommen.

Keine Minute zu früh komme ich im Atelier an. Die meisten Teilnehmer sitzen bereits vor ihren Staffeleien und blicken auf leeres Papier oder stehen in der Ecke und spitzen ihre Stifte an. Ich beobachte einen Moment lang, wie die gelockten Späne in den Mülleimer fallen. Als ich mich ausziehe, ist es, wie ich befürchtet habe: Zwei gerade Linien zeichnen sich auf meinen Waden ab.

»Okay, Eve, heute hätte ich gerne ein paar halb bedeckte Posen.« Paul schlängelt sich an den Staffeleien vorbei und gesellt sich mit einem Bündel Stoff im Arm zu mir.

Haben wir etwa die Kostümkiste geplündert?

»Seide, Wolle, Filz.« Er geht sie durch, ehe er sie zu Boden gleiten lässt. »Spiel einfach ein bisschen damit herum, häng dir etwas über die Schultern, wickel dir einen Schal ums Bein – du verstehst, was ich meine?« Während er spricht, schlingt er mir ein Stück hauchdünnen Stoff um die Taille und bindet ihn an der Seite zu einer Schleife. Seine schlecht durchbluteten Finger berühren meine Haut.

»Ja, tue ich.«

»Wir wollen damit eine uralte Tradition wiederbeleben«, sagt er und wendet sich den Zeichenschülern zu. »Das Herausstreichen der Nacktheit durch teilweise Verhüllung.« Seine heutige Minilektion enthält mehr Kunstgeschichte als üblich. »Bedecken wir eine Brust, wird deutlicher, dass die andere entblößt ist. Ein luftiges Stück Stoff über dem Gesäß lädt den Betrachter ein, sich vorzustellen, was darunter ist, oder weckt sogar den Wunsch, das Tuch hochzuschlagen …«

Und einen Finger einzuführen.

»Der Betrachter wird zum Voyeur.«

Na schön, dann sollen sie. Wahrscheinlich freuen sich alle, mal etwas anderes als Haut und Knochen zu malen. Ein paar Lagen Stoff, ein paar Rüschen, ein bisschen Plissee – bitte.

»Eve? Wann immer du so weit bist.«

Ich stehe hüftbreit da, nehme den dünnen Streifen Stoff, ziehe ihn über meinen Brüsten straff und stelle mir vor, dass in leuchtend roter Schrift »Für Unbefugte verboten« darauf steht. Als Nächstes balle ich die Faust und wickle das Tuch darum; ich blicke zur Uhr und nehme die Faust hinter den Kopf, als halte ich eine Schleuder, die jeden Moment abgefeuert wird. Schließlich tausche ich dieses Stück Stoff gegen ein rechteckiges Wolltuch aus und halte es mir so vor den Körper, dass eine Hälfte verdeckt ist. Zwei Minuten später wickele ich es mir um die Mitte und ziehe es fest. Frischhaltefolie, ein Korsett, ein eng geschnürtes Mieder.

»Okay, gehen wir zu den zehnminütigen Posen über.«

Annie sitzt heute weiter vorne als üblich, und ich stelle zum ersten Mal fest, dass sie beim Malen die Lippen schürzt und mit dem Bein wackelt (vielleicht doch kein vollkommen zufriedenstellendes Date). Sie fängt meinen Blick auf und lächelt. Ich behalte meine reglose Miene bei und versuche, das Ameisengefühl zu ignorieren, das in meinem rechten Bein einsetzt. Ich müsste längst wissen, dass ich für solche langen Zeitspannen keine verdrehten Posen einnehmen darf. Vorsichtig verlagere ich mein Körpergewicht von den Zehen zur Ferse. Es hilft nichts.

Ich frage mich, was geschehen wird, wenn sie und ihr Mann sich scheiden lassen. Ob Molly dann abwechselnd bei ihm und ihr ist und zwischen zwei Häusern, zwei Kinderzimmern, zwei Stadtbezirken pendeln muss – vorausgesetzt, beide bleiben in der Stadt. Geteilte Weihnachten, Ostern, Geburtstage. Eine kleine gepackte Tasche stets unterm Bett verstaut. Vielleicht wird sie sogar zwei Zahnbürsten haben.

»Okay, Eve, die Nächste bitte.«

Besagtes Bein gibt nach, als ich das Gewicht verlagere, aber ich kann mich fangen, ehe ich zu Boden gehe. Okay, eine Pose im Sitzen. Ich lasse mich rittlings auf dem Stuhl nieder, kehre den Teilnehmern und ihren prüfenden Blicken den Rücken zu, stütze die Ellenbogen auf die Lehne und mein Kinn in die Hände. Auf diese Art kann ich wenigstens meine Gesichtsmuskeln entspannen. Auf dem Fenstersims hüpft mein Spatzenfreund hin und her. Seine dürren Beinchen sehen zerbrechlich wie Salzstangen aus. Ich senke die Lider.

Ich weiß noch, wie ich anfangs Briefe an meine Mutter schrieb und meinen Vater bat, sie in die Post zu geben. Ich faltete sie säuberlich in der Mitte, und er versprach oder sagte mir zumindest zu, sie in einen Umschlag zu stecken und mit der richtigen Marke zu versehen, damit der Brief dort ankam, wo immer sie sein mochte. Wenn ich jetzt darüber nachdenke, habe ich ihn nie gefragt, ob er ihre Adresse hatte. Ich habe nie gefragt, wo sie wohnte, was sie tat und mit wem sie zusammen war. Ich wollte immer nur von ihm wissen, ob sie denn wohl dieses Mal antworten würde. Er bedachte mich dann mit einem leeren Lächeln, nahm den Zettel an sich und zuckte die Achseln. Kann sein.

Ich malte Bilder von dem, was in der Schule geschah, um sie auf dem Laufenden zu halten. Einen Jungen mit einem roten Strom aus beiden Nasenlöchern; richtiges Nasenbluten hatte ich noch nie erlebt, sodass der Anblick mich ziemlich beunruhigte. Einen Feuerwehrmann mit großen Stiefeln, der in die Schule gekommen war, um von der Londoner Feuerwehr zu erzählen, und mit einem zappelnden Schlauch böse Kinder mit kaltem Wasser bespritzte (künstlerische Freiheit). Eine riesige Torte mit einer suppigen Schicht kernloser Himbeermarmelade in der Mitte und einem dicken Fondantüberzug, die die Mutter einer Schulkameradin selbst gemacht hatte – würde Mum dieses Jahr zu meinem Geburtstag zu Hause sein? Ein Aquarium mit waberndem Tang und mehr Fischen, als in der kleinen Wassermenge je zusammen hätten existieren können (und über die lila Krabbe und den schwarzen Seestern mit den gelben Punkten schweigen wir lieber).

»Weiter, Eve.«

Ich habe keine Lust, mich umzudrehen, also schiebe ich meine Finger ineinander und strecke die Arme über den Kopf. Vor meinem inneren Auge sehe ich ein, zwei Teilnehmer sich über meine Faulheit empören. Der Spatz hält einen Moment inne, sieht mich an und haut ab.

Sie hat nie geantwortet, und nach einer Weile gab ich auf. Ich schrieb ihr nicht mehr, ich malte ihr keine Bilder mehr. Ich vergaß sogar, dass ich es je getan hatte, bis ich bei Dad meine Sachen packte, um nach Vauxhall zu ziehen. Oben auf dem Speicher neben einem einsamen Schuh, ein paar verstaubten Büchern und einem Stapel CD-Hüllen stand ein mittelgroßer Karton. Als ich den Deckel abnahm, wehte mir ein abgestandener Geruch entgegen, von dem mir übel wurde. Im Karton lagen säuberlich übereinandergeschichtet die Blätter mit meinen kindlichen Kunstwerken und meiner verschnörkelten, noch nicht flüssigen Handschrift. Statt sie wegzuschmeißen, hatte er sie alle aufbewahrt. Dass mir die Tränen in die Augen stiegen, überraschte mich selbst. Nur gut, dass ich nie nach ihrer Adresse gefragt habe, denn dann hätte er zugeben müssen, dass sie ihm keine gegeben hatte. Sie war einfach von heute auf morgen abgehauen, und er hatte keine Ahnung gehabt, wo sie war. Neben dem Karton stand ein anderer mit meinen Unterlagen über Suzon.

Vielleicht wird Molly auch ohne Vater auskommen. Ich bin schließlich auch ohne meine Mutter groß geworden – nicht, dass ich es empfehlen würde. Wirklich gut ist es ja nicht gelaufen. Ich kann mir zwar dank Karinas und Bills semigroßzügigem Rabatt die Miete leisten, aber viel mehr habe ich nicht vorzuweisen. Man hat mich weniger aufgezogen als runtergezogen. Grace war der erste Mensch außer Max, der an mich geglaubt hat.

»Okay, Leute, zehn Minuten.«

Wen habe ich sonst? *Was* habe ich sonst? Immerhin Hunderte von Zeichnungen, die mich nackt zeigen – nur gehören sie mir nicht.

Sobald ich allein im Studio bin, schiebe ich mich durch die Staffeleien und sehe mich aufmerksam um. Von einem Holzbein baumelt (bestimmt schon lange vergessen) ein verknoteter weißer iPhone-Ohrhörer. Ich könnte einen neuen gebrauchen; mein linker Stöpsel funktioniert nicht mehr, wodurch ich mich immer irgendwie schief fühle, als sei ich auf einem Ohr taub. Ich bücke mich und schnappe mir das Ding.

»Eve, wie geht es dir?«

Annie.

Karina, warum hat dein blöder Morgenrock keine Taschen? Ich knülle die Ohrhörer in meiner Faust zusammen und angle mit dem kleinen Finger nach einem baumelnden Stöpsel. »Gut, danke, und dir?« Hab ihn.

»Auch gut.« Sie wischt die Frage mit dem Handrücken weg wie ein paar lästige Krümel. »Danke noch mal für gestern Abend. Molly war begeistert von dir.«

»Ernsthaft?« Der Gedanke macht mich ganz verlegen, aber auf gute Art, und ehe ich michs versehe, entfährt mir, dass ich gerne öfter aushelfen würde. »Nur falls du mich brauchst natürlich. Wenn nicht – macht nichts.«

»Oh, das wäre toll – danke, Eve. Molly wird sich freuen.«

Etwas wie »Yay« entwischt mir, ehe ich die Lippen zusammenpresse. Als ich mich traue, sie wieder zu öffnen, frage ich: »Und? Was macht ihr Schönes zu Weihnachten?« Während ich spreche, hüpfe ich wieder auf die Bühne, fische eine Socke aus meinem Stiefel und lasse die Kopfhörer hineinrutschen.

»Ich bin mir nicht sicher, ob ich es ›schön‹ nennen würde.«

Ich lache, ehe ich ihren Gesichtsausdruck wahrnehme. Sie wirkt irgendwie traurig, und das Weiße in ihren Augen ist plötzlich gerötet.

»Ich dachte, dass Molly und ich allein feiern würden, aber vorhin hat David angerufen.« Besorgnis zeichnet sich in feinen Linien auf ihrer Stirn ab. Als ihre Stimme bricht, klopft sie sich auf die Brust, als müsse sie sich räuspern. »Er will unbedingt, dass wir den Tag zu dritt verbringen.«

Ohne nachzudenken, nehme ich sie in den Arm, obwohl sie nicht der Typ dafür ist – genauso wenig wie ich –, und sie tätschelt meinen Rücken, als sei ich diejenige, die getröstet werden muss. Ein kurzes Drücken, dann lasse ich los. »Das tut mir leid, Annie, das muss ein komisches Gefühl sein. Aber ich denke, es wird gar nicht so schlimm.«

»Das hoffe ich. Aber dass er nach dem, was passiert ist, im Haus ist und glückliche Familie spielt, gefällt mir gar nicht.«

»Es ist ja nur ein Tag«, sage ich und frage mich, was genau denn passiert ist und ob sie es mir wohl erzählen wird. »Du schaffst das.«

Die anderen Teilnehmer kehren langsam zurück ins Atelier. Paul bildet das Schlusslicht und blickt zu uns herüber.

»Du hast ja recht«, sagt sie und setzt ein Lächeln auf. Sie schüttelt selbstkritisch den Kopf, als hätte sie überreagiert, und kehrt zu ihrem Platz zurück.

Mir geht's gut, Eve, mach dir keine Sorgen. Du ringst dir ein Lächeln ab, das so schnell verblasst, wie es erschienen ist.

Der Kurs endet mit einer fünfundvierzig Minuten langen Pose im Sitzen. Ich habe das linke Bein angezogen, den Fuß auf die Sitzfläche gestellt, den Unterarm aufs Knie gelegt, die Hand baumelt herab. Mein rechtes Bein ist ausgestreckt, der Fuß angezogen. Mein Kopf hängt wie im Schlaf auf einer Seite herab. Ich komme mir vor wie die Puppe eines Bauchredners nach der Vorführung. Außerdem tut mir die Frau direkt vor mir leid. Tunnelblick zwischen meine Beine, eine Stelle, die inzwischen an die Blicke gewöhnt ist und nicht mehr prickelt. Wenn sie heute Abend nach Hause kommt, setzt sie sich vielleicht mit gespreizten Beinen vor den Spiegel, um zu vergleichen.

Als es endlich zwölf ist – ich schwöre, die Zeit läuft im Atelier langsamer –, beschließt Paul, dass wir beim nächsten Mal mit derselben Pose fortfahren sollen, damit die Teilnehmer die Möglichkeit bekommen, ein detaillierteres Porträt anzufertigen. Während sie ihre Sachen packen, kniet Paul sich neben mich und klebt Malerkrepp hinter meine rechte Ferse und neben meine Schenkel und Pobacken. Ich sehe zu, wie er das Band mit den Zähnen abreißt, die aus der Nähe gelber sind als erwartet. Er ist der Typ Mensch, von dem ich gedacht hätte, dass er sich das Gebiss bleicht.

Er späht zwischen meine Beine und reißt noch ein Stück ab. Dann blickt er zu mir auf. »Bleib noch einen Moment lang so.«

Die Teilnehmer unterhalten sich inzwischen über Weihnachten. Und du kochst wirklich für fünfzehn Personen? Wie schön, dass ihr nur zu zweit sein könnt. Sind deine Kinder auch immer schon in der Dämmerung wach? Ach komm, das schmeckt bestimmt gut, mach dir keine Gedanken.

Er reißt noch ein Stück ab und klebt es auf den Sitz zwischen meine Beine, die Finger nur Zentimeter von mir entfernt.

Als ich unten an der Treppe ankomme, hole ich meine neuen Kopfhörer hervor und entwirre das Knäuel durch Schütteln. Kalte Luft schlägt mir entgegen. Die Zweige der kahlen Bäume zittern, um sich warm zu halten. Trotz der Sonne ist es bitterkalt. Heute Abend wird es bestimmt glatt. Ich atme aus und blicke dem Wölkchen nach.

Im Wohnzimmer des Hauses gegenüber sitzen Mann und Frau zum sonntäglichen Mittagessen vor dem Fernseher. Teller gefüllt mit etwas, das das Innere wärmt. Eine Show, die einen zum Lachen bringt, einen Hund zu Füßen. Ich blinzele und schaue weg.

Ich finde den richtigen Sound und stöpsele die Kopfhörer ein, ohne mich um die Weihnachtssänger zu kümmern, die sich der Größe nach aufgestellt haben, wie wir es jedes Jahr fürs Schulfoto gemacht haben. »Good King Wenceslas«? Ihre Lippenbewegungen verraten es mir nicht, aber der Mann ganz hinten sieht mit seinen zusammengezogenen Brauen und dem zum Hals gepressten Kinn aus, als würde er sehr tief singen. Die Eltern meiner Schulkameraden kauften diese Fotos sogar, rahmten sie und hängten sie sich stolz auf.

Mein Handy summt, während ich über die South Lambeth Road gehe.

Ich tippe auf den grünen Kreis. »Hi, Max.«

»Hey du, wie läuft es?«

»Gut, danke.«

»Bist du gerade unterwegs?«

»Ja. Ich komme von der Arbeit.«

»Arbeit? Dass du nicht in der Bar warst, weiß ich, also was für ein Job ist das gewesen?«

»Tja, genau gesagt habe ich augenblicklich drei Jobs.«

»Wirklich?« Er stößt einen Pfiff aus. »Was für welche sind die anderen beiden?«

»Ich babysitte«, antworte ich, »obwohl ich glaube, dass ich dir das schon gesagt hätte.«

»Oh. Ja, stimmt. Wie alt sind die Kinder?«

»Eins nur. Molly. Sie ist sechs. Und erstaunlich süß.«

»Das freut mich.« Er lacht. »Du gehst bestimmt großartig mit ihr um.«

Freude durchfährt mich. »Ich mag sie wirklich sehr.«

»Und der andere Job?«

Okay, Zeit, reinen Wein einzuschenken – wenn es überhaupt etwas ist, das in diese Kategorie gehört. »Aktmodell.«

»Aktmodell?«

»Ja.« Ich halte das Handy ein Stück von meinem Mund weg und atme tief ein und aus. Wie gerne würde ich jetzt sein Gesicht sehen.

Einen Moment herrscht Stille. Dann: »Wow. Ich bin beeindruckt.«

»Ehrlich? Du findest das nicht …« Ich reibe meine Finger auf der Suche nach dem richtigen Wort aneinander. »… irgendwie anrüchig?«

»Ah. Nein, Eve, ich finde es großartig. Und sehr mutig.«

Ich lächle den Boden an.

»Also. Bevor die Bilder von dir ohne Klamotten alles andere aus meinem Kopf verdrängen, komme ich lieber zum Thema.«

Jetzt muss ich lachen.

»Ich wollte dich nämlich etwas fragen. Hast du Weihnachten schon was vor? Feierst du mit jemandem?«

»Oh, ich hab noch gar nicht darüber nachgedacht«, lüge ich.

»Es muss ja nicht dein Vater sein, Eve. Vielleicht mit jemand anderem.«

Ich beiße mir auf die Lippe. Ich hatte ihm schon geschrieben, dass Karina und Bill ihre Eltern besuchen, er weiß also, dass die beiden keine Option sind.

»Na ja, ich dachte, du könntest zu mir kommen«, fährt er fort.

»Wirklich?«

»Wirklich. Bei uns kommt die ganze Familie – Onkel, Tanten, Cousinen, Cousins. Das wird lustig.«

Mein Lächeln schwindet. »Das ist aber viel Familie, Max. Störe ich da nicht?«

»Ganz und gar nicht. Ich möchte, dass du dabei bist.«

Etwas Warmes wallt in mir auf. »Okay, warum nicht. Danke, Max. Plane mich ein.«

13

Am Fuße meines Bettes, das in einer Art Nische an der Wand steht, hängt ein Druck, den Karina mir letztes Jahr geschenkt hat. Sie hat ihn im Museumsshop der Tate Modern gekauft, nachdem sie in einer überbewerteten, überfüllten Picasso-Retrospektive war. Ich weigerte mich hinzugehen; abgesehen davon, dass das Courtauld die einzige Galerie ist, in der ich mich in letzter Zeit aufhalte, war Picasso ein Frauenhasser, und darauf wies ich sie umgehend hin. Sie seufzte; das würde ja nun nicht bedeuten, dass man seine Kunst nicht schätzen dürfe, antwortete sie. Ich stimmte ihr halbwegs zu, blieb aber dennoch zu Hause. *Gute Kunst von schlechten Leuten.* Das wäre eine Ausstellung, die ich gerne einmal kuratieren würde.

Das Bild ist *Le Rêve* (Der Traum), das Porträt von Marie-Thérèse Walter, der zwanzigjährigen Muse und Geliebten des damals fünfzigjährigen Malers (sie war siebzehn, als sie zum ersten Mal mit ihm ins Bett ging). Karina hatte sich von den Farben angezogen gefühlt – gelb, rot, lila, blau, grün. Sie mochte vor allem den gemusterten Hintergrund und die Perlenkette um ihren Hals. Ich dachte, es würde dich aufmuntern, sagte sie (sie weiß, dass Weihnachten die schlimmste

Zeit für mich ist). Was ihr nicht bewusst war, bis ich sie darauf aufmerksam machte, war die Tatsache, dass Picasso seine Geliebte beim erotischen Tagtraum dargestellt hatte: die Hände im Schoß wie eine Vagina geformt, ein auf der Seite liegender Penis als obere Kopfhälfte. Karina schnappte entsetzt nach Luft und legte sich in einer theatralischen Geste die Hände an die Wangen, Bill gluckste und hörte erst damit auf, als Karina ihn mit einem eisigen Blick bedachte. Ich bedankte mich vielmals, machte mich auf die Suche nach etwas zum Befestigen und erklärte, ich wisse genau, wo ich das Bild aufhängen wolle. Prime Position: Es sollte das Erste sein, was ich jeden Morgen beim Aufwachen sehen würde.

Ich habe mich oft gefragt, was Marie-Thérèse wohl gedacht hat, als sie das Bild sah. Sie kann sich darin doch nicht wiedererkannt haben. Andererseits erkenne ich mich in den Zeichnungen der Kursteilnehmer auch nicht wieder – nicht wirklich jedenfalls. Auf manchen sehe ich mit schlaffer Haut, einem ausgemergelten Körperbau und knubbeligen Knien und Ellenbogen alt aus – versehentlich, nehme ich an. Andere schenken mir mit Apfelpo und definiertem Bauch freundlicherweise gute Gene und ein tägliches Workout. Für sie bin ich, wie ich weiß, nicht viel mehr als eine Ansammlung aus Linien und Umrissen, ein Stillleben aus Fleisch und Knochen. Ich könnte ebenso gut eine Schüssel mit überreifen Früchten sein oder ein abgesplitterter Holzblock. Eine halb volle Blumenvase oder ein Stapel staubiger Bücher. Sie können mich mit einer energischen Handbewegung wegradieren. Eben noch da, im nächsten Moment fort.

Wir haben uns angewöhnt, mit Niall nach Ladenschluss noch etwas zu trinken, aber mir tun heute die Füße weh, und ich will ins Bett.

Für dich, Babe, sagt Niall und füllt dein Schnapsglas auf. Rein damit.

Du lachst und tust es – sehr untypisch für dich.

Ihr habt euch in letzter Zeit oft gesehen. Als ich dich vor zwei Wochen auf deinen neuen Spitznamen ansprach, hast du nur verlegen gegrinst und gesagt, er nenne alle Mädchen so.

Er sieht mich an und hebt fragend die Flasche. Eve?

Nein, alles prima, danke, Boss (sein neuer Spitzname). Sollen wir los, Grace?

Ich denke, hier ist auch alles prima, sagt er und legt dir den Arm um die Schultern.

Deine Augen leuchten, entweder vor Glück oder vom Sambuca. Ich bleibe vielleicht noch ein bisschen. Sehen wir uns morgen?

Sicher?

Er küsst dich auf die Wange.

Sie lacht wieder.

Er blickt mich an, wiederholt sein Angebot aber nicht. Bis dann, Eve.

Es ist Heiligabend, für ein paar Tage meine letzte Chance, Suzon zu besuchen; die Galerie hat am Fünfundzwanzigsten und Sechsundzwanzigsten geschlossen, was ich ziemlich egoistisch finde. Es mag ja sein, dass sich manche Leute gerne zu Hause einschließen, trockenen Truthahn verschlingen und diesen mit eimerweise Rotwein nachspülen. Aber es gibt auch Menschen, die es genießen, sich an lamettafreien Orten aufzuhalten. Und jemanden zum Reden zu haben, wenn sie es plötzlich brauchen.

Apropos. Annie hatte vergangene Woche kurzfristig eine Verabredung zum Lunch, deshalb hatten Molly und ich auch eine.

Annie stand im Flur des Hauses und riss mit gespieltem Entsetzen Augen und Mund auf, als sie mir verriet, dass es sich um ihr zweites Date handele.

»Mummy, warum hast du denn Angst?«

»Oh, Moll, das war nur ein Witz.« Sie streichelte ihrer Tochter die Wange und steuerte auf die Tür zu. »Wenn du lieb bist, macht Eve dir vielleicht Fischstäbchen.«

In der Küche fragte ich Molly, ob sie wisse, wo die Fischstäbchen wohnten.

Sie kicherte. »Im Tiefkühlschrank natürlich.«

»Und was möchtest du dazu? Erbsen vielleicht?«

»Ja, Erbsen. Bitte.«

Ich knetete die eiskalte Tüte in meinen immer tauber werdenden Händen, während ich versuchte, zu Klumpen gefrorene Erbsen durch ein zu kleines Loch in einen Topf zu geben. Irgendwann gab ich auf und knallte die Tüte ein, zwei und ein drittes Mal auf die Theke, bis die Erbsenbrocken sich gelöst hatten. Eins zu null für Eve.

»Also gut. Wie viele Fischstäbchen schaffst du normalerweise? Eins, zwei oder zehn?«

Sie kicherte wieder. »Zwei.«

»Okay. Und welche Tür von dem AGA benutzt deine Mum sonst?«

Nun hielt sie mich für völlig bescheuert. Vor lauter Kichern konnte sie nicht mehr sprechen.

»Je länger du brauchst, um es mir zu sagen, umso länger dauert es, bis du diese Dinger hier kriegst.« Ich wedelte mit zwei Stäbchen vor ihrer Knopfnase herum.

»Die da!«, sagte sie und deutete auf die oberste Tür.

»Danke«, sagte ich, schob die Ofenform hinein und stellte den Zeitmesser auf fünfzehn Minuten ein. Henry wurde durch das Ticken wach und drehte sich ein paarmal auf seinem Platz, ehe er sich mit dem Rücken zum Herd wieder niederließ, um das Geräusch auszublenden. »So, was jetzt?«

Ich sah mich um und ertappte Molly dabei, wie ihre kleinen Finger durch das Loch der Tüte griffen und wie mit einer Pinzette einzelne Erbsen herausfischten, um sie sich auf die Zunge zu legen, grün auf rosa.

»Nicht zu kalt?«

»Ich mag gefrorene Erbsen.«

Ich steckte ebenfalls meine Finger hinein und holte auch zwei heraus. »Ich auch.«

Ich beschließe, einen essbaren Beitrag zum Weihnachtsfest von Max' Familie zu leisten, was vermutlich keine besonders gute Idee ist, weil seine irische Mum eine Wahnsinnsköchin ist und alles, was ich backe, im besten Fall annehmbar schmeckt. Dennoch kann ich nicht mit leeren Händen aufkreuzen. Ehe ich mich also auf den Weg zur Galerie mache, sprinte ich rasch in den Laden an der Ecke und kaufe die Zutaten, die ich laut Fernsehköchin Nigella Lawson für weihnachtliche Schokokekse brauche – angeblich ›kinderleicht zu machen‹.

Für manche vielleicht. Mitten im Herstellungsprozess, bei dem mehr Kakao auf mir und dem Boden landet als in der

Schüssel, mache ich ein Selfie. Ich erwäge, es Max mit dem Kommentar »Sieh nur, was du mit mir gemacht hast« zu schicken. Ich trage Karinas geblümte (und erstaunlich mädchenhafte) Schürze, und als ich mir das verschwommene Bild ansehe, muss ich lachen: Eve, »plötzlich Hausfrau«! Doch dann schüttele ich den Kopf. Und lösche das Bild.

Inzwischen weiß ich auch, warum Nigella die Kekse »dunkle, fette Fladen« nennt. Als meine in den Ofen gehen, sehen sie tatsächlich aus wie kleine Kuhfladen, und heraus kommen sie rissig und ungleichmäßig. Nigella versichert mir aber, dass das genau das »urige, selbst gebackene« Aussehen ist, das sie so liebt, daher lasse ich die Kekse ohne Bedenken vom Blech auf das Kuchengitter rutschen. Erschöpft von der Anstrengung, beschließe ich, dass der Guss bis heute Abend warten kann.

Marjorie putzt sich gerade die Nase, als ich durch die Glastür trete. Sie blickt peinlich berührt auf, erkennt mich und macht weiter.

»Schlimm, diese Jahreszeit«, sage ich.

»Hm.« Sie stopft das Taschentuch in ihren Ärmel, und ich möchte gar nicht daran denken, was da alles herausgedrückt wird. »Sieben Pfund.«

Als ich in Mollys Alter war, hatte ich eine Freundin namens Suzie, die sich die Nase immer mit weichen Papiertüchern putzte. Ihre Mutter hatte ihr gesagt, sie solle sie zur Aufbewahrung in ihr Oberteil stecken. Als ich beim Mittagessen einmal selbst eine verstopfte Nase hatte, zog sie heimlich eins hervor und reichte es mir unter dem Tisch weiter. Ich fühlte mich, als hätte sie ein Geheimnis mit mir geteilt.

»Sie haben da was am Kinn«, sagt Marjorie.

»Ich weiß«, lüge ich und widerstehe dem Drang, es sofort wegzuwischen. »Ich habe gebacken.«

»Drei Pfund zurück«, sagt sie und niest.

»Danke.« Ich lasse die Münzen in meine Tasche fallen. Flach atmend wende ich mich ab und steige mit der Hand am glatten Geländer die Treppe hinauf.

Ob Suzon sich auch lieber Suzie genannt hätte? Das Gesicht meiner Schulfreundin war extrem blass bis auf einen dunklen bananenförmigen Fleck auf ihrer linken Wange – ein Muttermal, erklärte sie – und mehr Sommersprossen, als man sich vorstellen kann. In einer anderen Mittagspause, während der wir wegen anhaltenden Regens drinnen bleiben mussten, spielten wir auf ihrem gesamten Unterarm von der Spitze des Mittelfingers bis zu ihrem Ellenbogen (den wir Musikknochen nannten) »Punkte verbinden«, bis unsere Lehrerin uns erwischte und anbrüllte, wir sollten sofort alles abwaschen. Die arme Suzie – ihr Arm war den ganzen Nachmittag noch fleckig rot und geschwollen, schlimmer noch als ihre Nase. Aber wir kicherten hinter vorgehaltener Hand. Niemand wusste, dass wir im Waschraum um ihren Bauchnabel herum neue Sommersprossenkonstellationen erschaffen hatten.

Doch, Suzie passt, denke ich, während ich durch die ersten beiden Räume gehe.

Es ist viel los heute: In jedem Raum, der zu meinem führt, stehen Leute. Ich nehme die Konkurrenz in Raum drei und vier in Augenschein.

Vor einem stillgelegten Kamin steht ein bärtiger Mann mit hässlichen orange-braunen Turnschuhen. Sein Schädel klemmt in einem klobigen Kopfhörer, und er scheint die Musik zu genießen. Mit dem Fuß tappt er rhythmisch zu dem blechernen Sound, der zwischen Hörmuscheln und seinen sonderbar langen Ohren entweicht. Dazu wischt er geistesabwesend über etwas auf seinem Handy. Mädels? Jungs? Beides? Ich versuche, aufs Display zu sehen, erkenne aber nichts. Direkt links daneben, aber in einem ganz anderen Universum, starrt eine Frau mit glänzendem Haar, das nach Haarspray riecht, so eindringlich Mrs. Gainsborough an, dass ich befürchte, sie könnte ihr ein Loch in die Stirn brennen. Entweder geht sie im Kopf eine wichtige Präsentation durch, die sie abzuliefern hat, oder sie analysiert ein unangenehmes Gespräch, das sie heute Morgen mit ihrer Mitbewohnerin geführt hat; diese Kosmetikerinnen brauchen immer so furchtbar lange im Bad.

In Raum fünf verdrehe ich die Augen, als ich sehe, wie ein Mädchen jedes einzelne Kunstwerk fotografiert. Sie widmet sich keinem länger als eine Sekunde, hält die Kamera drauf – Klick! –, dann weiter zum nächsten. Banausin. Ich gehe weiter zum Raum sechs und nicke dem dachsgesichtigen Wachmann zum Gruß im Vorbeigehen zu. Er wirkt irgendwie beunruhigt, macht den Mund auf, um etwas zu sagen, klappt ihn dann aber doch wieder zu.

Ich zwänge mich durch eine Wand aus Besuchern, die sich vor der Bardame gebildet hat, und setze mich vor dem Bild auf den Boden, ohne mich um das Tuscheln und das missbilligende Schnalzen zu kümmern. Und dann sehe ich es. Nichts. Ich sehe nichts. Eine nackte Wand. Suzon ist weg. Verschwunden. Die Bar ist fort. Nicht einmal eine Apfelsine als Trost ist geblieben. Die Blicke der menschlichen Wand sind auf ein anderes Gemälde gerichtet. Daneben steht ein Tourguide. Ich komme hastig wieder auf die Füße.

»Wo ist sie?« Ich stelle die Frage niemand Besonderem, und doch: »Miss.«

Ich drehe mich um und entdecke Dachsgesicht, der langsam und mit ausgestreckten Armen auf mich zukommt, als würde er sich einem wilden Tier nähern, das beim kleinsten Rascheln der Blätter die Flucht ergreifen könnte.

»Wo ist sie?«, frage ich wieder und blicke zwischen ihm und der leeren Wand hin und her. Die Luft vibriert in dumpfer Vorahnung. Der Tourguide spricht weiter.

Er sagt nichts. Deutet auf ein kleines laminiertes Schild mit einer dünnen schwarzen Umrandung. Eine Trauerkarte.

Ich trete an die leere Stelle, wo das Gemälde hängen müsste, und lese die klein gedruckten Worte:

Édouard Manet (1832–1883),
Bar in den Folies Bergère (1882)
Dieses Gemälde ist zurzeit an das Musée d'Orsay, Paris, ausgeliehen.

»Tut mir leid, Miss. Es wird in nur einem Monat wieder hier sein.«

Es? In einem Monat erst? Vier Wochen ohne sie?

»Miss?«

Einfach so ausgelöscht.

»Miss, kann ich etwas für Sie tun?«

Ich kann mich nicht erinnern, gegangen zu sein. Nur an das Gefühl der Schwere in mir.

Ich schleiche in dein Zimmer, um mir ein Buch zu leihen, und entdecke dich fest schlafend im Bett. Dein Haar ist nass und dein Gesicht rot und glänzend, als hättest du es zu fest geschrubbt. Ich hatte gedacht, dass du bei ihm übernachtest – ist etwas geschehen? Ich werde dich morgen früh danach fragen; es ist spät, und du bist sicher erschöpft. Einen Moment lang lausche ich, wie du ein- und ausatmest. Ganz ruhig und regelmäßig.

Ein Gefühl der Schwere, aber auch das einer schrecklichen Leere. Bei Grace war es dasselbe. Mit einem Mal war ich nur noch halb ausgeformt, unvollständig, ausgehöhlt. Eine Hälfte geteilter Erinnerungen, nur noch Fragmente und gespaltene Knochen.

Ich müsste heute Abend eigentlich in der Bar arbeiten – der typische Ansturm zu Heiligabend –, aber ich melde mich krank. Bevor ich ins Bett gehe, nehme ich das Blech mit Keksen und kippe sie für die Füchse draußen auf die Straße.

14

Mein Fenster geht hinaus auf den vernachlässigten Nachbargarten, hinter dessen klapprigem Zaun eine ruhige Straße liegt, die von Laternen gesäumt ist – Lieblingstreffpunkt einer Gruppe junger Kerle im Teenageralter, die alle hier in der Gegend wohnen. Ich spähe durch die Scheibe: keine Spur der großkotzigen Bürschchen heute Morgen. Wahrscheinlich packen sie alle ihre Geschenke aus – dafür sind sie dann doch noch nicht zu erwachsen. Der Älteste, auf dessen spitzem Kinn und den messerscharfen Wangenknochen der erste Flaum zu sprießen beginnt, kann kaum älter als fünfzehn sein. Ein anderer mit raspelkurzem Haar und stacheligen Piercings, die so gar nicht zu seinem weichen, jungenhaften Gesicht passen wollen, wohnt nebenan mit seiner alleinerziehenden Mutter. Ich nehme an, sie weiß nicht, dass ihr Sohn ein- oder zweimal pro Woche die Schule schwänzt, um sich hinterm Haus mit seinen Kumpels zu treffen. Sie ist nie zu Hause, um die wummernden Bässe aus den Lautsprechern zu hören oder den Geruch von Gras wahrzunehmen.

Ich sehe unseren Nachbarn von unten – dem der Garten gehört – so selten, dass ich mich nicht mehr an seinen Namen erinnern kann. Kein großes Problem, da ich ihn vermutlich nie jemandem vorstellen werde. In seinem Garten wuchert hohes dürres Gras, das sich vor einem einsamen Baum mit scheckiger Rinde und spitzigen Ästen verbeugt. Ein mechanischer Rasenmäher lehnt an der linken Seite des Zaunes, der die Parzelle von der nächsten abtrennt, aber es überrascht kaum, dass Alter und Rost ihm mächtig zugesetzt haben; wie dem gebrauchten Fahrrad, das Dads Nachbar mir überließ, als seine eigene Tochter bereit für ein barbie-pinkes Upgrade war. Daneben ein alter Grill in Form einer fliegenden Untertasse, der auf vier dürren Beinen steht, als sei er eben erst gelandet. Ein Hundenapf mit schleimigem Wasser und Moosklümpchen (einen Hund habe ich nie gesehen), ein klappriger blau-weiß gestreifter Liegestuhl und eine Wäscheleine mit Plastikklammern, die in unregelmäßigen Abständen frischer Wäsche harren.

Ich bilde mir ein, dass ich mich um meinen Garten kümmern würde, wenn ich einen hätte, auch wenn ich mich bisher nie für so etwas interessiert habe. Es wäre mein kleiner Privatpark, ein Stückchen freie Natur, das mir ganz allein gehörte. Dort wüchsen dann Pfingstrosen und Dahlien in Töpfen, und Max wäre auch da. Gemeinsam säßen wir bis spätabends auf der Bank, er mit einem kalten Bier und ich mit meinem Gin Tonic, den er für mich gemixt hätte. Er wäre da und ich glücklich.

Aber nicht heute. Ich stelle mir seinen Weihnachtsmorgen vor. Er, seine Eltern, sein jüngerer Bruder – nur die vier allein, ehe der Rest der Familie mit Bergen von Geschenken einfällt. Großeltern. Ein Trüppchen Cousins und Cousinen. Eine schräge Tante. Ein peinlicher Onkel – warum nicht?

Eine Freundin der Familie, die sonst niemanden hat? Das könnte ich sein. Ich versuche, ihren strahlenden Gesichtern entgegenzulächeln, und scheitere.

Ich blicke auf mein Handy, das mir eine Nachricht von Max meldet. Ich klicke sie an. *Hey, Fröhliche Weihnachten. Geht's dir besser? Freu mich auf dich. Komm ab Mittag wann du willst.*

Ich presse die Lippen zusammen und antworte prompt, ehe ich es mir anders überlegen kann: *sorry, mir geht's noch immer nicht gut*

Dann schicke ich hastig die Nachricht hinterher, die ich zuerst hätte schreiben sollen: *fröhliche weihnachten. ich wünsche dir einen tollen tag.*

Ich lasse ihm keine Zeit zu antworten, sondern ziehe Mums Pulli über die zwei Schichten, die ich gestern Nacht im Bett getragen habe, und tappe in die Küche. Ich trage warme Skistrümpfe, die bis zum Knie reichen (ich war zwar noch nie Skifahren, Bill aber schon). Der Durchlauferhitzer macht wieder Zicken, aber Karina ist zu dem Schluss gekommen, dass es eigentlich nur gut so ist, weil wir nun wenigstens kein Geld für etwas derart Flüchtiges wie Wärme verschwenden. Noch etwas Flüchtiges gefällig? Das Leben.

Ich mache mir eine Tasse löslichen Kaffee, lasse mich auf dem Sofa nieder, starre auf den welkenden Farn in der Ecke und frage mich, wie es Suzon gehen mag. Und wie Max wohl den Morgen verbringt. Ich überlege, ob er sauer auf mich ist und ich einen Fehler gemacht habe. Dann taucht Dad vor meinem inneren Auge auf, der mir jedes Weihnachten aus den falschen Gründen unvergesslich machte und mit einem leeren Blick oder einer volltrunkenen Bemerkung jegliche festliche Stimmung im Keim erstickte. Nein, es war die richtige Entscheidung.

Ich bringe ein halbes Lächeln zustande, als ich mir vorstelle, wie Max' Familie das Mittagessen vorbereitet. Ich sehe es förmlich vor mir. Ein Fest! Ein riesiger Truthahn, saftiges Fleisch, knusprige Haut und in Entenschmalz gebratene Kartoffeln, Rosenkohl mit gehackten Kastanien, Karotten in Honig, Würstchen im knusprig gebratenen Speckmantel und die berühmte Füllung seiner Mum mit kräuterigem Wurstbrät. Dazu Cranberry-Soße und Johannisbeergelee sowie eine samtig-sämige Brottunke und frisch gemachte Bratensoße, Zum Nachtisch ein traditioneller Weihnachtspudding, der flambiert und mit Vanilleeis, Rumsoße, Brandybutter oder allem drei serviert wird. Ich blicke auf den schlammigen Kaffeerest in meiner Tasse.

Der Boden unter meinen Füßen vibriert. Ich erspähe seinen Namen auf meinem Handydisplay, das grün aufleuchtet. Hi, Max, denke ich, nur um zu prüfen, ob meine Gedanken ihn erreichen. Wieder surrt es. Er ruft an, um nachzuhören, was los ist, und mich zu überreden, doch zu kommen. Ich schubse das Telefon mit meinem Fuß weg. Glaub mir, ich bin heute keine gute Gesellschaft.

Ich stehe abrupt auf, schalte das Radio ein und suche durch die knisternden Sender, bis ich etwas finde, das keine Weihnachtslieder oder den verfluchten Michael Bublé spielt, etwas, das mich ablenkt und meinen vernebelten Kopf klärt. Mein Handy surrt erneut, nur einmal kurz. Eine SMS. Oder vielleicht eine Sprachnachricht. Ich lasse mich wieder aufs Sofa sinken und ziehe die Knie an die Brust.

Doch mein Blick zuckt wieder zum Handy, ehe ich mich daran hindern kann; meine Finger um meine Schienbeine lockern sich. Ich schließe die Augen und stelle mir stattdessen vor, wie er meine Hände umfasst. In seinen wirken meine wie Kinderhände und fühlen sich weich und weiblich an. Seine Handflächen sind warm, aber nicht feucht. Ich halte eine an meine kalte Wange.

Einmal, als wie Teenies waren, kam Max Weihnachten mit einem mit Folie abgedeckten Backblech zu uns – seine Mum hatte »versehentlich« zwei Portionen Füllung gemacht. Ich werde nie vergessen, wie Dad ihm auf den Rücken klopfte, als er ihn zur Tür begleitete, und ihm sagte, er sei ein »guter Kerl«. Nicht wie die Jungs, die mir in Oxford begegneten. Oder die Mädchen. Bis auf eins. Hauptsache, du lässt dich nicht auf diese kreativen Typen ein, sagte mein Vater zu mir, als ich eines Abends von der Schule kam und ihm, inspiriert von meiner tollen Lehrerin, verkündete, dass ich Kunstgeschichte studieren wolle. Denen kann man nicht trauen, sagte er traurig und schüttelte den Kopf. Die sind alle gleich. Ich nehme an, er hat meine Mutter gemeint.

Ich muss etwas essen. Ich recke meinen Hals und fixiere den Jungen hinter der Theke in der Hoffnung, damit unsere Bestellung zu beschleunigen.

Findest du auch, dass Niall gestern Abend irgendwie komisch zu mir war?

Ich seufze und stütze mein Kinn auf, während ich überlege, wie ich dir sagen soll, was ich denke, ohne dich vor den Kopf zu stoßen.

Eve?

Ja, das fand ich auch, sage ich.

Vielleicht war er müde.

Vielleicht. Oder verärgert wegen des Fußballspiels. Oder hatte Hunger. Oder vielleicht ist er auch einfach so.

Einmal Grillkäse und ein Bagel mit Räucherlachs und Frischkäse?

Danke, sage ich, schiebe den Bagel zu dir und erhasche einen Blick auf deine gesenkten Lider. Hör mal, Grace, vielleicht solltest du ein bisschen Abstand halten. Ich weiß nicht so recht, was ich von ihm denken soll, was er so sagt, wie er manchmal mit dir umgeht. Vertraust du ihm?

Du nicht?

Willst du eine ehrliche Meinung?

Du antwortest nicht. Stattdessen pulst du die Kapern aus deinem Bagel und sagst, ach, es wird schon alles gut sein.

Ich zwinge mich in die Dusche und drehe den Temperaturregler herunter. Ich schnappe nach Luft, als ich unter das eiskalte Wasser trete, widerstehe aber dem Impuls, direkt wieder hinauszuspringen. Ich atme durch die Nase ein und durch den Mund aus, wie Youla mir mit ihrem rauchigen fremdländischen Akzent (griechisch, glaube ich) in der Weisheit der Yogis raten würde. Nach einer Weile habe ich mich an die Kälte gewöhnt und stehe schließlich eine geschlagene Viertelstunde unter der Brause. Als ich herauskomme, greife ich nach meinem Handy und halte, ohne auf das Display zu blicken, die Powertaste gedrückt.

Karina hat mir heute Morgen in aller Frühe geschrieben, wo sie mein Weihnachtsgeschenk versteckt hat; wahrscheinlich war sie überzeugt, dass ich vor lauter Neugier mit dem

Auspacken nicht hätte warten können, wenn sie es mir vor ihrer Abreise ausgehändigt hätte. Bevor ich zu einem Spaziergang aufbreche, betrete ich ihr Schlafzimmer und wühle, wie angewiesen, in ihrem Schrank herum. An der Innenseite der Tür stecken Fotos ihrer Freunde, von denen ich die meisten nicht kenne. Das Mädchen mit dem Neckholder-Top und den Kringellocken habe ich noch nie gesehen. Genauso wenig wie den Kerl mit dem Hipsterbeanie und der flusigen Gesichtsbehaarung, dem eine Zigarette zwischen den Lippen baumelt. Der Typ dagegen, der dem Fotografen mit einem Bier zuprostet, kommt mir irgendwie bekannt vor, aber das brünette Fashion Victim, das sich an ihn ranschmeißt, ist mir definitiv noch nie begegnet. Karina ist auf ungefähr fünf der Fotos zu sehen. Mit ihren langen, dünnen Beinen wirkt sie wie Bambi. Ist das Bill da, knapp über dem Türgriff? Der mit den sandfarbenen Haaren und dem weißen T-Shirt, den sie gerade küsst? Erstaunlich fotogen.

In der unteren rechten Ecke liegt auf ein paar Schuhkartons ein weiches, eckiges Paket in lila Geschenkpapier mit einer farblich passenden Schleife. Ich hole es hervor und reiße es auf, sodass es lila Papierfetzen regnet. Im Inneren: ein seidiger Morgenmantel.

In unserem Wohnblock herrscht die Art von Stille, wie man sie beim Tauchen in einem Pool erlebt. Als ich die Haustür abschließe, die sich genau in der Mitte des schroffen Backsteingebäudes befindet, blicke ich nach links und rechts, um zu sehen, ob bei den Nachbarn Licht brennt. Die verhangenen Fenster jeder Wohnung haben dieselbe graue Farbe wie die Eingangstüren. Entweder sind die Bewohner bei gedämpftem Licht in ihren Wohnzimmern vollgefuttert vor irgendeinem Weihnachtsfilm eingeschlafen, oder sie sind auf Besuch bei ihren Lieben. Denn jeder hat doch jemanden: Familien zum Feiern, Freunde zum Beschenken, zukünftige Ehefrauen oder -männer zum Flirten. Man verbringt gerne Zeit miteinander, weil man einander guttut. Soweit ich das sehe, bin ich weit und breit die Einzige hier.

»Oh, von dir natürlich ganz abgesehen«, sage ich und zwinkere der steinernen Kröte vor unserer Haustür zu. Ein einsilbiges Lachen. Ich konnte noch nie zwinkern, ohne die ganze Gesichtshälfte zu zerknittern. Ich versuche es dennoch erneut. Krampf.

»Diesmal nichts vor an Weihnachten?«

Sie starrt mich mit ihren Glupschaugen zwischen schweren Lidern und dicken Tränensäcken an. Ihre Lippen sind lang und dünn.

»Ich verstehe. Du bist auf dich allein gestellt.«

Nichts, nicht einmal ein Blinzeln.

Karina und Bill haben die Kröte hier schon vorgefunden, als sie die Schlüssel zu ihrer neuen Wohnung abholten. Der ehemalige Besitzer muss sie vergessen oder absichtlich zurückgelassen haben.

»Na, dann noch einen schönen Tag.«

Wie die personifizierte Schwermut hockt sie seitdem hier vor der Tür.

Wir haben keine weiße Weihnacht, aber ich beschwere mich bestimmt nicht darüber. Wann immer der Himmel beschließt, es schneien zu lassen, ändert er eine Stunde später unweigerlich seine Meinung, woraufhin man hier unten am Boden knöcheltief durch Matschberge stiefelt. Die Luft ist eiskalt, fühlt sich aber nach so vielen Stunden drinnen gut an. Ein Weihnachtsspaziergang – das macht man doch so.

Ich biege links auf die Fentiman Road, die von Reihenhäusern gesäumt wird, und schaue im Vorbeigehen in die Fenster. Aufgereihte Weihnachtskarten, glitzernde Lichter, festlich verpackte Geschenke. Knallbonbons, Späßchen, Scharade. An den meisten Türen hängen Kränze aus getrockneten Blumen in Silber, Rot, Grün und Blau – vermutlich künstlich. Die Straße sieht aus, als schickte sie Signale an ein Schiff in der Ferne: An den Häusern zwölf, vierzehn und achtzehn blinken Lichterketten.

Ich höre das Fentiman Arms – ein Lieblingspub von Karina und Bill –, bevor ich es erreiche. Diverse Familien genießen Weihnachtsessen, das gehetzte Köche für sie zubereiten, die deswegen nicht bei ihren Familien sein können. Die Sonne verabschiedet sich, und Kälte umarmt den goldenen Schein aus dem Pub. Ist das ein offenes Feuer? Eine Frau mit honigblondem Haar erinnert mich an Annie.

Ich versuche, mir ihren Tag vorzustellen. Mit ihrem Mann, oder Ex-Mann, damit Weihnachten für Molly so normal wie möglich abläuft. Ich sehe Annie vor mir, wie sie gute Miene zum bösen Spiel macht. Und ihre Tränen zurückhält, bis sie einmal mehr eine Chance hat, aufs Klo zu flüchten. Ich spüre ein feines Reißen in meiner Magengrube, als bliebe man mit der Haut in Stacheldraht hängen. Was, wenn Molly die Spannung spürt? Ein kaputtes Glas oder etwas vergossener Rotwein dürfte reichen, um die angestrengte Heiterkeit aus dem Gleichgewicht zu bringen. Um aus Fröhlichkeit Drama zu machen. Bei uns geschah es immer, wenn wir uns zum Essen hinsetzten. Warte, Dad, du musst doch deinen Papphut aufsetzen! Stuhlbeine schrammten, Schritte erklangen, Türen knallten. Und ich saß allein da, knetete meine Finger im Schoß und sah zu, wie das Essen kalt wurde.

Als ich nach Hause komme, ziehe ich alle Vorhänge zu, um die Außenwelt draußen zu halten, und mache mir eine Flasche Rotwein auf. Ich lese in meinem Buch über ein trauriges, einsames Mädchen, das beschließt, ein Jahr lang zu schlafen, und überlege, ob ich nicht seinem Beispiel folgen soll. Nach zwei oder drei Gläsern knicke ich die Ecke der Seite um, auf der ich gerade bin, klappe das Buch zu und greife nach meinem Handy, das unter dem Couchtisch liegt. Ich schalte es ein. Eine Nachricht von Max. *Ich hoffe, es geht dir gut. Ruf mich an, wenn du reden willst.*

Außerdem zwei SMS von Annie. Ich trinke einen Schluck, wische mir den Mund mit dem Handrücken ab und lese.

Die erste: *Frohe Weihnachten von mir und Molly! A*

Die zweite enthält ein Schneemann-Emoji, wahrscheinlich von Molly.

Ich lächle und tue es noch immer, als ein paar Sekunden später Karina anruft. »Frohe Weihnachten«, rufe ich ausgelassen.

»Ja, dir auch.«

Sie klingt komisch.

»Alles okay?«, frage ich.

»Was denkst du denn, Eve?«

Eine beklemmende Furcht beginnt an meinen Fingern und Zehen zu knabbern. Bitte nicht.

»Weißt du, aus irgendeinem Grund stört es mich gar nicht besonders, wenn du meine Sachen nimmst. Meinen Schmuck, den Morgenrock, meinen Lippenstift.«

Ich will etwas sagen, aber sie spricht schon weiter.

»Aber sich meinen Freund zu nehmen, geht einen Schritt zu weit.« Sie beginnt zu schluchzen.

»Karina …«

»Nein«, sagt sie schniefend. »Ich bin noch nicht fertig.«

Ich schließe die Augen. Verfluchte Scheiße, Bill. An Weihnachten?

»Wir haben dich für die Hälfte von dem, was wir eigentlich nehmen dürften, bei uns wohnen lassen. Wir haben uns Mühe gegeben, um dir Freunde zu sein, nicht nur Mitbewohner. Wir haben dein Gejammer und deine Launen ertragen und immer wieder hingenommen, dass du dich ständig rausziehst, wenn wir mit dir reden wollen. Tja, und wofür das Ganze?«

Sie weint jetzt richtig, und das tue ich auch. Mit heiserer Stimme sage ich ihr, wie leid es mir tut.

»Ja, mir auch.«

»Gott, Karina, es war nichts. Weniger als nichts.« Als sie nicht reagiert, füge ich hinzu: »Wir waren betrunken.«

Sie lacht, aber nicht fröhlich. »Das ist eine jämmerliche Ausrede, und das weißt du.«

Natürlich weiß ich das, aber das hier darf nicht sein. »Karina, bitte, es tut mir wirklich leid. Ich mach es wieder gut.«

»Es war sowieso an der Zeit, dass du ausziehst.«

»Aber …«

»Würdest du also bitte deine Sachen packen?«

»Können wir nicht …?«

»Noch heute, Eve. Wir haben umdisponieren müssen und kommen heute Nacht zurück.«

Als ich nichts sage, fügt sie hinzu: »Ich will dich nicht mehr sehen, wenn wir nach Hause kommen, okay?«

»Okay.« Ich zupfe so fest an der Nagelhaut, dass es blutet.

Ich brauche nicht lange, um zu packen; ich besitze ohnehin nicht viel und beschränke mich auf das Nötigste. Mit Absicht lasse ich den Picasso hängen und die Bücher im Regal, weil ich hoffe, dass ich dadurch doch noch zurückkommen und die Dinge ins Lot bringen kann.

Auf der Straße rufe ich ein paar Freundinnen an, aber entweder nehmen sie nicht ab oder erklären mir mit einem Hauch von Bedauern in der Stimme, dass sie keinen Platz haben. Annie rufe ich nicht an, weil sie ohnehin schon genug Sorgen hat, oder Max, weil ich es nicht über mich bringe, ihm zu erklären, was passiert ist. Ich habe keine Ahnung, wie er reagieren würde. Würde er mich in Schutz nehmen? Wäre er enttäuscht, wütend, eifersüchtig? Vielleicht würde er unangemeldet in Vauxhall auftauchen und Bill zum Duell herausfordern.

Ich steuere auf die U-Bahn zu, bis mir einfällt, dass sie heute nicht fährt. Zwei Uber sagen mir ab. Das dritte kommt eine Viertelstunde später. Der Fahrer ist gesprächig. Ich wende mich ab und blicke aus dem Fenster. Weihnachtslieder im Radio.

Bis wir Finsbury Park erreicht haben, ist es zehn Uhr. Es wäre stockdunkel, gäbe es nicht die vielen Autos und Kebab-Läden mit greller Beleuchtung. Wir biegen von der Hauptstraße ab und fahren durch ruhigeres Wohngebiet zur Adresse meines Vaters. Das Wohnzimmer geht zur Straße, und durch die herabgelassenen Jalousien kann ich den sanften Schimmer der Lampe ausmachen, die über seinem Sessel leuchtet.

»Fröhliche Weihnachten Ihnen«, sagt der Fahrer, als ich, ohne mich zu bedanken, aussteige.

Ich bleibe eine Weile unschlüssig vor der Haustür stehen, bis ich mir sage, dass ich keine Wahl habe. Ich habe etwas vor, von dem ich schon früh gelernt habe, es nicht zu tun: Ich werde meinen Vater um Hilfe bitten müssen. Ich drücke auf den Metallknopf, lange, aber er taucht nicht auf. Ich versuche den Klopfer. Auch nichts. Ich taste unter dem Blumentopf, Terrakotta-Imitat, über den sich vom Rand bis zum Boden ein schartiger Riss zieht, und finde den Ersatzschlüssel. Nach kurzem Zögern schließe ich auf.

Der Geruch ist beinahe unerträglich. Eine beißende Mischung aus muffigem Teppich, Schnaps und Schweiß. Es wäre gar nicht übel, wenn mein Vater sich das Rauchen angewöhnen würde. Zigarettenqualm ist besser als körperliche Ausdünstungen.

Nichts hat sich geändert, seit ich vergangenen Sommer hier war. Die Garderobe ist leer bis auf seine schäbige Barbourjacke, die vor Alter glänzt und an Saum und Ärmeln abgestoßen ist. Die wellige Tapete löst sich an einigen Stellen wie ein einmal geöffneter Briefumschlag, dessen Kleber nicht mehr halten will. Unbeachtete Post sammelt sich auf der Fußmatte. Ich lasse meine Taschen fallen und gehe die Briefe durch, falls etwas dabei ist, das an mich adressiert ist. Ich gebe mein Vorhaben auf, als ich einen Modekatalog für Frauen sehe – ohne Namen, aber eindeutig an meine Mutter gerichtet –, und reibe mir über die Brust, um den Schmerz loszuwerden. Manchmal kann ich es ihm nicht verübeln, dass er versucht, seinen zu ertränken. Ich beginne, meinen Mantel zu öffnen, überlege es mir aber anders. Als ich mit den Fingern über die Heizung streiche, ist sie eiskalt.

Die Tür zum Wohnzimmer ist geschlossen, also schleiche ich daran vorbei in die winzige Küche. Auf jeder verfügbaren Freifläche stehen leere oder halb leere Dosen Cider und schmutzige Teller mit braunen Soßenresten, Krümeln und erstarrten Fettpfützen in schmierigem Orange. Um den Treteimer, der vor Müll überquillt, haben sich leere Whiskyflaschen versammelt, daneben eine Mausefalle ohne Käse. Ich werfe einen Blick in den Kühlschrank: nichts außer weiteren Ciderdosen, ein halb vertilgtes Paket von diesem Kinderschinken, der aussieht, als sei er aus Kunststoffteilen hergestellt, und verschiedenen Soßen. Im Schrank Dosen mit Tomatensuppe und Baked Beans. Der Kalender an der Wand ist im Juli stehen geblieben; kein einziger Eintrag bis auf den zweiten Mittwoch, an dem in meiner Handschrift *Neun Uhr Arzttermin – bitte nicht vergessen!* steht. Ich verziehe das Gesicht und blättere zum Dezember um.

Die alten Federn in seinem Sessel ächzen; vielleicht hat er mich ja gehört. Ich wende mich zum Flur um und wappne mich. Eine Minute verstreicht, ohne dass etwas geschieht. Offenbar hat er sich nur anders hingesetzt. Ich wasche mir die Hände, obwohl es keine Seife gibt und ich nichts angefasst habe, und setze mich in Bewegung, um ihn zu begrüßen.

Ich klopfe an die Tür, ehe ich den Knauf drehe. »Dad?«

Er schläft tief und fest vor dem abgeschalteten Fernseher. Seine Beine sind ausgestreckt, die Fußknöchel gekreuzt; wenn er nicht ausgebeulte schmutzig grüne Cordhosen und seine löchrigen Pantoffeln tragen würde, könnte die Haltung als elegant durchgehen. Seine Ellenbogen liegen auf den abgewetzten Armlehnen, seine Hände umklammern seinen Lieblingsbecher, der auf seiner Plauze ruht. Wie üblich ist sein Gesicht dunkelrot, als gäbe es ein Leck in seinen Kapillaren, die pflichtschuldig Blut unter die Haut pumpen. Unter seinen Augen sind krakelige Linien in dunklerem Farbton zu sehen, Zeugen von weiteren geplatzten Gefäßen.

»Dad?«

Seine Nase zuckt, als käme der üble Geruch von mir. Winzige graue Haare sprießen aus seinen Nasenlöchern. Sein Kopfhaar ist seltsamerweise noch ziemlich dunkel. Es hätte einen Schnitt nötig gehabt.

»Dad!«

Diesmal fährt sein gesamter Körper zusammen. Er schlägt seine Augen auf, die, wie ich finde, immer freundlich wirken – selbst wenn sie blutunterlaufen sind.

»Evie.«

Nur er nennt mich so.

»Was für eine nette Überraschung.«

Trotz allem spüre ich ein Brennen in den Augen.

»Was machst du denn hier?«, fragt er und hievt sich in eine etwas aufrechtere Position, ohne den Becher auf seinem Bauch loszulassen.

»Ich brauche ein Dach überm Kopf, Dad.«

Noch nicht zufrieden, rutscht er weiter herum.

»Dad?«

»Hm? Was ist denn?«

»Ich …« Ich stocke. Ich will nicht weinen. »Ich brauche ein Dach überm Kopf.«

»Und was ist mit deiner WG?«

»Ich musste gehen.«

»Wieso?« Er legt den Kopf schief – eher verwirrt als betroffen.

»Spielt das eine Rolle?«

Er murmelt etwas über die verklumpte Polsterung, stemmt sich noch einmal hoch und sitzt endlich still. Er hebt den Becher an die Lippen, dann späht er stirnrunzelnd hinein. Und stöhnt.

»Dad?«

»Was ist denn, Eve?«

Ich kämpfe die wachsende Verzweiflung nieder. »Ich kann nirgendwo sonst bleiben.«

Er blickt mich mit Augen an, die in die Ferne starren. Dann seufzt er laut und reibt sich über das unrasierte Kinn und abwärts bis zu seiner Brust. »Oje.«

»Was soll das heißen – oje?«

»Oje, dass du nirgendwo sonst bleiben kannst.« Er klingt so traurig, als sei das wirklich tragisch, dann nimmt er die Fernbedienung.

Wieder brennen Tränen in meinen Augen, und lange kann ich sie nicht mehr zurückhalten. »Es ist Weihnachten, Dad.«

»Hör mal, Spätzchen, du findest bestimmt was.«

Fast unhörbar frage ich: »Hier?«

Er bläst die Backen auf. »Ich weiß bloß nicht, wo du hier schlafen willst. Du weißt, wie das ist. Ich hatte noch keine Möglichkeit, um …«

Ich wende mich ab; fast gleichzeitig setzen Stimmen aus dem Fernseher ein. Irgendeine Gameshow, in der es nur einen Sieger geben kann.

»Evie?«

Ich wende mich wieder zu ihm um.

Er blickt auf den Bildschirm.

»Ja?«

»Hol mir doch bitte Nachschub, ja?«

In meinem Kopf schreie ich, doch meine Lippen bewegen sich nicht, kein Laut kommt heraus.

»Wärst du so lieb, Evie?«

»Mach's gut, Dad.«

Eine Stunde später bin ich in Kilburn. Als letzte Möglichkeit habe ich Paul angerufen, aber er ist nicht drangegangen – was wahrscheinlich nur gut war, außer dass er jetzt vermutlich glaubt, ich hätte es im betrunkenen Zustand getan. Warum sonst an Weihnachten?

Max' Lichter sind aus. Er muss schon im Bett sein. Allein oder mit jemandem? Während ich draußen in der Kälte stehe, entwirren sich meine Gedanken. Nein, wir haben noch nicht »darüber« geredet, aber so ist Max nicht. Ich ermahne mich, mich zusammenzureißen, und drücke auf die Klingel.

Ein paar Sekunden später ertönt seine etwas benommene Stimme. »Ja? Wer ist denn da?«

»Ich bin's.« Ich ringe mir vor der Sprechanlage ein Lächeln ab, falls es hier eine Kamera gibt. »Eve.«

»Eve?« Nicht überraschend klingt er überrascht. »Komm hoch.« Als die Tür sich öffnet, erinnert er mich daran, dass er im zweiten Stock wohnt.

Ich transferiere beide Taschen in eine Hand, damit sie nicht gar so verdächtig aussehen, aber es funktioniert nicht. Sobald Max mich sieht, macht er ein langes Gesicht.

»Was ist passiert?« Er trägt einen Pulli und eine dunkelblaue Jogginghose, ähnlich wie die, die Bill anhatte, als wir Mist gebaut haben. Sein Haar ist zerzaust, und obwohl er die Augen weit aufgerissen hat, kann man ihnen den Schlaf ansehen. »Eve?«

Ich versuche, erst eine Tasche, dann die andere loszulassen, aber es geht nicht. Ohne Vorwarnung beginnen die Tränen zu strömen. Er tritt hastig vor und nimmt mir das Gepäck ab.

»Danke«, sage ich, biege die Finger auf und reibe die Hände, um die Striemen von den Griffen auszubügeln, dann wische ich mir die Tränen von den Wangen, während ich überlege, wie ich es formulieren soll. »Karina und ich haben uns gestritten.«

»Und sie hat dich rausgeworfen?« Er zieht die Augenbrauen hoch – entweder ungläubig oder mitleidig. »Das muss ja ein übler Streit gewesen sein. Ist sie nicht in Norwegen?«

»Das war es. Ist sie. War sie.«

Wir stehen noch immer an seiner Tür; vielleicht hat er ja doch eine andere Frau bei sich. Neue Tränen fließen über.

»Okay, komm rein.« Mit meinen Taschen in der Hand tritt er zur Seite, dann schließt er die Tür hinter mir. »Willst du was essen oder trinken? Ein Bad?«

»Ich glaube, ich muss einfach nur schlafen.«

»Kein Problem.« Er setzt sich in Bewegung, hält aber wieder inne. »Ich kann auf dem Sofa schlafen, wenn du eine Tür zumachen willst.«

»Wenn es in Ordnung für dich ist, wäre ich lieber bei dir.«

15

Am nächsten Morgen brauche ich einen Moment, um mich zu erinnern, wo ich bin. Das Licht ist anders; dank einer aufdringlichen Straßenlaterne, die sich ans Fenster drängt, ist es heller. Auch die Temperatur ist anders, wärmer, als sei die Heizung bereits an. Es könnte allerdings auch an Max neben mir liegen.

Ich wünschte, ich wäre direkt hierhergekommen. Und niemals zu Dad gegangen. Auch wenn ich es nicht wirklich geglaubt habe, habe ich mir bisher immer noch einreden können, dass ich ihm etwas bedeute und er für mich da wäre, wenn ich ihn wirklich bräuchte. Ich versuche, heftig blinzelnd die Erinnerung zu löschen – die alte Angewohnheit, die sonst so gut funktioniert hat, ist offenbar defekt.

Ich höre ein Maunzen. Ich schlüpfe aus dem Bett und trete lautlos ans Fenster. Eine schmuddelige Katze ist an der Backsteinmauer bei den Müllcontainern, die von den Bewohnern des Gebäudes gemeinschaftlich genutzt werden, auf der Pirsch. Sie hält inne, duckt sich plötzlich tief, das Hinterteil leicht erhöht, und fixiert die (für mich) unsichtbare Beute. Maus? Ratte? Käfer? Biene? Tu es nicht, die sticht! Zu spät. Die Katze schnellt vor, springt durch die Luft und landet mit der Anmut einer Primaballerina. Eine kurze Pause, dann stolziert sie weiter; ihre Würde scheint keinen Schaden genommen zu haben. Keine Spur des potenziellen Opfers.

»Eve? Was gibt's da zu sehen?«

Ich wende mich zu Max um, der sich auf einen Ellenbogen gestützt hat und schlaftrunken blinzelt.

»Tut mir leid«, sage ich und kehre unter die Decke zurück. »Ich habe eine Katze gehört.«

»Hm. Rot oder schwarz?«, fragt er, schlingt einen Arm um meine Taille und schmiegt sein Gesicht zwischen meine Schulterblätter.

»Schwarz.«

»Ah, der Kater. Der stromert immer zwischen den Mülltonnen herum. Die Rötliche ist ein bisschen scheuer.«

Ich gähne, kuschele mich in die Decke und konzentriere mich auf seinen Atem auf meiner Haut.

Ehe Max ins Fitnessstudio geht, macht er uns beiden Kaffee.

Ich bin ewig nicht in seiner Wohnung gewesen – seit kurz nach seinem Einzug nicht mehr. Für die Anzahlung ist all sein Gespartes und ein kleines Erbe draufgegangen, und nun zahlt er eine fette Hypothek ab. Mit Möbeln, die wahrscheinlich zum größten Teil von IKEA stammen, ist ein angenehmer, frischer skandinavischer Look mit viel Holz und verschiedenen Grau- und Cremetönen entstanden. Blaue Kissen auf dem Sofa sorgen für Farbtupfer, genau wie die Zimmerpflanzen, von denen eine hinter dem für Jungs typisch großen Fernseher aufragt. Zwei Drucke an der Wand. Auf dem Boden ein Kelim. Ein kompaktes Bücherregal, in dem noch Platz ist. Leise Hoffnung steigt in mir auf.

»Ich weiß, es ist noch ausbaufähig«, sagt Max und sieht mich unverwandt an, um meine Reaktion einzuschätzen, »aber es wird.«

»O Max, es ist toll. Ich bin beeindruckt, wirklich.«

Er lächelt und nickt. »Ich weiß nicht, was du zum Frühstück isst, aber es sind Cornflakes da, und Brot gibt es auch.«

Ich folge der Richtung seines ausgestreckten Fingers und nehme eine riesige Schachtel Shreddies aus dem Regal neben dem Kühlschrank; es ist die 1-KILO-FAMILIENPACKUNG, wie ein gelbes Banner verkündet. Ich schütte etwas in die Schale und fange an zu knabbern.

Max sieht mich an, als hätte ich nicht mehr alle Tassen im Schrank.

»Was ist?«

Er lacht. »Nichts. Ich hatte vergessen, dass du ja keine Milch magst.«

»Und? War Weihnachten schön?«

»Ja, wir hatten Spaß. Es wäre noch schöner gewesen, wenn du auch gekommen wärst.«

Ich nicke und lächle angespannt, als ich mir die Zusammenkunft seiner Familie vorstelle: die Herzlichkeit, das freundliche Chaos. Die Geräuschkulisse aus Geplauder und Gelächter. Anheimelnde Gerüche in der Luft. Ich denke an das Schweigen zwischen Dad und mir, das nur durch sein kehliges Husten unterbrochen wurde. Der Geruch von Whisky, der mir entgegenschlug, als er sich in seinem Sessel nach vorne beugte. »Das wäre bestimmt toll gewesen.«

Ein paar Sekunden verstreichen. Ich überlege, ihn zu fragen, wo sein Studio ist. Oder was er heute trainieren will.

Irgendetwas, um von der Frage abzulenken, die natürlich jetzt kommen wird.

Prompt verengt er die Augen. »Erzählst du mir denn, was passiert ist?«

Ich schaufle mir ein paar Shreddies in den Mund, um Zeit zu schinden.

Er reicht mir meinen Kaffee und wartet ab.

Ich fange an, an meiner Nagelhaut zu zupfen. »Kann ich nicht. Es tut mir leid.«

Ein Hauch Enttäuschung in seiner Miene, dann: »Okay. Du musst es ja nicht mir sagen, solange du überhaupt mit jemandem sprichst.«

Ich verziehe keine Miene, winde mich aber innerlich.

»Gehst du noch zur Therapie?«

Oh, verdammt. Diese Schwindelei hatte ich vergessen. »Ja«, sage ich, »bin ich bis vor Kurzem jedenfalls.« Ich blicke zu Boden und entdecke einen Shreddie, der in einem Spalt zwischen den Holzbohlen steckt. Ich bücke mich, hebe ihn auf und lege ihn zur Seite. »Sie ist im Moment nicht da.«

Als er lächelt, fühlt es sich an, als hätte mir jemand einen Nagel in die Brust gebohrt.

»Jedenfalls ist es großartig, dass du noch zu ihr gehst, Eve. Das freut mich wirklich.«

Ich versuche mich ebenfalls an einem Lächeln.

»Kommt sie denn bald wieder?«

»Das hoffe ich.«

»Okay, du bleibst ganz offensichtlich am Ball. Ich höre auf, mich einzumischen, versprochen.«

»Ich mag es, wenn du dich einmischst«, sage ich. »Dann ist es, als würde ich dir etwas bedeuten.«

Er kommt zu mir und legt mir seine Hände an die Wangen. »Natürlich bedeutest du mir was. Und du kannst hierbleiben, solange du willst.«

Am nächsten Tag komme ich zu dem Schluss, dass die Strecke von Kilburn bis zur Arbeit nach South Kensington zu weit zum Gehen ist, und springe in den Bus zur Edgware Road, wo ich in die U-Bahn umsteige. Was, wie sich herausstellt, eine gute Idee ist, denn draußen ist es eisig, der bisher kälteste Tag des Jahres. Ich atme tief ein und aus, als ich auf die Straße zum Atelier einbiege, während ich mir vorstelle, wie die Dieselpartikel in meine Nase dringen und sich aufwärtsarbeiten bis sie sich in meinem Hirn festsetzen und meine Gedanken vernebeln.

Annie holt mich, ein wenig außer Atem, auf der Treppe ein. »Eve. Wie war dein Weihnachten?«

»Gut, danke.« Mehr muss ich ja nicht sagen. »Und deins?«

»Auch nett.« Sie lächelt, doch es ist ein trauriges Lächeln, das auf den Lippen bebt.

Ich bleibe oben auf der Treppe stehen, und sie tut es mir nach. »Ist alles in Ordnung?« Ich habe das Gefühl, dass die Frage angebracht ist. In ihrem Blick liegt etwas, das ich nicht deuten kann.

»Ach, achte nicht auf mich«, sagt sie, und ihre Stimme bricht. Sie wartet einen Moment, ehe sie weiterspricht. »Ich bin bloß albern.«

»Unfug, *das* ist albern. Was ist los?«

Sie zwirbelt den geflochtenen Lederriemen ihrer Handtasche zwischen den Fingern. Offenbar auf der Suche nach den richtigen Worten, öffnet und schließt sie zweimal den

Mund. Beim dritten Mal: »Es ist wegen David. Ich hatte ja schon lange einen Verdacht, aber jetzt bin ich sicher. Er …«

»Die Damen – wie geht's uns denn heute?« Paul steckt den Kopf um die Eingangstür. Kinn und Wangen sind stoppeliger als üblich, und er trägt einen beigen Strickpulli mit Zopfmuster, der mir unbekannt ist. Bestimmt ein Weihnachtsgeschenk.

»Wunderbar, Paul, und dir?«

Sie ist eine gute Schauspielerin; sie weiß, wie man von sich selbst ablenkt. Hat sie mir erzählen wollen, dass ihr Mann sie betrogen hat? Oder schon wieder fest mit jemandem zusammen ist? Oder vielleicht ist er krank. Sie haben sich versöhnt, aber nun wird er bald sterben – die Ärzte haben es zu spät erkannt, Behandlung ist nicht mehr möglich, er hat nur noch sechs Monate zu leben.

»Oh, super, super.« Er blinzelt beim Sprechen ein wenig. »Eve, alles gut?« Er nimmt meine Antwort vorweg, nickt und wiegt sich auf den Fußballen.

»Alles gut.«

Ich bin halb ausgezogen, als er mit besorgter Miene wiederauftaucht – die Zähne gebleckt, die Stirn zerknittert wie eine Zeitung. Ich habe meine Converse zur Seite geschoben und meine Leggings gefaltet auf meine Tasche gelegt – ziemlich ordentlich für meine Verhältnisse. Er klopft höflich an den Paravent, um sich zu vergewissern, dass ich vorzeigbar bin, was natürlich lächerlich ist. Er kann mich längst sehen und weiß, dass ich es weiß. Mit Schwung führt er die Hände zum Klatschen zusammen, ohne es zu tun.

»Alles in Ordnung?«, frage ich und weiche seinem Blick aus. Ich bin gerade dabei, mein Jeanshemd aufzuknöpfen, und drossele nun mein Tempo; noch immer macht es mich verlegen, wenn er mich außer in meiner Funktion als Modell nackt sieht, zumal auf so engem Raum. Um Druckstellen zu vermeiden, trage ich keinen BH mehr, wenn ich zum Atelier unterwegs bin. Er hat noch immer nichts gesagt, also werfe ich ihm einen raschen Blick zu. Und nestele noch langsamer an den Knöpfen. Zum Glück sind sie ohnehin etwas knifflig. Ich habe etwa ein Drittel geschafft.

»Oh, klar, alles okay. Nur eine kleine Panne.« Er blickt über die Schulter und kaut auf der Innenseite seiner Wange. So habe ich ihn noch nie erlebt. Ich habe ihn bisher nie anders als kontrolliert erlebt.

»Was für eine Panne?« Ich kann es nicht länger herauszögern. Wenigstens trage ich noch mein Höschen. Ich löse die letzten zwei Köpfe, streife meine Bluse ab und ziehe mir Karinas seidigen Morgenmantel über. »Wer ist das denn?«

Ein alter Mann in einem weißen Bademantel – von der flauschigen Sorte, wie man ihn mit den passenden Pantoffeln in schicken Hotels bekommt – mäandert durch die Staffeleien und begrüßt einige Teilnehmer mit Namen. Mit einem karierten Kissen unterm Arm kommt er auf uns zu. Was zum Henker soll das denn?

»Ja, also, wie ich gerade sagen wollte …«

Ich blicke ihn scharf an.

»… haben wir es versehentlich mit einer Doppelbelegung zu tun. Ralph ist schon im August für diesen Abend gebucht worden, noch bevor du hier angefangen hast. Er ist gefragt, deswegen versuchen wir, ihn uns immer so früh wie möglich zu sichern.« Ich werfe Ralph einen Blick zu. Er wird langsam kahl, seine Haut ist braun und ledrig. Sieht aus, als sei er zu lange in der Sonne gewesen – wie Klamotten, die man zum Trocknen nach draußen legt, dann aber vergisst, sodass sie steif und spröde werden. Gefragt wofür?

»Eve?«

»Okay. Und was willst du jetzt von mir?« Ich kann mich selbst nicht leiden, wenn ich so bin – wie ein launischer Teenie.

»Na ja, ich dachte, es könnte Spaß machen – und die Schüler ein bisschen herausfordern –, wenn ihr beide posiert. Zusammen. Was hältst du davon?«

Ich atme laut aus, zu laut. Ein erschlaffter Ballon am Ende eines Geburtstags, der die Feier nicht wert gewesen ist.

»Ohne anfassen natürlich«, versichert er mir rasch, aber ruhig und legt mir dabei eine Hand auf die Schulter. »Ihr sollt nur nebeneinanderstehen oder -sitzen.«

Ralph ist auf der Bühne – sein Glück, dass die Stufe niedrig ist, wahrscheinlich sind seine Knie schon ramponiert – und kommt jetzt auf uns zu. Das Holz knarrt unter seinem Altmännergewicht. Ich setze ein Lächeln auf.

»Ah, Sie müssen Eve sein«, sagt er und streckt mir eine Hand entgegen, die mit ihren zahlreichen Flecken und Runzeln wirklich und wahrhaftig vom Alter gezeichnet ist.

»Freut mich«, sage ich und beäuge misstrauisch den dünnen Gürtel, mit dem sein Bademantel zugebunden ist.

»Also. Wie ich euch beiden schon gesagt habe, wird das bestimmt eine tolle Sache«, sagt Paul, macht auf dem Absatz kehrt und bewegt sich auf die Bühnenkante zu. »Wir beginnen, wie üblich, mit ein paar Gesten und gehen dann zu zweiminütigen und schließlich zehnminütigen Posen über, bevor wir eine Pause machen. Okay?« Er sieht mich dabei an; offenbar versucht er noch immer abzuschätzen, was ich davon halte.

Wie ein zweitklassiger Vater, der sein Kind, gerade acht, zum ersten Mal zu Hause allein lässt und nicht vor morgen zurückzukehren plant. Kein Telefon. Kaum etwas zu essen im Kühlschrank. Was, wenn ich einen Unfall habe? Mir die Hand am Herd verbrenne? Mir die Fingerspitze abschneide? Im Bad ausrutsche und mir den Kopf am Waschbecken aufschlage?

»Okay«, sage ich mit regloser Miene. Meine Absolution bekommt er nicht.

Als Ralph an seinem Bademantel zupft, wende ich mich zum Fenster ab. Mein Blick schweift über die sich überlappenden Dächer und die aufrechten Kamine. Fedriger Rauch, zwei luftig gewebte Wolken (da ist jemandem das Garn ausgegangen), weiter oben ein Flugzeug. Ich überlege, wohin die glücklichen Passagiere wohl flüchten mögen. Nehmt mich mit, Leute.

Bill hat mehr Haare auf der Brust, als ich ihm zugetraut hätte, wie ich feststellen konnte, als ich ihm das T-Shirt auszog. Die Erinnerung an seine Finger und den Geschmack von Chili auf seinen Lippen verursacht mir ein flaues Gefühl im Magen. Ich erinnere mich noch ganz genau an den Moment, als der Alkohol zu übernehmen begann, mein Körper die Kontrolle über diverse Gliedmaßen aufgab und meine Zunge über meine Zähne stolperte. Aber Karina hat recht – die Ausrede ist mies. Betrug bleibt Betrug.

Warum zum Henker ich ausgerechnet jetzt mit Ralphs

nacktem Hintern an meiner Seite daran denken muss, ist mir ein Rätsel. Aus der Nähe stelle ich fest, dass seine braune Haut in Wirklichkeit kalkweiß ist und nur durch Hunderte, Tausende, nein, Abertausende dicht an dicht sitzende Altersflecken gebräunt erscheint. Ich verenge die Augen, besinne mich dann aber, falls ein Teilnehmer gerade mein Gesicht anvisiert. Tatsächlich sind einige Altersflecken in Wahrheit Muttermale, aus denen feine graue Härchen sprießen. Da, direkt neben seinem Bauchnabel.

»Wechseln.« Paul leitet uns heute an, damit keiner von uns beiden den anderen im Auge behalten muss, während einer von uns die Uhr im Auge behält.

Im Stand kreuze ich die Füße und verschränke die Arme gestreckt über meinem Kopf. Wer braucht Houdini, wenn er Eve hat, Eve, den Unmöglich Verflochtenen Menschlichen Zopf? Ralph ist inzwischen leicht in die Knie gegangen und hat die Arme vor der Brust übereinandergelegt, unser ganz privater Volkstanzprofi im Adamskostüm. Er muss fitter sein, als er aussieht: Meine Oberschenkel würden längst zittern.

»Wechsel.«

Er ändert die Position so geschmeidig wie ein Tai-Chi-Meister. Keine abrupten Bewegungen. Er scheint diesen Job schon eine ganze Weile zu machen – ein alter Hase in mehr als einer Hinsicht. Ich finde eine Stellung, bei der ich sein Gesicht betrachten kann.

Es ist ein Acker aus Furchen und Rinnen. Schnurgerade Gräben reichen von seiner Nase bis zu den Mundwinkeln, während abgeknickte Falten sein Kinn umrahmen. Seine Lider hängen tief über den Augen, was ihm ein trauriges oder müdes Aussehen verleiht. Sein artig gekämmtes Haar –

das oben gänzlich fehlt – ist dünn und hat sämtliche Farbe verloren. Es könnte braun gewesen sein.

»Großartig gemacht, Ralph und Eve.«

Eve und Ralph.

»Wie wäre es jetzt mit etwas Symmetrischem?«

Ralph schlägt eine sitzende Pose vor.

Gute Idee, denke ich. Definitiv besser, als eine Dreiviertelstunde nackt an seiner nackten Seite zu liegen, als schwelgten wir in postkoitaler Glückseligkeit, der alte Mann und seine junge Geliebte. Ich schnappe mir einen Stuhl und stelle ihn so, dass ich mich den Kursteilnehmern zuwende. Ich würde gerne wissen, ob sie ihn genauso mustern wie mich. Oder wird man geschlechterspezifisch gemustert?

»Oh, ich dachte, wir könnten uns gegenübersitzen.«

»Sehr gut, Ralph«, sagt Paul. »Das ist viel besser.«

Wenigstens ist dann die Intensität ihrer Blicke dünner gestreut.

Ich verkneife mir nur knapp, Marina Abramović und ihre Performance im MoMA zu erwähnen, von der ich gelesen habe. Die Künstlerin soll fast drei Monate lang, sechs Tage die Woche und sieben Stunden am Tag, still und schweigend auf einem Stuhl ausgeharrt haben, dem gegenüber sich unerschrockene Besucher niederlassen konnten. Ein Kind fragte seine Mutter, ob die Künstlerin aus Plastik sei. Ein schöner junger Mann begann zu weinen. Mindestens ein Besucher hat sie ausgezogen. Zum Glück dauert meine Tortur nur fünfundvierzig Minuten.

»Perfekt. So bleiben.«

Zunächst vermeide ich jeglichen Augenkontakt; ich blicke überallhin, nur nicht in Ralphs Gesicht. Ich habe den

Paravent im Rücken und die Plakate diverser Ausstellungen an der Wand gegenüber im Blick: Matisse in der Royal Academy, Caillebotte im Musée d'Orsay, etwas über Porträtminiaturen im Met. Das Courtauld wird gerne übersehen, aber mir ist es recht – so habe ich sie eher für mich allein. *Hatte* ich sie eher für mich allein. Unter den Plakaten befinden sich mit Papier, Stiften und Pinseln vollgestopfte Fächer. Als ich aus dem Fenster sehe, bewege ich anscheinend den Kopf, denn Paul erinnert uns freundlich daran, wir mögen »die Pose bitte halten, ja? Blickt einfach geradeaus.«

Ich versuche es damit, auf Ralphs Augenbraue zu starren (den Trick hat mir meine Lieblingslehrerin vor meinem Gesprächstermin in Oxford beigebracht, mit dem ich nie und nimmer gerechnet hätte). Ich gehe die drahtigen Härchen von links nach rechts durch, lese sie wie ein Buch, dessen Rücken der Ansatz seiner Nase ist. In der Mitte der zweiten Braue ist ein Muttermal versteckt. Als ich schließlich doch bei seinen Augen lande, sind sie geschlossen.

Ich weiß nicht, warum mein Blick sich selbstständig macht und weiter abwärts wandert. Über seine Brust, auf der es von weißen Haaren wimmelt, und seine Männertitten, die nicht so erschlafft sind, wie ich gedacht hätte. Und weiter, ohne dass ich es kontrollieren könnte, über seinen Bauch, der im Sitzen runder wirkt, und unaufhaltsam weiter, weiter bis – o Gott. Wie an einem Gummiband springt mein Blick zurück zu seinen Augen, die nun geöffnet sind und erfreut funkeln. Wieder denke ich an Bill, sein Schielauge und seine schlechten Scherze, über die ich trotzdem manchmal lachen musste. Karina auch, obwohl ich glaube, dass sie es gar nicht immer wollte. Ich schließe die Augen und wünsche mir mit aller Kraft, dass sie wieder zusammen lachen.

Am Mittag bin ich erledigt. Geistig und körperlich am Ende.

»Gut.« Noch immer nackt, steht Ralph einen Moment lang da, dann streckt er sich ausgiebig und blickt durch den Raum.

Ich schlüpfe in Karinas Morgenmantel, den ich ihr nicht zurückgegeben habe. Mein eigener – der, den sie mir zu Weihnachten geschenkt hat – befindet sich ordentlich gefaltet in meiner Tasche bei Max.

»Ganz reizend, mit Ihnen zu arbeiten, meine Liebe«, fügt Ralph hinzu, präsentiert mir ein letztes Mal seine Vorderseite und bedeckt sich endlich.

Es hilft nichts. Als hätte ich plötzlich den Röntgenblick und könnte ihn nicht ausknipsen, sehe ich seine schlaffen Hoden noch immer. So müssen sich die Teilnehmer fühlen, wenn sie vor und nach dem Kurs vor mir stehen. Ich ziehe den Morgenrock fester um mich.

Ich bin davon ausgegangen, dass Annie noch wartet, aber sie ist die Erste, die ihre Sachen zusammenrafft und aufspringt, während sie ihr Handy aus der Tasche zerrt. Ohne zu bemerken, dass dabei ein graues Notizbuch herausfällt und auf den Boden plumpst, strebt sie schon auf die Tür zu. Mich juckt es in den Fingern. Die anderen folgen ihr, auch Ralph; wahrscheinlich hat er seine Kleidung auf dem Klo gelassen.

Ich schlüpfe hinter den Wandschirm und ziehe mich an, und als ich fertig bin, haben alle den Raum verlassen. Ich steuere ohne Umschweife auf das Notizbuch zu – ein Moleskin mit hartem Pappeinband, ungefähr eine Handspanne breit – und schlage es aufs Geratewohl auf.

Jedenfalls bin ich nicht verzweifelt – oder war es mimosenhaft oder hysterisch? Schwierig, sich all die vielen herabsetzenden Bemerkungen im genauen Wortlaut zu merken.

Ein Tagebuch. Nach Grace habe ich auch versucht, eins zu führen – schreib's auf, hieß es immer, das hat eine kathartische Wirkung –, aber letztendlich wurde es bloß ein langer Brief an sie, in dem ich ihr Alltagsbanalitäten erzählte. Was ich zum Frühstück gegessen hatte. Die Farbe der Hose, die ich trug. Wie das Wetter war. Dass ich Zahnschmerzen hatte. Alles, nur nicht, was ich fühlte. Ich schließe die Augen, schlage sie wieder auf und blättere durch die Seiten.

Annies Handschrift wirkt anmutig und kultiviert. Ich blicke zur offenen Tür, und ein Adrenalinschub durchfährt mich. Nein, das geht nicht. Oder? Mit angehaltenem Atem lasse ich das Buch in meiner Tasche verschwinden. Ein Stück von Annie. Kein Wunder, dass sie bei dem Mann zutiefst verwundet ist. Mistkerl.

»Eve?«

Paul.

Er schließt die Tür hinter sich und kommt auf mich zu. »Tut mir übrigens leid, dass ich vorgestern deinen Anruf verpasst habe.«

Verdammt – vergessen. »Macht gar nichts.«

»Ich hätte zurückgerufen, aber dieses Jahr hatte ich die Kinder zu Weihnachten, da war nicht so viel Zeit.« Er nimmt die Brille ab, reibt sich die Augen, setzt sie wieder auf.

Kinder? Plural? »Wie alt?«

»Siebzehn und fünfzehn.« Er lächelt stolz, als sei im Teenie-Alter zu sein eine Leistung seiner Kinder.

»Wow.« Was dich wie alt macht?

»Ihre Mutter und ich haben uns vor zweieinhalb Jahren scheiden lassen. Die beiden wohnen bei ihr, kommen aber eine über die andere Woche zu mir, manchmal öfter.« Da ist es wieder, das Lächeln.

»Aha.« Wie alt also genau? Ich bin bereits davon ausgegangen, dass seine Dumbo-Ohren ihn jünger wirken lassen, als er ist – als sei er noch nicht reingewachsen.

»Na ja, wie auch immer.« Er macht einen weiteren Schritt auf mich zu und legt mir die Hand an die Taille. Tiefer als üblich. »Hast du vielleicht Lust, am Donnerstagabend vorbeizukommen und für mich zu stehen?«

»Für dich zu stehen?«

Er lässt die Hand sinken.

»Ich würde dich gerne malen.«

Ist das ein Euphemismus?

»Natürlich gegen Bezahlung. Derselbe Stundenlohn.«

Wohl doch nicht. »Ja, okay.«

»Schön, ich schreib dir.« Er lächelt, nickt und wendet sich ab. »Oh, und ich muss jetzt direkt weg, könntest du daher vielleicht Ralph sagen, dass ich eure Gage an die Tür gelegt habe?«

Mein Blick huscht zu den zwei Umschlägen, die nebeneinander auf dem Tischchen liegen.

»Eve?« Er ist auf der Schwelle stehen geblieben.

»Ja. Mach ich.«

»Danke. Bis dann.«

Nachdem er weg ist, vergewissere ich mich, dass Ralph nirgendwo zu sehen ist, und löse vorsichtig die Lasche des Umschlags, auf dem sein Name steht. Vierzig Pfund. Das kann nicht sein, es sei denn, wir haben wegen der Doppelbuchung mehr bekommen. Ich schiebe die Lasche in den Umschlag – hoffentlich merkt er nicht, dass er ursprünglich zugeklebt war – und schaue in meinen eigenen: dreißig.

»Alles okay da drüben?« Ralph trägt nun eine braune Cordhose, einen schwarzen Mantel und eine Baskenmütze – *bonjour*. Die körperliche Betätigung hat sein Blut in Wallung gebracht: Sein Schal hängt lässig in seiner Armbeuge.

Ich straffe das Kinn. »Ja, alles gut. Nichts Außergewöhnliches zu melden.« Ich stopfe meinen Umschlag in die Tasche. »Wiedersehen, Ralph.«

Das Tagebuch brennt in meiner Tasche – ein kleines, aber weit offenes Fenster zu Annies Leben. Ich kann nicht warten, bis ich wieder bei Max bin – das dauert zu lange. Außerdem wird er zu Hause sein. Also gehe ich zum Natural History Museum und warte fünf Minuten. Ich kann im Bus lesen.

Nachdem ich eingestiegen bin und oben ganz vorne sitze, schlage ich die erste Seite auf.

Ich habe mich durchgerungen, etwas zu tun, was ich nie tun wollte: Eine Fremde dafür zu bezahlen, mir zuzuhören. Furchtbar amerikanisch. Und so selbstbezogen. Dachte ich jedenfalls bisher. Wie auch immer, jetzt schreibe ich Tagebuch – auf ihre Empfehlung hin.

Sie ist also in Therapie. Das überrascht mich, und sie offenbar auch. Wie ich scheint sie nicht besonders redselig zu sein, wenn es um die eigenen Gefühle geht. Ich hatte es einmal Dad vorgeschlagen, als er ansprechbar war – ein kurzer Nüchternheitsanfall an einem merkwürdig warmen Märztag, damals, als es tatsächlich noch Phasen gab, in denen er hin und wieder trocken war. Er schnaubte bloß verächtlich – ich hätte mal Mum erleben müssen, verglichen mit ihr, sei er nichts. Mitten am Tag habe sie im Bett gelegen und sich die Decke über den Kopf gezogen, um die Sonne, die durch die Jalousien drang, auszusperren. Niemanden habe sie in solchen Phasen sehen wollen, erzählte er, nicht einmal uns, ihre Familie – nein, Evie, nicht einmal dich –, nur um am nächsten Tag in die Küche zu hüpfen, Pfannkuchen zum Frühstück zu machen und einen Ausflug ans Meer vorzuschlagen.

Jetzt, da ich selbst auf dem Stuhl gesessen habe und die langen Pausen und die Taschentuchbox kenne, ist mir klar, warum man es früher mal »Sprechkur« genannt hat. Natürlich wird es Zeit brauchen. Es fällt mir schwer, mich zu öffnen.

Nach Grace haben sie es mir quasi in den Rachen gestopft wie einer französischen Gans. Nicht Dad, versteht sich. Der bekam nicht viel mit und hatte seine Meinung zu dem Thema ohnehin schon kundgetan. Aber mein blitzgescheiter, wenn auch sozial inkompetenter Tutor, unsere gleichermaßen unbeholfenen Professoren, der Beauftragte der Studentenkanzlei – alle waren dafür. Versuch's doch einfach, es kann doch nicht schaden. Auch das Tagebuch war ihre Idee. Ich erklärte, ich sei noch nicht bereit, mit jemandem zu reden. Vor allem aber war ich davon überzeugt, dass sich das Problem irgendwann von allein erledigen würde, wenn ich es nicht beachtete.

Ich habe nicht länger das Bedürfnis, ihn anzuschreien, wenn er mal wieder nicht zum Essen erscheint. Wenn er sich beklagt, dass ich nur nörgele, halte ich den Mund, statt meine Energie zu verschwenden. Ich verkneife mir auch zu fragen, ob er nicht vielleicht Lust hätte, Sonntagabend einfach mit uns beiden zu Hause zu bleiben, statt in den Pub zu gehen. Jetzt muss ich nur noch daran arbeiten, das ätzende Gefühl zu unterdrücken, wenn er rausgeht, um zu telefonieren. Wir wissen beide, dass er eine andere hat.

Ich wusste es. Selbst wenn ich es je schaffen würde, die üblichen Stationen einer gutbürgerlichen Existenz – Haus, Mann, Kinder – zu durchlaufen, wäre es all das gar nicht wert. Es würde nicht andauern. Denn nichts ist von Dauer, nicht einmal, wenn man Annie ist. Am Ende geht doch wieder alles in die Brüche.

Ich klappe das Tagebuch zu, stecke es in meine Tasche zurück und kratze an meinen Fingern.

16

Es ist Mittwoch, und ich weiß nichts mit mir anzufangen. Max ist schon früh aufgestanden und mit dem Fahrrad rausgefahren, und ich soll erst am Mittag bei Annie sein. Ich bleibe eine Weile im Bett liegen und versuche, wieder einzuschlafen, aber es geht nicht. Suzons Abbild hat sich auf die Innenseite meiner Lider eingebrannt. Ich nehme mir ein Buch von Max, lege es aber wieder weg; meine Aufmerksamkeitsspanne ist ein Witz. Schließlich google ich das Gemälde, aber es ist nicht dasselbe – nicht, nachdem wir uns so viele Jahre einmal die Woche von Angesicht zu Angesicht gegenüberstanden. Ich versuche sogar, mir meine Nicht-Gespräche mit Marjorie in Erinnerung zu rufen – der wöchentliche Austausch beinhaltet ja bestenfalls eine Handvoll Wörter.

Nach dem Duschen bürste ich mir das Haar, ohne es an der Kopfhaut festzuhalten; ich zerre die Bürste vom Ansatz bis hinunter zu den Spitzen und reiße dabei verknotete Strähnen aus. Ich knülle sie zusammen und werfe sie ins Klo. Ist es eigentlich normal, dass einem so viele Haare ausgehen? Ich putze mir die Zähne und benutze anschließend Zahnseide, was ich sonst nie tue, was wahrscheinlich der Grund dafür ist, dass das Zahnfleisch blutet.

Als ich fertig bin, stelle ich mich vor den Spiegel und sehe mich an. Ich neige den Kopf nach links, beiße mir auf die Unterlippe und kneife mir in die Wangen.

Annie muss längst bemerkt haben, dass ihr Tagebuch weg ist. Wie es aussieht, schreibt sie jeden Tag hinein, vielleicht als Ritual, vielleicht, um sich selbst zu motivieren. Ihre Schrift ist so anmutig, fast kalligrafisch. Sie erinnert mich mit den Schnörkeln und Schlaufen an kunstvolle mittelalterliche Manuskripte. Schade, dass sie keine kleinen Illustrationen eingefügt hat – Miniaturen von ihr und ihrer Familie in lebhaften Farben und mit Blattgold verziert.

Ihr Haus wirkt gegen den mausgrauen Himmel besonders hell; seit heute Morgen regnet es pausenlos. Mit einer Hand beschatte ich meine Augen vor dem blendend weißen Stein, steige die Treppe hinauf und drücke auf die Klingel. Innerhalb von Sekunden schieben sich zehn zappelnde Finger durch den Briefschlitz.

»Oje«, sage ich und gehe so tief in die Hocke, dass mein Mund nur wenige Zentimeter entfernt ist. »Ich kann nur hoffen, dass Mr. Krokodil diese Würmchen nicht vertilgt. Er hat großen Hunger, und dieser zappelnde Snack ist genau das, was er sich jetzt wünscht.«

»Nein, nein, Mr. Krokodil, iss uns bitte nicht«, kreischt Molly, zieht das saftige Angebot hastig zurück und verkrümelt sich rückwärts in den Flur.

»Eve, hi«, sagt Annie, als sie die Tür öffnet.

Sie ist – wie immer – gut gekleidet. Heute trägt sie einen dünnen schwarzen Pullover, gerade geschnittene Jeans und ihre Loafer. Sie sieht erschreckend gefasst aus. Geht es ihr schlecht? Der Betrug ihres Mannes lässt sich bestimmt genauso wenig wegstecken wie die Aussicht auf eine Scheidung, doch ihr gekonnt zurechtgemachtes Gesicht – wieder der korallenrote Lippenstift – verrät nicht viel. Ich bin noch niemandem begegnet, der seine Gefühle so leicht an- und ausschalten kann. Drücken Sie bitte einfach den roten Knopf.

»Alles okay da unten?«, fragt sie lachend.

Erst jetzt bemerke ich, dass ich noch immer auf Briefschlitzhöhe hocke. »Oh, hallo.« Schnell richte ich mich auf, taumele beinahe wieder die Treppe hinunter und stelle mir prompt vor, wie ein Blutfleck ihre quietschsauberen Stufen verunziert. Ich beuge mich ungeschickt vor, um sie zu umarmen, sie übernimmt das Kommando, und schließlich küssen wir uns auf die Wange.

Als wir uns voneinander lösen, fällt mir einmal mehr auf, wie sehr wir uns unterscheiden. Und wie viel mehr sie aus sich gemacht hat. Seitdem wir uns neulich in dem Weinlokal zum ersten Mal richtig unterhalten haben, hat sie mir mehr über ihren Vater erzählt, der seine Frau und seine vierzehnjährige Tochter verließ, weil er zu jung, zu neugierig, zu egoistisch war – was er erneut bewies, als er mit einer Jüngeren mit weniger Falten und mehr funktionstüchtigen Eizellen eine neue Familie gründete. Er war der abwesende Vater, der nichts mitbekam und selten schrieb oder anrief. Ich weiß nicht, aber vielleicht ist einen Vater zu verlieren nicht ganz so schlimm wie eine fehlende Mutter. Gott, ich hoffe bloß, dass sie über ihrem würzigen Parfüm nicht den Gestank des Neids wahrnimmt. Obwohl ich ja eigentlich auch beide Elternteile verloren habe, nicht wahr?

»Kommst du rein?«

Ich schließe die Tür hinter mir und streichele ihrem treudoofen Hund das Fell gegen den Strich.

Als ich gerade meinen Mantel ausziehen will, packt Annie meinen Arm.

Ich halte den Atem an. Sie weiß Bescheid.

»Ich habe ganz vergessen, es zu erwähnen. Ich halte heute hier einen Workshop ab und wollte dich fragen, ob die Möglichkeit besteht, Molly mit zu dir zu nehmen.«

»Oh, klar«, sage ich und atme behutsam aus, obwohl es natürlich kein »zu mir« gibt. Auch nicht zu Karina und Bill, bliebe also Max. Ich bin sicher, dass es ihm nichts ausmacht, aber ich schicke ihm dennoch eine rasche SMS. »Molly«, rufe ich. »Magst du dir irgendwas zu spielen mitnehmen?«

»Oh. Ja.« Und damit hastet sie die Treppe hinauf.

»Danke, Eve«, sagt Annie lächelnd und wendet sich selbst der Treppe zu. »Schick mir die Adresse, und ich hole sie nachher ab.«

»Sicher? Ich kann sie auch zurückbringen, wenn das einfacher für dich ist.«

»Nein, nein, alles gut. Außerdem würde ich gerne mal deine Wohnung sehen.«

Ich krame in meiner Erinnerung, ob ich ihr irgendwann gesagt habe, dass ich in Vauxhall wohne.

Einen Moment später taucht Molly wieder auf. Sie hat so viele Sachen dabei, dass sie sich damit eine Woche beschäftigen könnte.

»Okay, Molly, pack die Sachen in eine Tasche. Außerdem ist es draußen kalt, du musst einen Mantel anziehen.«

Sie deutet auf einen eidottergelben Parka, der zu hoch für sie an der Garderobe hängt.

Ich helfe ihr beim Anziehen. »Hast du Handschuhe? Mütze? Schal?«

Unter der Garderobe steht ein Weidenkorb, in dem sich alles in verschiedenen Ausfertigungen befindet.

»Willst du dir auch was borgen, Eve?«

Wer – ich? Käme mir nie in den Sinn.

Nach einer Fahrt mit U-Bahn und Bus kommen wir bei Max' Adresse an.

»Ist das dein Haus, Eve?«

»Hier wohnt ein Freund von mir, Max«, sage ich und wühle in der Tasche nach dem Zweitschlüssel, den er mir am Montag gegeben hat, als wir von einer ziemlich ruhigen Schicht in der Bar nach Hause gegangen sind. »Ich wohne im Moment bei ihm.«

Sie schaut zu mir auf, zieht den Kopf ein und fragt mich, halb verschmitzt, halb angewidert: »Ist er *dein* Freund?«

Ich lache. Wie es sich wohl anfühlen würde, es auszusprechen: Das ist Max, mein Freund. »Ich weiß nicht genau.« Ich schließe auf und deute auf die Treppe. »Zwei Etagen rauf, Molly.«

»Wie zu Hause.«

»Hm. Nicht ganz.«

Sie rennt voraus, und als ich im zweiten Stock ankomme, springt sie hinter einer Ecke hervor. Ich tue erschreckt, obwohl ich ihre Stiefelspitzen habe hervorlugen sehen.

»Ist Max denn auch da?«

Ich lache wieder. »Sollen wir nachsehen?« Ich schließe die Tür auf. »Hallo. Wir sind da.«

Molly strahlt, als Max aus der Küche kommt.

»Wen haben wir denn da?«, sagt er in einer aufgesetzt vornehmen Stimme, verbeugt sich und hält ihr die Hand hin. »Sie müssen Miss Molly sein.«

Sie kichert, als sie die Hände schütteln, von ihrer Seite so wild, dass sie beinahe auf und ab hüpft.

»Wenn Sie erlauben, stelle ich mich selbst vor.«

Mehr Gekicher.

»Ich bin …«

»Ich weiß, wer du bist«, unterbricht sie ihn in einem naseweisen Tonfall und verschränkt die Ärmchen vor der Brust. »Du bist Eves *Freund.*«

Ich spüre, wie meine Wangen warm werden, als er sich zu mir umwendet. Von seinen Lippen baumelt ein Fragezeichen. »Ach, ist das so?«

»Hör mal, Molly, sollen wir im Wohnzimmer ein bisschen malen?«

Sie nickt. Zum Glück ist es leicht, sie abzulenken.

Ich spüre Max' Blick und weiß, dass er noch immer grinst, als wir die Stifte aus der Dose auf den Tisch schütten.

Nachdem wir ein Molly-freundliches Mittagessen aus Erdnussbutter und Bananen auf Toast zusammengebastelt haben, beschließe ich, Max eine Verschnaufpause zu gönnen. Es hat sich nämlich herausgestellt, dass von all den Spielsachen, die sie bei sich hat, Max ihr liebstes ist. Als er mir auf meine Nachricht vorhin geantwortet hat, um mir zu sagen, dass er sich auf Molly freue und was wir alles Schönes in der Gegend machen könnten, hat er mir auch von einem kleinen Park bei ihm um die Ecke erzählt.

»Brauchen wir denn keinen Schlüssel?«, fragt sie, als ich die Tür hinter uns zuziehe.

»Wofür?«

»Für den Park? Wir haben einen an einem Baumschlüsselanhänger.«

»Ah. Nein, ich denke, das ist nicht so ein Park.« Sie meint bestimmt die Anlage in ihrem Viertel.

Nach der Zeit in Max' gemütlichem Wohnzimmer kommt es mir draußen noch kälter vor. Ich blicke auf Molly herab, deren babyspeckige Wangen sich schon röten. Wir gehen bis zum Ende der Straße, und als sie den Park gegenüber sieht, will sie losrennen.

»Warte, Molly«, rufe ich. »Gib mir deine Hand, wenn wir die Straße überqueren.«

Sie schiebt ihre Hand mit dem Fäustling in meine.

»Du sagst, wenn wir gehen können, aber vergiss nicht, nach beiden Seiten zu gucken.« Keine Autos in Sicht. Nur zwei Frauen, die sich in dünnem Lycra für ihren Nachmittagslauf aufwärmen.

»Alles frei!« Begeistert wippt sie auf den Fußballen.

»Gut. Dann los.«

»Kann ich das Tor aufmachen?«

»Kannst du.«

Nachdem sie einen Moment lang mit dem Riegel gerungen hat, zieht sie den Handschuh aus.

Obwohl man es von der Straße aus nicht sehen kann, stehen die Bäume und Sträucher in einer Doppelreihe, dazwischen halb verborgen ein hölzerner Pfad. In der Mitte der Grasfläche befindet sich eine steinerne Sonnenuhr, und zum Zaun hin stehen Holzbänke mit Messingplaketten, die an geliebte Personen erinnern.

Was nun? Ich habe nicht daran gedacht, einen Ball oder

ein Springseil mitzunehmen – oder etwas anderes, mit dem man sich die Zeit vertreiben kann. Verzweifelt suche ich mein Hirn nach Spielen für kleine Leute ab. Was habe ich denn damals gemacht? Mit Büchern zu Hause gesessen.

»Wollen wir Verstecken spielen, Eve?«

Oh, das kenne sogar ich. »Ja, gerne.«

»Ich versteck mich, du musst suchen.«

Bevor ich antworten kann, stiebt sie schon davon. »Aber du musst hier im Park bleiben«, rufe ich ihr hinterher.

Sie antwortet nicht.

Ich atme ein und aus und beginne, laut zu zählen. Meine Hände, die ich mir vor die Augen halte, werden immer kälter – hätte ich bloß mal Ja zu Handschuhen gesagt. Eine Weile höre ich Geraschel, dann bricht es abrupt ab. Stille. Beunruhigende Stille. »Achtunddreißig, neununddreißig, vierzig. Eins, zwei, drei, ich komme!« Die letzten Wörter sind mir ganz plötzlich wieder eingefallen; manche Dinge aus der Kindheit prägen sich offenbar dauerhafter ein, als man denkt.

Ein Piep hinter der Sonnenuhr und hinter allen vier Bänken, der kleine Spaßvogel. Dann zwischen den Hecken. Anfangs versuche ich mich noch anzuschleichen, dann beginne ich, ihren Namen zu rufen, um ihr klarzumachen, dass ich auf dem Weg bin.

Aha! Der gelbe Parka wird ihr zum Verhängnis. Im Gewirr der kahlen Äste ist er deutlich zu sehen.

»Hab dich.«

Keine Antwort.

»Molly, ich sehe dich.«

Noch immer nichts.

Mist. »Molly?« Ich springe vor und packe sie an der Schulter. Der Parka fällt in sich zusammen. Sie muss ihn ausgezogen und in den niedrigen Busch gehängt haben. »Molly?«, rufe ich, diesmal lauter. »Molly, komm jetzt raus.«

Warum antwortet sie nicht? Ich drehe mich um meine eigene Achse, während Übelkeit in mir aufsteigt. Meine Atmung beschleunigt sich, beginnt zu rasen. »Molly – bitte!«

Dann das Geräusch von rennenden Füßen auf der Grasfläche in der Mitte. Ich wirbele herum, und sie steht hinter mir, und ihre Wangen sind so gerötet, dass es fast wie zu viel Rouge aussieht. »Molly, Gott sei Dank.« Ich lege ihr den Mantel um und halte sie fest. »Dir muss doch eiskalt sein.«

»War das nicht eine gute Finte?«

Ich ziehe den Kopf zurück und sehe ihr in die Augen. »Woher weißt du, was eine Finte ist?«

»Das haben wir in der Schule gelernt.«

»Ah. Ja, das war eine gute Finte.«

»Soll ich jetzt suchen?«

Ich schließe die Augen und zwinge meinen Atem zur Ruhe. »Okay. Einmal noch, aber dann gehen wir rein, um uns aufzuwärmen.«

Sie nickt, die Zunge zwischen den Lippen, und hält sich die Hände in den Fäustlingen vor die Augen.

Ich gehe davon, um mich zu verstecken, und presse mir die Hand auf mein hämmerndes Herz.

Hört mich jemand schreien?

Zurück in der Wohnung, mache ich Molly Tee und erlaube ihr fernzusehen, während ich das Geschirr spüle. Als ich gerade das heiße Wasser aufdrehe, klingelt es. Annie.

»Ich gehe schon«, ruft Max.

Ich habe ihr nichts von ihm erzählt, aber sie mir ja auch nichts von dem Kerl, den sie trifft. Nicht, dass ich Max »treffe«. Ich spritze Spülmittel auf Mollys Teller und krame erneut angestrengt in meiner Erinnerung, ob ich je Karina und Bill erwähnt habe.

Es klopft an der Tür.

Das Wasser läuft, aber nicht so laut, dass ich Molly nicht »Mummy« rufen höre. Fröhlich teilt sie ihr mit, dass das »Eves Freund« ist.

»Oh, wirklich?« Ich kann das Lächeln aus Annies Stimme heraushören.

Nichts von Max, wodurch ich mir vorstelle, dass er resigniert die Schultern – vielleicht sogar die Hände – hebt.

»Freut mich, dich kennenzulernen«, fügt sie hinzu.

Die Stimmen werden leiser, als sie ins Wohnzimmer gehen. Als ich mir ein paar Minuten später die Hände abtrockne, bemerke ich, dass Annie im Türrahmen steht und mich beobachtet. Ich krümme die Finger und bohre die Nägel in meine Handflächen. Sie weiß von dem Tagebuch und will mich zur Rede stellen. Auf alles gefasst, lasse ich die Arme hängen und drücke die Nägel fester in meine Hände.

»Danke für heute, Eve.«

Okay. Sie will mich in falscher Sicherheit wiegen. »Gerne.«

»Molly wirkt, als hätte sie viel Spaß gehabt.«

Und …?

»Und Max ist total nett. Du hast ihn mir verschwiegen.«

Ich schlucke. Ich spüre es kommen.

»Also, ich hätte eine Idee. Was hältst du davon, wenn wir das Ganze ein bisschen offizieller gestalten und du mir fest zwei- oder dreimal die Woche aushilfst?«

Wie vom Donner gerührt, bleibt mir der Mund offen stehen. Sie will, dass ich öfter bei ihr zu Hause bin – mit all ihren Sachen? Mit Molly?

»Ich habe in letzter Zeit viel an dich gedacht …«

Tatsächlich?

»… und fand die Idee einfach nett. Ich weiß, dass du nicht viel Familie hast, und im Augenblick könnte ich wirklich noch ein Paar helfende Hände gebrauchen.«

Meine Hände?

»Hör zu, Eve«, sagt sie und zieht die Küchentür hinter sich zu. »Mit ihrem Vater wird es immer schlimmer.«

Ich schweige. Was soll ich auch sagen? Ich weiß es. Ich hab's gelesen. Die anderen Frauen. Die Anspielungen, das Grinsen, die eindeutigen Gesten. Ich räuspere mich unbeholfen.

»Wir haben die Scheidung eingereicht«, fährt sie fort; von meiner Blockade bemerkt sie offenbar nichts. »Ich weiß, dass es richtig ist«, fügt sie entschlossen hinzu, »ich weiß nur nicht, wie ich es Molly erklären soll und wie sie damit fertigwird.«

»Sie schafft das«, sage ich, obwohl ich nicht weiß, ob ich es selbst glaube. »Du hast dich doch auch ziemlich gut gemacht.« Das zumindest ist wahr.

»Das ist lieb von dir«, sagt sie und streicht sich ein paar entwischte Härchen aus ihrem Gesicht. Ihre Miene verändert sich, als sie hinzufügt: »Außerdem wird die Sache mit dem Mann, mit dem ich mich treffe, ernster.«

Dass sie mir so etwas erzählt, ist noch nie vorgekommen.

»Na, wie auch immer. Bitte sag mir unbedingt ehrlich, wenn du zu viel zu tun oder schlichtweg keine Lust dazu hast. Mir ist klar, dass du mir momentan nur einen Gefallen tust.«

»Nein!« Ich brülle es fast heraus und strecke ihr die Hände entgegen, damit sie das Angebot nicht zurückzieht. »Nein, wirklich, ich würde sehr gerne.«

»O Eve, das ist ja toll. Moll wird sich so freuen.«

Ein warmes Gefühl macht sich in mir breit.

»Lass mich rasch mein Telefon holen, dann können wir noch ein paar Tage festmachen, bevor wir gehen.«

Ich folge ihr in den Flur und betrachte meine Handflächen: In jeder sind vier Halbmonde eingestanzt.

»Dein Freund, ja?«

Max und ich liegen im Bett, mein Kopf auf seiner Brust, unsere Beine verschränkt. Er fährt mir mit den Händen den Rücken auf und ab. Es kitzelt.

»Oh«, sage ich und schließe die Augen. »Das tut mir leid.«

»Wieso? Mir hat es gefallen.«

»Wirklich?«

»Wirklich.«

Ich presse die Lippen zusammen und ziehe mir verstohlen die Decke über den Kopf. »Und was soll das heißen?«

Er schleudert die Decke zu Boden, und ich, nackt, wie ich bin, schlage mir die Hände vors Gesicht.

»Das heißt«, sagt er und löst meine Finger nacheinander, bis ich als Deckung nur noch meine Augenlider habe, »dass ich eines Tages gerne dein Freund wäre.«

Ich mache die Augen auf, erst links, dann rechts.
»Eines Tages?«
»Ja, eines Tages. Wenn wir so weit sind.«

17

Vergangene Nacht konnte ich nicht schlafen. Max, der seine Arme um mich geschlungen hatte, war beinahe sofort weggedöst. Mir war zu heiß, und alles begann zu jucken, aber ich wollte ihn nicht wecken. Doch bald bekam ich kaum noch Luft, und so hatte ich keine Wahl, als unsere Glieder zu entwirren. Ich schlüpfte aus dem Bett und öffnete das Fenster einen Spalt. Als ich schließlich wieder zurückkehrte, hatte er sich weggedreht, was mir aus unerfindlichen Gründen die Tränen in die Augen trieb. Ich rutschte so nah an ihn heran, wie ich konnte, und schmiegte mich an ihn. Doch als er erneut bis an die Kante der Matratze abrückte, tat ich dasselbe. Und so lag ich auf meiner Bettseite, reglos, aber hellwach, und lauschte seinem gleichmäßigen, friedlichen Atem. Als ich schließlich einschlief, träumte ich, dass ich am Fuß einer langen Treppe stand und seinen Namen rief, lauter und lauter, aber er konnte mich nicht hören.

Als ich erwache, habe ich eine Nachricht von Paul. *Sechs Uhr? Latimer Road 9.*

Ein Klumpen bildet sich in meinem Magen. Ich hatte angenommen, dass er mich im Atelier malen will. Gut, es ist kein Problem für mich, zu ihm nach Hause zu gehen. Es fühlt sich nur irgendwie zu vertraulich an. Aber andererseits ist unser ganzes Verhältnis vertraulich – er sieht mich zweimal wöchentlich nackt. Steht an der Tür und beobachtet mich, einen Arm über der Brust, der andere am Ellenbogen gebeugt, die Hand an der Wange. Mehr. Ja. Gut so. Die Enge steigt mir in die Brust.

Grace, bist du sicher, dass du das machen willst? Ich dachte, ihr habt euch gestritten.

Du schaust von der Tasche auf, die du packst, hältst aber nicht inne.

Du hast gesagt, dass er dich unter Druck setzt.

Aber nur, weil er mich öfter sehen will, sagst du. Und er hat sich außerdem entschuldigt. Er weiß ja, dass ich bald Prüfungen habe.

Okay, aber dennoch. Warum kommt er nicht einfach her? Dann gehen wir zu dritt was trinken.

Du schmuggelst mit einem T-Shirt etwas aus schwarzer Spitze in die Tasche, und ich tue so, als hätte ich nichts gesehen.

Das habe ich auch vorgeschlagen. Er meint, wir können nächste Woche in der Bar zu dritt was trinken.

Ich versuche mich an einem Lächeln. Na gut. Du bist diejenige, die sich gut dabei fühlen muss.

Du erwiderst das Lächeln, obwohl ich eine gewisse Besorgnis in deinen Augen erkenne. Das tue ich. Ich muss los.

Ich umarme dich zum Abschied. Schreib mir, wenn du was brauchst.

»Hallo, du.« Mit nassem Haar und einem Handtuch um die Hüfte geschlungen, kommt Max aus der Dusche.

Ich gehe davon aus, dass sich meine dumpfe Beklemmung nun löst, doch stattdessen verwandelt sie sich in ein scharfes Ziehen. Ich frage zögernd, ob er gut geschlafen habe, und er bejaht – das habe er.

Ich setze mich auf. »Wann bist du heute Abend zurück?«

»Oh, ich fürchte, es wird lang heute«, sagt er und zieht sich eine Jeans an.

Stimmt, eine Club-Nacht oder so was Ähnliches.

»Komm dazu, wenn du magst.«

»Schon okay, geh du nur«, sage ich.

»Wie du meinst. Aber falls du doch noch Lust bekommst, schreib mir.« Er beugt sich zu mir und küsst mich zum Abschied. »Hast du was Schönes vor heute?«

»Nur Modellstehen.«

»Hm. Ein besseres Bild zum Abspeichern hättest du mir nicht mitgeben können.« Er schenkt mir ein rasches Grinsen, dann schlüpft er in seine Schuhe, schnappt sich den Helm und strebt zur Tür.

So mit Max zusammen zu sein – den Alltag mit ihm zu verbringen –, ist, wie mit einem sicheren, guten Auto auf der Autobahn zu fahren: bequem, verlässlich, beruhigend. Aber irgendwo unter den Füßen ist da dieses finstere, beharrliche Brummen – einmal kurz das Lenkrad verreißen, und es ist vorbei. Alles ausgelöscht.

Ich wende mich wieder meinem Handy zu und gebe eine nichtssagende Antwort ein: *bis dann*

Auf der Latimer Road stehen nur auf einer Seite Häuser, weswegen sie irgendwie unausgewogen wirkt. Ich komme am falschen Ende an. Das erste Haus, das ich sehe, Nummer siebenundzwanzig, hat eine schnabelartige Veranda, die mir wie ein nachträglicher Einfall vorkommt – oder eine verpatzte Nasenkorrektur. Fünfundzwanzig, dreiundzwanzig. Der Rasen muss gemäht werden. Einundzwanzig. Ich gehe langsam und blicke durch offene Vorhänge in die guten Stuben glücklicher Familien. Schluss damit, hörst du? Neunzehn. Ein umgestülptes Sofa auf der Straße, entweder als Parkplatzreservierung oder bereit für die Halde. Siebzehn, fünfzehn. Ein Ausreißer, ganz aus Metall und Glas. Gehört bestimmt einem monochrom gekleideten Architekten, der es selbst entworfen hat. Eine Sie – da sitzt sie und liest durch eine Brille mit dickem Gestell eine Zeitschrift, die auf mattem Papier gedruckt ist. Dreizehn. KEINE WERBUNG. Elf. Kieselrauputz in Zuckerwatterosa. Echt jetzt?

Nummer neun ist unscheinbar. Unauffällig und uninteressant. Ich weiß nicht, was ich erwartet habe. Etwas Besonderes, weil es das Heim eines Künstlers ist?

Keine Klingel, aber ein Klopfer. Ich hebe ihn an, lasse ihn los – ein schneller Schlag. Die Tür befindet sich nicht mittig in der Fassade, sondern weiter links. Oberhalb des Briefschlitzes und links und rechts vom Klopfer sind Milchglasscheiben in die Tür eingelassen. Ich kneife die Augen zusammen. Ein Bücherregal. Eine große Grünpflanze, dreieckige Blätter. Eine Treppe. Über die nun ein verschwommener Farbfleck herunterkommt. Er nähert sich der Tür, bis …

»Eve. Willkommen.«

Ich stehe noch immer leicht vorgebeugt da, als er die Tür öffnet. »Hi, Paul.«

»Komm rein, komm rein.«

Keine Ahnung, warum er es zweimal sagt. Dazu macht er mit einer Hand eine einladende Geste, während er mit der anderen die Tür aufhält. Übereifrig oder nur erwartungsvoll.

»Danke.«

Kein Händeschütteln, keine Umarmung, kein Küsschen.

»Oh. Schuhe aus.«

Soll das ein Witz sein?

Er deutet auf ein schickes Schuhregal aus Holz neben der Tür. Offenbar nicht.

Während ich meine Converse abstreife, fragt er mich, ob ich etwas trinken will. »Gin? Ein Glas Wein?«

Trinken und malen. Wird das nicht seine Sichtweise, seine Urteilskraft beeinflussen? »Gin Tonic, bitte. Mit Zitrone, wenn du hast.«

»Kommt sofort.« Er schließt die Tür hinter mir und tappt, barfuß in weichen Lederpantoffeln, in die Küche.

Ich mag Bills Krabben-Schlappen lieber. Oh, ich habe Karinas Morgenmantel vergessen.

»Weißt du, Eve«, beginnt er, während er mit einem Barmaß zwei einzelne Teile Gin abmisst und sie in zwei Gläser mit dickem Boden gibt, »ich freue mich sehr, dich endlich selbst zeichnen zu können.« Er spült das verchromte Maß sorgfältig aus, dann öffnet er das Tiefkühlfach und holt eine Handvoll Eis aus einer offenen Tüte. Die Schublade quietscht, als er sie auf- und wieder zumacht.

»Na, dann hoffe ich nur, dass ich dich nicht enttäusche.«

Er lächelt, sagt aber nichts. In einer zierlichen Obstschale aus Metall liegen Zitrone und Limette. Nachdem er einen Spritzer Tonic in die Gläser gefüllt hat, greift er nach der Zitrone und schneidet sie in Spalten.

Ich versuche, das Schweigen auszuhalten, gebe aber schließlich doch auf und frage ihn, wo sein Atelier ist.

»Oben.« Er reicht mir mein Glas.

Um meine Nerven zu beruhigen, trinke ich die Hälfte in einem Schluck aus.

»Warte – Prost!« Er sieht mir in die Augen.

Was haben die Leute immer nur mit dem Prosten? Auf uns. Auf dich. Auf unseren Erfolg. Verpisst euch, alle miteinander.

Da ist wieder das Lächeln.

»Nach dir.« Er nickt in Richtung Treppe. Weiß gestrichenes Holz.

Ich erwarte, dass sie wie die im Atelier ächzt, aber sie tut es nicht. Er geht nur wenige Stufen hinter mir. Die Rückseiten meiner Beine brennen, ein Prickeln dumpfer Vorahnung, wie Hitzebläschen.

Grace. Wie lange hast du denn in der Sonne gelegen?

Du drehst den Kopf zur Wand. Ich hab auf ihn gewartet, sagst du und klingst dabei kleinlaut. Du setzt an, noch mehr zu sagen, verstummst aber wieder.

Ich verteile die Lotion vorsichtig auf deinen Waden, die normalerweise milchweiß sind, jetzt aber eher nach Erdbeermilchshake aussehen.

Grace, du musst das beenden.

Noch nicht, sagst du und streckst die Hand hinter deinem Rücken nach meiner aus. Das schaffe ich im Moment nicht. Nach den Prüfungen.

Ich schiebe meine Finger in deine. Okay.

Ich kenne Paul kaum. Und irgendwas an ihm ist komisch. Für einen Künstler kommt er mir zu ordentlich und pedantisch vor, als habe er etwas zu verbergen. Was, wenn er ein Psychokiller ist? Klar, dass mir sofort der Talking-Heads-Song einfällt. *Fa-fa-fa-fa-fa-fa-fa-fa-fa-far better.* Auch einer von Dads Favoriten. Für alle Fälle gehe ich die Standardliste potenzieller Ausreden durch. Vergessen, dass ich noch arbeiten muss. Heftig meine Tage bekommen. Grummeln im Bauch. Vielleicht hätte ich Max bitten sollen, mich zu einer bestimmten Zeit anzurufen und einen Notfall zu fingieren.

»Einmal rechtsrum.«

Sein Schlafzimmer – das Bett gemacht, Lampe eingeschaltet – und vis-à-vis ein kleines Bad. Dazwischen das Atelier, weiße Wände voller Gemälde und Zeichnungen, alles Akte. Zur Qualität kann ich von hier aus nichts sagen, aber es sind Männer wie Frauen, was mir wohl irgendwie ein besseres Gefühl gibt. Weiße Bodendielen, hier und da mit ein paar Flecken versehen, Farben in Dosen und Tuben auf einer Arbeitsfläche und Gläser mit Stiften und Pinseln auf dem Fensterbrett. In der Mitte eine Staffelei, um einiges besser als die, die die Kursteilnehmer verwenden. Darauf ein paar einzelne Blätter Papier. Der Staffelei gegenüber ein zitronengelbes Sofa ohne Kissen. Über allem ein Hauch Ölfarbe und Terpentin.

»Ich dachte, wir fangen mit einer einfachen Ruhepose an und arbeiten uns dann vor, einverstanden?«

Vor wohin? Ich lächele und nicke und halte den Atem an, um die unruhigen Schmetterlinge in meiner Magengrube zu ersticken. Ich stelle mein Glas auf den Tisch neben dem Sofa.

Er schiebt einen Untersetzer darunter.

Ich blicke mich um.

»Kein Wandschirm hier, tut mir leid.«

»Oh, schon okay.«

Er schiebt seine Brille den Nasenrücken hinauf, während er mir zusieht, wie ich die vielen Lagen Stoff loswerde.

»Wie wär's mit Musik?«

»Okay.« Ich wende mich ab, während ich den Verschluss meines BHs löse, ihn abstreife und mich zu entspannen versuche.

Etwas Klassisches aus dem Radio.

Sobald ich nackt bin, reagiert mein Körper: Mein Herz hämmert so heftig wie beim Arzt, wenn man mich bittet, meinen Ärmel zum Blutdruckmessen hochzuschieben, und die Manschette sich um meine pumpende Arterie aufbläst. Mein Verstand rast wie ein B-Picture im Schnellvorlauf. Wie die Lieder, die Karina stoppt, ehe sie zu Ende sind, manchmal sogar noch ehe sie richtig anfangen, was Bill in den Wahnsinn treibt. »Wie soll ich …?«

»Hier.« Er steuert mich auf das Sofa zu und bittet mich, mich hinzulegen. »Etwas mehr zur Seite, mir zugewandt.« Die Finger noch kalt vom Glas, hält er mich an der Taille, um mich zu drehen.

Im Atelier berührt er mich öfter, aber hier fühlt es sich intimer an, zielgerichteter. Von den Fingerspitzen an über meine Arme, meinen Oberkörper und meine Beine hinunter bis in die Fußballen scheint sich jeder Muskel in meinem Körper anzuspannen. Selbst meine Brustwarzen, was er mit Sicherheit bemerkt.

Um uns beide von meinem Unbehagen abzulenken, ringe ich mir den müden Scherz ab, er solle mich doch so malen wie die Mädchen in Frankreich, doch obwohl er lächelt, bin ich mir nicht sicher, ob er das *Titanic*-Zitat erkannt hat.

Dann nichts. Er sagt nichts. Ich bin nur froh über die Klaviermusik im Hintergrund. Ich weiß nicht, wohin ich sehen soll, aber nicht unbedingt zu ihm. Stattdessen fixiere ich einen roten Farbfleck am Boden.

Kann ich mir deinen Nagellack leihen, Eve?

Nach ungefähr fünf Minuten das Rascheln von Papier. Er sagt noch immer nichts. Ich spüre seinen Blick sengend auf meiner Haut. Es ist nicht gänzlich unangenehm. Ein bisschen, als würde man schon zu lange in der Sonne liegen. Die richtigen Auswirkungen spürt man erst am nächsten Tag.

Ich bleibe stumm und konzentriere mich auf den roten Fleck.

Danke. Ich bringe ihn dir wieder, wenn ich fertig bin.

Die Pantoffeln schlurfen über den Boden. Er steht vor mir, versperrt mir die Sicht.

»Wir versuchen mal etwas anderes.«

Ich brauche ein paar Sekunden, um zu begreifen, dass er mit mir spricht, was natürlich etwas albern ist, weil wir ja die Einzigen hier sind. Ich schwinge meine Beine von der Couch und will mich erheben, aber er drückt mich sanft wieder herunter. Nun sitze ich, die Füße auf dem Boden, vor ihm.

»So ungefähr«, sagt er, hält mich an den Schultern und zieht mich nach vorne.

Jetzt knie ich vor ihm, mein Gesicht nur Zentimeter vor seiner Taille. »Na ja, das ist definitiv etwas anderes.«

Er lächelt gelassen.

Meine Nerven flattern.

»Und jetzt die Hände auf den Boden.«

Auf alle viere. »Oh, mein Fehler!« Ich presse die Lippen zusammen und versuche, mich zu beruhigen. Mir vorzustellen, dass ich beim Yoga bin und die Katze/Kuh-Übung mache, und instinktiv drücke ich den Rücken durch.

Die Pantoffeln schlurfen über den Boden.

Wieder verstreichen fünf Minuten.

Obwohl weniger von mir zu sehen ist, fühle ich mich mit meinen schlaff herabhängenden Brüsten entblößter als vorher. Ich fixiere den roten Fleck.

Du zappelst mit den Fingern vor meinem Gesicht.

Sieht gut aus, Grace.

Erneutes Schlurfen. Diesmal keine Anweisungen. Er bückt sich, schaut mir in die Augen, und wieder das Lächeln. Er küsst erst meine Wangen, dann meine Lippen. Ich tue es mit einem Lachen ab: Er albert herum. Er lacht auch, dann küsst er mich härter. Ich kneife die Augen zusammen, um meine Überraschung zu verbergen, und meine Zunge erschlafft, als seine sich in meinen Mund ergießt. Seine Hände greifen in mein Haar, streicheln, ziehen. Meine bleiben passiv auf dem Boden.

Ich habe keine Ahnung, was ich sagen oder tun soll, aber ich brauche Luft. Behutsam, um ihn nicht vor den Kopf zu stoßen, ziehe ich mich ein Stück zurück. Wieder lache ich, obwohl ich befürchte, dass ich mich etwas hysterisch anhöre. »Also, soll ich jetzt …«

»Sch.« Er tritt hinter mich und fängt an, meinen Rücken zu streicheln, dann meine Arme. Mein Herz beginnt zu hämmern. Er kneift mir in die Brustwarzen, kneift und lässt los, wie bei einem Impulsgeber. Ich stöhne, aber eher, weil es wehtut. Zufrieden streichelt er meine Schenkel, versetzt ihnen einen Klaps, spreizt sie.

Der rote Fleck.

Die Fußnägel auch.

Sein Atem geht schneller, lauter. Als ich höre, wie er seinen Gürtel öffnet, bin ich mit einem Mal hellwach.

Ein schwarzer Ledergürtel um deinen Hals.

Ein Knopf. *Moment.* Der Reißverschluss. Zu spät. Ich spüre, wie er sich hinter mir einrichtet. Mein ganzer Körper erstarrt. Er greift um mich herum, tastet nach meinem Mund, drückt mir einen Finger gegen die Lippen, und ich öffne sie – was soll ich sonst tun? Ich schmecke Kohle auf meiner Zunge.

War es ein Kampf? Als die Kehle sich zuzog, die Lungen um Luft rangen? Hat es wehgetan?

Dann drückt er sich in mich, stöhnt und begrapscht mich, um mich ungeschickt in Fahrt zu bringen. Ich mache die Augen auf und starre auf den roten Fleck.

Grace?

Der einzige Trost: Es dauert nicht lange. Nach vielleicht einer halben Minute wiegender Bewegungen leitet er die Rammelphase ein, und dann ist es auch schon vorbei.

Wieder streichelt er meinen Rücken, reibt meine Arme, sagt mir, dass sich das gut angefühlt hat.

Ich halte still, bis ich es nicht mehr ertragen kann. Als ich mich erhebe, stelle ich fest, dass er kein Kondom benutzt hat. »Ich geh mal eben aufs Klo«, sage ich so leise, dass er mich vielleicht gar nicht hört.

Als ich zurückkomme, begutachtet er mit dem Stift in der Hand die Zeichnungen und fügt hier und da ein Detail hinzu. »Oh, da bist du ja. Du bist so schön zu zeichnen, Eve.« Seine Stimme ist neutral, seine Haltung ganz Professionalität.

Ich ziehe meinen Slip an, dann greife ich nach meiner Jeans.

»Du wirst langsam richtig gut.«

Als ich meinen BH in meine Tasche stopfe und mein T-Shirt überziehe, bemerke ich, dass meine Hände zittern. »Ich gehe jetzt besser«, sage ich. Meine Stimme ist noch immer leiser als üblich. T-Shirt und Pulli. Was noch? Mantel, Schal und Schuhe. Unten.

»Ich bring dich zur Tür.«

Diesmal geht er vor, und ich verspüre plötzlich das Bedürfnis – so stark, dass es mir regelrecht Angst macht –, ihn die Treppe hinunterzustoßen. Als wir unten ankommen, reicht er mir Mantel und Schal und öffnet die Tür, während ich beides anziehe.

»Alles in Ordnung?«, fragt er, während er sich auf die Zehenspitzen streckt, dann die Knie leicht beugt.

Ich ramme meine Füße in die Converse und ringe mir ein künstliches Lächeln ab. »Klar.«

Er erwidert das Lächeln und reicht mir einen Umschlag. »Heute mit einem Bonus.«

18

Ich kann mich nicht erinnern, wann ich das letzte Mal auf diese Art gebadet habe. Das Wasser ist so dampfend heiß, dass es jede Knitterfalte ausbügelt, und ich bin von allen Seiten von Schaumbergen umgeben – Millionen Bläschen, die im Licht der Lampe an der Decke in Grün, Gelb, Purpur und Rosa schillern.

Ich nehme zwei Handvoll Schaum und sehe zu, wie er durch meine Finger und meine Handgelenke herabrinnt, bis er von meinen Ellenbogen zurück in die Wanne tropft. Ich schließe die Augen und lege den Kopf zurück an den Wannenrand. Das Einzige, was mir fehlt, ist ein wasserdichtes Kissen.

Mich selbst für »die Kunst« zu verkaufen, ist eine Sache. Aber was mache ich jetzt? Verkaufe ich mich für Sex? Der Gedanke ist jedes Mal wie ein heftiger Schlag in den Unterbauch. Es ist eine Woche her, dass es passiert ist, und noch immer habe ich dieses scheußliche Gefühl in der Magengrube, diese furchtbare Mischung aus Reiseübelkeit, Kater, akuter Nervosität und Furcht. Um dagegen anzukämpfen, ziehe ich den Bauch ein und sinke tiefer ins Wasser. Ich bin eine miese Feministin.

Ich schlage die Augen auf und begutachte meine Finger, die schrumpelig sind wie alte Kochäpfel – wie die, die im ersten Jahr von den müden Ästen des Baums vor Grace' Fenster plumpsten. Ich strecke den rechten Fuß nach dem Heißwasserhahn und drehe ihn mit den Zehen auf, bis frisches, dampfendes Wasser nachläuft. Es zieht einen schaumfreien Kanal durch die Mitte des Bads – ein Fenster zu meinem untergetauchten Körper. Meinem Pack-mich-ruhig-an-Körper. Meinem Komm-und-hol-ihn-dir-Körper. Meinem Gib-mir-das-Geld-und-er-gehört-dir-Körper. Autsch, zu heiß. Ich ziehe hastig den Fuß aus dem Wasserstrahl und beuge mich vor, um den Hahn wieder zuzudrehen. Ich blicke herab und stelle fest, dass sich die Bläschen klammheimlich wieder zurückgearbeitet und meinen Körper verhüllt haben.

Ich trockne mir die Hände am nächstbesten Handtuch ab und nehme mir Annies Tagebuch. Als ich mir das Wasser habe einlaufen lassen, fiel mir wieder ein, dass ich es noch nicht zu Ende gelesen habe. Eine willkommene Ablenkung. Ich blättere durch die Seiten, bis ich die Stelle finde, an der ich aufgehört habe, und spüre, wie ich mich entspanne.

Ich wollte heute auf gar keinen Fall heulen – tja, so weit zu diesem Plan. Ich habe noch nie so viel geheult wie in diesem sonnigen kleinen Zimmer.

Sie schreibt noch immer über die Therapie.

Es ist eine komische Beziehung. Ich kann mir nicht mehr vorstellen, nicht mehr mit ihr zu reden, was mir

Angst macht, zumal ich noch niemandem von ihr erzählt habe. Weder meinen »Freunden«. Noch Mum oder Dad. Noch Paul.

Ich setze mich so abrupt auf, dass Wasser aus der Wanne schwappt. Paul? Warum sollte sie auch nur in Erwägung ziehen, es Paul zu erzählen? Ich blättere hastig vor und überfliege ihre schöne Schrift nach einer weiteren Nennung des Namens, aber ich entdecke nichts. Es ist wahrscheinlich sowieso bloß Zufall. Paul ist kein seltener Name. Ich lege das Tagebuch auf den Klodeckel und schlucke. Plötzlich ist mir wieder flau im Bauch.

Es ist zumindest nicht unvorstellbar, dass er der Mann ist, mit dem sie sich in letzter Zeit trifft. Der »alte Freund«, der wusste, dass es mit ihrer Ehe schon länger bergab ging. Aber ich habe die beiden so oft zusammen erlebt – kann mir das wirklich gänzlich entgangen sein?

Ehe ich mich daran hindern kann, stelle ich sie mir zusammen vor. Allein. In seinem Haus. Wie er ihr einen Drink macht. Wie sie beide die Treppe hinaufgehen, die nicht knarrt. Wie sie in der Dusche miteinander schlafen, auf der Küchentheke, auf dem Treppenabsatz. Ob er sanft mit ihr umgeht? Ob sie über das Aktzeichnen reden – über mich, über mein Leben außerhalb des Ateliers? Eve hat einen Freund. Tatsächlich?

Annies Paul. Das ergibt für mich keinen Sinn. Dennoch könnte er erwähnt haben, dass ich zu ihm komme. Ob es ihr etwas ausmacht, wenn ich für ihn Modell stehe, so wie Suzon für Manet gestanden hat? Wenn sie nicht zusammen sind und er nichts zu verbergen hat, könnte er ihr sogar erzählt haben, dass er mit mir gevögelt hat. Mir stockt der Atem, als ich mir vorstelle, wie Annie mich anruft, um mir mitzuteilen, dass sie und Molly meine Dienste leider nicht mehr benötigen.

Ich wollte das nicht. Diese Pantoffeln, dieses weiße Zimmer, dieser Terpentingeruch in der Luft. Ich schaufele mir Wasser ins Gesicht. Ich halt's nicht aus.

Ein Klopfen an der Tür. »Eve?«

Ich erstarre, die Finger im Gesicht.

»Bist du fertig?«

»Oh. Nein. Tut mir leid.«

Einen Moment Stille. Ich sehe seinen gequälten Gesichtsausdruck vor mir.

»Wir sehen uns dort, okay?«

»Ja, okay«, sagt er und geht davon.

Ich ziehe den Stöpsel und beobachte, wie sich unten in der Wanne ein Whirlpool bildet – ein dunkler Abwärtsstrudel. Das schaumige Wasser verschwindet im Ausguss, und ich stehe langsam auf. Ein böser Sturz als Kind – Baden ohne Aufsicht, wie immer – hat mich gelehrt, mich beim Ein- und Ausstieg immer mit beiden Händen am Rand festzuhalten.

Ich bin Max aus dem Weg gegangen. Ich kann ihm kaum in die Augen sehen, noch weniger mit ihm reden. Wie denn, nach dem, was geschehen ist? Immer wenn ich es versuche, poppt ein Bild in meinem Kopf auf: Paul, der uns im Bett beobachtet, so wie er mich auf der Bühne beobachtet.

Meine Arbeitstage in der Bar enden zunehmend im Rausch. Nach Ladenschluss trinke ich. Zu viel Wein. Zwischendurch Hochprozentiges. Nina steht immer noch total auf Wodka, und nun brauche ich ihn auch. Nachts rolle ich mich auf der Bettseite, die zu meiner geworden ist, zusammen und klammere mich mit einer Hand an die Matratzenkante – von Schuldgefühlen geplagt, aber abgefüllt genug, um wegzudämmern.

Trotz meines Verhaltens lässt Max sein Fahrrad stets stehen, um mit mir mit der Bahn zu fahren; er fürchtet vermutlich, dass ich einschlafe und erst an der Endstation wieder aufwache. Das ist kein Pärchen-Ding – er kommt mir eher vor wie mein Bewährungshelfer –, aber er ist an meiner Seite und nimmt gelegentlich sogar meinen Arm (damit ich nicht zu sehr torkele). Neulich bin ich wohl etwas zu weit gegangen. Ich hatte Mühe, mehr als ein paar Meter geradeaus zu gehen, und er blieb stehen, um mich zu fragen, ob alles in Ordnung sei. Statt zu antworten, drückte ich mich gegen ihn, um ihn zu küssen. Ein betrunkener Kuss mit zu viel Spucke und zu wenig Gefühl, und das fand er offenbar auch, denn er machte sich mit geschürzten Lippen los und ließ mich stehen.

»Ich glaube, du hast ein Problem«, sagte er.

Die Luft ist kalt, so kalt, dass man Kopfschmerzen davon bekommt. Sie hüllt mich ein, und ich kneife die Augen zusammen, um meine tränenden Augen zu schützen. Als ich vor der Haltestelle Kilburn einen leeren Schlafsack entdecke, frage ich mich unwillkürlich, wie es Fred Weihnachten ergangen sein mag. Ich springe rasch in den Laden an der Ecke und kaufe zwei Pakete Doppelkekse, die ich in eine der drei Plastiktüten voller Ramsch stopfe.

Als ich in der Bar ankomme, sieht Max mir besorgt entgegen. »Alles in Ordnung?« Er lässt sein, was immer er gerade an den Bierfässern macht, und kommt hinter der Theke hervor, um mich in den Arm zu nehmen. Er duftet sauber und frisch.

»Ja, danke. Wieso?«, frage ich, lege meine Wange an seine Brust und schließe die Augen. Ich fühle mich plötzlich vollkommen erschöpft.

Er zieht sich ein Stück zurück, sodass mein Kopf nickt, als sei ich im Bus eingeschlafen. »Weil du fast eine Stunde zu spät kommst.«

Ich klammere mich an ihn wie eine Schiffbrüchige an eine Boje mitten im Meer. Geh nicht weg, bitte. Ich verschränke die Finger in seinem Rücken.

Er weicht zurück, meine Finger verlieren einander, und meine Arme fallen an meinen Seiten herab. Ich ertrinke.

»Ich habe behauptet, du hättest einen wichtigen Termin. Eve, was ist los?«

»Es tut mir leid.«

»Es tut dir leid? Was soll das heißen?«

»Es tut mir leid, dass ich dich in diese Lage gebracht habe.«

»Das ist keine Antwort auf meine Frage.«

»Max, da kommen Gäste.« Das ist nicht gelogen. Drei Männer in Anzügen nähern sich lachend und scherzend der Theke. »Später, ja? Ich erklär's dir später.« Sobald ich mir eine Ausrede zurechtgelegt habe.

Als mir heute Abend ein Mann mit einem griesgrämigen Ausdruck im Gesicht und einem halben Dutzend Gläser Wein im Bauch einen Drink ausgeben will, sage ich Ja. Ich bemerke, dass Max mir am anderen Ende der Bar zusieht, wie ich zwei Gläser Roten einschenke und mit dem gleichermaßen rotgesichtigen Gast anstoße, nachdem ich seine

Karte ans Lesegerät gehalten habe. Die erdige Flüssigkeit rinnt durch meine Kehle, setzt sich in mir fest und verbreitet ihre Wärme wie eine Zentralheizung. Als er eine halbe Stunde später erneut erscheint und mir noch einen ausgeben will, sage ich wieder Ja. Heute macht Alkohol das Arbeiten leichter.

Der nicht abreißende Strom an Gästen, die etwas zu trinken ordern, bedeutet, dass Max und ich kaum eine Möglichkeit haben, miteinander zu reden. Er bleibt an seinem Ende der Bar, ich an meinem.

Mein zweites Glas ist beinahe leer. Wo ist dieser Kerl? Ich stelle mich auf Zehenspitzen, um die Menge zu überblicken, aber ich kann ihn nicht entdecken. Wenn Nina so scharf darauf ist, nach der Arbeit zu trinken, wird sie sicher nichts dagegen haben, wenn ich mir währenddessen etwas genehmige. Ich will mir gerade – unbezahlt – nachschenken, als:

»Verzeihung?«

Eine andere Möglichkeit. Sieht ganz anständig aus, trotz zurückweichender Haarpracht. Mitte dreißig. Kein Ehering.

»'n Abend. Was kann ich für dich tun?«

»Ein Lager, bitte.«

»Kommt sofort.« Ich blicke in seine Augen, bis er zurückblickt.

»Hast du einen schönen Abend?«

»Oh, auf dieser Seite der Theke ist es nicht unbedingt so spaßig.«

Er schaut mich ausdruckslos an.

»Ich würde ja gerne einen mit dir trinken, aber …« Ich mache eine ausschweifende Armbewegung die Theke entlang.

»Nun, ich denke doch, dass uns da noch was einfällt«, antwortet er. Er richtet seine Krawatte und beugt sich vor. »Was soll's denn sein?«

»Gin Tonic, danke.«

»Dann einen doppelten.«

»Wenn du darauf bestehst.«

Bis zum Ende des Abends habe ich Paul, seine Pfoten und das ungute Brennen zwischen meinen Beinen danach vergessen. Sogar Suzon habe ich vergessen. Als ich versuche, ihr Gesicht heraufzubeschwören, ist es so verschwommen wie die Menge der Zuschauer, die im Spiegel hinter ihr zu sehen sind. Vielleicht hat sie sich ohnehin längst verändert. Sich ein Piercing zugelegt, die Haare gefärbt. Vielleicht hat sie jetzt einen Freund. Grace. Als ich die Augen schließe, sehe ich vor mir, wie sie einen Blick auf die auf Servietten gekritzelten Telefonnummern wirft und eine Grimasse schneidet.

Ich zerknülle sie und werfe sie in den Müll, dann sehe ich zu Max hinüber. Ich habe den ganzen Abend noch nicht mit ihm gesprochen, bis auf das eine Mal, als er einen Cocktail für einen dürren Rothaarigen machen sollte, dessen Name mir nichts sagte (also, der Name vom Cocktail, nicht der des Rothaarigen). Den habe ich inzwischen übrigens auch wieder vergessen. Max reichte mir den Drink ohne ein Wort, ohne ein Lächeln.

»Max?«

Er ist gerade damit beschäftigt, die Theke zu putzen; gemessen an dem Druck, den er beim Reiben ausübt, muss es sich um etwas besonders Klebriges handeln. Oder er ist besonders sauer. Er reagiert nicht. Was ist aus unserem Paralleluniversum geworden?

»Max, kannst du mich hören?« Ich lege meine gewölbten Hände um meinen Mund und rufe lauter.

Er blickt zu mir auf, dann über meine Schulter. Und wienert wieder. Die Theke beginnt zu quietschen.

»Was siehst du denn da?« Ich drehe mich um und entdecke Nina hinter mir.

»Eve, in mein Büro.«

Heute Abend fühlt es sich besonders farblos an, ihr Büro. Mitleidlos. Emotionslos. Als ich ihr über die Schwelle folge und mich setze, weiß ich, was kommt. Ich weiß, dass ich keine Ausreden habe. Das hindert mich allerdings nicht daran, dennoch verzweifelt nach einer zu suchen. Stumm natürlich – ich habe schließlich auch meinen Stolz.

»Also, Eve. Ich denke, du solltest eine Arbeitspause einlegen.«

Wahrscheinlich sitzt sie jeden Abend hier und beobachtet uns. Wie kann sie es wagen! Das ist ein Eingriff in unser Privatleben. Wie personalisierte Werbung, das Mikrofon in meiner Tasche. Ich versuche, einen Blick auf ihren Bildschirm zu erhaschen: eine Collage aus Bildern von Kameras, die jeden Winkel erfassen. Ich richte meinen Blick auf ihre Ohren. Trägt sie ein Headset?

»Eve?«

Meine Zunge fühlt sich dick und pelzig an. Der Alkohol schlägt im falschen Augenblick zu. Ich schlucke. »Entschuldigung, dass ich zu spät gekommen bin. Aber es ist wirklich alles okay. Ich hatte nur einen wichtigen Termin und vergessen, es dir zu sagen. Es wird nicht wieder vorkommen.«

»Es geht hier nicht um dieses eine Mal, und das weißt du.«

Ich würde gerne wissen, ob zu Hause jemand auf sie wartet. Jemand, der das frisch gekochte Abendessen mit Folie abdeckt. Und Licht im Flur anlässt. Wahrscheinlich nicht, wenn sie jeden Abend so lange hier hockt. Deswegen widmet sie mir auch so viel Aufmerksamkeit: Sie ist einsam.

»Also. Ich zahle dir deinen Lohn für die nächsten zwei Wochen, aber du solltest jetzt besser gehen.«

Sie hat schon öfter Leute entlassen. Sie weiß, wie man die Sache möglichst kurz und schmerzlos über die Bühne bringt. Ich betrachte meinen Namen, der mit roter Farbe in der Terminplanung steht. Jetzt kann sie alles wegwerfen und noch einmal neu machen. Was für eine Verschwendung von Zeit, Papier und Energie.

Was für eine Verschwendung. Sie hatte noch so viel vor sich, sagt dein Tutor nach der Beerdigung. In der einen Hand hält er ein matschiges Gurkensandwich, in der anderen einen Plastikbecher mit billigem Weißwein.

Vielleicht kann sie ja jedes »EVE« mit ein bisschen Tipp-Ex überdecken und, sobald es getrocknet ist, die Initialen der Person, die mich ersetzen wird, reinkratzen. Zumindest ist mein Name kurz, also ganz leicht zu ersetzen. Und nur eine Silbe.

»Eve?«

»Was ist mit dem neuen Dienstplan?« Ich deute an die Wand. »Da steht noch mein Name.«

»Weißt du, was, Eve?«

Ich wende mich ihr hoffnungsvoll zu.

»Mach dir darüber keine Gedanken.«

19

Am nächsten Morgen ist mir übel, als ich erwache. Ich weiß, dass sich dieses kränkliche Gefühl halten und in meinen Eingeweiden rumoren wird, bis ich nachgebe und heute Abend wieder ins Bett gehe. Ich bin selbst schuld. Ich hätte gestern Abend, als ich nach Hause kam, nicht noch die Flasche Rotwein leeren dürfen, zumal ich nichts zu Abend gegessen hatte. Doch die Flasche war schon offen, und ich brauchte etwas, um mich zu trösten.

Sie haben mich immer schon überfallen, die Erinnerungen an Grace, immer dann, wenn ich etwas sehe oder höre, was ich in irgendeiner Hinsicht mit ihr in Verbindung bringe. Doch seit ich ihren Eltern im Restaurant begegnet bin, ist es ein konstantes Flackern geworden.

Als ich gestern mit der Bahn nach Hause fuhr – diesmal ohne Max –, stürzten sie, eine nach der anderen, auf mich ein.

Deine Tür, die schwergängiger ist als üblich.

Der Türknauf, eine glänzende Messingkugel, kühl in der Hand wie eine unreife Pflaume, die im Kühlschrank lag.

Keine Reaktion auf mein Klopfen, daher rufe ich dich. Grace?

Etwas ist im Weg.

Sirenen. Blitzende Lichter in Blau und Weiß.

In der Küche hängt der Duft von frisch getoastetem Brot. Max frühstückt und schaut dabei ein Kochshow im Fernsehen. Verstohlen werfe ich ihm einen Blick zu. Er hat die Brauen finster zusammengezogen, als brüte er über einem kniffligen Sudoku, obwohl das Rezept für Shakshuka, das der TV-Koch erklärt, ziemlich simpel klingt. Ich versuche ein Lächeln, aber es fühlt sich wie eine Grimasse an.

Ich gehe in die Küche, um mir einen Kaffee zu machen, und als das Wasser kocht, ist er mit seinem Frühstück fertig. Ich blicke in meinen Becher, während er auf mich zukommt. Als er vor mir stehen bleibt, wappne ich mich gegen die Worte, die ich nicht hören will.

Doch stattdessen zieht er mich in die Arme und hält mich einen Moment fest. Keiner von uns sagt etwas. Dann lässt er los. »Eve, was soll das? Warum hast du denn gestern nicht reagiert?«

»Reagiert?«, frage ich und wanke ohne ihn als Stütze. Ich klopfe den Teelöffel an meinem Becher ab und lasse ihn in die Spüle fallen.

»Ich habe dich gestern Abend angerufen und dir einen Haufen Nachrichten geschickt«, sagt er und reibt sich das Gesicht. »Was hätte ich tun sollen? Du bist einfach abgehauen, und als ich wiederkam, warst du im Tiefschlaf.«

»Entschuldige, Max. Ich wollte nicht, dass so was passiert.«

Unglückseliger Vorfall, sagt dein Vater vorne in der Kirche, obwohl wir beide genau wissen, dass es damit nichts zu tun hatte. An dem, was geschehen ist, war nichts Zufälliges.

Ein kurzes, scharfes Ausatmen, wie wir es beim Yoga anfangs immer machen sollen, nur dass seins von einem ungläubigen »Ha« begleitet wird. Schon seltsam, wie oft Youla mir in den Sinn kommt.

»Du wolltest nicht, dass so was passiert?«

Ich bin mir nicht sicher, ob ich darauf reagieren soll.

»Du kommst alle naselang zu spät zur Arbeit und setzt dem Ganzen dann die Krone auf, indem du dich betrinkst und den Kunden an den Hals wirfst.«

»Ich war nicht betrunken.«

»Ach komm, Eve.«

»Und ich hab mich auch niemandem an den Hals geworfen.«

»Ist klar.«

»Ich glaube, ich bin krank.«

»Und? Bist du beim Arzt gewesen?«

»Noch nicht.«

Ein paar Sekunden lang sagt keiner von uns etwas. Wir sehen einander nur an. Was mag er sehen? Ich stehe hier in seiner Wohnung in einem alten T-Shirt und Leggings, Haare und Körper ungewaschen, das Gesicht ohne einen Hauch Make-up. Mist, ich hoffe, ich rieche nicht. Ich kann mich nicht erinnern, ob ich Deo benutzt habe. Zumindest habe ich mir die Zähne geputzt.

Er beendet das Schweigen. »Eve, ich mache mir Sorgen um dich.«

Mir wird heiß. »Max, komm schon.«

»Nein. Ich kann nicht einfach so tun, als sei nichts. Du bist gar nicht mehr da.«

Das stimmt nicht. Ich bin direkt vor ihm. Ich strecke die Hand aus, um es ihm zu beweisen, aber er weicht aus.

»Wenn ich mit dir rede, kommt es mir manchmal so vor, als würdest du mich nicht einmal hören. Als seist du ganz weit weg.«

Ich erinnere mich an meine Gewissheit, dass wir eine besondere Wellenlänge hätten, und ziehe mental den Kopf ein.

»Eve, du brauchst Hilfe. Sieh dich doch nur an.«

Dem entnehme ich, dass er nicht mag, was er sieht. Der Gedanke trifft mich wie ein Schlag ins Gesicht. Seine Meinung ist mir wichtig. Er ist mir wichtig.

»Du musst mit jemandem reden – mit jemand anderem. Wer immer deine Therapeutin ist, sie hilft dir definitiv nicht.«

Als ich nichts sage, fährt er fort.

»Du musst mit jemandem über das sprechen, was mit Grace passiert ist.«

»Bitte, Max, ernsthaft – nicht jetzt.« Ich fange wieder an zu schwanken und umklammere die Kante der Theke fester. Er ist der einzige Mensch, mit dem ich je über sie gesprochen habe.

»Hast du mal überlegt, noch einmal hinzufahren?«

Allein die Vorstellung entsetzt mich.

»Vielleicht ist es einen Versuch wert. Es könnte helfen. Wie willst du je mit deinem Leben weitermachen, wenn du dich nicht dem stellst, was gewesen ist?«

»Mir geht's gut, wirklich.«

»Erzähl mir nichts. Dir geht es nicht gut. Du benimmst dich selbstzerstörerisch.«

Der nächste Schlag ins Gesicht, diesmal härter.

»Ich gehe noch heute zum Arzt und lasse mir etwas verschreiben, okay? Letztes Mal hat es geholfen.«

Das ist nicht gelogen. Ich habe eine Zeit lang Tabletten genommen, und sie halfen – vermutlich. Am Ende fragte ich mich zwar, ob sie tatsächlich eine Wirkung gehabt hatten, brauchte aber dennoch eine Weile, um sie mir abzugewöhnen. Es war ein bisschen wie damals in der Vorschule, als ich von ein paar älteren Kindern erfahren musste, dass die Zahnfee nicht existierte, ich mich aber ein gutes Jahr lang nicht dazu durchringen konnte, es auch zu glauben – schließlich konnte man ja nie wissen. Weil Dad aber ohnehin nie mitgespielt hatte – ich fand nie etwas unter meinem Kissen –, machte es eigentlich keinen Unterschied.

Er hält die Hände hoch. »Okay, das ist ein Anfang. Soll ich mitkommen?«

»Ich denke, es ist besser, wenn ich das allein mache.« Wieder strecke ich die Hand nach ihm aus, und diesmal lässt er es zu. »Danke, Max. Ich weiß, dass du mir nur helfen willst.«

Ich halte mein Versprechen und nehme die U-Bahn zu meiner Arztpraxis in Vauxhall. Ich erwarte immer, dass meine Sinne nach einem Abend mit zu viel Alkohol getrübt sein müssten, aber tatsächlich ist jedes Mal das Gegenteil der Fall. Als ich durch die Straße gehe, nehme ich alles um mich herum überdeutlich wahr. Das Glänzen eines silbernen Wagens, der rückwärts einparkt. Das weiche Rauschen gut aufgepumpter Fahrradreifen. Das durchdringende Geschrei eines Neugeborenen, das entweder müde oder hungrig ist oder eine volle Windel trägt. Meine Haut juckt bei dem Gedanken, Karina oder Bill begegnen zu können.

Ich melde mich beim Empfang an und lasse mich in eine Ecke des Wartezimmers plumpsen; es riecht so stark nach Desinfektionsmittel, dass es mir in der Nase brennt. Beinahe eine Stunde sitze ich da und lese halbherzig in meinem Buch – über eine Welt, in der Männer sich vor Frauen fürchten (Science-Fiction, was sonst?) –, während ich gleichzeitig weinerlichen Kindern und klapprigen Senioren lausche. Ich atme flach und passe mich automatisch dem pfeifenden Schnaufen des bärtigen Mannes neben mir an.

Ich habe gerade angefangen, mir auszumalen, wer was hat, als mein Name auf der digitalen Anzeige über der Aufnahme rot aufleuchtet und eine heitere Stimme mich auffordert, »bitte in Zimmer drei, Zimmer drei, bitte« zu gehen. Während ich auf den Flur zusteuere, höre ich einen Neuankömmling der Dame am Empfang detailliert seinen Ausschlag beschreiben. Er glaube, es sei ein Pilz.

Die heitere Stimme gehört eindeutig nicht zu der Ärztin, die in Zimmer drei auf mich wartet: eine mürrisch blickende Frau mit Triefnase (das Personal wird hier offenbar nicht so gründlich desinfiziert) und einem Klumpen Mascara im Augenwinkel. Nachtschicht? Auf dem Tisch liegt eine überreife Banane, die vergoren riecht.

»Okay, Eve, wie kann ich Ihnen helfen?«

»Ich glaube, ich brauche Antidepressiva. Ich habe schon einmal welche genommen.«

»Ah so«, sagt sie und überfliegt meine elektronische Akte. »Sie fühlen sich in letzter Zeit also niedergeschlagen?«

Ich nicke, und sie stellt eine Reihe weiterer Fragen. Habe ich eine feste Arbeit? Halte ich Kontakt zu Familie und Freunden? Wie steht es um meine Wohnsituation? Fragen über Fragen, auf die ich keine Antworten habe. Als Nächstes misst sie Blutdruck, Gewicht, Größe.

»Also, ich verschreibe Ihnen die Antidepressiva, um die Sie gebeten haben«, sagt sie, während sie sich die Augen reibt und dabei den Mascaraklumpen auf ihre Wange transferiert. Definitiv Nachtschicht. »Eine ziemlich niedrige Dosierung, die Sie größtenteils vor Nebenwirkungen – Stimmungsschwankungen, Benommenheit, Schlaflosigkeit et cetera – bewahren sollte.« Sie klickt auf dem Bildschirm routiniert diverse Schaltflächen an, damit die Apotheke die Ware freigibt.

Ich überlege, ob ich die Wimperntusche erwähnen soll, lasse es dann aber. Wir sind schließlich nicht befreundet. Apropos – wie es wohl meiner Nicht-Freundin Marjorie geht? Vielleicht nimmt sie auch Psychopharmaka.

»So, das wär's, dann sind wir schon fertig.« Sie reibt sich erneut die Augen, dann die Wangen. Das Kügelchen hängt nun an ihrem Kinn.

Da ich schon in der Gegend bin, beschließe ich, bei Youla vorbeizuschauen. Vor ein paar Tagen habe ich eine enthusiastische SMS von ihr bekommen: *Komm und starte das neue Jahr mit neuer Balance!* Ich habe sie ignoriert, weil mir allein bei dem Gedanken, verkatert in den herabschauenden Hund zu gehen, übel wurde, aber nun bin ich hier und trage Leggings, also kann ich ebenso gut versuchen, eine Art von innerer Ruhe zu finden.

»Eve, wie schön, dich zu sehen«, begrüßt sie mich begeistert wie eine verschollen geglaubte Freundin.

Ich weiß zwar nicht, ob wir überhaupt befreundet sind, lasse mich aber an ihren trainierten Körper drücken.

»Wo bist du gewesen?«

Ich will nicht über meinen Rauswurf reden und mich auch nicht ihrer Enttäuschung stellen, wenn ich erkläre, dass ich einfach keine Lust gehabt habe, also lüge ich. »Ich war arbeitsbedingt auf Reisen.« Ich bücke mich, um meine Schuhbänder zu öffnen. »Ein Job in Paris.«

»Wow. Was machst du denn beruflich?«

»Ich bin Anwältin – im Kunstbereich«, sage ich und nehme mir den anderen Schuh vor. »Ich kümmere mich um Fälle mit gestohlenen Kunstwerken.« Suzon oder das Musée d'Orsay erwähne ich nicht, aber ich spiele das Szenario in meinem Kopf durch.

Sie nickt eifrig, sodass ihre Locken hüpfen, während ich mir eine Geschichte um einen ehemals rechtschaffenen Kunstsammler ausdenke, der auf Abwege geraten ist.

»Das klingt nach einem faszinierenden Job.«

Dem kann ich nur zustimmen.

Der Kurs ist voll. Ich lasse mich in der Mitte des Raumes nieder, sodass ich von jemandem abgucken kann, in welche Richtung wir auch gerade blicken mögen. Ich bin eingerostet, und ich weiß, dass ich Schwierigkeiten haben werde, mich an die Abfolgen zu erinnern.

Doch zunächst fühle ich mich tatsächlich ruhig. Fast vergesse ich, dass etwas nicht stimmt, etwas fehlt. Jemand fehlt. Dann breitet sich in mir die vertraute Leere aus, und für den Rest der Stunde bin ich angenehm abwesend.

Im Bus zurück zu Max schlucke ich zwei von den Tabletten, ohne mit etwas nachzuspülen, und stelle mir vor, wie sie trocken durch meine Kehle purzeln.

Sofort danach leuchtet Annies Name auf meinem Display auf. *Hast du am Freitag Zeit für Molly? A*

Ich habe für die nächsten Wochen ziemlich viele Babysitter-Termine eingeplant. Zum einen, weil es mir recht ist – Molly spricht mit mir, ist also als Gesellschaft kurzweiliger als meine schmerzlich vermisste Suzon –, aber auch schlichtweg, weil Annie so viel unterwegs ist. Ich ergehe mich ein ganz klein wenig in der Vorstellung, dass Molly im Halbschlaf beim Gutenachtsagen meinen Namen statt »Mummy« murmelt oder sogar nach mir ruft, wenn sie schlecht geträumt hat.

Einen Moment später eine weitere Nachricht: *Schau mal, das hat Molly gemalt. Du gehörst jetzt zur Familie. A*

Mein Herz beginnt zu flattern. Ich klicke auf das Bild. Fünf Gestalten, die in einer Reihe stehen. »Daddy« mit schwarzen Schnürschuhen und einer Krawatte, rot wie eine Zunge. »Mummy« mit gelbem Haar, das so lang ist, dass es fast an »Henry« heranreicht. »Ich«, erstaunlich groß für ihre sechs Jahre mit Blumen im Haar. Und an der Hand von »Ich« in der Mitte »Eve«.

Ich blicke auf meinen Tablettenvorrat für das nächste halbe Jahr.

Du bist nicht hier, aber die anderen schon. Wir tragen unsere Talare und warten darauf, in den Prüfungssaal gelassen zu werden.

Ich brauche den Abschluss – das ist es, was die mitfühlend geneigten Köpfe ausdrücken. In Worten heißt es stattdessen,

Grace hätte gewollt, dass du das hier mit Bravour bestehst. Sie hätte gewollt, dass du dein Leben weiterlebst.

Ich halte einen Moment lang inne und betaste die offene Schachtel, dann stecke ich sie zurück zu den anderen in die Papiertüte. Ein neuer Anfang. Als ich aus dem Bus steige, mache ich zwei große Schritte an den Rand des Gehwegs und stopfe das ganze Zeug in den Müll.

Sie wissen doch gar nicht, was du gewollt hättest.

20

Max und ich haben gestern Nacht miteinander geschlafen. Es war das erste Mal seit der Sache mit Paul, und sobald Max begann, mich anzufassen, konnte ich auch Pauls Hände spüren. Ich versuchte, die Erinnerungen an seine Finger in meinem Haar, meinem Mund auszusperren, aber sie kamen immer wieder. Also legte ich mich mit Max richtig ins Zeug, um die Sache zu beschleunigen, was ihn zunächst ein wenig aus der Fassung brachte. Doch er erholte sich rasch, und bald war seine Atmung so schnell wie meine, seine Pupillen geweitet.

Später fragte er mich zögernd, wie es beim Arzt gewesen sei.

Vor meinem inneren Auge sah ich die Tablettenschachtel auf dem Grund des öffentlichen Mülleimers, vermutlich längst begraben unter Pappbechern, fettigen Chipstüten und braun verfärbten Kerngehäusen. »Es war gut, danke.«

Danach wollte er wissen, ob ich mir etwas wegen der Arbeit überlegt hätte, und ich erzählte ihm, dass ich Annie bereits zugesagt hätte, öfter zu kommen.

Er öffnete den Mund, um etwas zu sagen, überlegte es sich aber offenbar anders und rieb sich den Nacken. »Das freut mich, Eve. Ich finde, du gehst großartig mit Molly um.«

Ich schenkte ihm ein Lächeln und empfand dieselbe innere Wärme wie beim Anblick von Mollys Familienporträt. »Wir sollten bald mal wegfahren«, sagte ich in einer höheren Tonlage als beabsichtigt. Etwas gemäßigter fügte ich hinzu: »Vielleicht können wir ja am Wochenende etwas planen?«

»Ja. Gute Idee.«

Als ich bei Annies Haus ankomme, höre ich ein gedämpftes Klopfen. Ich blicke nach links und rechts, dann gen Himmel. Obwohl es nicht besonders hell ist, beschirme ich automatisch mit der Hand meine Augen. Da: Ganz oben am Fenster steht Molly und presst ihr Gesicht ans Glas, das durch ihren Atem beschlägt. Inzwischen begrüßt sie mich fast jeden Tag auf die eine oder andere Art.

Ich winke ihr zu, und sie winkt zurück, ehe sie außer Sicht verschwindet.

Ich klingele, und Annie öffnet und hält einen schwanzwedelnden Henry mit ausgestrecktem Bein von der Tür zurück. Sie hat die Ärmel aufgekrempelt, und als sie sich vorbeugt, um mich zu küssen, sind ihre Wangen warm.

»Tut mir leid, aber Mollys Schwimmkurs hat heute viel länger gedauert, sie hat gerade erst gebadet.«

»Macht nichts.«

»Würdest du übernehmen?«

»Na klar.« Ich überlasse es ihr, die Tür zu schließen, und steige die Treppe hinauf.

»Eeeeeeeeeeve!« Molly kommt mit rosiger Haut und noch

nassen Haaren von oben heruntergerannt, sodass wir uns auf der ersten Etage begegnen.

»Hallo, du«, sage ich und bücke mich, um sie zu drücken. »Du hast aber einen schönen Bademantel.«

Weiß mit schwarzen Flecken.

»Der passt zu Henry.«

»Ich seh's.«

Sie greift die beiden Enden des Gürtels, zieht sie nach außen und dreht sich nach links und rechts.

»Hast du schon was zu Mittag gegessen?«

»Nö.«

Annie kommt hinter mir die Treppe herauf. »Entschuldige. Ich wollte ihr noch schnell was machen, ehe du herkommst. Ich habe dir einen Zettel auf die Küchentheke gelegt.«

»Mach dir keinen Kopf, wir kommen schon klar – nicht, Moll?«

Sie legt sich mit den ausgestreckten Armen wie ein Flugzeug in die Kurve. »Ja.«

»Dann euch einen schönen Nachmittag.«

Es klingelt an der Tür.

Annie schnalzt mit der Zunge.

»Wer ist das, Mummy?«

»Ach, niemand, Moll. Nur ein Freund.«

Ich betrachte sie auf der Suche nach irgendetwas, das nach schlechtem Gewissen aussieht, aber da ist nichts.

»Viel Spaß.« Sie küsst Molly. »Danke, Eve.«

Ich nicke.

Sie kehrt nach unten zurück, öffnet die Eingangstür und schließt sie rasch wieder hinter sich. Ob Paul weiß, dass ich hier bin? Falls er denn wirklich derjenige ist, versteht sich.

Wie üblich ist der Kühlschrank randvoll. Größtenteils mit sehr gesundem Grünzeug. Ich lese, was auf Annies Zettel steht:

> Mittagessen: Nudeln ohne alles plus Möhren- und Gurkensticks

Molly zieht die Nase kraus, als ich vorlese, sagt aber nichts.

»Also.« Ich öffne die Schränke und schaue hinein. »Wir können Nudeln ohne alles plus Möhren- und Gurkensticks machen.« Ah. »Oder wir machen Pfannkuchen.«

Sie reißt die Augen auf. »Zum Mittagessen?«

»Warum nicht?« Ich lasse das Mehl auf die Theke plumpsen und kehre zum Kühlschrank zurück, um Milch herauszuholen. »Sag's nur Mummy nicht.«

Sie kneift die Lippen zusammen.

Mehl, Milch … urgh, Eier. Aber wie viele? Es gibt einen Grund, warum ich Eier hasse. Als Kind versuchte ich einmal, für Dad verlorene Eier zu machen, und wie ich es bei Mum gesehen hatte, rührte ich das Wasser mit dem Schneebesen, träufelte Essig hinein und passte genau auf die Kochzeit auf. Natürlich hätte ich ahnen müssen, dass er längst weggedämmert sein würde, bis ich fertig war. Weil ich hoffte, dass der Duft ihn wecken würde, stellte ich den Teller vor seinem Sessel auf den Boden. Als ich am nächsten Morgen herunterkam, stand der Teller immer noch da, nur war er hineingetreten und hatte die Eier unter der Sohle quer über den Teppich verteilt.

»Weißt du denn, wie man Pfannkuchen macht, Eve?«

Kann eine Sechsjährige skeptisch blicken? Diese hier ja.

»O du Scherzkeks.« Ich tippe ihr leicht mit dem Quirl an die Stirn. »Nein, wir brauchen unsere Freundin Google.«

Sie läuft hinaus und kehrt mit einem iPad zurück.

»Gute Arbeit.«

Ich suche nach einem Rezept. »Okay, Molly, zuerst müssen wir das Mehl abmessen. Wo hat Mummy ihre Waage?«

Sie hebt die Schultern.

»Macht nichts, wir schätzen einfach.«

Ich schütte eine Ladung in eine Schüssel und nebele dabei Molly und die Küchentheke ein.

»Oh, ich bin ein Gespenst«, schreit sie und wedelt mit den Armen. Nun ist auch der Boden mit Mehl bestäubt.

»Henry?«, rufe ich.

Er wedelt aufgeregt, schnuppert und rümpft die Nase.

Ich drücke eine kleine Mulde ins Mehl und lasse zwei Eier aus der Schale hineingleiten – zweifellos teure Eier aus einem Biomarkt, die Dotter sind von einem leuchtenden Orange. Jetzt Milch. Kann ich ebenso gut auch per Augenmaß dazugeben. Ich blicke auf. Molly ist vorübergehend durch irgendein Comicvideo auf dem iPad abgelenkt.

»He, Moll, willst du lernen, wie man Pfannkuchen in der Luft wendet?«

Sie jubelt.

Ich heize die Pfanne auf, füge ein Stück Butter hinzu und schöpfe dann von dem – etwas klumpigen – Teig hinein. »So. Bereit?«

»Bereit.«

»Eins, zwei, drei …«

Ups. Nummer eins am Boden.

»Henry?«

Diesmal lässt er sich nicht zweimal bitten.

Eine Stunde später beschließen Molly und ich, in den Hyde Park zu gehen. Sie fragt Henry, ob er mitkommen will, doch er streckt sich, gähnt und schlurft auf seinen Platz zurück.

»Seid ihr oft hier, Molly?«, frage ich, als wir am Rand des Parks angelangt sind; der Regen hat den Boden aufgeweicht. Es muss toll sein, so nah zu wohnen.

»Manchmal«, sagt sie. Ihre Streichholzbeinchen in der grauen Wollstrumpfhose müssen sich doppelt so schnell bewegen, um mit mir Schritt zu halten.

Wir überholen eine Frau im Outdoor-Survival-Look, die einen dreirädrigen Buggy schiebt. Annie hat mir einmal erzählt, wie sie mit Molly als Baby hier war und immer um den Park herumlief, bis ihre Tochter endlich, endlich das Weinen einstellte und einschlief.

»Dann gucken wir uns die Boote an oder gehen auf den Spielplatz«, sagt Molly. »Ich mag schaukeln.«

Wir marschieren weiter auf einem matschigen Pfad, der parallel zum Hauptweg verläuft. Molly hebt einen Stock auf und benutzt ihn wie eine Krücke.

»Komm, Hinkebein.«

Sie protestiert kichernd.

Schließlich erreichen wir den See und die Bogenbrücke. Molly fragt, ob sie auf der Brüstung sitzen dürfe, aber ich antworte, dass es zu gefährlich sei. Dafür hebe ich sie hoch, damit sie aufs reglose Wasser hinausblicken kann, auf dem sich allerhand spiegelt. Der goldene Schimmer der steinernen Brücke vermischt sich wie Lebensmittelfarbe mit dem

Grün buschiger Koniferen und dem Braun kahler Äste und winterharter Blätter.

»Guck mal, Schwäne.« Sie zeigt darauf und zappelt in meinen Armen.

Die Schwäne gleiten hastig aufs Ufer zu, während sich gleichzeitig kleine Wellen kreisförmig ausbreiten. Etwas nähert sich. Ich halte Molly fest und beuge mich mit ihr vor, um zu beobachten, wie ein himmelblaues Ruderboot unter der Brücke hervorkommt. Zwei Männer sitzen darin: der eine mit Mütze, Schal und Handschuhen, der andere nicht einmal mit einer Jacke; die Anstrengung hält ihn von allein warm. Ein paar Touristen machen Fotos, und als der Ruderer die mit Kameras bewaffnete Horde sieht, hält er lächelnd die Riemen hoch, womit er seinen Partner – und Molly – zum Lachen bringt.

»Entschuldigen Sie, Schätzchen, würden Sie wohl ein Foto von uns machen?«

Ich brauche ein paar Sekunden, um zu begreifen, dass die kupferhaarige Lady mit der teuren Kamera mit mir spricht. Sie trägt einen milchteefarbenen gesteppten Daunenmantel, der fast bis zum Boden reicht – was aussieht wie eine Bettdecke ohne Bezug.

»Klar.« Ich setze Molly ab; sofort fängt sie an, mit ihrem Stock ein Bild in den Sand zu zeichnen. Ich trete von der Brüstung weg. »Hier?«

»Ja, danke«, sagt sie und schiebt mir das Gerät in die Hände.

Ich werfe den Trageriemen über meinen Kopf und warte, bis die vier Frauen zusammengerückt sind. »So rum?«, frage ich und halte die Kamera horizontal.

»Sowohl als auch, bitte.«

Sie lächeln mir entgegen, und ich mache zwei horizontale Bilder plus zwei weitere Porträts, falls eine gerade geblinzelt hat. Sie bedanken sich und schauen prüfend auf den Bildschirm.

»Sollen wir auch eins von Ihnen und Ihrer Tochter machen?« Die Rothaarige streckt mir eine Hand entgegen. »Falls Sie eine Kamera oder ein Smartphone dabeihaben, meine ich?«

Meine Tochter?

Es wird langsam dunkel, und obwohl Molly gut zu Mittag gegessen hat, wird sie bestimmt bald wieder Hunger bekommen. Wir biegen die erste links von der Hauptstraße ab, und ich blicke auf mein Handy. Halb vier. Wir machen uns in den nächsten fünf oder zehn Minuten auf den Heimweg.

Besucher schlendern durch die gerippten Säulen, die den Bogengang zum Eingang der Serpentine Sackler Gallery schmücken, um sich anzusehen, was gerade ausgestellt wird, ehe das Museum für den Abend schließt. Molly und ich mustern ein Plakat, auf dem etwas von künstlichem Leben steht, finden es dann aber doch nicht sonderlich interessant. Falls ich sie einmal mit ins Museum nehmen sollte, dann wohl nicht in dieses. Ich stelle mir uns beide vor, wie wir durch die Glastüren ins Courtauld treten. Marjorie zuwinken. Die Treppe hinauflaufen. An Porträts, Landschaften, Möbelstücken vorbeigehen, bis wir Raum sechs erreichen. Wir setzen uns vor die Bank auf den Boden. Ich stelle ihr Suzon vor. Molly streckt ihr höflich die Hand entgegen, und die zwei schließen augenblicklich Freundschaft.

»Henry!«

Ich sehe gerade noch rechtzeitig auf, um sie davonspringen zu sehen. Sie rennt einem herrenlosen Dalmatiner hinterher. »Molly, warte. Das ist er nicht.« Na ja, auch für mich sehen sie alle gleich aus. Obwohl Herrchen oder Frauchen bei diesem hier die Futtermenge reduzieren sollte.

Ein dumpfer Aufschlag, gefolgt von einem spitzen Schrei. Molly ist auf Knie und Hände gestürzt. Mit einem Satz bin ich bei ihr.

»Was ist passiert? Tut dir was weh?« Ich hebe sie hoch und starre angstvoll in ihr gerötetes Gesicht, über das Rotz und Tränen laufen; vermutlich richten sich jetzt von allen Seiten missbilligende Blicke auf mich.

»Ich bin gestolpert.«

»Tut dir was weh? Wo genau tut es weh?«

Sie hält mir ihre Handflächen hin, die leicht aufgeschürft sind, und zeigt auf ihr Knie. Ihre Strumpfhose ist zwar unversehrt, aber auf einem Knie erblüht ein dunkelroter Fleck.

»Kannst du das Bein beugen? Ist das okay?«

Sie streckt die Hand nach meinem Gesicht aus. »Wein doch nicht, Eve.«

Was? Ich bin doch hier nicht diejenige, die weint. Ich betaste meine Wange. Sie ist nass. »Entschuldige. Ich bin albern.«

»Können wir nach Hause gehen?«

»Ja. Gehen wir nach Hause.«

Ich atme tief durch. Es geht ihr gut.

Bis Annie nach Hause kommt, geht es ihr sogar blendend, was nicht zuletzt an den Jaffa-Keksen liegt, die ich ihr nach dem Abendbrot gegeben habe. Sie hat erst die Schokolade abgeknabbert, dann den Biskuit, nur um mit der orangenen Geleeschicht auf der Hand durch die Küche zu laufen. »Guck mal, Eve, eine Qualle.« Danach haben wir mit dem Puppenhaus gespielt und noch etwas gelesen, und weil sie anschließend immer noch nicht müde war, habe ich ihr vorgeschlagen, einen Film anzuschauen.

Annie will mir ein Taxi rufen, aber es ist noch nicht spät, also erkläre ich, dass es mir nichts ausmacht, den Bus zu nehmen. Annie beschließt, mich mit Molly zu begleiten, da Henry Auslauf braucht. Nach einiger Überzeugungsarbeit gelingt es ihr, die vollkommen versunkene Molly von ET loszueisen, der gerade in Lebensgefahr schwebt.

Schweigend gehen wir durch die schwach beleuchteten Straßen. Ich blicke hinauf zum dunkelblauen Himmel, in dem der Mond wie ein weißer Fingernagel steht. Es ist nichts zu hören außer das Klappen von Autotüren, Motoren, die beschleunigt oder gedrosselt werden, und das gelegentliche Grummeln von Henry, der bloß sein Abendbrot will. Als wir am Ende des Blocks angekommen sind, schießt ein Eichhörnchen über die Straße und sprintet einen Baum hinauf. Henry macht einen Satz nach vorne und zieht fest an der Leine in Annies Hand.

»Henry!«, ruft Molly tadelnd.

Sie erwähnt nicht, was im Park gewesen ist, und ich tue es auch nicht. Nun haben wir noch ein Geheimnis. Annie hat das aufgeschürfte Knie entweder noch nicht bemerkt oder will sich nicht dazu äußern. Obwohl die Panik abgeebbt ist, sind meine Innereien noch immer in Aufruhr.

Wir erreichen die Haltestelle, an der bereits zwei Leute

stehen, die mit ihren Handys beschäftigt sind, und stellen fest, dass mein Bus schon in drei Minuten kommt. Ich setze mich im Schutz des Häuschens ans Ende der Bank, Annie neben mich, Molly wiederum neben ihr, und Henry lässt sich zu unseren Füßen nieder.

»Eve? Ist alles in Ordnung?«

Grace, was ist denn los? Alles in Ordnung? Ich halte dich fest.
Du versuchst, nicht zu weinen, aber du schaffst es nicht.

Ich werfe Molly einen Blick zu. Sie hält sich mit beiden Händen ihr Buch vors Gesicht – es geht um einen netten Parkwächter und seine tierischen Freunde – und lässt die an den Knöcheln gekreuzten Beine vor- und zurückschwingen. Sie nickt, während sie flüsternd liest, doch sie flicht in die Geschichte, die sie vor sich sieht, ihre eigene ein.

»Eve?«

»Klar. Wieso fragst du?« Ich richte meine Aufmerksamkeit auf das silberne Medaillon an Henrys Halsband.

»Du wirkst ein bisschen gedämpft. Wenn du zu viel um die Ohren hast und den Babysitter-Job ein bisschen zurückschrauben musst, kann ich das verstehen.«

Bitte nicht. »Mir geht's gut, glaub mir.« Mehr kann ich nicht sagen. Ich kann spüren, dass ich auf der Kippe stehe. Wenn ich erneut zu sprechen versuche, fange ich an zu weinen und kann nicht mehr aufhören.

»Okay. Wenn du meinst.«

Ich nicke knapp, setze ein Lächeln auf und drücke sie zum Abschied, ehe mir wieder einfällt, dass sie lieber auf die Wange geküsst wird.

Dennoch bleibt sie sitzen, bis mein Bus kommt und uns mit seinen grellen Scheinwerfern in die kalten Gesichter scheint. »Dann sehen wir uns nächste Woche.«

21

Ich habe heute Morgen meine Tage gekriegt. Halleluja – ich bin nicht schwanger von Paul. Als mir das klar wurde, war ich so erleichtert, dass ich einen Schrei ausstieß. Max muss geglaubt haben, es sei etwas Schlimmes passiert, denn er kam herbeigerannt und hämmerte an die Badezimmertür.

Ich weiß noch, wie ich meine allererste Periode bekam. Ich ging aufs Klo, und als ich meine Hose herunterzog, sah ich das Blut, wenn auch mehr braun als rot. Was ich empfand, war vor allem Wut – Wut auf meinen Körper, der mich verraten und meine Entwicklung vorangetrieben hatte, ohne dass ich seelisch und körperlich bereit dazu war. Nach einer Viertelstunde klopfte Dad an die Tür – aber nicht, weil er besorgt war, sondern weil er pinkeln musste. Ich knüllte Klopapier zusammen und stopfte es mir in die Unterhose, die ich später am Abend wegwarf. Als ich die Tür aufschloss, sagte ich kein Wort.

Ein Baby, Eve? Das mich jeden Tag daran erinnert, was passiert ist? Ich müsste es den Leuten erklären. Ich müsste es meinen Eltern erklären. Und wie soll ich einen Job kriegen? Das geht einfach nicht. Dazu bin ich noch nicht bereit.

Du hältst inne, atmest durch.
Es geht nicht, sagst du. Unmöglich.

Heute Morgen habe ich als Erstes von Annies Handy eine SMS von Molly bekommen. Keine Nachricht, nur ein paar bunte Emojis: ein blauer Schmetterling, zwei rosa Herzen, ein Blumenstrauß, ein Schwarm tropischer Fische. Ich schrieb zurück, dass es am Freitag sehr schön mit ihr war und ich mich schon auf nächste Woche freuen würde. Und das meinte ich ernst.

Nach unserem Ausflug in den Hyde Park hatte ich den Rauswurf in der Bar und die Sache mit Paul vorübergehend beinahe vergessen. Annies Tagebuch, das in einer der drei Schubladen liegt, die Max mir freundlicherweise freigeräumt hat, konnte ich jedoch nicht vergessen. Kein Wunder, dass ich mich fühlte, als watete ich durch eine zähe, klebrige Pampe aus Schuldgefühlen, als ich mit dem Bus zurück nach Kilburn fuhr und an ihre schwungvoll geschriebenen Sätze dachte, die mir beim Lesen auf jeder Seite anklagend entgegenstarrten. Also habe ich eine Entscheidung getroffen. Heute werde ich das Tagebuch zurückgeben – na ja, nicht wirklich zurückgeben, aber doch irgendwie dafür sorgen, dass es wieder in ihren Besitz gelangt. Doch, ich gebe es zurück. Wenn ich es bis zum Atelier schaffe, heißt das.

Meine Beine gehorchen mir nicht richtig; meine Knie sind so weich, dass sie nachzugeben drohen. Es ist kalt draußen, der Himmel zeigt sich in einem strengen Bleigrau, aber mir ist heiß, und das nicht, weil ich zu Fuß unterwegs bin. Ich ziehe den Mantel aus und reibe mir den linken Augenwinkel, einmal, zweimal, und jetzt juckt es. Als ich gähnen muss, verhakt sich mein Kiefer, und ein paar Sekunden lang – die sich wie Minuten anfühlen – kann ich den Mund nicht mehr schließen. Anscheinend bin ich ein bisschen nervös.

Ich begegne Annie vor dem Atelier, und als wir gemeinsam die Treppe hinaufgehen, bekommt sie einen Anruf.

»Hi, Nancy – ja, es ist alles in Ordnung. Nein, ich versprechen Ihnen …« Sie wirft mir einen Blick zu, bildet stumm das Wort »Brautmutter« mit den Lippen und steigt die Treppe wieder hinunter.

»Guten Morgen, Eve.« Paul steht in seiner unvermeidlichen Lederjacke oben an der Treppe. Er scheint nicht zu bemerken, dass diese Jacke nicht wirklich zu seiner Persönlichkeit passt: Leder verliert seinen Glanz, wenn der Träger ein Arsch ist.

Ich bringe meine Füße dazu weiterzugehen. »Hi, Paul.« Er hat offensichtlich nicht kapiert, dass ich mich für das, was geschehen ist, verabscheue, und es nie wieder geschehen wird.

»Dein Gesicht ist ganz rot, Eve. Alles in Ordnung?«

So ist es immer am ersten Tag. Ganz zu schweigen von den Krämpfen in meiner Gebärmutter, als hätte sie jemand rausgerupft und würde sie nun wie einen nassen Schwamm ausquetschen. »Ja, danke, das kommt von der Kälte.«

Ich erwarte irgendeinen schmierigen Kommentar – na ja, wenn du dich aufwärmen musst, weißt du ja, wo du mich findest –, aber tatsächlich nickt er nur zustimmend. »Hmhm. Es ist wirklich eisig.«

Ich wende mich der Tür zu.

»Warte mal, Eve. Hast du einen Moment Zeit?«

Ich betrachte ihn genauer. Er ist beim Friseur gewesen,

und seine schwarzgrauen Haare decken seinen Schädel, der nun schrecklich knochig aussieht, nur noch unzureichend ab. »Okay.« Ich folge ihm den Flur entlang bis zu einer Tür, durch deren Scheibe man in einen Raum voller Tische und Stühle sehen kann; Annie hat erwähnt, dass ein Teil des Hauses zu einer Sprachenschule gehört.

Er öffnet die Tür – was augenscheinlich ein gewisses Geschick, eine Kombination aus Ziehen und Drücken, erfordert –, lässt uns ein und schließt sie wieder.

Ich betrachte das Whiteboard, auf das man mit grünem Marker einzelne Wörter geschrieben hat. *Dans la chambre … L'armoire, la lampe, le lit.*

»Eve.«

»Ja?«

Ohne Vorwarnung küsst er mich; seine Hände rasen über meinen Körper, als ob er etwas suchte. Ich balle die Fäuste und stehe starr und passiv da – das muss er doch kapieren. Er tut es nicht. Stattdessen packt er fester zu.

Noch ein Wink mit dem Zaunpfahl: »Wir kommen zu spät.« Ich ziehe meinen Kopf zurück, und er nimmt sich sofort mit Lippen und Zähnen, saugend und beißend, meinen Hals vor. »Paul.«

Atemlos hebt er den inzwischen roten Kopf. »Du hast recht.«

Ich wische mir das Spucketröpfchen ab, das auf meiner Wange gelandet ist.

Er streicht meinen Dufflecoat glatt und klopft mir auf die Arme. Richtet seine Brille, die es ausnahmsweise nötig hat. »Später.«

Falls du mich erwischen kannst …

Ich kann nicht sagen, ob es im Studio stickig ist oder ob die nackte Matratze auf der Bühne mich zum Schwitzen bringt. Eine Lehre. Eine Lektion. Vögel niemals mit dem Kunstlehrer. Wie auch immer – jedenfalls drehe ich den Heizlüfter herunter und öffne das Fenster einen Spalt, sodass ein Strom kühler Luft hereindringt.

Ein Stöhnen von dem Mann in der ersten Reihe, der seinen Schal noch nicht abgenommen hat. Den habe ich hier noch nie gesehen. Zurückweichender Haaransatz, schiefe Nase, Hosen mit Bügelfalte, braune Straßenschuhe. Scheint neu zu sein.

»Entschuldigung. Mir ist heute furchtbar warm«, sage ich ihm, springe von der Bühne und beuge mich vor, um ihm ins Ohr zu flüstern: »Die monatliche Unpässlichkeit, Sie wissen schon.« Ihm bleibt der Mund offen stehen, und ich schenke ihm ein liebliches Lächeln, als ich wieder auf die Bühne steige und Karinas Morgenmantel ausziehe.

Er neigt den Kopf, um sich zu vergewissern, dass nirgends ein Bändchen heraushängt, und lehnt sich schließlich sogar zur Seite, um besser sehen zu können. Ich beobachte ihn dabei, und nach etwa zehn Sekunden treffen sich unsere Blicke.

Prompt räuspert er sich und schaut verlegen zur Seite. Schlägt die Beine übereinander.

Die letzten Kursteilnehmer betreten den Raum, Annie zum Schluss. Sie lacht über etwas, was Paul gesagt hat, und geht so dicht neben ihm her, dass ihre Arme sich berühren. Paul bringt sie zu ihrer Staffelei, zwinkert ihr zu und nimmt wieder seinen üblichen Platz an der Tür ein.

»So, Leute«, sagt er und blickt zur Uhr. »Heute konzentrieren wir uns ausschließlich auf horizontale Posen.« Er gestikuliert wild wie ein Amateurschauspieler, der sich etwas zu viel Mühe gibt. »Rückt näher heran, nehmt die Stühle mit.«

Staffelei- und Stuhlbeine schrammen über den Boden, als die Kursteilnehmer vorwärtsruckeln.

»Denkt an die vielen ruhenden Schönheiten in der Kunst, denkt an die großen Maler, die sie gezeichnet haben …«

Ich fass es nicht.

»Picasso …«

Klar. Sehr klug, direkt mit dem Frauenhasser anzufangen.

»… Modigliani, Matisse, Manet.«

Halte Manet da raus!

»Sie alle waren fasziniert von der weiblichen Silhouette.«

Ich schließe die Augen.

»Vom sexuellen Erwachen, dem Heranreifen der Frucht.«

Ich überlege, mir die Kopfhörer einzustöpseln, beherrsche mich aber.

»Eve, ich übergebe an dich.«

Ich versuche, Annies Blick einzufangen, ehe ich meine erste Pose einnehme, aber sie blättert gerade ihr Sketchbuch durch und greift in die Tasche, um Kohle und Bleistifte hervorzuholen.

Die alte Matratze ist vergilbt und riecht aus der Nähe muffig. Nicht zum ersten Mal denke ich darüber nach, mit wie vielen Aktmodellen – und Kursteilnehmerinnen – Paul wohl schon im Bett gewesen ist. Ich lege mich auf die Seite, stütze den Ellenbogen auf und lege den Kopf in meine Hand. Das ist es doch, was er will: eine Nachstellung der Szene, als hätte er alles auf Band aufgenommen. O bitte, hoffentlich nicht. Ich spüre seinen Blick, mein Hals juckt. In meiner Brust beginnt es zu brennen, tosend.

Als Kind wälzte ich mich jeden Abend im Bett herum, bis ich endlich eine bequeme Position gefunden hatte, in der ich einschlafen konnte. Auf der Seite, einen Arm unter dem kühlen Material des Kopfkissens, die Bettdecke (deren Bezug immer etwas zu groß war) unter den anderen geklemmt, als müsste ich aufpassen, dass sie mir niemand wegzog. Flach auf dem Bauch, die Arme an den Seiten, den Kopf nach links gedreht, dann nach rechts. Auf dem Rücken wie ein Käfer, nur nicht strampelnd, sondern die Beine zusammengepresst, die Hände über der Brust verschränkt.

Jetzt im Atelier nehme ich alle Posen nacheinander ein, ehe ich mich wie ein Fötus zusammenrolle und meine Augen schließe.

Eve, kannst du zu dem Termin bitte mit mir kommen?

Um mich abzulenken, nehme ich in der Folge schwierigere Posen ein. Nach einer Weile ignoriere ich sogar die Matratze. (Aus dem Augenwinkel sehe ich, wie Paul gestikuliert und meinen Ungehorsam mit Kopfschütteln quittiert.) Ich beuge die Knie, winde meine Beine nicht einmal, sondern zweimal umeinander, halte die leicht angewinkelten Arme vor den Körper, verdrehe auch sie. Ich spüre die Dehnung so stark im Rücken, dass ich mir unwillkürlich vorstelle, wie meine Rippen durch die Haut platzen und ich mich in ein gruseliges Rieseninsekt verwandele. Dann auf dem Stuhl, die Knie zusammen, aber die Füße weit, die Arme leblos neben dem Körper baumelnd. Auf dem Boden sitzend, den Rücken gegen den Stuhl gelehnt, die Beine ausgestreckt; der Stuhl ist nicht schwer genug und rutscht schließlich weg.

Jemand lacht.

Ich rappele mich auf und stehe steif wie eine antike Statue da; ich habe die seltsame Empfindung, als gäbe ich mit jeder Bewegung etwas von mir preis.

Das Geräusch der Kohle auf Papier.

Ein Husten.

Meine Konzentration schwindet.

Ein Räuspern.

Ich schließe die Augen und warte darauf, dass es vorübergeht.

Ein Niesen, gefolgt von einem Schniefen.

»Okay, Leute, zehn Minuten.«

Das war's. Ich stehe auf, schnappe mir Karinas Morgenmantel vom Paravent und ziehe ihn über, während ich Annie im Auge behalte, die den Raum verlässt. Sie hat dieselbe Tasche wie immer bei sich, und hoffentlich ist sie bis oben hin vollgestopft. Könnte sie das Tagebuch übersehen haben, wenn es ganz unten am Boden gelegen hätte? Vielleicht wäre es besser, doch noch zu warten und es irgendwo in ihrem Schlafzimmer zu deponieren.

Keine Zeit, mir darüber klar zu werden. Ich suche in meiner Tasche nach dem Diebesgut und halte es hinter den Schirm, während die restlichen Kursteilnehmer den Raum verlassen. Jetzt. Ich hüpfe von der Bühne und steuere geradewegs auf ihren Platz zu. Na ja, fast geradewegs. Da. Eine andere Handtasche, offen, zwei Zehnpfundnoten, die aus einer Innentasche lugen. So viel würde ich normalerweise nicht nehmen, aber im Moment kann ich es gebrauchen, und die Besitzerin der dunkelgrünen Chloé-Tasche kann sie bestimmt verschmerzen. Vielleicht sollte ich mich erkundigen, was dieser Kurs eigentlich kostet. Jedenfalls bekomme ich für meine Dienste eindeutig nicht genug, im Gegensatz zu Ralph.

Ich schnappe mir das Geld, kehre zur Bühne zurück und stopfe es in meinen Schuh.

Los jetzt, Eve. Konzentrier dich. Nächste Aufgabe.

Ich stiebe zu Annies Tasche. Nein! Was ist das? Es ist kaum etwas darin: ein Paket Taschentücher, ihre klappbare Bürste, aus der ein paar goldene Haare hervorlugen, als wollten sie sich befreien, Lippenstift, eine Menge Schlüssel an einem silbernen Schlüsselring, eine kleine Schachtel Rosinen, vermutlich ein Notfallsnack für Molly, eine Flasche Wasser.

Das ist viel zu auffällig. Sie wird wissen, dass es jemand genommen hat. Sie wird wissen, dass ich es war. Wer sonst? Und dann bucht sie mich nicht mehr. Dann sehe ich Molly nie wieder.

Die Tür öffnet sich, und ich lasse das Tagebuch unter die Staffelei fallen. Mist. Ich blicke auf.

»Eve, alles in Ordnung?« Sie kommt mit einem Becher dampfenden Tees in der einen und einem Keks in der anderen Hand auf mich zu.

Wie hat sie das denn so schnell ergattern können? »Ja, danke. Ich schau mir nur die Zeichnungen an.«

»Oje. Dann verzeih mir bitte meine. Nicht meine beste.«

Sie hat recht. Sie hat mich mit kurzen Beinen und einem zu langen Oberkörper versehen. Schmeichelhaft ist das nicht. »Sei nicht albern. Es ist interessant.«

Sie lacht, und ich stimme ein, obwohl es sich anhören muss, als käme es direkt aus einer Blechdose.

»Es gibt eine neue Entwicklung«, sagt sie und pustet vorsichtig über ihren Tee, ehe sie einen Schluck nimmt und anschließend an ihrem Keks knabbert. »Ich will im Februar ein Wochenende wegfahren.«

»Oh. Wie schön.«

»Mit dem Mann, mit dem ich mich treffe.« Diesmal stippt sie den Keks ein, ehe sie abbeißt.

Okay.

»Ich wollte mit dir schon am Freitag darüber reden, aber Molly war da, und irgendwie war der Zeitpunkt ungünstig.« Sie bricht ab und schürzt die Lippen, dann: »Eve, es ist Paul.« Als ich nicht reagiere, setzt sie hinzu: »Paul ist der Mann, mit dem ich mich treffe.«

»Wow.« Was soll ich sonst sagen. »Ernsthaft?« Oh. Das war nicht beabsichtigt.

»Ich weiß, das kommt vielleicht ein bisschen plötzlich, aber ich wollte noch nicht zu früh darüber reden, weil wir ja noch am Anfang sind und erst sehen wollen, wie es funktioniert, aber er war mir eine große Stütze, seit das mit David in die Brüche gegangen ist.«

Das kann ich mir vorstellen. Ich spüre seine Hände auf mir, sein Tasten, Grapschen. Ich mache den Mund auf, um ihr zu sagen, dass er nichts taugt, und ihr zu erzählen, was geschehen ist, aber kein Wort will aus meiner Kehle. Ich habe wegen der Wahrheit schon Karina und Bill verloren.

»Jedenfalls wollte ich dich fragen, ob du zu uns kommen und bei Molly bleiben kannst. David ist an diesem Wochenende nicht in der Stadt – Arbeit, behauptet er.«

»Wie bitte?«

»Während wir weg sind.«

»Bei dir zu Hause?«

»Na ja, wenn das für dich in Ordnung geht. Ich kann auch meine Mutter fragen, wenn nicht.«

»Nein, nicht nötig. Ich mach's.«

»Ach, wunderbar, Eve, danke. Wir werden nur eine Nacht weg sein.« Sie steckt sich den Rest Keks in den Mund, murmelt etwas von Termin überprüfen und bückt sich nach ihrer Tasche. Sie stellt den Becher auf den Boden – Paul wird nicht entzückt sein –, dann verharrt sie. Einen Moment lang hockt sie reglos wie eine Katze vor dem Angriff so da, dann streckt sie die Hand nach ihrem Tagebuch aus. Noch immer in der Hocke, blättert sie darin.

»Alles in Ordnung?« Etwas anderes fällt mir nicht ein.

Sie blickt stirnrunzelnd zu mir auf – stumm –, dann räuspert sie sich. »Ich habe vor ungefähr zwei Wochen mein Tagebuch verloren. Ich war mir sicher, dass ich es in meine Tasche gesteckt habe, aber es war weg. Und jetzt auf einmal liegt es hier?«

Was für eine überraschende Wendung.

Warst du das, Eve?, fragst du auf dem Rückweg vom Seminar. Deine Wimpern sind nass, die Wangen rot.

Ich strecke die Hand aus, um dir eine Träne wegzuwischen, aber du stößt sie weg.

Grace, nein, ich habe es niemandem gesagt, ich schwör's. Das schlechte Gewissen nagt an mir, doch ich verdränge es.

Du schüttelst den Kopf und blickst zu Boden. Es wusste doch niemand sonst davon, Eve.

Ich werfe dir einen verstohlenen Blick zu. Du weißt es. Ich stelle mir ein Szenario vor, in dem du mir nicht mehr vertraust und wir keine Freundinnen mehr sind, und eine dumpfe Angst setzt sich in mir fest.

Eve, wie konntest du?

»So was. Es muss mir aus der Tasche gerutscht sein und die ganze Zeit dort gelegen haben«, sagt sie und blickt sich nervös im Raum um.

Das kann sie nicht ernsthaft glauben.

»Wie auch immer. Also, der Termin.«

Das war's?

Sie schiebt das Tagebuch in ihre Tasche und holt ihr Telefon hervor. »Ah, ja, wir hatten an das zweite Februarwochenende gedacht – ginge das?«

Valentinstag. Ich weiß nicht, was ich erwidern soll, außer: »Ja.«

»Super. Dann sage ich ihm, dass er etwas buchen kann.« Sie gibt eine Art Quieken von sich – wie es eine Schülerin, die sich in ihren Lehrer verknallt hat, eben so macht.

Langsam trudeln die Leute wieder ein, ein paar noch mit ihrem Tee, und ein anheimelnder Duft zieht durch den Raum. Paul kommt als Letzter und zieht die Tür hinter sich zu. Das Fenster hinter mir rattert im Rahmen.

»Okay, Eve, ich hätte gerne, dass du dein inneres Kind für uns mobilisierst und auf alle viere gehst.«

Das muss ein Scherz sein. Ein Glucksen von einer jungen Frau mit wüstem Haar. Ich rege mich nicht, sondern stehe in Karinas Morgenmantel einfach nur da.

Ich fühle mich schmutzig. Als hätte ich die ganze Nacht gefeiert und wäre, ohne mich abzuschminken, ins Bett gegangen: in den Wimpern getrocknete Mascara-Reste, die

Lippen rissig von zu viel mattem Lippenstift, bröckelnde Puderschichten auf der Haut. Das einst bretthart gesprayte Haar strohig und verfilzt und nach Zigarettenqualm stinkend. Die Klamotten dieselben, mit denen ich ausgegangen bin, der Zwickel meiner Strumpfhose auf halbmast, BH-Träger, die sich in meine Schultern eingegraben haben. Pelzige Zähne, schlechter Atem. Säuerlich. Ich blicke durch den Raum, und die Kursteilnehmer blicken zurück. Und warten. Sie wissen Bescheid. Sie kennen mein Geheimnis.

»Gibt es ein Problem, Eve?« Er wirkt ernsthaft besorgt, und seine halb erhobene Hand scheint zu sagen: Tu's nicht, wenn du dich damit nicht wohlfühlst.

Ich blicke zu Annie, die mich mit geneigtem Kopf und fragend gerunzelter Stirn beobachtet. Was ist hier los? Instinktiv mache ich den Mund auf. Ich sag dir, was los ist. Und genauso schnell klappe ich ihn wieder zu.

Mein Blick kehrt zu ihm zurück – noch immer kein Lächeln, als sei alles in bester Ordnung. Als sei ganz klar, dass ich falsche Schlüsse ziehe, überreagiere. Ich schlucke die Spucke, die sich in meinem Mund gesammelt hat, ehe ich den Morgenmantel aufbinde. »Nein.«

22

Ein paar Tage später wache ich weinend auf und kann nicht mehr aufhören. Mein Kopf beginnt zu pochen, und mir ist, als würde sich meine Haut um meinen Schädel zusammenziehen und Knochen und Hirn zusammendrücken. So ähnlich muss es sich anfühlen, wenn man ein Korsett trägt. Gequetschte Rippen, verschobene Organe. Vielleicht sieht Suzon deshalb so benebelt aus – sie hat Mühe, genug Luft zu kriegen, weil ihre Lungen eingeschränkt sind. Alles in ihr ist nach oben gerückt, bis ihr das Herz buchstäblich bis zum Halse schlägt.

Ich weiß nicht, was ich geträumt habe, aber es muss etwas sehr Trauriges gewesen sein. Allerdings bin ich grundsätzlich nah am Wasser gebaut; ich stecke randvoll mit Emotionen wie ein barockes Gemälde in überschäumenden Rosa- und schwärenden Gelbtönen. Nachdem Mum gegangen war, hatte ich viele Heulkrämpfe – aber ich war damals gerade erst fünf und musste mich mit Dad auseinandersetzen, daher ist das wohl nicht besonders überraschend. Nach Grace? Nur noch, wenn ich allein war. Ich weiß nicht, wieso, aber ich wollte nicht, dass mich jemand weinen sah. Selbst auf der Beerdigung, auf der Freunde, die sie nicht einmal halb so gut gekannt hatten wie ich, schluchzten und schnieften, vergoss ich keine einzige Träne – das gestand ich mir nicht zu. Sobald meine Augen zu brennen begannen und ich eine Enge in der Brust spürte, zählte ich, manchmal bis hundert, bis ich mich wieder im Griff hatte.

Nun versuche ich bewusst, meine Stirn zu beruhigen, atme ein (eins, zwei, drei), wieder aus (eins, zwei, drei) und massiere mir sogar die Schläfen – ich habe irgendwo gelesen, dass manche Leute das regelmäßig als Wellnessmaßnahme tun. Zum Glück ist Max schon gegangen – er ist heute mit einem Freund unterwegs –, sodass er nicht hören kann, wie ich um Luft ringe.

Er hat gesagt, dass er anrufen wird, um mir zu sagen, wo wir uns später treffen sollen – was er tut, als ich gerade aus der Dusche steige. Ich recke mich, reibe die Fingerspitzen über ein Handtuch, greife nach dem Handy und halte es ein Stück von meinem nassen Gesicht weg. »Wo und wann?«

»Soho. Um sieben?«

»Wunderbar. Bis dann.«

Wir sind nicht oft zusammen weg gewesen, seit ich eingezogen bin – was natürlich auch daran liegt, dass er seinen Job noch hat und meistens abends arbeitet –, aber gestern hat er vorgeschlagen, essen zu gehen. Was sich irgendwie nach einem echten Date anfühlt. Ich kneife die Augen zu und presse die gebeugten Arme an meine Brust, um jedes bisschen Freude in mir festzuhalten.

Ich gebe mir Mühe. Schwarzes Kleid, Strumpfhose, Ankle Boots. Ich lackiere mir die Nägel in Burgunderrot (danke, Annie), ziehe die Lippen mit Karinas Lippenstift nach und bessere mit dem kleinen Finger den Amorbogen aus.

Auf zur Haltestelle. In meinem Eifer brauche ich zwei Anläufe, um durch die Schranke zu gelangen, doch auf der Rolltreppe bleibe ich ausnahmsweise still stehen und sehe zu – niemand vor mir! –, wie der gierige Schlund am Fuß der Treppe die Stufen im Ganzen verschluckt. Gib alles, denke ich und springe ab, kurz bevor ich selbst verschlungen werde.

Es ist ruhig auf dem Bahnsteig, aber allein bin ich nicht.

Nah bei mir – angesichts der Intensität des ekelhaft süßen Duftsprays viel zu nah bei mir – steht ein schlaksiges junges Mädchen, das erst noch in seine Glieder reinwachsen muss. Es hat die Schultern nach vorne gezogen, als wolle es möglichst wenig Raum einnehmen, starrt eindringlich aufs Handy und scrollt durch die gefilterten Fotos einer anderen Person – weiß sie nicht, dass sie nicht das wahre Leben abbilden? Etwas weiter entfernt sitzen zwei Frauen auf einer Bank. Die eine hat ihre Wange an die Schulter der anderen gelegt, obwohl die ziemlich kantig aussieht. Sie unterhalten sich gedämpft, doch ich fange die Wörter »Reis«, »Weißwein« und »Pilze« auf. Risotto zum Abendessen.

Die Bahn fährt in die Haltestelle ein, und grelles Licht ersetzt das Dunkel. Im Wagen schaue ich mich um. Wohin ich auch blicke, leere Gesichter. Man liest Zeitung (die eigene kostenlose oder beim Nachbarn mit) oder ein Buch (aus Papier oder elektronisch), schaut sich Videos an, spielt Spiele oder hört Musik. Tippen, Scrollen, Wischen. Handys, Handys, Handys.

Ich fixiere die Verbindungsstelle zwischen den beiden Waggons. Die gestanzten Bleche, die sich permanent übereinanderschieben, locken mich, mich draufzustellen und mit ausgebreiteten Armen mein Gleichgewicht zu testen. Doch ich widerstehe und richte meinen Blick auf den hell- und dunkelgrau gefleckten Boden, der im Pollock-Stil mit blauen, grünen und gelben Sprenkeln und Linien übersät ist und von einer Konstellation aus verstreuten Smarties ergänzt wird; zwischen zwei Sitzen klemmt ein offenes, geplündertes Röhrchen.

Ich schließe die Augen, klammere mich an das Glücksgefühl von vorhin und ignoriere das beunruhigende Rattern der Schienen unter meinen Füßen.

Bis ich am anderen Ende wieder aussteige, hat Max mir die Adresse des Restaurants geschickt. Ich öffne Google Maps und schiebe mich durch die Straßen Sohos, die immer rappelvoll sind, an einem Freitagabend aber umso mehr. Als ich um eine letzte Ecke biege, sehe ich ihn, bevor er mich sieht: Mit den Händen in den Taschen steht er vor dem Eingang und wartet auf mich. Mein Max. Ich muss mich zurückhalten, um nicht hinzurennen.

Als er mich schließlich ebenfalls entdeckt, kommt er mir entgegen und gibt mir einen Kuss zur Begrüßung.

»Hi.« Ich schlinge meine Arme um seinen Nacken und deute mit dem Kopf auf den Laden. »Sieht nett aus.«

»Ist er auch«, erwidert er, tritt an die Tür und hält sie mir auf. »Nach dir.«

Das Innere wirkt, als habe man es in flüssigen Honig getaucht. Abgesehen von der hell erleuchteten, offenen Küche im hinteren Teil, wird der Laden nur von gedimmten Lampen und Kerzen in Wandleuchtern erhellt. Auf jedem Tisch steht eine Vase mit einer einzelnen Blume und etwas Grünzeug.

Ganz hinten geht ein großes Bogenfenster auf einen kleinen Innenhof hinaus. Ich nehme mir vor, uns diesen Sommer einen Tisch draußen zu reservieren – als Überraschung –, sofern das Essen hier mit dem Ambiente mithalten kann.

Ein Mädchen mit blau lackierten Nägeln und einem Goldring in der Nase nimmt uns in Empfang. Sie bringt uns zu einem Tisch für zwei in einer hübsch geschützten Ecke.

»Kann ich euch schon etwas zu trinken bringen?«

Nachdem Max mich gefragt hat, was ich will, bestellt er uns eine Flasche Rotwein.

»Wie war dein Tag?«, frage ich, während er uns Wasser einschenkt.

»Gut, danke. Alex hat gefunden, was er brauchte.« Er hat einem Freund, der nächste Woche einen neuen Job antreten wird, beim Anzugkauf geholfen. »Und deiner?«

»Oh. Ganz gut.«

Er lächelt, obwohl er die Stirn runzelt. Ein Gesicht wie das einer defekten Marionette.

Mein Magen knurrt. »Was essen wir?«

Wir bestellen eine ganze Reihe kleiner Gerichte, die alle besser als nur gut sind – besonders das *fritto misto* mit einer Unmenge Zitrone und Salz. Als das Brot erst am Ende unserer Mahlzeit serviert wird, bemerkt Max, dass es ein wenig spät kommt, doch ich schnappe mir ein Stück und wische noch die Knoblauchbutter von den Garnelen auf.

»Ich habe dich seit Monaten nicht mehr so viel essen sehen.«

»Ich hatte auch seit Monaten nicht mehr so viel Hunger«, erwidere ich und lecke mir die Butter von den Lippen. »Außerdem fühle ich mich ausgesprochen wohl.«

Er lächelt, diesmal ein echtes Lächeln. Dann zieht er erneut die Augenbrauen zusammen, als sei ihm etwas eingefallen.

»Warum guckst du mich immer wieder so merkwürdig an?«

Eine Pause, dann: »Hör zu. Sei nicht sauer.«

Meine Fingerspitzen beginnen zu prickeln. »Was hast du gemacht?«

Er legt Messer und Gabel ab, nimmt sie wieder in die Hand und stochert in der Salatdekoration herum. »Ich war heute nicht nur mit Alex unterwegs.«

»Okay.« Ich setze mich kerzengerade hin. »Ist das der Moment, in dem du mir sagst, dass du eine andere hast?« Ich weiß, dass er zuvor bei zwei Datingportalen aktiv war.

Er lacht, aber sein Mund ist ein gerader Strich. »Nein, Eve. Natürlich habe ich keine andere.«

»Was dann?«

Er blickt zur Decke. Den Hals noch immer gereckt, sagt er: »Ich war bei deinem Dad.«

Meine Muskeln verspannen sich, und einen Moment lang sagt keiner von uns etwas. Als mein Kopf zu schmerzen beginnt, bemerke ich, dass ich die Stirn runzele, und senke den Blick auf meinen leeren Teller.

»Verzeih mir, Eve, aber ich habe neulich mit meinen Eltern gesprochen, und wir dachten, dass jemand mal nach ihm sehen sollte.«

»Oh, weil ich so eine lausige Tochter bin?«

»Das habe ich nicht gesagt.«

»Das ist auch nicht nötig.« Das Prickeln wandert von meinen Fingerspitzen über meine Arme aufwärts bis in meine Brust, in der es zu brennen – nein, nicht zu brennen, sondern auf kleiner Flamme zu sieden beginnt.

»Schau, Eve, ich bin kein Idiot. Ich weiß, wie schlimm es schon damals mit ihm gewesen ist.«

Ich lache auf. »Du hast keine Ahnung.«

»Dann sag's mir doch.«

Mein Blick huscht zu den anderen Gästen, doch natürlich bekommt keiner etwas mit. Alle essen und trinken, lachen und plaudern. »Ich war bei ihm, ehe ich an diesem einen Abend zu dir gekommen bin.«

»Du meinst, nachdem Karina dich rausgeworfen hat?«

Ich verziehe das Gesicht. »Ja.«

»Und?«

Ich fange an, an einem Stück loser Haut am Nagel zu zupfen, und ziehe es etwas weiter ab. »Und er wollte mich nicht.«

»Eve, das glaube ich nicht.« Er schüttelt den Kopf. »Hast du ihm erzählt, was passiert ist?«

»Das habe ich«, sage ich und gebe mir Mühe, das Beben in meiner Stimme zu unterdrücken. »Ich habe ihm gesagt, dass ich nirgendwo sonst hinkann. Weißt du, was er darauf geantwortet hat?«

»Was?«

»Er sagte: ›Oje‹.« Ich reiße das Stück Haut ab. »Und dann bat er mich, ihm einen neuen Drink aus der Küche zu holen.«

Max schließt die Augen. »Ach, Eve, das tut mir leid.« Er schlägt die Augen wieder auf, streckt den Arm über den Tisch und nimmt meine Hand. »Du hättest es mir sagen können.«

»Es dir zu sagen, ändert aber nichts.«

Einen Moment lang Stille, dann fragt er leise: »Reden wir immer noch über deinen Vater?«

Ich habe niemandem was erzählt. Es ist ein Reflex, alles abzustreiten, es kommt automatisch. Ähnlich wie das Zucken im Unterschenkel, wenn der Arzt mit dem Hämmerchen unter die Kniescheibe schlägt. Sobald ich es gesagt habe, möchte ich es am liebsten wieder zurücknehmen – zugeben, dass ich es doch jemandem erzählt habe, erklären, warum , aber ich kann nicht. Ich weiß nicht, wieso. Vielleicht habe ich Angst, dass du mir nicht verzeihen kannst. Obwohl das hier schlimmer ist.

Niemand sonst wusste davon, Eve.

»Eve?«

»Was hast du gesagt?« Ich ziehe meine Hand weg. »Meinst du Grace?«

»Nein, Eve, ich meinte Karina und Bill.«

»Oh, tut mir leid. Die Liste der Freundschaften, die ich kaputt gemacht habe, ist lang.«

Er lässt seinen Kopf in die Hände sinken.

Ich würde ihm gerne sagen, dass ich es verstehe und nur überreagiere. Aber es ist zu spät. Jetzt, da ich einmal angefangen habe, kann ich mich nicht mehr stoppen. »Du willst wirklich wissen, was passiert ist? Bill und ich haben uns vor ein paar Wochen betrunken geküsst, und er musste Weihnachten unbedingt sein Gewissen erleichtern.« Ich warte auf eine Reaktion von ihm, doch als keine kommt, lege ich meine Serviette zusammen. »Ich muss los.«

»Komm schon, Eve, ein Kuss im betrunkenen Zustand verursacht mir keine Kopfschmerzen, schon gar nicht, wenn wir hier von Bill reden.« Er grinst ansatzweise, um die Stimmung aufzulockern.

»Findest du das etwa lustig?«, frage ich, stehe auf und ziehe meinen Mantel an.

»Eve, komm schon, das ist doch albern.«

Ich weiß, es ist total albern. Aber ich kann nicht anders. Meine Wangen glühen, ich spüre es. Wieder blicke ich mich um. »Wir sehen uns nachher.«

Ehe er noch etwas erwidern kann, marschiere ich quer durchs Restaurant davon.

Draußen lehne ich mich gegen die Wand und versuche, zu Atem zu kommen. Ein Kloß bildet sich in meiner Kehle. Ich balle die Hände zu Fäusten und presse sie in meine Augenhöhlen, ohne mich um die neugierigen Blicke der Passanten zu kümmern. Was mache ich hier bloß? Ich mache die nächste Freundschaft kaputt – mehr als nur eine Freundschaft.

Ich wende mich um, um wieder hineinzugehen, doch die Tür öffnet sich. Max hat den Mantel an und schiebt seine Brieftasche in seine hintere Jeanstasche.

Ich weiß nicht, wohin ich blicken soll, also blicke ich zu Boden. »Verzeih mir«, sage ich. »Ich habe uns den Abend ruiniert.«

Und dann liege ich in seinen Armen und lasse die Tränen laufen.

In der U-Bahn legt sich Schweigen über uns. Wir sitzen Seite an Seite, meine Hand in seiner. Doch als wir aussteigen und zu seiner Wohnung gehen, fragt Max mich – erneut –, wie es mir geht. »Im Ernst jetzt, Eve.«

»Im Ernst habe ich mit mir zu kämpfen.«

Er atmet hörbar aus und legt den Arm um mich. »Ich weiß, dass du nicht gerne darüber redest, aber denkst du, dass es mit Grace zu tun hat?«

Ich presse die Lippen zusammen.

»Du brauchst keine Angst zu haben, dass deine Antwort mich in irgendeiner Hinsicht kränkt, Eve.«

Ich gebe mir Mühe, tonlos zu klingen. »Ich denke, dass es immer schon mit Grace zu tun gehabt hat.«

Ich gehe davon aus, dass er seinen Arm fallen lässt, doch stattdessen drückt er mich an sich. »Ich weiß, ich hab's schon einmal gesagt, aber ich glaube wirklich, dass du noch einmal hinfahren solltest.«

»Vielleicht hast du recht – es ist ja nicht so, als hätte ich nicht selbst schon daran gedacht.« An sie gedacht. Das tue ich jeden Tag. Nein, nicht jeden Tag, aber fast jeden. Und das seit fünf Jahren. »Ich weiß bloß nicht, ob ich das schaffe.«

»Was hast du dieses Wochenende vor? Wie wär's, wenn wir es zusammen machen? Vielleicht kannst du dann ja endlich damit anfangen, wieder nach vorne zu schauen.«

Mein Verstand driftet ab.

Kommst du mit in die Bibliothek? Mit den Büchern an meiner Hüfte stehe ich an deiner Tür.

Du schüttelst den Kopf, du seist müde, und wendest dich wieder den Gilmore Girls *auf deinem Laptop zu. Außerdem ist mein Schädel bis oben hin voll, fügst du hinzu. Es bringt nichts, wenn ich noch weitere Namen und Daten reinzuquetschen versuche.*

Wie du meinst. Nicht, dass dein Schädel platzt und die ganze kunstgeschichtliche Abteilung einsaut. Der Scherz war lahm, aber ich lache trotzdem – pure Unsicherheit, ich weiß. Du lächelst mit den Lippen, nicht mit den Augen. Dein Gesicht leuchtet – der Bildschirm ist zu hell eingestellt.

Dann komme ich nachher bei dir vorbei, sage ich. Ich würde gerne nachfragen, ob wirklich alles okay ist, aber ich tu's nicht. Durch Dad habe ich gelernt, niemanden zu bedrängen. Das führt höchstens zu Geschrei, Wutausbrüchen, beleidigtem Schmollen und dann, das Schlimmste, Schweigen. Aber du bist seit einiger Zeit anders. Ruhiger, zurückgezogener. Schaust zu Boden oder gen Himmel. Nur nicht in mein Gesicht.

Jedenfalls brauche ich nicht lange, sage ich. Wir sehen uns.

Max sagt etwas von einem Abschluss. Er klingt irgendwie weit weg, als würde er durch ein Funkgerät sprechen. »Oder? Was denkst du, Eve?«, fragt er.

»Molly«, antworte ich. »Ich muss an diesem Wochenende auf Molly aufpassen.«

Ich spüre, dass er sich neben mir versteift. »Bist du sicher, dass das momentan das Richtige für dich ist? Wenn es dir eigentlich nicht gut geht?«

Ich bleibe stehen. »Vertraust du mir nicht?«

»Natürlich. Ich frage mich nur, ob du nicht ein bisschen Zeit für dich gebrauchen kannst, um dir über ein paar Dinge klar zu werden. Molly ist danach ja immer noch da.«

»Nein«, sage ich. Mein Herz rast. »Ich kann den Job nicht einfach hinschmeißen. Annie braucht mich. Molly braucht mich.«

»Okay. Es war nur ein Vorschlag, Eve.«

23

Wie muss es sein, wenn man zu atmen aufhört? Wie entsetzlich muss es sich anfühlen, wenn das Blut aufhört, durch den Körper zu strömen, und das Hirn von der Sauerstoffzufuhr abgeschnitten wird? Das ist gestern einem Dreizehnjährigen passiert – er ist auf einem Fußballplatz im Osten von London tot umgekippt. Davon lese ich gerade im *Evening Standard*, der ein Foto zur Story veröffentlicht, auf dem der Junge zwischen seinen Eltern zu sehen ist. Was müssen sie für ein Entsetzen empfunden haben, als er nicht mehr aufwachte!

Schweigend kommen deine Eltern an, dein Bruder und seine Frau hinter ihnen. Deine Mutter hat den Blick fest zu Boden gerichtet. Dein Vater gibt keinen Laut von sich, nicht einmal ein Schniefen. Nach einer Weile zieht er ein sauber gefaltetes Taschentuch hervor und tupft sich die Nase ab. Sie läuft, aber er kann sich nicht dazu durchringen, sie sich zu putzen. Nicht jetzt, nicht wenn er sich von seiner Tochter verabschieden will.

Ich kenne Mum nicht, also sollte ich auch nicht traurig darüber sein, dass sie nicht da ist. Ich habe keine Ahnung, was sie am liebsten liest oder welches Parfüm sie benutzt. Ich weiß nicht, ob sie Eier mag oder wie ich verabscheut – ob sie nun gekocht, pochiert, gerührt oder gebraten sind. Kann sie Milch auch nicht ausstehen? Geht sie gerne zu Fuß? Ist sie ein Morgen- oder Abendmensch? Dusche oder Bad? Rot oder weiß? Vermisst sie mich?

Nicht die Meilensteine waren entscheidend. Sie fehlte mir am meisten bei Alltäglichkeiten. Ich hätte mir gewünscht, dass sie – wie Suzies Mom – mit mir durch London radelte, um mir zu zeigen, wie ich sicher zur Schule fahren konnte, damit ich nicht immer den Bus nehmen musste. Dass sie mich beim Sonntagsbraten ermahnte, auch das Gemüse zu essen, weil es sonst keinen Nachtisch gäbe. Dass sie mit mir schimpfte, weil ich mich im Auto nicht angeschnallt hatte, und mir versicherte, dass ich auch ohne die beiden Schneidezähne ein hübsches kleines Mädchen sei und in die Kamera lächeln könne. Ich hätte mir gewünscht, dass sie mich zur Klavierstunde fuhr und vielleicht sogar wieder abholte. Dass sie mir bei den Hausaufgaben half und mir ihre kostbaren Kinderbücher lieh. Dass sie mir »Träum was Schönes« wünschte, wenn ich ins Bett ging, oder am Küchentisch saß, wenn ich morgens zum Frühstück nach unten kam. Ich vermisste sie immer und überall. Bei den großen Ereignissen und den alltäglichen Banalitäten.

Mein Vater? Er hätte all das tun können, aber das hat er nicht. Ich bin seine Tochter. Er ist erwachsen. Er ist derjenige, der für mich hätte da sein müssen. Dass ich hinter ihm aufräume, gehört nicht zur Stellenbeschreibung. Und doch bin ich nach diesem Abend, an dem er mich so behandelt hat, diejenige, die sich mit Schuldgefühlen plagt. Vielleicht war er einfach zu besoffen und wusste nicht, was er sagte.

Vielleicht wäre alles anders geworden, wenn ich nur eine Stunde eher bei ihm gewesen wäre. In gewisser Hinsicht tue ich ihm dasselbe an, was sie getan hat. Ich lasse ihn im Stich, wenn er mich braucht.

Es ist früh. Die Heckscheiben der Autos sind mit Reif überzogen, und auch auf den kurz geschorenen Rasenfleckchen hier und da liegt ein seidig weißer Glanz. South Kensington ist still und ausgestorben bis auf eine Jugendliche und ihre Mutter, die zu blond ist, um es von Natur aus zu sein. Schon seltsam, was mit vielen Frauen in diesem Alter geschieht: Anstatt grau zu werden, nimmt ihr Haar auf magische Art und Weise eine weißgoldene Färbung an. Was ganz überzeugend aussieht, bis man aus der Nähe die faltige Stirn erkennt – oder Botox.

Jedenfalls bin ich gerade Zeugin eines albernen Streits vor einer schicken Boutique. Sie hat noch nicht geöffnet, aber die Auslagen im Schaufenster sind offenbar Anlass genug für einen Generationenkonflikt.

»Wieso musst du immer so was sagen?«, jammert das Mädchen.

»Was sagen?«

»›Das bist doch nicht du‹, wenn mir ein Teil gefällt.«

»Weil du es eben manchmal einfach nicht bist.«

»O Mann, genau deswegen kann ich es nicht ausstehen, mit dir shoppen zu gehen.«

Ich senke den Kopf und gehe an ihnen vorbei, während ich mir mich als Sechzehnjährige vorstelle, wie ich die Fäuste balle und eingeschnappt meine Mutter stehen lasse, die mir mit ruhiger Stimme sagt, dass ich mir bestimmte Wünsche abschminken könne. Vielleicht ist das der Grund, warum sie gegangen ist: Sie konnte ein ungutes Ende vorhersehen und wollte mir die Tragödie ersparen. Sie ist ausgestiegen, ehe sich alles zum Schlechten wendete. Besser, sich nie wiederzusehen, muss sie sich gedacht haben, als sich auf Raten voneinander zu entfremden.

»Eve, hi.« Annie ist schon im Mantel, als sie mir die Tür öffnet. »Komm rein. Wie geht's dir?«

Ich trete vor und stolpere beinahe über Henry, der mit einem Gummischwein zwischen den Vorderpfoten wie eine lebendige Fußmatte ausgestreckt im Flur liegt. »Alles gut, danke. Was hast du heute Schönes vor?«

»Oh, leider nur Arbeit.«

Es erleichtert mich, dass sie sich nicht mit Paul trifft.

»Wo ist denn Molly heute? Alles okay mit ihr?« Ich bin daran gewöhnt, dass sie die Erste ist, die mich begrüßt.

»Eve!« Die Tür vom Gästeklo fliegt auf, und Molly kommt auf mich zugehüpft, während sie sich noch die Leggings hochzieht. Und sich wahrscheinlich nicht die Hände gewaschen hat.

»Hallihallo.« Ich beuge mich zu ihr herab, und sie wirft die Arme um meinen Nacken und stößt dabei mit dem Kopf gegen meine Schulter. Eine echte Umarmung.

»So. Ich muss mich leider beeilen«, sagt Annie und lässt ihre vielen Schlüssel klirren. »Ich bin erst gegen acht zurück. Ist das okay für dich?«

»Absolut«, antworte ich. Und mit Blick zu Molly: »Wir finden schon etwas, mit dem wir uns beschäftigen können, denkst du nicht?«

Sie nickt.

»Wunderbar. Danke, Eve. Meine Zweitkarte liegt da, wo sie immer liegt, falls ihr etwas essen gehen oder sonst etwas machen wollt.«

»Super, danke.«

Sie bückt sich und gibt Molly ein Küsschen zum Abschied. »Bis nachher, Schätzchen.« Ein letzter Blick in den Spiegel, und sie ist weg.

Nachdem ich Molly in ihren warmen Mantel gepackt habe, gehen wir zum Bus.

»Wohin fahren wir denn?«, fragt sie, als wir uns oben ganz vorne niedergelassen haben.

Wir fahren in die Galerie. Ich will herausfinden, ob Suzon schon zurück ist.

»Eve?« Sie stupst mich in die Seite.

»Oh, entschuldige. Ich dachte, wir könnten in mein Lieblingsmuseum gehen.«

»Wo ist das denn?«

»Bei Covent Garden. Warst du da schon mal?«

Sie nickt, hebt sich auf die Knie und drückt die Nase am Fenster platt. »Warum ist das dein Lieblingsmuseum?«

»Weil dort meine Lieblingsbilder wohnen«, sage ich und halte sie mit einer Hand am Arm fest, »und ich da immer am glücklichsten bin.« Meine Aufrichtigkeit überrascht mich selbst.

»Wieso?«

»Wieso was?«

»Wieso bist du da am glücklichsten?«

»Weil ich mich da meiner Freundin sehr nahe fühle, glaube ich.«

»Wieso?«

Okay, ich erkenne, worauf das hier hinausläuft. Statt zu antworten, hauche ich ans Glas und schreibe ihren Namen in dicken runden Buchstaben auf die Scheibe.

»Lass mich mal.« Sie versucht es auch, haucht aber nicht stark genug.

Ich zeige es ihr noch einmal: Ich hole tief Luft und erschaffe eine Leinwand aus kondensiertem Atem. Diesmal male ich ein Herz.

»Was ist dein Lieblingsbild, Eve?« Sie versucht es erneut, und diesmal funktioniert es. Sie malt einen Smiley.

»Wirst du schon sehen.« Hoffentlich.

Marjorie wirkt überrascht, als ich vor der Theke stehe. Kein Wunder – noch nie habe ich in den vergangenen vier Jahren so viel Zeit zwischen zwei Besuchen verstreichen lassen. Als ich um zwei Eintrittskarten bitte, scheint sie zu glauben, dass ich nun endgültig nicht mehr alle Tassen im Schrank habe. »Zwei?«, hakt sie skeptisch nach.

»Zwei«, wiederhole ich langsam und deutlich. »Eine für mich und eine für Molly.«

Molly stellt sich auf die Zehenspitzen und schiebt langsam, spinnengleich, ihre Fingerspitzen über die Theke.

Marjorie fällt beinahe vom Stuhl. »Meine Güte«, sagt sie und steht auf, um nachzusehen. »Ich hab dich gar nicht gesehen.«

Molly kichert.

»Kinder unter zwölf sind frei.« Sie streicht sich den Rock glatt, als sie sich wieder setzt.

»Wunderbar.« Dennoch beschließe ich, Annies Karte zu benutzen, die ich aus dem Topf in der Küche genommen habe.

Marjorie wirkt erneut irritiert, als ich die Karte vor das Gerät halte, und ich spüre ihren Blick in unseren Rücken, als wir die Treppe hinaufsteigen. Vielleicht nimmt sie wie die Frau im Park ja an, dass ich Mutter bin. Dass ich Mollys Mutter bin.

Ich versuche, mir nicht allzu viele Hoffnungen zu machen, als wir durch die ersten Räume gehen. (Es erstaunt mich nicht, dass Molly Degas' Ballerinen liebt und davor stehen bleibt, um die Posen der Mädchen nachzuahmen.) Doch irgendwie vervielfältigen sie sich ohne mein Zutun, und bis wir Raum sechs erreicht haben, bin ich davon überzeugt, dass sie auf mich wartet.

Tut sie nicht.

Wenigstens hat niemand versucht, sie zu ersetzen. Das breite Stück Wand ist bis auf die laminierte Mitteilung noch immer leer. Automatisch lese ich sie erneut und blicke eindringlich auf die Buchstaben und die weißen Stellen dazwischen, als ließen sich dort weitere Hinweise finden.

Es ist, als warte man darauf, dass eine vermisste Person gefunden wird. Dass deine Mum erkennt, dass sie einen schlimmen Fehler gemacht hat, und doch wieder an deinem Leben teilhaben will. Dass dein Dad endlich aufwacht, dich anruft und dir erzählt, dass du ihm natürlich etwas bedeutest und er immer für dich da sein wird, wenn du ihn brauchst. Dass alles bloß ein blöder Witz war wie der von der Allergie gegen Blaubeeren – deine Freundin hat nur Quatsch gemacht, sie ist gesund und munter. Haben Sie irgendetwas gehört? Nein? Keine Neuigkeiten? Nein, tut mir leid. Wir melden uns bei Ihnen, sobald sich etwas Neues ergibt.

Kein Atem zu hören, deine Brust hebt und senkt sich nicht, eine schreckliche Stille.

»Eve?«

In diesem Fall gibt es allerdings ein Update – Dachsgesicht muss etwas falsch verstanden haben. Die Mitteilung ist eine andere. Da steht, dass Suzon erst im April aus Paris zurückkommt. Erst im April! Ein scharfer Schmerz durchfährt mich.

»Eve, was liest du da?«

Molly.

»Hier steht etwas über mein Lieblingsbild. Normalerweise hängt es hier, aber im Moment ist es weg.«

»Im Urlaub?«

Der Schmerz ebbt zu einem milden Ziehen ab.

»Ja. Ja, genau. Sie ist im Urlaub.«

Molly lächelt und schiebt ihre Hand in meine. »Dann kommt sie bestimmt bald wieder.«

Wie eine Tablette sprudelt das milde Ziehen plötzlich auf, ehe es sich komplett auflöst.

Zu meiner eigenen Überraschung erwidere ich das Lächeln. Mein Herz hämmert fest in meiner Brust, als sich eine Idee in mir festzusetzen beginnt.

Bis wir wieder draußen sind, habe ich einen Entschluss gefasst. Max hat recht. Ich habe es viel zu lange vor mir hergeschoben. Ich muss raus aus London. Ich muss zurück. Es wird mir helfen. Und wenn Molly es schafft, mir den Anblick der leeren Wand in der Galerie erträglich zu machen, dann kann sie mir diese Sache vielleicht auch erleichtern. Ich schaue auf sie herab. »Wozu hast du als Nächstes Lust?«

Schulterzucken.

»Hör mal, ich hab eine Idee.« Eine gute Idee. Ich gehe vor ihr in die Hocke, und sie schiebt ihre Fingerchen in meine Haare. »Willst du hören, was für eine?«

»Ja.« Ihre Finger tun, als seien sie Scheren.

»Wir wär's, wenn wir Zug fahren?«

»Ja!« Lauter diesmal.

»Schön. Hier, zieh Mütze und Handschuhe an, dann gehen wir los.«

»Und wohin fahren wir mit dem Zug?« Sie lacht, als ich ihr mit der Mütze helfe und sie ihr über die Augen ziehe. »Hey!«

Ich atme ein und aus und sage die vier Worte, die nie wieder zu sagen ich eigentlich sicher gewesen bin. »Wir fahren nach Oxford.«

»Wo ist Oxford?«

Nicht weit, erkläre ich ihr, während ich mir die Strecke auf dem Handy ansehe. Ich überlege, auf dem Weg bei Annie zu halten, um Henry kurz auszuführen, aber besser nicht. Ich darf mir keine Zeit geben, um von meinem Entschluss abzuweichen; es wäre so einfach, als würde ich einen Schalter umlegen.

Auf dem Bahnhof Paddington wimmelt es nur so von Reisenden. Geschäftsleute ziehen ihre teuren schwarzen Köfferchen auf zwei oder vier Rädern hinter sich her. Müde wirkende, mit Gepäck beladene Eltern geben alles, um ihre überdrehten Kinder im Auge zu behalten – ein kleines Mädchen mit Korkenzieherlocken späht um einen roten Briefkasten herum. Verliebte Paare, die entweder zu einem romantischen Ausflug aufbrechen oder von einem zurückkehren, schauen sich tief in die Augen, ohne das Chaos um sie herum wahrzunehmen. Eine kurz angebundene Stimme aus dem Lautsprecher warnt die Reisenden, dass auf den Bahnsteigen Rutschgefahr besteht. Regnet es draußen? Ich schaue mich um: Jeder außer mir trägt entweder einen kleinen oder einen großen tropfenden Schirm, und auch Mollys Mütze ist nass. Im Zickzack bewegen wir uns durch das Gedränge.

Ich überfliege die Anzeigentafel für die Abfahrten. Bingo. In zehn Minuten geht ein Zug. »Komm, Molly.« Ich halte sie fest an der Hand, bis wir den Fahrkartenautomaten erreichen, und lasse nur kurz los, um Annies Karte aus meinem Portemonnaie zu fischen. Zwei Hin- und Rückfahrten nach Oxford. Karte rein und wieder raus.

Wir folgen einem Mädchen und einem Jungen in ungefähr meinem und Max' Alter zum Zug, der auf Gleis eins fährt. Er flüstert ihr etwas ins Ohr, und sie schenkt ihm ein Lächeln. Ich schaue weg, als sei ich geblendet.

»Eve? Kannst du mir im Zug die Haare flechten?«

Dein kastanienbraunes Haar ist aus deinem sommersprossigen Gesicht gebürstet und zu einem lockeren Zopf geflochten. Ein paar feine Strähnchen sind entwischt und kitzeln dein Schlüsselbein.

»Eve?«

Ich habe seitdem keine Haare mehr geflochten. »Ich kann's versuchen.«

Als das Mädchen die Stufe zum Zug hinaufsteigt, streckt sie ihren gekrümmten Zeigefinger nach hinten, und der Junge hakt sich mit seinem ein.

Wir finden zwei Plätze in Fahrtrichtung in Wagen D. Fünf Minuten später rollen wir durch die schäbigen Industriegebiete in Londons Außenbezirken. Alles ist mit einer kühlen graublauen Glasur überzogen: die Dachschindeln, die Schornsteine, die Rauch ausstoßen, das schmuddelige Mauerwerk, alte und neue Fabriken und riesige Tafeln, auf denen die Firmennamen prangen. Auf einer Ziegelmauer ein Graffito – EAT DA RICH. Das Fenster hat eine trübe Tönung, und ich verenge die Augen, um zu sehen, ob ich sie in ein warmes Sepia verwandeln kann. Es klappt nicht, aber bald sind wir draußen auf dem Land mit Feldern und Bäumen, deren Äste sich im Wind neigen.

Uns gegenüber sitzt eine Frau mit karamellfarbenem Haar, die Annies Doppelgängerin sein könnte. An ihrer linken Hand funkelt ein Diamantring. Sie leckt Zeigefinger und Daumen an, um durch ein Hochglanzmagazin zu blättern, während sie gleichzeitig immer wieder auf ihr Handy blickt, das auf dem Tisch zwischen uns liegt. Sie bemerkt nicht, dass sie eine Doppelseite überblättert, aber ich mache mir nicht die Mühe, es ihr zu sagen. Bestimmt war es ohnehin nur eine Anzeige.

Langsam habe ich den Dreh mit Mollys Haaren raus, als ein dickbäuchiger Fahrkartenkontrolleur in unserem Wagen erscheint.

»Die Tickets, bitte.«

Ich winde rasch ein Haargummi um den Zopf im Entstehungsprozess und hole unsere aus meiner Tasche.

»Sie wissen, dass Sie für sie nicht den vollen Preis bezahlen müssen?«

»Entschuldigung?«

»Ist das Ihre Tochter?«

Ich blicke Molly an.

»Miss?«

»Ich …«

»Das ist meine Nanny.« Molly gestikuliert wild, als präsentiere sie mich einem König als kostbares Geschenk.

Er verdreht die Augen – nur eine bezahlte Hilfskraft irgendeiner Mittelklassefamilie – und gibt mir unsere Fahrkarten zurück. »Kinder unter fünfzehn fahren ermäßigt.«

Das hätte ich mir auch denken können.

»Die Fahrscheine, bitte.« Er setzt seinen Watschelgang durch den Wagen fort.

Die Leute starren, hinterfragen, zweifeln, verurteilen. Ich spüre ihre Blicke auf meiner zerkratzten Haut. Ich kann praktisch sehen, wie der Mann hinter der Zeitung im Gang gegenüber die Ohren spitzt. Das Annie-Double stößt ein Seufzen aus, das sich eher wie ein missbilligendes Schnalzen anhört. Ich hatte eine schreckliche Mutter und war eine schreckliche beste Freundin. Vielleicht bin ich auch eine schreckliche Tochter. Bestimmt würde mein Vater das bestätigen. Sie alle warten darauf, dass ich wieder alles kaputt mache. Vielleicht war das doch eine dumme Idee.

»Eve, meine Zöpfe.«

Eine Hälfte von Mollys Haar ist offen, während die andere Hälfte in einem unvollständigen Zopf von ihrem Kopf baumelt.

»Warte, ich fange noch mal an«, sage ich und ziehe das Haargummi ab. »Diesmal mache ich es richtig, versprochen.«

Wir kommen am Bahnhof an und steigen die Treppe hinauf, auf der auf langen Klebestreifen BITTE VORSICHT AUF DEN STUFEN steht. Als wir über die Gleise gehen und am anderen Ende wieder hinuntersteigen, erklingt eine Durchsage: »Bitte Vorsicht auf der Treppe. Benutzen Sie das Geländer.«

Mit Molly an der Hand passiere ich die Reihe wartender Taxis und den Friedhof identischer Leihfahrräder und folge der geraden Straße ins Stadtzentrum. Es ist ein fünfzehnminütiger Fußweg, der uns über den Fluss und an ein paar schäbigen chinesischen Imbissbuden vorbeiführt. Dann ein paar schönere Häuser, typisch Oxford. Ich mag fünf Jahre nicht hier gewesen sein, aber ich kann mich an den Weg erinnern.

Ein Wimmern.

»Was ist los, Molly?«

»Ich hab Hunger.«

Mist. Ich hätte in Paddington etwas kaufen sollen. »Ich weiß was. Wir gehen in mein Lieblingscafé.«

»Wie weit ist das?«

»Nur noch ein kleines Stück weiter und dann rechts rein.«

Sie schürzt die Lippen.

»Wirklich, Moll, es lohnt sich.«

Das Café, in das wir einmal pro Woche gingen und einen Bagel mit Lachs und Frischkäse bestellten.

Molly und ich kommen an, und nichts hat sich verändert, außer dass auf der Theke neben der Kasse eine Keramikschüssel mit Energiekugeln aus Rohkakao steht. Hinter dem Glas vor uns eine Auswahl an Kuchen und vorgefertigten Sandwiches, die nur noch getoastet werden müssen. Dahinter eine Reihe von Bagels und ein Kühlschrank mit kalten Getränken, hauptsächlich in Dosen. Zur Rechten ein funkelnder Kaffeeautomat. Der Duft frisch gemahlener Bohnen.

Ich stelle fest, dass nur noch drei Tische frei sind. Beziehungsweise zwei: Ein Studententyp mit einem schicken MacBook lässt sich gerade an einem nieder und liest eine E-Mail, während er seine Sachen auf den Tisch legt.

»Möchtest du Grillkäse, Moll?«

»Ja, bitte.«

»Okay, dann geh du schon mal und setz dich.«

Wieder das Schmollmündchen.

»Ich bin sofort bei dir.«

»Und für dich selbst?«

Ich hatte nicht bemerkt, dass der Bursche hinter der Theke unsere Bestellung aufnimmt. Er trägt ein Ringerhemd und Tattoos als Ärmel. »Einen Bagel mit Lachs und Frischkäse, bitte. Ohne Kapern.«

»Normal oder Vollkorn?«

»Normal.«

»Oh, oder wir haben auch Sesam.«

»Normal.«

»Okay. Das macht dann acht Pfund neunzig.«

Ich halte Annies Karte ans Lesegerät, dann beschirme ich mit einer Hand die Augen, um Molly ausfindig zu machen – ich bin Kapitänin eines Segelschiffs, die an einem sonnigen Tag den Horizont absucht. »Ahoi!«, rufe ich und lasse den Blick über die Menge schweifen.

»Ahoi!« Molly winkt mit dem ganzen Arm von Seite zu Seite – eher wie ein Fan auf einem Konzert als ein Matrose.

Ich imitiere Schwimmzüge und durchquere das Café.

»Puh, geschafft.« Ich stopfe meine Tasche unter den Tisch; ich muss wohl darauf vertrauen, dass sie nicht wegschwimmt oder, schlimmer noch, sinkt.

Fünf Minuten später kommt unser Lunch. Während Molly isst, bewegt sie sich zu der lebhaften Musik aus den Lautsprechern. Als ich sie etwas frage, deutet sie auf ihre Wange, wie höfliche Menschen – und Kinder offenbar – es tun, wenn sie erst den Mund leeren wollen, ehe sie antworten. Max macht das auch. Ich versuche meist, mit vollem Mund zu sprechen, was selten gut geht.

Jetzt muss sie Pipi, aber im Café gibt es kein Klo – zumindest keins, was ausgeschildert ist. Bestimmt gibt es eins für das Personal. Ich schicke sie zur Theke, damit sie selbst fragt – es wird ja wohl jemand Mitleid mit dem Kind haben –, aber der Junge schüttelt den Kopf und schickt sie wieder weg. Herzlos finde ich das und sage es ihm auch, als ich sie durch die Tür bugsiere. Wie würdest du dich fühlen, wenn deine Blase zu platzen droht?

Draußen auf der Straße schaue ich auf Molly herab. Sie hält sich ihren Bauch, vielleicht weil sie wirklich kurz vor dem Platzen steht, wahrscheinlich aber eher, weil sie zu viel Käse gegessen hat. »Ich kenne ein Museum, das dir gefallen wird, Moll. Sollen wir da aufs Klo gehen?«

»Immer müssen wir ins Museum.«

Ich gehe vor ihr in die Hocke. »Was ist los?«

»Ich muss mal.«

»Ich weiß, deswegen wollen wir ja auch ein Klo finden. Wir müssen nicht ins Museum, aber ich denke, dass es dir dort gefällt. Es ist so ähnlich wie das Naturhistorische – du warst bestimmt schon da, oder?«

»Ja.«

Sie wirkt heute etwas stiller. Nachdenklich, vielleicht sogar traurig. Ob sie spürt, dass etwas mit ihrem Dad im Busch ist? Er ist ja schon lange weg. Vielleicht ist sie böse auf ihn oder gibt Annie die Schuld. Ich würde ihr gerne sagen, dass es in Ordnung ist, sauer zu sein oder traurig. Und ich würde ihr gerne sagen, dass sie aussprechen soll, was sie fühlt, statt alles in sich hineinzufressen. Ich drücke ihre Hand.

Wir gehen an unserem alten College vorbei – oder vielmehr an der Fassade aus sandfarbenem Stein. Mein Herz hämmert. Ich würde gerne hineingehen, aber Molly hält es kaum noch aus und presst sich die Hand zwischen die Beine. Wir gehen weiter zum Pitt Rivers Museum und steuern direkt auf den Empfang zu. Eine Frau mit einem eulenhaften Gesicht und drahtigem schwarzem, mit Grau durchzogenem Haar weist uns freundlicherweise den Weg zu den Toiletten.

Wir unternehmen einen Blitzrundgang durch die Exponate. Molly merkt auf, als sie den ausgestopften Strauß entdeckt, und quiekt angeekelt über die lebenden Kakerlaken hinter Glas. Unten bewundert sie ein winziges Hundegespann mit einem Schlitten aus Elfenbein.

»Bitte, Eve, darf ich das für mein Puppenhaus mitnehmen?«

Ich beuge mich vor, um es genauer zu betrachten, sage ihr, dass es vermutlich nicht möglich ist, und kaufe ihr stattdessen im Shop einen Bleistift mit einem Elefantenkopf am Ende. Ich zahle, während Molly den ausgestopften Fuchs neben der Kasse beäugt.

Wir sind nicht mit den Herzen dabei, nicht wirklich. Außerdem müssen wir bald zurück zum Bahnhof. Ich fange langsam an zu zweifeln, ob es wirklich etwas hilft, denn ich fühle mich nicht anders. Das hier waren Orte, die uns etwas bedeutet haben; sie stecken voll glücklicher Erinnerungen. Aber vielleicht sind es nicht die glücklichen Erinnerungen, die ich wieder wachrufen muss.

»Hier entlang, Moll.«

Es wird dunkel. Die hell erleuchteten Geschäfte lassen den Himmel fast schwarz wirken, in den Straßen hängt der sanfte Schimmer der vielen Laternen. Wir biegen links ab, und da sehe ich sie. Die Bar. Unsere Bar. Die Bar, wo Grace und ich gearbeitet haben, wo das Unheil seinen Lauf genommen hat. Die Bar, von der ich an jenem Abend nach Ladenschluss ohne sie nach Hause gegangen bin.

Mein Handy vibriert in meiner Tasche. Voicemail, obwohl ich das Klingeln gar nicht mitbekommen habe. Ich tippe auf die Taste und halte es an mein Ohr.

»Hi, Eve, wo seid ihr? Ich bin schon früher zurückgekommen, und Henry hat alles vollgepinkelt. Ich nehme an, du hast Molly mit zu dir und Max genommen, also komm einfach nach Hause, wenn du das hier abhörst.«

Eine Urinpfütze unter deinen Füßen.

Ich schicke eine rasche Antwort – *sorry, zeit vergessen, bald zurück* – und fasse Mollys Hand fester.

Alles sieht aus wie damals. Die Fassade von Fenstern durchsetzt, ein nicht abgeschlossenes Fahrrad, das an der Außenwand lehnt. Das freischwingend aufgehängte Schild mit weißer Schrift, der Efeu, der sich am Rohr zur Regenrinne emporrankt. Ich überquere die Straße, um es mir genauer anzusehen, und spähe sogar durch das Fenster, um in den Schankraum unten zu blicken. Und dort, neben dem Feuer auf der rechten Seite, ein Mann. Das kann nicht sein. Aber dieses dunkle Haar und die runden Schultern, die immer ein bisschen hochgezogen wirkten.

Mir wird plötzlich schummrig, bis ich mir bewusst mache, dass ich den Atem anhalte.

Er sitzt zurückgelehnt auf einem der beiden Ledersessel, den Hintern vorne an der Kante, die Beine gespreizt, als wolle er einem einsamen Schiff nach einer dunklen und stürmischen Fahrt auf See den Weg in den sicheren Hafen weisen. Einen Moment lang stelle ich mir vor, dass die Nähte auf der Innenseite seiner Jeans mit Reflektoren bestickt sind.

Ein Bartschatten zieht sich über sein kantiges Kinn. Sein Haar ist zurückgekämmt und wirkt, als käme er gerade aus der Dusche. Gähnend blickt er auf die Zeitung, die auf dem Tisch neben ihm ausgebreitet liegt, und hebt ein Bierglas an die Lippen. Ich kann von hier aus sehen, dass seine Augen blutunterlaufen sind. Er wischt sich den Mund mit dem Ärmel ab und wendet sich dem Fenster zu.

Ich greife Mollys Hand fester und gehe mit ihr hastig davon.

24

Weißt du noch, Eve, als du vor ein paar Wochen allein nach Hause gegangen bist?

Nein. Wieso?

Da ist was passiert.

Okay – was?

Etwas Schlimmes.

Erzähl's mir.

Er meinte, ich solle nichts sagen, aber …

Wer meinte das?

Na ja, was glaubst du denn?

Was hat er gemacht? Grace?

»Hi, Eve.«

Ich erstarre und wende mich langsam um. Hinter mir steht eine Frau, die mir fremd ist. »Kennen wir uns?«

Zwischen ihren Fingern zwirbelt sie zwei dünne schwarze Kabel, die aus ihren Ohren baumeln. Mit einem flüchtigen Blick zu mir spricht sie weiter. Kopfhörer, klar.

»Sorry, Eve, du bist ganz schwer zu verstehen.«

War das je anders?

»Was hast du gesagt?«

Er hat … er hat sich mir aufgezwungen.

Grace. Nein.

Wir haben uns gestritten. Ich habe ihm gesagt, ich wollte nicht. Aber er hat einfach nicht aufgehört.

Warum hast du mir nicht schon eher davon erzählt?

Er ist doch mein Freund.

Das ändert doch nichts, Grace.

»Ich will zu meiner Mummy.«

Molly. Ich drücke ihre Hand.

»Ich will nach Hause.«

»Schon gut, Moll«, sage ich und versuche, mich zu orientieren und gleichzeitig den Blicken Fremder auszuweichen. »Ich muss nur herausfinden, wo wir sind.« Offenbar sind wir irgendwo falsch abgebogen. Es ist, als hätte jemand das Licht ausgeknipst, sodass ich mich nun im Dunkeln zurechtfinden muss.

Eve, ich brauche deine Hilfe.

Was kann ich tun?

Ich muss es wegmachen.

O Gott.

Du musst mir versprechen, es niemandem zu sagen.

Grace, ich bin's. Wem sollte ich es wohl sagen?

Wir gehen weiter, vielleicht aber auch im Kreis, ich kann mich nicht konzentrieren, mein Verstand blendet unablässig jedes Gespräch ein, das wir am Schluss geführt haben. Es ist diesig geworden, und ein permanenter Sprühnebel befeuchtet mein Gesicht.

Jemand mit einem aufgespannten Regenschirm rempelt mich an. Herrgott, so feucht ist es doch auch wieder nicht.

Ein Wimmern.

»Komm, Moll, nur noch ein winziges bisschen weiter.« Ich blicke auf sie herab. Grace' Kind wäre jetzt ungefähr ein Jahr jünger.

Die Klinik befindet sich etwas außerhalb der Stadt, etwa zehn Minuten mit dem Bus. Du sprichst nicht, starrst nur aus dem Fenster, und dein Blick schießt nach links und rechts, wann immer Männer, Frauen und Kinder dein Sichtfeld kreuzen. Mir fällt auf, dass du zurückweichst, als wir an einer Schwangeren vorbeifahren, deren Bauchnabel sich durch das straff gespannte T-Shirt drückt.

Molly schlurft langsam neben mir her.

An der nächsten Ecke bleibe ich stehen. »Soll ich dich tragen?«

Sie nickt und beginnt zu schluchzen. »Meine Beine tun weh.«

»Okay, dann los.« Ich hebe sie hoch, und sie schlingt die Arme um meinen Nacken und klammert sich an mich wie eine Klette.

»Nicht so fest, Moll.«

Sie lockert den Griff, zieht mich aber dabei an den Haaren.

Es ist ein trostloses Backsteingebäude, das mich an die Sozialbauten in der Gegend, wo mein Vater wohnt, erinnert. Kleine weiße Fenster lassen minimalen Lichteinfall zu. Eine dazu passende Tür.

Nicht hinsehen, Grace. An der Wand klebt ein Bild eines Ungeborenen – ein Protest –, der Fötus garnelenartig, doch bereits voll ausgebildet.

Ein Pfeil weist uns die Richtung zur Aufnahme. Ich nehme deine Hand.

Ich wuchte Molly auf meine Hüfte und gehe weiter – vorsichtig, da die Straße inzwischen nass und rutschig ist. Donner grollt, und das Tröpfeln wird stärker, beständiger. Bald regnet es in Strömen, man hört rennende Schritte.

In kürzester Zeit sind wir durchweicht. Molly weint – als hätten wir nicht schon genug Nässe um uns herum. Meine Brust ist eng, die Angst hat mich fest im Griff. Ich muss mich um Molly kümmern. Ich blinzele durch meine Wimpern, von denen es tropft. Kaputte Scheibenwischer. Ich gehe unter.

Die Schwester weist mich an, draußen zu warten. Sie hat eine heisere, kehlige Stimme, die nach einem Räuspern verlangt.

Ich möchte mit, erwidere ich. Noch immer halte ich deine Hand. Sie braucht mich.

Das ist leider nicht möglich.

Du nickst. Schon in Ordnung.

Ich bin hier draußen und warte auf dich. Ich lasse dich los.

Du gehst hinter der Schwester durch die Schwingtüren und verschwindest.

Im Dunkeln vor uns leuchtet das kobaltblaue Schild eines billigen Hotels. Sollen wir hierbleiben? Das geht nicht, ich habe Annie gesagt, dass wir bald zurück sind. Aber es ist schon spät. Und Molly ist müde. Zumal ich nicht weiß, wie ich wieder zum Bahnhof komme. Ich beiße mir auf die Unterlippe. Es ist nur vernünftig.

»Moll, sollen wir hier übernachten?«

Sie verbirgt ihr Gesicht an meiner Brust.

»Das macht bestimmt Spaß.«

Ach, wirklich?

»Und wir könnten uns einen Mitternachtssnack besorgen, wie die Großen es machen.«

»Ja, gut.«

Danach willst du nicht darüber reden. Und das ist okay.

Die Frau hinter der Aufnahme gibt dir einen Becher mit gesüßtem Tee und einen Toast, der jedoch nicht lange genug getoastet worden ist, dass die Butter schmelzen würde.

Du nippst am Becher, kaust, nippst, schluckst. Und die ganze Zeit über presst du die Hand auf deine leere Gebärmutter.

Sobald Sie fertig sind, können Sie gehen, sagt die Schwester.

Ich zeige ihr den Mittelfinger, als sie sich umdreht, werfe dir einen Blick zu und lächle.

Kein Lächeln von dir.

Ich lasse Molly herunter, sobald wir drinnen und vor dem Regen geschützt sind, und fahre mir mit der Hand über mein klatschnasses Haar, das flach an meinem Kopf klebt. Um meinen schmerzenden Rücken zu entlasten, beuge ich mich vor und strecke mich nach meinen Zehen. Molly ist nicht besonders schwer, aber ich bin nicht daran gewöhnt, sie zu tragen. Was würde Youla denken, wenn sie mich jetzt sähe? Oder Karina und Bill? Max?

Hinter dem Empfang steht ein Mann mit zurückweichender Haarpracht und einer beunruhigenden Anzahl an Leberflecken auf dem Schädel. Drei rote Streifen dort, wo er an einer verschorften Stelle gekratzt hat. Er fängt meinen Blick ein und nickt mir zu, entweder als stummen Gruß oder in Anerkennung meiner Gegenwart: Bin gleich bei Ihnen. Er telefoniert gerade.

Ich hole mein eigenes Telefon hervor und entdecke drei neue Voicemails. Alle von Max.

»Eve, wo bist du? Annie hat gerade angerufen, weil sie davon ausging, dass du und Molly hier seid. Ich bin erst vor fünf Minuten eingetroffen, also habe ich ihr gesagt, dass ich dich wahrscheinlich gerade verpasst habe und du auf dem Weg bist. Stimmt das?«

Er klingt nervös, die Stimme brüchig.

»Eve, sie hat gerade wieder angerufen. Ich mache mir langsam Sorgen. Ist irgendwas passiert? Du musst mich bitte sofort zurückrufen.«

Ich spüre einen Hauch Verärgerung. Uns geht's gut.

»Eve …«

Molly fängt wieder an zu schniefen.

Ich beende die Wiedergabe. »Nicht mehr lang, Moll.«

»Kann ich Ihnen helfen, Miss?« Der Mann am Empfang legt den Hörer auf.

»Haben Sie noch ein Zimmer frei?«

»Ja. Zweibett oder Doppel?«

»Geht beides.«

Er nennt mir den Preis, ich stecke Annies Karte in das Lesegerät und tippe die PIN ein, und er gibt mir den Schlüssel. Er hat große, aufgequollene Hände und Finger wie rohe

Würstchen. »Mit dem Fahrstuhl in den ersten Stock, dann rechts und bis zum Ende durch.«

»Gibt es hier etwas zu essen?«

»Wenn Sie aus dem Aufzug kommen, steht gegenüber ein Automat.«

»Danke. Moll, willst du den silbernen Knopf drücken, um uns den Fahrstuhl zu holen?«

Wir nehmen den Bus zurück, eine weitere stumme Fahrt. Dieses Mal sinkst du auf deinem Platz zusammen und schließt die Augen.

Als wir wieder am College sind, sagst du, dass du müde bist und schlafen musst.

Verstehe ich. Wir sehen uns morgen früh.

Am Abend gehe ich aus und trinke zu viel. Ich sitze da, nippe an Hochprozentigem und überlege, was ich tun und wie ich mich für alles, was du für mich getan hast, revanchieren kann. Und bei dieser Gelegenheit begegne ich ihr – der gesprächigen Kommilitonin, die ein paar Türen weiter wohnt. Sie setzt sich neben mich, fragt, wie es mir geht und was ich so vorhabe. Ich weiß nicht, was ich antworten soll. Und dann fragt sie nach dir, weil wir normalerweise zusammen hier sind.

Es ist raus, bevor ich die Worte zurückhalten kann. Ich brauche Hilfe. Du brauchst Hilfe. Ich weiß nicht, wie ich dir die Sache erleichtern soll.

Ihr Mund steht eine kleine Weile offen, dann beginnt sie, an ihrem Nagel zu knabbern. O verdammt! Arme Grace. Das ist ja furchtbar.

Ich leere mein Glas. Tut mir leid, sage ich, ich hätte den Mund halten müssen. Ich hab's versprochen. Bitte vergiss es.

Sei nicht albern, sagt sie. Das kann sie nicht allein bewältigen.

Sie ist nicht allein, sage ich. Sie hat mich.

Ja, natürlich, aber dennoch … wir helfen ihr, keine Sorge. Sie hält meine Hand, während sie spricht.

Mir ist nicht gut, wahrscheinlich wegen des Alkohols, aber vielleicht auch durch das schlechte Gewissen. Ich entschuldige mich und gehe aufs Klo.

Mir ist nicht klar, dass sie plant, mit ihrem Tutor zu sprechen, es anderen zu sagen. Und schon wird dein ängstlich gehütetes Geheimnis von Fremden aufgedeckt und zur Begutachtung freigegeben. Auf schmutzigen Klatsch reduziert. Ein loser Faden Stille Post.

Sie hat was? *Was hast du gesagt?*

Im Aufzug tippe ich eine rasche Nachricht an Max: *alles gut, sorry, zu spät, um zurückzukommen, daher bleiben wir*

Er antwortet postwendend: *Seid ihr in Oxford?*

ja

Eve. Du musst Molly zurückbringen.

zu spät

Der Aufzug hält mit dem üblichen *Ping*. Die Tür geht auf, doch meine Füße bewegen sich nicht. Seine Dringlichkeit überträgt sich auf mich.

Mein Daumen hastet über die Buchstaben: *sie ist erschöpft und muss schlafen. hab uns ein zimmer genommen. bitte sag annie, dass alles okay ist. morgen früh zurück*

»Unser Mitternachtssnack.« Molly zupft an meinem Ärmel.

»Sicher.« Ich setze ein Lächeln auf und halte die Powertaste meines Handys gedrückt. Eine oberflächliche Wärme durchströmt mich, als der Bildschirm schwarz wird. »Was möchtest du denn?«

Sie hockt sich vor den Automaten, drückt die Nase am Glas platt und reißt die Augen auf. »Kann ich Schokolade haben?«

»Du kannst haben, was du willst.«

Sie zieht mit ihrem Finger eine Schlangenlinie über die Scheibe, dann hält sie inne. »Smarties, bitte.«

Ihr Finger fährt weiter abwärts. »Nein, lieber Schokotröpfchen.« Ihre Unterlippe beginnt zu beben. »Ich kann mich nicht entscheiden.«

»Nicht weinen, Molly. Wir können beides nehmen.«

Es dauert nicht lange, bis du von den Gerüchten hörst, erst durch deinen Tutor, dann durch die anderen Studenten. Manche sind mit interessanten Einzelheiten ausgeschmückt.

Hast du was gesagt?, fragst du mich, während wir den Innenhof durchqueren. Dein Blick ist auf die frisch gemähte, duftende Rasenfläche gerichtet, die aus bestimmten Winkeln gestreift aussieht. Nicht, dass es noch eine Rolle spielt, fügst du hinzu.

Nein, ich schwör's, lüge ich und blicke zur Seite. Verzeih mir, denke ich, und meine Beine sind plötzlich so bleischwer vor Schuld, dass ich kaum noch gehen kann.

Ich schließe die Tür auf und schalte die Lampen auf beiden Bettseiten ein. Der Teppich hat dieselbe Farbe wie das Schild vorne am Hotel und ist mit Sprenkeln überzogen, die nach verkleckerter Milch aussehen. Weiße Bettbezüge und eine rot-weiß-grau gestreifte Überdecke. Ein roter Schaumstoffsessel mit dürren Metallfüßen. Ich zerre an den Vorhängen, die schwerer sind, als sie aussehen, ehe ich die Gardinenschnur entdecke.

Was nun? Ich blicke zu Molly, die vollkommen durchnässt ist. »Willst du baden, Moll?«

»Darf ich in der Wanne Schokolade essen?«

»Warum nicht?«

Die Prüfungen stehen an. Wir lernen bei mir. Du bist stiller als sonst; du fändest es zwar schön, in Gesellschaft zu lernen, sagst du, würdest aber lieber für dich arbeiten, falls es mir nichts ausmacht.

Sollen wir uns dann gegenseitig abfragen?

Ich gehe lieber noch einmal meine Unterlagen durch.

Ich versuche, dasselbe zu tun, aber es fällt mir schwer, da mein Blick alle fünf Sekunden zu dir abschweift.

Am nächsten Tag frage ich dich, ob du mit mir zu einem finalen Lernmarathon in die Bibliothek kommst. Du lehnst ab.

Okay, sage ich, dann komme ich nachher bei dir vorbei.

Du nickst, lächelst und verabschiedest dich.

»Kommen Mummy und Daddy auch ins Hotel?«

Ich drehe das heiße Wasser ab, lasse aber das kalte laufen und vermische den eisigen Strom in der Wanne mit meinen Händen, bis das Bad weit genug abgekühlt ist, dass Molly hineinsteigen kann.

»Nein, Mummy und Daddy können heute Abend nicht«, sage ich, helfe ihr aus ihren nassen Klamotten und hänge sie über die angenehm warme Handtuchstange – ein kleiner, aber tröstender Luxus. »Aber wir machen es uns schön, nicht wahr?« Ich hebe sie in die Wanne und drücke ihr das Röhrchen Smarties in die auffordernd zappelnden Finger.

»Ja«, sagt sie. Sie balanciert einen grünen auf ihrer Zungenspitze, ehe sie ihn knirschend zerkaut und erneut in die Röhre späht.

»Geht's dir gut, Moll? Du kannst es ruhig sagen.«

Sie holt einen einzelnen blauen mit dem Finger bis an den Rand der Röhre und schnappt ihn sich dort mit der Zunge.

»Was ist deine Lieblingsfarbe, Moll?«

Die nächsten Smarties werden knirschend zermahlen. »Braun. Weil die doppelt schokoladig sind.«

Aha. Selektives Hören.

»Und was ist deine Lieblingsfarbe, Eve?«

»Weiß nicht. Gibt es auch orange?«

Sie späht wieder ins Röhrchen und schüttet ein paar in ihre Hand. Zwei gehen über Bord und plumpsen – plop, plop! – ins Badewasser. Sie fischt sie heraus und wirft sie sich in den Mund, ehe ich sie daran hindern kann. »Guck mal.« Sie reicht mir einen orangefarbenen Smartie, der sich zwischen ihren nassen Fingern bereits aufzulösen beginnt.

Deine Tür ist schwerer als üblich, als hätte sie jede Menge Junkfood vertilgt und ein paar Kilo zugelegt, seit ich sie das letzte Mal zugezogen habe. Sie lässt sich öffnen, aber nicht ganz. Ich rufe dich – Grace? – und versuche es erneut. Ich stemme mich mit der Schulter gegen das Holz und drücke.

»Komm, Molly, Zeit, aus der Wanne zu steigen.«

»Aber es ist so schön hier drin.« Sie dreht sich auf den Bauch, und ihr rosigen Pobacken ragen aus dem Wasser wie zwei kleine Bojen.

»Du wirst noch ganz runzelig.« Ich ziehe eins der beiden Handtücher von der Stange. »Komm schon. Schlafenszeit.«

Sie steht viel zu schnell auf, rutscht aus, taumelt zurück.

»Molly!« Meine Hand schießt vor, ich packe sie am Arm und hieve sie aus der Wanne. »Du musst vorsichtig sein.« Ich wickele sie in das Handtuch – es ist groß genug, um sie komplett einzuhüllen – und halte sie fest an mich gedrückt. Als sich meine Atmung wieder halbwegs normalisiert hat, setze ich sie auf dem Klodeckel ab, um sie zwischen den Zehen abzutrocknen.

»Entschuldige, Eve. Sei doch nicht traurig.«

»Bin ich gar nicht.«

»Aber du weinst wieder.«

»Ehrlich?« Ich stehe auf und wische ein Loch in den beschlagenen Spiegel. Meine Augen sind blutunterlaufen, die Wangen geschwollen. Der Rest des Badezimmers ist verschwommen, ich sehe nur mein ausgezehrtes Gesicht, das mich ausdruckslos anstarrt. Ich blinzele und erwarte beinahe, mich in nichts aufzulösen.

Du bist gegen die Tür gesackt. Nein, nicht gesackt – du baumelst. Du baumelst an dem Haken, an dem normalerweise dein Handtuch hängt. Grace? Ich strecke den Arm nach dir aus – ich bin auf dem Boden, warum bin ich auf dem Boden? – und berühre deine bloßen Füße, die sich nur wenige Zentimeter über dem abgewetzten Teppich befinden. Für den Bruchteil einer Sekunde glaube ich, du schwebst.

Deine Hautfarbe ist mir fremd, ein gräuliches Purpur. Du trägst deinen Schlafanzug, aber keine Pantoffeln. Wo sind sie? Du trägst immer Pantoffeln! Ich blicke nach links – dein Schreibtischstuhl liegt auf der Seite –, dann wieder zu deinen Füßen. Die Zehennägel in diesem Klatschmohnrot. Der Lack ist porös, als hättest du mehrere Schichten aufgetragen, damit er hält. Wofür hält?

Grace, kannst du mich hören? Ich knie jetzt, glaube ich, vielleicht stehe ich auch, und ich versuche, dich anzuheben, aber es geht nicht.

Hört mich jemand schreien? Bilde ich mir die Sirenen ein? Ich klammere mich an dich, aber man löst meine Arme von dir und weist mich an, aus dem Weg zu gehen.

Als ich Molly ins Bett bringe, ist es schon nach zehn. Ihre Augen fallen zu, und meine auch. Ich habe sie in einen der beiden Bademäntel eingewickelt und stecke sie unter die gestärkte Bettdecke.

»Gute Nacht, du Süße.« Ich schiebe ihr eine verirrte Haarsträhne hinters Ohr und küsse sie auf die Stirn.

Der Holzboden. Das Geräusch von Rollen auf dem Holzboden.

Zwei oder drei Notfallsanitäter.

Es braucht zwei von ihnen, um dich hochzuhieven und vom Haken zu nehmen. Dein Hals ist beerenrot, als sie den Gürtel lösen. Ein Polizist deutet auf zwei Briefumschläge – dort, auf deinem Schreibtisch, mit Spucke zugeklebt. Einer an deine Eltern adressiert, der andere an mich. Mum und Dad. Eve. Er verspricht, sie wieder zurückzubringen. Behalten Sie meinen, denke ich. Ich kann das nicht, ich will ihn nicht lesen.

Der Polizist – oder vielleicht ein anderer – stellt Fragen. Ob du dich anders verhalten hast in letzter Zeit. Oder du dich selbst zu sehr unter Druck gesetzt hast. Ob es irgendetwas gibt, von dem ich weiß, was dich dazu veranlasst haben könnte, dir das Leben zu nehmen.

Und ich stürze ab, gehe unter, ertrinke in flüssigem Glas, das gurgelnd im Abfluss versickert und mit tausend Splittern kreischend und quietschend die Rohre zerschrammt. Ich bin das Glas, ich bin der Abfluss, ich bin das Rohr. Und ich bin schuld. Du hast mir vertraut.

Wieder im Bad, ziehe ich meine Sachen aus, die noch immer feucht vom Regen sind. Ich hänge sie neben Mollys über die Handtuchstange und reibe mir Arme und Beine, um mich aufzuwärmen. Ich lasse für Molly das Badezimmerlicht an und die Tür ein Stück offen und schleiche auf Zehenspitzen zu dem anderen Bett. Lautlos zupfe ich das festgesteckte Laken los. Gibt es wirklich Erwachsene, die wie ein Baby gewickelt schlafen wollen?

»Eve?« Molly öffnet ein Auge – nur einen Spalt, als wolle sie sich vergewissern, dass ich noch da bin.

»Ja?«

»Kannst du kuscheln kommen?«

»Du meinst, ich soll in deinem Bett schlafen?«

Sie rutscht ein Stück zur Seite. »Ja, bitte.«

»Na gut.«

Sie hatte viel um die Ohren, sage ich. In letzter Zeit ist es schwer für sie gewesen. Ich blicke auf seine großen Füße herab.

Dein Tutor flüstert ihm etwas ins Ohr.

Der Polizist wendet sich wieder mir zu. Hatte sie Schwierigkeiten, mit diesem Vorfall fertigzuwerden?

25

Ich wache auf, weil mein Arm eingeschlafen ist. Als ich ihn unter meinem Kissen hervorziehe, fühlt er sich an, als hätten die Knochen sich zersetzt und nur wabbeliges Fleisch übrig gelassen. Mein Körper ist nach einer fast schlaflosen Nacht schwer vor Erschöpfung, mein Verstand vernebelt. Molly atmet leise durch ihre Knopfnase, ihre Brust hebt und senkt sich regelmäßig, und ihre Augenlider flattern im Traum. Ein schöner Traum hoffentlich. Ich schlüpfe aus dem Bett und ziehe den anderen Bademantel über, während mein Arm prickelnd und piksend wieder zum Leben erwacht. Ich schüttele ihn. Nein, noch nicht tot.

Ein Spalt zwischen den Vorhängen. Rosagelbe Sonnenstrahlen dringen durch dicke weiße Wolken und setzen sich auf Dachfirste und Baumwipfel. Unten auf dem Boden ist alles wie immer. Ein abgerissen wirkender Kerl mit einem schäbigen Koffer und ein paar orangefarbenen Plastiktüten füttert einen Schwarm schmutziger Tauben – Dad nennt sie Flugratten. Einige Fußgänger schütteln die Köpfe; fast kann ich im Gurren der Tauben ihr missbilligendes Schnalzen hören. Fünf oder sechs von ihnen (Passanten, meine ich) schreiben beim Gehen Nachrichten, was mir in Erinnerung ruft, dass ich unbedingt mein Handy wieder einschalten muss.

Ich greife nach dem Telefon und halte den Powerknopf gedrückt, während ich mit verengten Augen darauf warte, dass es aufwacht.

Am Anfang nichts. Doch als das Signal aufgefangen wird und die winzigen Balken wie Unkraut zu sprießen beginnen, Dutzende von Voicemails. Ich spiele sie eine nach der anderen ab.

Annie: »Eve, bitte, wo *genau* bist du? Wo ist Molly? Bitte sag's mir, und ich komme euch abholen.«

Max: »Eve, ich bin's ...«

Ich presse mir das Handy fest ans Ohr. Max. Einen Moment lang wünsche ich mir so sehr, ihn jetzt bei mir zu haben, dass es wehtut.

»Ich habe Annie gesagt, dass ihr in Oxford seid. Wir sind auf dem Weg.«

Das Brüchige in seiner Stimme ist einer gewissen Klarheit gewichen, jedes Wort ist deutlich artikuliert. Er klingt nicht mehr so nervös. Dafür beherzt, entschlossen.

Annie: »Geht's ihr gut? Hör zu, Eve, ich bin nicht sauer. Ruf mich bitte einfach an, damit ich weiß, dass es ihr gut geht.«

Was soll das heißen, ob es ihr gut geht? Natürlich geht es ihr gut. Annie kennt mich doch. Ich würde nie zulassen, dass Molly etwas zustößt.

Mein Handy vibriert an meiner Wange. Ich schließe und öffne die Augen, hole Luft und nehme den Anruf an.

Annies Stimme: »Eve?«

»Ja, ich bin's.«

»Oh, Gott sei Dank. Ist Molly okay? Kann ich mit ihr reden? Bist du okay, Eve?«

Als ich zu antworten versuche, breche ich in Tränen aus und kann nicht mehr aufhören zu weinen. Ich bringe kein Wort hervor.

Auf der Beerdigung merke ich schnell, dass es am besten ist, zu schweigen, den Mund zu halten, die Augen zu schließen. Wenn ich sie öffne, werden die Tränen zu laufen beginnen, und nichts und niemand wird den Strom stillen können.

Und was immer du tust, sing in der Kirche auf keinen Fall mit!

»Eve, es ist okay, ich bin nicht wütend.« Ihre Stimme kippt. »Bitte lass mich nur schnell mit Molly reden.«

Sie glaubt, dass Molly in Gefahr ist, weil *ich* eine Gefahr für sie bin. In meinem Kopf meldet sich eine misstrauische Stimme. Erneut versuche ich zu sprechen, erneut bekomme ich kein Wort heraus. Sie wird mich nach dieser Sache nie wieder in ihr Haus lassen. Ich darf Molly bestimmt nicht mehr sehen.

»Eve?«

»Wir sind in Oxford. Wir hatten nicht vor, hier zu übernachten, aber es war schon so spät, und Molly war müde.«

»Ich weiß das, Eve. Du hast das Richtige getan. Wo seid ihr genau?«

Ich suche mir einen Punkt auf der Straßenseite gegenüber – das blaue »Nur Kunststoffe«-Schild auf einem bauchigen Recycling-Container – und fixiere ihn. Ein Taktikwechsel. Konzentrier dich. Finde dein Gleichgewicht. Wie im Atelier, wenn ich posiere und nicht zittern oder, schlimmer noch, umkippen will. Such dir eine Stelle, auf die du starren kannst, und bleib dabei, Eve.

»Hör zu, Eve, ich möchte, dass ihr beide jetzt in ein nettes Café geht und frühstückt und du mir schreibst, wo genau ihr seid, okay? Max und ich sind bereits auf dem Weg, um euch beide abzuholen. Hörst du mich, Eve? Ich weiß, dass du das alles so nicht gewollt hast.«

Jemand bleibt stehen, um eine Zigarette auf dem Containerdeckel auszudrücken, und versperrt mir die Sicht. Ich verliere den Halt. Es war ein Versehen. Eine Fehlentscheidung.

»Wir nehmen den Zug. Annie, es tut mir so leid. Ich bring sie nach Hause.«

»Nein, Eve …«

Ich lege auf. Ich muss das wieder in Ordnung bringen.

Manchmal frage ich mich, ob Mum sich je um mich sorgt. Ob ihr je bang ums Herz wird, wenn sie ein Mädchen in meinem Alter sieht, das Unsinn macht oder mit einem Kerl zusammen ist, der ihr nicht guttut. Manchmal frage ich mich, ob sie je über mich spricht. Ob sie sich an meine Haar- und Augenfarbe erinnert, an meine Sommersprossen. Vielleicht hat sie ja auch welche, vor allem auf den Schultern. Ich bin mir nicht sicher, ob ich sie erkennen würde. Ich habe Fotos von ihr gesehen, als sie jünger war, aber ich habe keine Ahnung, wie sie heute aussieht. Wahrscheinlich würden wir aneinander vorbeigehen, wenn wir uns auf der Straße zufällig begegnen würden.

Es ist natürlich auch möglich, dass sie meine Existenz

verdrängt hat, wie ich es mit den One-Night-Stands nach der Uni gemacht habe: fünfzehn gesichtslose Männer in drei Monaten, allesamt wandelnde Placebos. Ich könnte es verstehen, wenn etwas Schlimmes passiert wäre – etwas, das in ihren Augen bewies, dass sie als Mutter versagt hatte oder grundsätzlich nicht dazu taugte. Vielleicht hat sie mich fallen gelassen. Oder mich in der Babyschale angeschnallt im Auto vergessen. In viel zu heißes Badewasser gesteckt. Wahrscheinlich hat sie gedacht, dass es mir ohne sie besser ergehen würde. Und was, wenn ich ein Unfall war? Eine ungewollte Schwangerschaft? Vielleicht konnte sie zu mir als Neugeborenem keine Bindung aufbauen und ist, als es sich auch später nicht änderte, zu dem Schluss gekommen, dass es nicht gut ausgehen konnte.

Ich werfe Molly einen Blick zu; sie schläft noch friedlich. Sie liegt auf dem Bauch, die Arme links und rechts vom Kopf, die Lider geschlossen, der Mund ein Stück offen. Ihre blonden Haare sind noch gewellt von den Zöpfen. Ich war jünger als sie jetzt, als Mum gegangen ist.

Trauma. Depressionen. Selbstmord. Man sollte meinen, dass zwischen jeder einzelnen Stufe ein größerer Abstand besteht, den man sich bewusst machen kann, um zu reagieren. Aber Grace hat sich in Windeseile von einem Stadium zum nächsten bewegt, ohne dass ich etwas bemerkt habe.

Sie hat es mir auch nicht erklärt; der Abschiedsbrief, den sie mir hinterlassen hat, bestand nur aus ein paar hingekritzelten Zeilen, sie habe mich lieb und hoffe, dass ich glücklich werden würde. Ah, und sie wünschte mir viel Glück für die Prüfungen. Ernsthaft, Grace?

Als ich gesagt habe, dass ich nachher noch vorbeikomme, hast du da gewusst, was ich vorfinden würde, Grace?

Ich wusste, was passiert war. Ich hatte geschworen, das Geheimnis für mich zu behalten, und sie verraten.

Ich blicke zum Bett, und mein Verstand beginnt zu rasen, wie er es tut, wenn ich lese und versuche, das Ende der Geschichte vorherzusehen. Ich muss Molly nach Hause bringen. Und zwar jetzt.

»Moll?«

Sie seufzt und reibt sich die Augen, ehe sie sie blinzelnd öffnet und ganz schnell wieder zukneift.

»Komm, fahren wir nach Hause.«

Sie rappelt sich auf, setzt sich in den Schneidersitz und öffnet erneut die Augen. Erwartungsvoll sieht sie mich an. »Gibt es Weetabix?« Sie leckt sich die Lippen.

Keine Zeit. »Kannst du warten, bis wir zu Hause sind?«

Sie zieht die Nase kraus. »Aber ich hab Hunger.«

»Okay, wir werden schon etwas finden. Aber wir müssen uns beeilen. Komm, zieh dich an.«

Sie rührt sich nicht.

»Los, Molly!«

Tränen treten in ihre Augen.

»Entschuldige bitte«, sage ich und strecke ihr die Hand entgegen. »Komm, ich helfe dir.«

Unsere Kleider sind warm von der Nacht auf dem Handtuchhalter – so warm sogar, dass ich ihre Strumpfhose ausschütteln muss, damit sie etwas abkühlt, ehe Molly sie anziehen kann. Sie möchte wissen, ob man eine Unterhose auch zwei Tage hintereinander anziehen darf.

Während sie sich mit dem Zeigefinger die Zähne putzt, wie ich es ihr gestern Abend gezeigt habe, betrachte ich mich erneut im Spiegel. Mein ungewaschenes, mausbraunes Haar hat sich im Schlaf zu einem Knoten am Oberkopf verfilzt, ich habe bläuliche Ringe unter den Augen, und meine Augenbrauen sind struppig. Und sonst? Mittlere Größe, normaler Körperbau. Nichts Auffälliges. Nichts Außergewöhnliches. Ich lege die Stirn an den Spiegel.

»Eve?«

Grace?

»Ich bin fertig.«

Im Frühstücksraum entdecken wir einen freien Tisch und zu Mollys Entzücken einen Korb mit Einzelportionen verschiedener Cornflakes.

Sie greift nach den Weetabix und blickt dann zu mir auf. Nase und Lippen kräuseln sich, als sie das Lächeln zu verbergen versucht. »Darf ich auch Coco Pops?«

»Ich wüsste nicht, was dagegenspricht.« Ich nehme ein Päckchen Bran Flakes für mich, schütte ihre Portion in eine Schüssel und gebe Milch dazu.

»Und deine?«

»Ich mag keine Milch.«

Ihr bleibt der Mund offen stehen. Sie kann es nicht fassen.

»Rutsch rein, Molly.«

Ich zwänge mich nach ihr durch den schmalen Spalt zwischen unserem Tisch und dem unserer Nachbarn, ein Mann und eine Frau, die ein Paar sein müssen (die Beine sind verhakt), aber wie Bruder und Schwester aussehen.

Molly plappert, während ihr Löffel im Porzellanschälchen klappert, über Mummy, Daddy, Henry und andere, deren Namen mir nichts sagen – wahrscheinlich Freunde. Ich umfasse meinen Kaffeebecher mit beiden Händen und frage sie, wann sie ihren Dad zum letzten Mal gesehen hat. Gestern, antwortet sie. Ich bin offensichtlich nicht die Einzige, die sich mit Verleugnung auskennt.

Dann fragt sie mich, ob ich heute Abend bei ihnen übernachten könnte – »dann schlafen wir beide in meinem Bett!« –, aber ich antworte ihr, dass heute Abend wahrscheinlich nichts daraus wird. Sie zieht die Mundwinkel herab und senkt den Blick, bis eine Kellnerin ihr ein paar Blätter zum Ausmalen und Stifte bringt. Einen Moment später gluckst sie schon wieder vergnügt. Kakao trocknet in ihren Mundwinkeln, als sie weiterplappert. Wie die Mutter, so die Tochter. Auch Molly hat schon den Ein-Aus-Schalter für ihre Gefühle.

Hand in Hand gehen wir zum Bahnhof. Molly hüpft neben mir her, als ich das Tempo steigere. Die Straßen sind ruhig, zu ruhig. Ich fühle mich erhitzt, fiebrig sogar, obwohl es kalt ist. Ich greife herum und taste nach meinem unteren Rücken; er ist schweißnass.

Als wir am Bahnhof ankommen, blicke ich auf die Anzeige. Der Zug nach Paddington geht in neun Minuten. Die Schranken sind offen, daher zeigen wir dem stämmigen Mann daneben unsere Tickets. Ich nicke, schneide ein Gesicht, als er mir mitteilt, dass Molly den Kindertarif hätte nehmen können, und er winkt uns durch.

Der Bahnsteig ist von Pfützen übersät. Molly lässt mich los und probiert an einer, ob ihre Schuhspitze auf dem schmutzigen Wasser schwimmt. Auf dem Gleis gegenüber steigen Leute aus einem Zug.

Ich schließe die Augen, reibe mir die inneren Augenwinkel und entferne Reste von Schlaf. Gott, ich bin erledigt. Manchmal frage ich mich, ob es eine Parallelwelt gibt, in der sich alle einfinden, die sich aus meinem Leben verabschiedet haben. Mum. Grace. Suzon. Ob sich Annie und Molly auch bald dazugesellen? Und ob sich alle vertragen werden?

»Bitte Vorsicht an der Bahnsteigkante. Der nächste Zug hält nicht an diesem Bahnhof.«

Vor meinem inneren Auge sehe ich Suzon, die mich genauso ausdruckslos ansieht wie immer, die Wangen gerötet, diesmal jedoch vor Kälte. Sie neigt den Kopf und beugt sich – wie in der Spiegelung auf dem Gemälde – leicht vor.

Na los. Mach schon.

26

Grace?

Noch immer mit geschlossenen Augen mache ich einen Schritt auf die Gleise zu. Ich spreize die Finger, dann balle ich die Fäuste, um den Schmerz rauszupressen.

Es war kein Versehen. Sie hat es so gewollt. Sie war unglücklich, und sie wollte sterben. Und ich hätte es wissen müssen.

Ich hätte erkennen müssen, was wirklich in ihr vorging. Um ihr zu helfen. Um für sie da sein zu können, als sie mich wirklich brauchte.

Ich blicke auf den Bahnsteig. Die gelbe Linie. Dahinter das genoppte Stück. Rillen. Ein verblasster weißer Streifen, der die Kante markiert.

Wie es sich wohl angefühlt hat? Auf den Stuhl zu steigen, den Gürtel umzulegen. Ist es, als brülle man in einem totenstillen Lesesaal plötzlich auf? Als ziehe man mitten im Tunnel in der U-Bahn den roten Nothebel? Als steche man mit dem Finger kraftvoll in ein Gemälde, nur um zu sehen, ob man die Leinwand durchbohren kann? Als verriete man ein Geheimnis, das nicht das eigene ist. Als nehme man etwas, das einem nicht gehört, um sich etwas weniger einsam zu fühlen, und sei es nur für einen flüchtigen Augenblick. Als stünde man nackt vor einem ganzen Saal voller Fremder.

Ich schlage die Augen auf und blicke nach rechts. Er kommt. Und auf dem Bahnsteig gegenüber: Annie und Max. Oder bilde ich sie mir nur ein? Der Zug drüben ist fort, die Passagiere verlassen den Steig. Max rennt auf die Treppe zu. Annie nicht. Sie steht da, ihre ganze Gestalt sichtlich angespannt, die Arme steif an ihren Seiten, die Finger ausgestreckt zum Betonboden, kerzengerade wie die Stifte, mit denen sie mich im Atelier zeichnet. Sie hebt einen Arm auf Schulterhöhe und deutet auf mich. Ruft oder öffnet zumindest den Mund. Aber es kommt kein Laut bei mir an. Ich höre nur Molly, die in der Pfütze planscht.

Ich schließe die Augen. Wiege mich leicht auf meinen Fußballen.

Ein Pfeifsignal zum Gruß.

Wie fühlt es sich an, Grace, wenn man dem eigenen Elend entkommt? Wenn man verschwindet? Ich stelle mir vor, davonzuschweben wie ein Stück Papier, wie eine einzelne Feder, wie die Schirmchen eines Löwenzahns.

Ich hole Luft.

Einen Schritt vor.

Vielleicht löse ich mich auf. Oder verdunste.

Ein tiefes Rumpeln im Gleis.

Ach, Grace, verzeih mir.

Große Hände, starke Hände packen meine Arme.

Ein wuchtiger Luftzug trifft mich, mein Körper erbebt.

»Ich hab dich.«

Danach

Ich tauche den Pinsel in den Eimer mit der glänzenden weißen Farbe, dann fahre ich damit über die Wand. Breite Striche, einer neben dem anderen. Ich arbeite heute langsamer, um es hinauszuzögern. Das ist das letzte Zimmer. Dann sind wir fertig, die Wohnung kann verkauft werden.

Ich bekam den Anruf ein paar Wochen nach Oxford. Man teilte mir mit, dass Dad an Leberversagen gestorben ist. Er war schon zwei Tage tot, ehe man ihn zusammengesunken in seinem Sessel fand, die Flasche Whisky zwischen den Füßen. Ich musste mich übergeben. Die Erkenntnis, dass es nun keine Möglichkeit mehr geben würde, uns wieder einander anzunähern und Versäumtes gutzumachen, erzeugte ein dumpfes, hartnäckiges Bedauern in mir.

Zum Glück hatte Max mich inzwischen überredet, noch einmal zum Arzt zu geben – diesmal nehme ich die Tabletten tatsächlich –, und Annie hat mich an ihre Therapeutin vermittelt. Sie bezahlt sie außerdem, wofür ich mein Okay erst nach langem Hin und Her gegeben habe – und nur unter der Bedingung, dass ich es ihr mit Zinsen zurückzahle. Zum ersten Mal in meinem Leben bin ich dazu wohl auch in der Lage. Unsere ehemalige Wohnung mag klein sein und noch einiges an Arbeit erfordern, aber sie liegt immer noch im Norden Londons.

»Ich gehe jetzt besser«, sagt Max, der in einem alten Kapuzenpulli und einer Jeans voller Farbkleckse ins Wohnzimmer kommt. »Nina steht wahrscheinlich nicht so sehr auf meine neue Arbeitskleidung.«

»Sie weiß ja nicht, was ihr entgeht«, sage ich, lege den Pinsel auf den Rand des Farbeimers und küsse ihn zum Abschied.

Er schlingt die Arme um mich, und ich halte mich an ihm fest. »Vergiss es nicht«, flüstert er mir ins Ohr.

Er meint die Therapie. »Mach ich nicht«, sage ich und hake den kleinen Finger um seinen.

»Dann sehen wir uns später zu Hause?«

Zu Hause. Nach der Sache mit Molly hatte ich eigentlich erwartet, dass er mich rauswirft. Ich versuchte, mich für das drohende Gespräch zu wappnen, aber dazu kam es gar nicht. Stattdessen hielt er mich fest im Arm und versicherte mir, dass wir das gemeinsam durchstehen würden. Die Erleichterung, die mich augenblicklich durchströmte, muss ihm entgangen sein, denn er fügte hastig hinzu, dass das überhaupt keinen Druck in Bezug auf uns beide bedeute. Er holte meine restlichen Sachen von Karina und Bill ab und kaufte eine zweite Kommode. Während ich meine Klamotten darin verstaute, stellte er meine Bücher zu seinen ins Regal – in alphabetischer Reihenfolge, worüber ich lachen musste. Zum ersten Mal seit Langem.

»Eve, alles in Ordnung?«

»Mehr als das.« Ich drücke seinen Finger. »Bis nachher.«

Er hat aus seiner Wohnung unsere gemacht.

Ich habe noch viel Zeit, daher beschließe ich zu laufen. Die Temperaturen steigen, und bald werde ich den Mantel nicht mehr brauchen. Büschel von rosa und weißen Blüten zieren das Laub an den Ästen, und wohin man auch blickt, werden Bäume, Hecken, Rasenflächen grüner. Der Himmel ist hellblau, Schleierwolken ziehen vorbei.

Am vergangenen Wochenende war ich mit Molly im Zoo. Ich hatte furchtbare Angst, dass Annie mich nie wiedersehen wollte, aber sie nahm meine Hände in ihre und sagte mir, dass sie mir vertrauen würde. Außerdem vermisst Molly dich, fügte sie hinzu. Max machte den Vorschlag, mit uns zu gehen, und das schien Annie zu freuen. Molly übrigens auch. Nachdem sie aufgeregt den Pinguinen zugesehen hatte, die wie Gewehrkugeln durchs Wasser schossen, war sie plötzlich ziemlich erschöpft, und Max trug sie den restlichen Nachmittag auf den Schultern. Als er einmal herumtrödelte, schnalzte sie mit der Zunge und forderte: Vorwärts, Pferdchen.

Ich gehe an den Reihenhäusern entlang und halte vor Nummer sieben. Links von der Eingangstür befindet sich ein Erker, durch dessen Fenster man in eine Küche in unaufgeregten Farben blickt; die hintere Tür zum Garten lässt viel natürliches Licht ein, und immer steht eine Vase mit frischen Blumen auf dem Tisch. Eine Heimpraxis, hat Annie mir erzählt. Weniger einschüchternd, viel intimer. Es ist komisch, sich vorzustellen, dass sie während der Scheidung hierhergekommen ist, wenn sie außer ihrem Anwalt jemanden brauchte, mit dem sie reden konnte. Als ich klingele, stelle ich mir vor, wie sie hier draußen auf der Stufe ihr Kleid glatt streicht und sich ein Lächeln abringt, das keinen Bestand hat.

Genauso wenig wie ihre Beziehung zu Paul, was mich ungeheuer erleichtert. Sie hat herausgefunden, dass es neben ihr noch eine andere gab, und ist seitdem – wie ich – nicht mehr im Atelier gewesen.

Ein paar Sekunden später geht die Tür auf. »Eve. Schön, Sie zu sehen.«

»Gleichfalls.«

»Kommen Sie rein.« Sie hält mir die Tür auf und macht mit der anderen Hand eine einladende Geste.

»Danke.« Ich gehe an ihr vorbei und in den Raum zur Rechten, wo ich meinen Mantel aufmache und ihn über die Stuhllehne hänge. Als ich das erste Mal hier war, hat sie gesagt, ich könne meinen Mantel an den Haken an der Tür hängen. Ich fing an zu weinen. Und entschuldigte mich dafür. Ich weine noch immer, aber ich entschuldige mich nicht mehr.

»Es sieht nach einem so schönen Tag aus draußen«, sagt sie und schließt die Tür, während ich die Bewohner ihres Aquariums mit einem leichten Klopfen an die Scheibe begrüße. Ich habe zwar schon von Therapiehunden gehört, aber nicht von Therapiefischen und bin mir ehrlich gesagt auch nicht sicher, ob sie tatsächlich einen therapeutischen Nutzen haben.

»Das ist es auch.«

Sie zieht ihren ergonomischen Stuhl hinter dem Schreibtisch hervor und dreht ihn so, dass sie mir gegenübersitzt. Erst dann beginnt die Sitzung. Es läuft jede Woche nach derselben Routine ab. Es gibt zwei Uhren, die eine ist zu mir ausgerichtet, die andere zu ihr. Taschentücher. Wasser. Im Zimmer ist es meistens ziemlich warm, und oft muss ich das

Fenster öffnen. Ich mache mir nicht mehr die Mühe, mir Gesprächsthemen zurechtzulegen, denn ich habe festgestellt, dass sie meist im Sande verlaufen, sobald ich dort bin.

»Also, Eve, wie geht es Ihnen heute?«

»Gut, danke.«

»Sie klingen überrascht.«

»Das bin ich auch«, sage ich und streiche mit den Händen über die Armlehnen. »Ich hatte beinahe vergessen, wie es sich anfühlt.«

Ihre Mundwinkel kräuseln sich. Sie hat ein eckiges Gesicht und rabenschwarzes Haar, das sie ab und an hinter ihre Ohren streicht. Da, wie jetzt gerade. Scharfe Augen hinter dicken Brillengläsern. Zierliche Hände ohne Ringe – nicht immer, heute aber schon. Mal ja, mal nein. »Eines Tages verliere ich sie noch«, bemerkte sie, als ich sie darauf ansprach. Sie greift nach einem Stift und beginnt, sich Notizen zu machen. Ich versuche nicht länger, auf den Block zu sehen.

Es war nur logisch, dass unser erstes Thema Grace war. Ich erzählte ihr, was geschehen war, wie ich sie gefunden hatte und dass mich das Schuldgefühl seitdem in einem eisernen Griff hielt. Von meiner Furcht, dass ich sie vergessen könnte, wenn ich mir verzeihe. Dass unsere gemeinsamen Erinnerungen an meine Selbstvorwürfe gekettet sind. Aber inzwischen weiß ich, dass dem nicht so ist. Ich spreche nicht mehr mit ihr – oder Suzon –, aber ich spreche über sie. Statt in die Galerie zu gehen, komme ich hierher.

»Haben Sie wieder gemalt?« Sie deutet auf die getrockneten Farbklümpchen in meinem Haar.

»Ja. Wir sind fast fertig mit der Renovierung.«

»Oh, das haben Sie gut gemacht. Und dann wird verkauft?«

»Das haben wir vor.«

»Und es ist eine großartige Idee. Ein Neubeginn.«

»So ähnlich, ja.«

Sie ist immer noch ein Teil von mir, und sie wird es bleiben. Aber sie nimmt nicht mehr so viel Raum ein wie zuvor. Jetzt haben wir beide Platz.

Dank

Vorneweg ein Dank an Emma Finn, die sofort an diese Geschichte geglaubt und mir geholfen hat, sie in die richtige Form zu bringen. Außerdem an Rachel Neely für ihren Enthusiasmus und ihre redaktionellen Beiträge und an das gesamte Team von Trapeze, das aus meinem Manuskript ein fertiges Buch gemacht hat, das eine Leserschaft finden kann.

Dank auch an die Galerien und Museen und die Künstler*innen, deren Werke dort ausgestellt sind, die mich immer wieder aufs Neue inspirieren.

Ich bin jedem dankbar, der die frühen Versionen dieses Buchs gelesen hat, besonders Steph Siddall. Möge diese Geschichte die Erinnerung an unsere brillante Freundin Rose Acton in Ehren halten. Ich frage mich, wo Eve gewohnt hätte, wenn wir drei nicht unsere Wohnung in Vauxhall gehabt hätten.

Dank an die verzweigte Ashby-/Cotton-/Begley-Familie, besonders an meinen Stiefvater Adam, der mein ganz privater Lektor ist, und an meine Mum Anne für, na ja, alles eben. Danke euch beiden fürs Lesen und noch mal Lesen (und noch mal Lesen).

Und natürlich Dank an Ollie, der für dieses Buch seine Prinzipien über den Haufen geworfen hat, und weil er es nie satthatte, wenn ich mich beim Spaziergehen, Kochen, Fernsehen – und bei allem anderen auch – immer wieder an ihn gewandt habe, um *Und was hältst du davon?* zu fragen.